– 펑린彭林 교수의 동난대학东南大学 강연록 –

도덕문명과 중국의 문화정신

도덕문명과 중국의 문화정신

초판 1쇄 인쇄 2020년 2월 17일
초판 1쇄 발행 2020년 2월 20일
옮 긴 이 김승일(金勝一)
발 행 인 김승일(金勝一)
출 판 사 경지출판사
출판등록 제 2015-000026호

잘못된 책은 바꿔드립니다.
가격은 표지 뒷면에 있습니다.

ISBN 979-11-90159-25-8 03820

판매 및 공급처 경지출판사

주소: 서울시 도봉구 도봉로117길 5-14 Tel: 02-2268-9410 Fax: 0502-989-9415
블로그: https://blog.naver.com/jojojo4

※ 이 도서의 국립중앙도서관 출판시 도서목록(CIP)은 서지정보유통지원시스템 홈페이지(http://seoji.nl.go.kr)와 국가자료공동목록시스템에서 이용하실 수 있습니다.

– 펑린彭林 교수의 동난대학东南大学 강연록 –

도덕문명과 중국의 문화정신

펑린(彭林) 지음 | 김승일(金勝一) 옮김

Korea Wisdom China 경지출판사

인사말

동난대학(东南大学)의 여러 선생님들, 학생친구들, 오늘은 제가 칭화대학(清华大学)에서 개설한 과목인 "중국고대예의문명(中国古代礼仪文明)"에 대해서 여러분과 교류하고자 합니다.

동난대학의 유구한 역사와 아름다운 캠퍼스, 열정적이고 배우기를 즐기는 학생친구들은 저에게 깊은 인상을 주었습니다. 그동안 저는 동난대학 선생님들과 학생들에게 많은 배려와 접대를 받았습니다. 그래서 이 자리를 빌려서 충심으로 감사를 드립니다.

10여 년 전, 즉 20세기의 마지막 몇 해 동안 세계 여러 나라의 정계 요인들과 학자들은 문제 하나를 가지고 열심히 토론을 벌였습니다. 다가오는 세기는 어떤 세기이며, 인류사회는 어디로 향해 갈 것인가 하는 문제였습니다. 글로벌적으로 벌어졌던 이 토론에 대해 상대적으로 일치하는 관점이 있었습니다. 미래의 세기, 즉 지금 우리가 속해있는 21세기는 동서양 문화의 충돌과 교류, 대결과 융합 등이 광범위하게 포진되어 있는 언론의 힘을 빌려서 전례 없는 넓이와 깊이로 전개될 것이라는 관점이었습니다. 저는 동서양 문화대결의 본질은 중화민족이 서방문화와는 다른 발전모델을 인류사회에 제공할 수 있는지 없는지에 달렸다고 봅니다.

이 대결에서 우리가 불패적 지위를 차지하고 인류를 위해 더욱 큰 공헌을 하기 위해서는 기본적으로 우리 자신의 문화를 이해하는 데서부터 시작해야 한다고 생각합니다.

제가 위에서 언급한 학과목을 개설한 이유 역시 이러한 인식에 기초한 일종의 시험이라고 할 수 있습니다. 중화문명의 핵심은 '예(礼)'입니다. 이 관점의 발명권은 저에게 있는 것이 아닙니다. 많은 저명한 학자들이 오래 전에 이미 이런 관점을 제기했었습니다. 하지만 유감스럽게도 이들의 관점을 대부분의 사람들은 이해하지 못했고 숙지하지 못했습니다.

앞으로 저는 여러분들에게 총 14회에 걸친 시리즈 강좌 중 후반기 7회 강좌를 통해 로 나눠 중화문명의 핵심인 '예'가 내포하고 있는 문화적 의의와 현실적 의의에 대해 이야기할 것인데, 그중에서도 '상례(常礼)'로써 주로 관례(冠礼)·혼례(婚礼)·향사례(乡射礼)·석전례(释奠礼)와 서신 등에서의 예의를 다룰 것입니다.

"예는 곧 이치이자 도덕규범이다(礼者理也, 德之则也)"라는 두 구절은 고대의 예서(礼书)에서 따온 말입니다. '예'는 도덕적 이성의 요구에 따라 제정해낸 일련의 전장제도(典章制度)와 행위규범입니다. 이번 강좌에서 저는 왜 중화문명을 예악문명이라고 하며, 중화민족은 왜 이러한 길을 걷게 되었는지에 대해 여러분들에게 이야기할 것입니다. 저는 이것을 역사의 선택이라고 생각합니다.

CONTENTS

이전에 없었던 만세의 사표

(生民未有，万世师表)

제1강
이전에 없었던 만세의 사표生民未有, 万世师表

공자를 기리는 석전례(释奠礼)[1]

이번 강연의 제목은 "생민미유, 만세사표(生民未有, 万世师表)"입니다. '생민(生民)'은 『시경·대아·생민(诗经·大雅·生民)』에서 나왔는데 "생민미유, 만세사표(生民未有, 万世师表)"는 곧 "인류가 생겨나서부터 종래에 없었던 본받아야 할 위인"이라는 뜻입니다. 베이징에 있는 공자묘(孔庙)에는 청나라 때의 제왕이 제사한 "생민미유(生民未有)"라는 편액이 있습니다. 중국역사에서 만세사표(万世师表)로 추앙받는 인물은 공자가 유일합니다. 홍콩·마카오·대만 등 지역들에서는 모두 공자의 탄생일을 '스승의 날'로 정하고 있습니다. 공자의 도덕적 가르침은 천추만대 스승들의 본보기인 셈입니다.

석전례(释奠礼)는 예로부터 전해져오는 공자를 기리는 의식입니다. 하지만 지금의 중국 사람들에게는 많이 낯섭니다. 그래서 이에 대해 간단히 소개부터 하려고 합니다.

'석전(释奠)'이라는 단어는『예기·문왕세자(文王世子)』에서 처음으로 나옵니다. 당시의 학교들에서는 옛 성인이나 은사를 위해 석전례(释奠礼)를 거행했습니다. 그렇다면 '석전(释奠)'은 무슨 뜻일까요? 여기에 대

---

1) 석전례(釋奠禮) ; 문묘 의례라고도 하는데, 봄 가을 두 차례 공자께 올리는 제례.

한 설명은 없습니다. 동한의 저명한 경학자(经学家) 정현(郑玄)은 다음과 같이 해석했습니다. “석전이라 함은 술과 음식을 차려놓는 것일 뿐이다. 시(尸)를 영접하는 일 따위는 없다.(释奠者, 设荐馔酌奠而已, 无迎尸以下之事)” 여기서 ‘석(释)’은 놓는다는 의미입니다. 즉 위패 앞에 제물을 차려놓는다는 뜻입니다. ‘전(奠)’ 역시 놓는다는 의미입니다. 갑골문에서 ‘전(奠)’의 원래 뜻은 술그릇 하나를 땅에 놓는다는 의미입니다. ‘천찬(荐馔)’은 음식을 뜻하는 말이고, ‘작(酌)’은 술을 뜻하는 말입니다. 또한 일반적인 제사에는 모두 ‘시(尸)’가 있습니다. 여기에서 말하는 ‘시(尸)’는 시체가 아닙니다. 고대에 제사를 지낼 때에는 반드시 사자(死者)를 대표하는 한 사람이 자리에 앉아 있었는데, 그 사람이 곧 ‘시(尸)’입니다. 따라서 석전례(释奠礼)는 ‘시(尸)’가 따로 없이 제물들을 차려놓은 것입니다. 당나라 사람 공영달(孔颖达)은 다음과 같이 해석했습니다. ‘석전(释奠)’은 “제물을 차려놓기만 하고 음식을 권하거나 술잔을 돌리지 않는 것이다.” 즉 신주 앞에 제물을 차려놓고 제전(祭奠)의 성의만 표하고 제사 지내는 사람들 사이에는 술잔을 돌리지 않는다는 것입니다. 종합적으로 말하면 이는 비교적 간단한 의식이라고 할 수 있습니다.

중국문화에는 “경천법조(敬天法祖)”의 전통이 있습니다. ‘경천(敬天)’이라 함은 대자연이 우리에게 준 은혜에 공경하는 일입니다. 이처럼 천(天)·지(地)·일(日)·월(月) 등 자연신에게 제사를 지내는 것은 그들이 우리에게 생존환경을 주었기 때문입니다. 베이징에는 천단(天坛)·지단(地坛)·일단(日坛)·월단(月坛) 등이 있는데, 매 해마다 제사를 지내는 방식으로 감사의 마음을 표하고 있습니다. 이것이 바로 ‘경천(敬天)’입니다. 법조(法祖)’는 선조들의 힘들었던 창업정신을 본받아 참신한 사회정신을 창립하고, 그들에 대해 따스한 정과 경의의 마음을 갖는 것입니다. 후세의 사람들은 우리 민족이나 우리 가족이 어떻게 왔는지를 영원히 잊지 말아야 합니다. 특히 우리 민족이나 우리 가족을 위해 중대한 공헌을 한 사람들을 잊어서는 안 됩니다. 중국 사람들은 역사를 존중합니다. 예전에는 집집마다 조상에게 제사를 지냈습니다. 조상님들이 없으면 우리의 오늘이 없기 때문입니다. 물론 대부분의 선조들은 모두 보통사람이지만, 그들에게는 계승하고 발양해나가야 할 많은 우수한 품성이 있습니다.

조상님들에게 제사를 지낸다는 것은 곧 자기와 혈연관계가 있는 친속에게 제사를 지낸다는 말입니다. 제사를 지내는 대상은 신성(神性)이 없습니다. 고대에는 사람이 죽으면 신이 된다고 여겼는데, 여기서 말하는 '신'은 오늘날 우리가 말하는 신선을 뜻하는 게 아닙니다.

중국에는 제사를 지내야 할 대상이 하나 더 있습니다. 자연신도 아니고 자신과 혈연관계가 있는 사람도 아닙니다. 바로 사회를 위해 뛰어난 공헌을 한 문명의 선구자입니다.

비교적 전형적인 것으로 "황제에게 제사를 지내는 것(祭黄帝)"을 들 수 있습니다. 『사기·오제본기(五帝本纪)』에서는 황제를 문명사의 시조로 묘사하고 있습니다. 중국의 역대 왕조들은 모두 황제에게 제사를 지내왔습니다. 지금에 이르러서도 매 년 청명절에 산시(陕西)성의 황링(黄陵)현에서는 사회 각계의 사람들이 모여서 공동으로 제사활동을 치르고 있습니다. 국가적인 대전(大典)의 형식으로 치르고 있는데 이는 사람들이 잘 아는 일입니다.

문헌자료에 따르면 고대 사람들은 여러 영역의 발명창조자들을 위해 제사를 많이 지냈다고 합니다. 이를테면 농업을 발명한 사람을 위해 제사를 지냈던 것이지요. 옛 사람들은 농업을 발명한 사람을 아주 대단하게 여겼습니다. 씨앗을 땅에 파종하고 일정한 경작과정을 거치면 수확을 얻을 수 있었지요. 오늘의 관점으로 봐도 아주 일리가 있는 일입니다. 농업은 인류문명의 어머니입니다. 제1차 사회 대분업은 농업과 축목업의 분업입니다. 농업이 없이는 아무 것도 얘기하기 힘들지요. 옛 사람들은 최초에 농업을 발명한 사람을 '선농(先农)'이라고 칭하고 매 년 그를 위해 제사를 지냈습니다.

뽕나무를 심고 누에를 키우는 것을 발명한 사람 역시 성인입니다. 누에의 머리에는 구멍이 있는데, 그 구멍을 통해 밖으로 실을 토해내지요. 그렇게 토해낸 실로 고치를 만들어 자신을 감싸는데 여기서 "스스로 자기를 얽어매다(作茧自缚)"라는 말이 나왔습니다. 고치실은 아주 가는데 표면에는 얇은 풀이 코팅되어 있습니다. 세계적으로 누에가 나는 곳은 아주 많습니다. 하지만 유독 중국 사람들만이 누에고치에서 실을 뽑아내는 방법을 개발해냈습니다. 또한 맨 처음으로 고치실 표면의 끈적한 풀을 떼어내야 한다는 걸 알았지요. 강남의 일부 고치실 공장에서는 고치를 뜨거운 물에 일정한 시간 동안 불려놓는데 그렇게 되면 실마리가 나오게 되고 따라서 실을 뽑을 수 있게 됩니다. 고치 하나에서 나오는 실은 1Km 정도 되는데 질이 좋고 아주 질깁니다. 야생고치에서 뽑은 실의 단면은 삼각형 모양을 하고 있는데, 빛에 대고 돌리면 프리즘 효과를 보이면서 반짝반짝 빛납니다. 인공으로 재배한 고치에서 뽑은 실의 단면은 원 모양을 하고 있는데 빛에 대고 아무리 돌려도 빛이 나지 않습니다. 야생고치로 만든 옷이나 이불은 관절염 치료에 효과가 있고 신체건강에 유리합니다. 저장(浙江)성 자싱(嘉兴)에 있는 신석기시대 무덤에서 지금으로부터 4천 년 전의 실크제

품 실물이 출토되었습니다. 따라서 그 시기에 중국에는 이미 실크직물이 존재했었던 것이지요. 남송(南宋) 이후 국외에서 목화가 들어오면서부터 점차 면직물로 옷을 지었습니다.

또한 의학을 발명한 선구자도 있습니다. 중국 의학에서 침구요법과 같은 것은 아주 뛰어납니다. 중국 의학에서의 혈위(穴位)이론은 서방의 해부학적인 증명을 받지는 못했지만, 그렇다고 해서 이 이론을 말살해서는 안 됩니다. 창사(长沙) 마왕퇴(马王堆)에서 출토된 백서(帛书)와 장자산한간(张家山汉简)의 기록에 따르면 그 때의 사람들은 벌써 인체에는 경락이 있다는 것을 알고 있었을 뿐만 아니라, 경락을 자극하면 병을 치료할 수 있다는 것도 알고 있었습니다. 중국의 이러한 의학지식은 서방의학과는 다릅니다. 서방의학은 시체의 해부를 그 기초로 하고 있으며, 시체를 그 연구대상으로 하였지요. 하지만 중국의 의학은 살아있는 신체를 연구대상으로 했는데, 맥을 짚어보는 등의 수단으로 건강상태를 체크했습니다. 베이징에 간다면 선농단(先农坛)에 가볼 필요가 있습니다. 『주례(周礼)』에서는 선농(先农)에게 제사를 지내야 한다고 말하고 있습니다. 그렇다면 누가 맨 처음으로 농업을 발명한 것일까요? 모릅니다. 하지만 매년 그에게 제사를 지내지요. 그가 우리 후대들에게 남겨준 복지를 잊어서는 안 되니까요. 베이하이(北海)에는 '선잠단(先蚕坛)'이 있어 매년 그에게 제사를 지냅니다. 그렇다면 '선잠(先蚕)'은 누구일까요? 역시 이름은 모르지만 그에게 마음으로부터 우러나오는 감사의 마음을 전해야만 합니다. 또 태의서(太医署)에서는 '선의(先医)'에게 제사를 지냈습니다. 맨 처음 의학을 발명한 사람에게 지내는 제사입니다. 이런 사람들은 우리와 직접적인 혈연관계는 없지만 우리 사회에 무궁한 혜택을 가져다주었습니다. 중국 사람들은 아주 후덕하기에 이들을 기리고 제사를 지내는 것입니다.

이런 제사들 가운데 공자를 기리는 제사만 그 대상의 이름을 명확하게 알고 있으며 그 의식 또한 가장 성대합니다. 그래서 오늘 여러분들과 공자의 제사에 대해 이야기를 나누려고 합니다. 이렇게 안배한 이유는 난징(南京)에 두 개의 명승고적이 있기 때문입니다. 하나는 중산릉(中山陵)이고 하나는 부자묘(夫子庙)[2]입니다. 저는 어렸을 때에 어른들이 난징의 부자묘에 대해 들었는데 아주 가보고 싶었습니다. 하지만 당시에는 도대체 뭔지를 몰랐습니다. 나중에야 알았는데 이는 공자를 기리는 곳이었지요.

1. 공자의 일생과 그의 학문·품행

공자는 세계 10대 문화 명인 가운데서 맨 앞자리를 차지하며 중화문명사의 거두입니다. '자(子)'는 존칭인데, 이름은 구(丘)이며, 자는 중니(仲尼)입니다. 노양공(魯襄公) 22년(기원전 554년) 노나라 창평향(昌平鄕) 추읍(陬邑, 지금의 산동성 취푸 지역)에서 태어났습니다.

중국에는 민간에서 역사를 편찬하는 전통이 있습니다. 그 중요한 표현의 하나가 족보를 편찬하는 것입니다. 족보는 한 가문이 이주하고 유전(流傳)해온 과정을 담고 있습니다. 어느 해인가 저는 한국 안동의 어느 읍을 방문한 적이 있습니다. 전통문화의 기운이 아주 농후한 지역이었습니다. 여덟 개의 '종가' 집거지로 이름난 곳이기도 합니다. 중국의 어느 교수가 찾아왔다는 소문을 들은 노인장 한 분이 아주 기뻐

2) 부자묘(夫子庙): 공자를 존경하는 의미의 '공부자(孔夫子)' 에서 유래된 말로 공자 사당을 이름. - 역자 주

하면서 저를 집으로 초청해 주었습니다. 그리고 아주 두꺼운 족보 3권을 꺼내어 보여주었습니다. 첫 페이지부터 그들의 조상님들에 대한 기록이 있었습니다. 가장 오래된 조상은 김씨 성을 가진 당나라의 관원이었습니다. 이 관원은 당시 사신으로 임명되어 일본에 가던 도중에 풍랑을 만나 한반도에 떨어지게 된 겁니다. 당지의 백성들은 당나라 사신이 온 것을 보고 그를 섬으로 안내했습니다. 당시 그가 탔던 배가 남쪽에서 표류하여 왔기에 당지 정부는 그에게 '남(南)'씨 성을 하사했지요. 지금에 이르러 남씨 성을 가진 사람은 이미 20만 명이 넘습니다. 이 기나긴 역사는 족보가 있었기에 지금까지 유전될 수 있었습니다. 그래서 족보가 아주 귀중한 것입니다.

공자의 조상은 은나라 말년까지 추적할 수 있습니다. 『논어·미자(微子)』에는 "은나라에 세 인자(仁者)가 있다(殷有三仁)"는 말이 있습니다. 그 가운데 한 명이 미자(微子)입니다. 이 세 인자(仁者)는 모두 은나라 말년의 사람들입니다. 셋은 모두 정직하기로 세상에 이름났지요. 무왕이 은나라를 멸한 후 미자를 송나라(제후국) 왕으로 봉하고 오늘날 허난(河南), 상추(商丘) 지역에 도읍을 정하도록 했습니다. 중국 고대의 문화는 아주 재미있는데 서양 사람들로서는 이해하기 어려운 부분들이 적지 않습니다. 이를테면 어느 한 국가를 멸망시킨 후, 철저하게 씨를 말리는 것이 아니라 일정한 땅을 떼어주어 거기서 계속 살아가게 하는 것입니다. 베이징의 시청(西城)구에 역대제왕묘(历代帝王庙)가 있는데 아주 악질적인 몇몇만 빼고는 거의 모든 제왕들이 거기서 후세들의 봉양을 받고 있습니다. 이를테면 청나라가 명나라를 멸했지만 명나라 때의 제왕들은 모두 이곳에서 봉양되고 있지요. 역사를 지워버릴 수 없기 때문입니다. 무왕은 은나라를 멸한 뒤 미자를 송나라

왕으로 봉했습니다. 그렇게 몇 대를 거친 후 공방숙(孔防叔)이 태어나게 되는데, 공방숙(孔防叔)은 전란을 피해 노나라 수도 취푸(曲阜)로 이주합니다. 이러한 빈번한 이주 과정에서 고대의 성씨들은 흔히 분파가 생기게 되지요. 공방숙 역시 공(孔)을 성씨로 하게 됩니다.

공자의 부친 숙량흘(叔梁纥) 대에 이르러서는 가문이 쇠퇴하여 몰락한 귀족이 되고 맙니다. 공자가 세 살 때 아버지가 돌아가시게 되는데 이로 인해 그는 어릴 때부터 아주 가난한 생활을 했습니다. 공자 스스로도 유년시기에 너무나 가난했기에 "자질구레한 일을 잘하는 것이 많았다(多能鄙事)"고 이야기했습니다. (『논어·자한(子罕)』) 그는 창고 관리도 해보고, 소나 양을 치는 작은 관리 노릇도 했습니다. 가난하고 미천한데다가 아무런 사회적 지위도 없었지요. 하지만 공자는 어려서부터 문화에 남다른 애착을 갖고 있었습니다. 『사기』를 보면 알 수 있는데, 공자는 어릴 때 놀음을 할 때에도 다른 애들처럼 떠들면서 장난치는 게 아니라, 제기들을 차려놓고 제사를 지내는 흉내를 냈습니다. 이러한 것은 중국문화를 체현하는 활동입니다. 이로부터 보다시피 공자는 어릴 때부터 남다른 데가 있었습니다.

공자는 학식이 깊었고 인문정신(人文关怀)이 있었습니다. 그는 춘추시기의 난세에 대해 통탄해마지 않으면서 "주공의 제례작악(公制礼作乐)"에서 정치적 이상을 갈망했습니다. 『예기·예운(礼运)』의 '대동(大同)'을 읽으면 공자가 '대동세계'라는 이상사회를 실현하려는 이상을 품고 있었음을 알 수 있습니다. 폭정을 반대하고 사회의 무질서와 무례함을 반대한 것입니다. 공자에게는 나라와 백성을 구제하기 위한 일련의 방법들이 있었습니다. 그는 이 방안을 실행한다면 사회를 바꿀 수 있을 것이라고 믿었습니다. 그리하여 그는 여러 나라를 주유하면서 누군가가 이 방안을 받아들이기를 바랐습니다. 하지만 아쉽게도 당시의 제후들은 폭력을 미신하고, 개인의 사리를 추구했기에 공자는 가는 곳마다 냉대를 받았습니다. 『사기·공자세가(孔子世家)』에서는 다음과 같이 기록했습니다. "제나라에서 배척을 받고, 송나라와 위나라에서 쫓겨났으며, 진나라와 채나라 사이에서 곤경에 빠졌다.(斥乎齐, 逐乎宋卫, 困于陈, 蔡之间)". 공부자의 일생은 아주 불행합니다. 아무도 그의 사상이나 의견을 받아들이려 하지 않았습니다. 말년에 이르러 그는 아주 상심해서 고국인 노나라로 돌아가게 됩니다. 이때에는 이미 나이가 적지 않았기에 그의 포부는 정치적인 차원에서 실현하는 것이 불가능하게 되었습니다. 하지만 아이러니하게도 이 때문에 그는 다른 차원에서 성과를 이룰 수 있었습니다.

공자와 같이 이상도 있고 학식도 있는 사람들은 언제나 사회를 위해 뭔가 할 수 있기를 갈구합니다. 그래서 공자는 강학(讲学)이라는 하나의 직업을 발명하게 됩니다. 공자 이전에 학술은 관청에서 독점했습니다. 이를 "교육은 관청에서 받는다(学在官府)"고 했지요. 공자는 민간에서 사학을 설립하여 관청의 문화독점을 타파했습니다. 그는 학생들을 모집함에 있어서 문턱이 아주 낮았습니다. "교육에는 차별이 없다(有教无类)"는 것이었습니다.(『논어·위령공』) 집이 가난하든 부유하든 누구나 그의 학생이 될 수 있었던 것이지요. 학비도 아주 저렴했습니다. '속수(束脩)'가 육포의 묶음이라는 것은 여러분들도 다 알 것입니다. 이것 하나만 드리면 학비를 대신할 수 있었습니다. 공자는 인재시교(因材施教)[3]를 주장했습니다. 따라서 서로 다른 학생이 같은 문제를 질문

3) 인재시교(因材施教): 개개인의 적성과 수준에 맞는 맞춤형 교육.

하더라도 그에 대한 해답은 각각 달랐습니다. 공자는 문·행(行)·충·신 등 4개 과목으로 나누어 학생들을 가르쳤습니다. 사람은 우선 '문'을 배워야 합니다. '문'을 배우지 않고서 어찌 시대를 따라갈 수 있습니까? 어찌 문명사회에서 생활할 수가 있습니까? '문'을 강조하는 것은 겉치레가 아니라 '행(行)'을 지도하기 위한 것입니다. 지식을 습득하는 것은 이로써 행위를 지도하기 위함입니다. 지(知)와 행(行)은 반드시 합일(合一)을 이루어야 합니다. 주희는 다음과 같이 말했습니다. "인생에는 두 가지 일만 있다. 하나는 지(知)로서 배움을 통해 진정한 지식을 습득하는 것이고, 다른 하나는 수(守), 즉 도리를 지키는 것이다." 또 도행지(陶行知)는 다음과 같이 말했습니다. "천을 배우든 만을 배우든 모두 진정한 사람으로 거듭나기 위함이고, 천을 가르치든 만을 가르치든 모두 진정한 지식을 습득하도록 하기 위함이다.(千学万学, 学做真人, 千教万教, 教人求真)"

『예기』에 나오는 『학기(学记)』는 중국에서 가장 먼저 교학이론을 연구한 저서입니다. 이 책에 나오는 문자들은 지나치게 생소하거나 난해하지 않습니다. 따라서 여러분들도 읽어볼 필요가 있습니다. 이 속에 제기된 교학사상은 지금 와서 봐도 전혀 뒤떨어지지 않습니다. 이를테면 학습과 사고를 다 같이 중시해야 한다거나 계발식 교육을 해야 한다는 것 등입니다. 왜 공자를 "영원한 스승의 본보기(万世师表)"라고 할까요? 왜냐하면 공자는 중국역사에서 첫 번째 스승이었을 뿐만 아니라 중국 교사들의 본보기이기 때문입니다. 일반적으로 보면 맨 처음 시도하는 일은 대체로 하기가 아주 힘듭니다. 하지만 공자는 일류의 수준으로 이를 해냈습니다. 더욱이 지금에 이르러서도 그를 넘어설 사람이 없습니다.

공자는 또 학자이기도 합니다.

『논어』의 첫 편이 바로 『학이(学而)』입니다. 공자는 "배움에 게을리 하는 법이 없었으며 학생들을 가르침에 실증을 내는 법이 없었습니다. 또한 배움에 정진하느라 침식을 잊었으며 늘 낙관적인 자세로 임했기에 근심이 사라지고 스스로 늙어가는 줄도 몰랐습니다.(学道不倦, 诲人不厌, 发愤忘食, 乐以忘忧, 不知老之将至)" (『사기·공자세가』)

그는 일생 동안 부단히 배움에 정진했고 이로써 습득한 지식을 다른 사람들에게 전수했습니다. 따라서 그는 후세들의 배움에 있어서 본보기가 되었던 것입니다.

공자는 학문을 "수기치인(修已治人)"이라는 네 글자로 개괄했습니다. 우선은 "수기(修已)", 즉 나 스스로를 수양해야 한다는 것입니다. 독서를 하는 것은 스스로를 수양하기 위해서입니다. 『논어·학이』에는 다음과 같은 이야기가 나옵니다. "공자와 그의 학생 자공이 토론을 벌였다. 자공이 말했다. 『시경』에는 '여절여차(如切如磋), 여탁여마(如琢如磨)'라는 말이 나오는데 사람은 부단히 수신해야 한다는 말이 아닙니까? 이에 공자는 아주 기뻐하면서 대답했다. 아주 대단하구나! 이제 자네는 나와 더불어 시경을 토론할 수 있게 되었네." '절차(切磋)'는 옥이나 돌, 상아나 뼈 따위를 가공한다는 말입니다. 이를테면 뼈 하나로 비녀를 만들기 위해서는 일단 절단(切)해야 합니다. 또한 표면이 거칠기에 잘 연마(磋)해야 합니다. 옥 또한 마찬가지입니다. 무늬를 새긴 뒤에는 또 표면이 광택이 나도록 잘 연마해야 합니다. 사람의 수신 역시 마찬가지입니다. 부단히 갈고 닦는 과정이 필요합니다. 사람은 본 바탕색이 있어야 할 뿐만 아니라 이를 시대문명의 요구에 맞게 부단히 연마해나가야 합니다. 누구나 다 수신(修身)해야 합니다. "나는 하루에 세 번 스스로를 반성한다.(吾日三省吾身)"는 말이 있습니다. 반성할 줄 모르고 자아비평을 모른다면 영원히 진보 발전할 수 없습니다. 자신이 갖고 있는 흠결들을 털어내고 예술품과도 같은 고아(高雅)한 사람으로 되기 위해서는 일생동안 정력을 들여 수식하고 갈고 닦아야 합니다. 이러한 '공예'가 없다면 당신은 단지 하나의 원재료에 불과합니다. 원재료 자체가 아무리 좋다고 해도 갈고 닦는 과정을 거치지 않고서는 절대로 예술품으로 될 수 없습니다. 이것이 바로 '수기'입니다.

'수기'의 목적은 '치인(治人)'입니다. 즉 옥기(玉器)나 골기(骨器)처럼 잘 가공함으로써 다른 사람에게 영향을 주고 도움을 주기 위한 것입니다. 주희는 『대학장구(大学章句)』에서 다음과 같이 말했습니다. "큰 학문을 성취하는 방법은 자기의 내면에 있는 밝은 덕(德)을 밝히고 발양하고, 민심을 잘 헤아려 민의를 따르며, 이로써 지극히 훌륭한 경지에 이르는 것이다.(大学之道, 在明明德, 在亲民, 在止于至善)" 칭화대학 초기의 기숙사 이름은 '명재(明斋)', '신재(新斋)', '선재(善斋)' 등이었습니다. '재(斋)'는 몸과 마음을 다스리는 곳이라는 뜻입니다. 매일 '명재'라는 두 글자를 보게 되면 자연히 "나는 오늘 '명명덕(明明德)'[4]을 했는가" 하고 스스로를 반성하게 되지요. 인간이 동물과 가장 큰 차이점은 날 때부터 '명명덕'이 있다는 것입니다. 하지만 사회생활을 오래 하다보면 이런 아름다운 덕성이 혼탁한 것들에 가려지게 되기에 이를 새롭게 밝히고 발양해야 하는 것입니다. '명명덕'만 가지고는 부족합니다. '친민(亲民)'[5]이 없으면 안 됩니다. 지식인으로서 먼저 깨달았으면 다른 사람

4) 명명덕 : 타고난 맑고 밝은 덕성을 밝히는 것.

5) 친민 : 백성을 가까이 하는 것, 혹은 백성을 새롭게 하는 것.

들도 깨닫도록 도와줘야 합니다. 아직 각성하지 못한 사람들에게 영향을 주어 각성토록 하는 것입니다. 자기의 내면에 있는 밝은 덕(德)을 더욱 밝히고 발양함으로써 대중들에게 영향을 주고 사회의 진보를 이끄는 것입니다. 이는 지식인들의 사회적 책임입니다. '명명덕'이나 '친민'은 하루나 며칠 동안만 하고 그만두는 것이 아닙니다. 요즘 사람들이 "레이펑을 배우는(学雷锋)" 것과 같습니다. 많은 사람들은 3월 5일[6] 하루만 생색을 냅니다. 이렇게 해서는 백년이 지나도 제대로 배우지 못합니다. "레이펑을 배우는 것"은 때와 장소를 가려서는 안 됩니다. 그렇다면 '명명덕'과 '친민'은 언제까지 해야 할까요? "지극히 훌륭한 경지에 이를 때(止于至善)"까지 지속해야 합니다. 두 가지 모두 "지극히 훌륭한 경지"에 이르러야만 하는 것입니다. '수기(修己)'를 강조하고 '치인(治人)'을 강조하는 것은 곧 스스로를 완벽해지게 하고 나서 세상의 모든 사람들도 다 완벽해지도록 돕는 것입니다. 공자가 주장하는 학문의 주지(主旨)가 바로 여기에 있습니다.

『대학』, 『중용』, 『논어』, 『맹자』 등은 모두 사람으로서의 도리를 말하고 있습니다. 정자(程子)는 다음과 같이 말했습니다. "지금의 사람들은 독서할 줄을 모른다. 이를테면 『논어』를 읽는다고 하자. 읽기 전이나 읽고 난 후에 전혀 변함이 없다면 안 읽은 것과 같다." 마찬가지로 만약 여러분들이 저의 강의를 듣기 전이나 듣고 난 후에 전혀 변함이 없다면 안 들은 것과 같습니다. 제가 천리 길을 마다하지 않고 여기까지 와서 강의를 했는데, 여러분들은 그냥 듣고 웃기만 했을 뿐 아무런 효과도 없다면, 저로서는 여간 실망스러운 일이 아닙니다.

---

6) 3월 5일: 중국에서 인민영웅 레이펑(雷锋)을 학습하는 기념일. - 역자 주

공자가 주장하는 학문의 취지는 인애(仁爱)·중화(中和)·충신(忠信)·성경(诚敬)·효제(孝悌) 등을 인간의 본질에 내면화시키는 것입니다. 내면화시키는 것이 가장 중요합니다. 오늘 제가 강의한 과목을 홍콩이나 타이완 지역에서는 통식교육(通识教育)이라고 하고, 중국 본토에서는 자질교육(素质教育)이라고 합니다. 대체 통식교육이라고 할 것이냐, 자질교육이라고 할 것이냐를 놓고 각 계에서 의론이 분분합니다. 저는 개인적으로 자질교육이라고 부른 것이 더 좋다고 봅니다. 왜냐하면 통식교육이 강조하는 것은 지식의 전수이기 때문입니다. 이에 대해 타이완의 유명한 여류작가 롱잉타이(龙应台)는 아주 예리한 글 한 편을 썼습니다. "지식은 인간 본체에 외재(外在)한 앎"이라는 것입니다. 이를테면 히말라야가 얼마나 높은가는 본체인 '나'와는 직접적인 상관이 없다는 것입니다. '나'에게 외재한 앎이며, 수치화할 수 있다는 것입니다. 하지만 '자질(素质)'은 다릅니다. '자질'은 문학·역사 등을 배움으로써, 인간 본체에 내재하여 인생을 지도하는 일종의 이념이나 역량입니다. 만약 중문학과에서 배우는 『홍루몽』을 그대로 화학과에 가져가서 강의하면 어떻게 될까요? 자질교육이라고 할 수 있겠습니까? 이는 단지 여가시간에 소일거리로 한담하는 밑천을 늘리는 데 불과할 것입니다. 자질교육의 목표는 더 깊은 곳에 있습니다.

하나의 민족이나 국가가 비약하려면 우선적으로 사람들의 자질을 제고시켜야 합니다. 자질이란 가장 기본적인, 사람으로서 사람이 될 수 있는 기본적인 요구이며, 이를 사람의 본질에 내재화시킬 수 있는 일부분이어야 합니다. 공자는 이러한 내재화를 특별히 강조했습니다. 내재화를 통해 고상한 인격을 형성하고 정확한 인생이념과 높은 문화적 각성을 실현할 수 있는 것입니다. 저는 매 번 강의를 준비함에 있어서

"이번 강의에서는 뭘 전달할 것인가?" 라고 반복적으로 사색하곤 합니다. 단순한 지식을 한가득 전수하는 것이 아니라, 이러한 지식으로써 학생들의 문화적 자존감과 문화적 자각성을 유발시키고 배양시켜야 하기 때문입니다. 사람들은 누구나 다 많은 선택에 직면합니다. 만약 이와 같은 문화적 자존감과 문화적 자각성이 없다면 남들이 하는 대로 따라가고 줏대 없는 사람이 되고 말 것입니다.

어떤 학생이 저를 취재하면서 "'국학 붐'을 어떻게 생각하시느냐?"고 질문한 적이 있습니다. 저는 적지 않은 곳의 '국학 붐'은 왜곡되었다고 생각합니다. 어찌 '국학 붐'을 이용하여 돈을 벌거나 두각을 나타내려 한단 말입니까? '국학 붐'은 반드시 문화정신으로 귀결되어야 합니다. 중국에는 종교가 없습니다. 따라서 우리는 문화정신으로 사회의 발전을 촉진시켜야 합니다. 사람들이 서로 수신(修身)하고 그럼으로써 또 서로에게 좋은 영향을 주도록 해야 합니다. 유학을 부흥시키는 것은 복고(复古)하려는 것이 아니라, 그 정수를 취하고 옛 방법을 빌려 새로운 시대를 개척하려는 것입니다.

사서의 기록에 따르면 노애공(鲁哀公) 14년(기원전 481년)에 노애공이 '대야(大野)'라고 불리는 곳의 소택지에서 사냥을 했는데, 한 부하가 기린(麒麟)을 잡았습니다. 기린은 인수(仁兽)인데 쉽게 나타나지 않습니다. 그런데 나타났을 뿐만 아니라 잡히기까지 했으니 사람들은 다들 이를 좋지 않은 징조라고 여겼습니다. 그 결과 2년 뒤에 공자가 세상을 뜨게 됩니다.

공자가 세상을 떴지만 그의 영향은 여전했습니다. 그의 제자와 추종자들이 분분이 그의 묘지 옆으로 찾아와 거주했는데 그 수는 백여 명에 달했습니다. 다들 그를 떠나려 하지 않았던 거지요. 그래서 그 지방의 이름을 '공리(孔里)'라고 했습니다. 하지만 제자들은 상복을 입을 수가 없었습니다. 왜냐하면 상복을 입으려면 반드시 혈연관계가 있어야 했기 때문이지요. 그래서 어떻게 했을까요? 결국에는 "마음으로 상복을 입었습니다." 실제 상복을 입지는 않았지만 매일 마음속으로 공자를 애도하고 추모하였습니다. "한 번 스승이 되었으면 평생 아버지처럼 모신다(一日为师, 终身为父)"는 그런 태도였습니다. 우리 주변에도 나이가 꽤나 든 지식인들은 다들 자기의 선생님을 특별히 존경합니다. 어느 날 저의 동료 한 분이 아주 괴로워하고 있어서 왜 그러냐고 물었지요. 그랬더니 방금 전에 자기의 은사님이 돌아가셨다는 소식을 들었다는 것이었습니다. 은사님의 도움을 많이 받았는데 시간상 장례식에 참여할 수가 없어서 많이 괴로웠던 모양입니다. 결국 그는 은사님이 계신 곳을 향해 꿇어앉고 망곡(望哭)을 했습니다. 그 쪽을 향해 곡을 함으로써 애도를 표시한 것입니다. 부모의 상을 당하면 삼년 제를 지냅니다. 그러니 공자의 제자들은 마음으로 삼년 제를 지낸 셈입니다. 자공은 공자와의 정이 아주 깊었기에 그의 무덤 옆에 집을 짓고 6년 동안이나 지켰습니다. 사생(师生)의 정이 얼마나 깊었는지를 알 수 있지 않겠습니까?

공자는 사학을 설립함으로써 중국문화를 대대적인 보급의 시대로 이끌었습니다. 제 소견으로는 그 후의 제자백가 국면은 공자와 아주 큰 관계가 있습니다. 중국의 제자백가 시대는 인류문명의 차축시대(轴心时代)에 처해 있었습니다. 서방사람들은 기원전 6세기 전후에 인류문화가 찬란한 전성기를 구가했다고 인정합니다. 이 시기 인도에서 석가모니가 나타났고, 고대그리스에서 소크라테스와 플라톤, 중국에서 공자와 노자가 나타났지요. 서방에서도 공자의 업적에 대해 아주 높이 추종하고 있습니다.

사마천은 룽먼(龙门) 사람입니다. 그가 학문에 임하는 태도는 “만 권의 책을 읽고 만 리 길을 걷는다(读万卷书, 行万里路)”는 것입니다. 책을 읽고 글을 쓰기 위해 그는 전국의 방방곡곡을 돌아다녔는데, 공자의 고향에도 갔었습니다. 사마천은 공자를 특별히 경모(敬慕)하면서 그를 ‘세가(世家)’라고 칭했습니다.

『사기』에서는 제왕을 ‘본기(本纪)’라고 칭했습니다. 이를테면 『주본기(周本纪)』, 『은본기(殷本纪)』, 『하본기(夏本纪)』, 『진시황본기』 등을 들 수 있지요. 그리고 제후에게는 ‘세가(世家)’라고 칭했습니다. 이를테면 『노세가(鲁世家)』, 『오세가(吴世家)』, 『송세가(宋世家)』 등이 그것입니다. 공자는 일개 서민에 불과하며 제후 노릇을 한 적도 없지만, 사마천은 그를 ‘세가’의 위치에 올려놓고 추종했습니다. 『사기·공자세가』에는 아래와 같이 공자를 찬미하는 구절이 있습니다.

> “태사공 왈: 『시(诗)』에는 ‘높은 산을 우러러보고, 큰 길을 따라 간다(高山仰止, 景行行止)’고 했다. 물론 거기까지 도달하지 못하지만 마음은 늘 거기를 바라고 있다. 내가 공자의 책을 읽으니 가히 그의 위인을 상상할 수가 있다. 노나라에 이르러 공자의 사당을 보고 그가 사용했던 수레와 의복, 예기를 보았다. 많은 선비들이 아직도 정해진 시간에 맞춰 공자네 집에 와서 예의를 공부했다. 나는 이리저리 배회하면서 차마 발걸음이 떨어지지 않았다. 천하에는 군왕과 현인들이 아주 많지만, 거의 모두가 당시에만 영광을 누렸을 뿐 죽어서는 아무것도 남기질 못했다. 공자는 일개 평민이었다. 그러나

10여 세기를 거쳤는데도 여전히 전해지고 있다. 독서하는 사람들은 다들 그를 추종하고 있다. 천자부터 시작해서 전국에서 육경(六经)을 연구하는 사람들은 모두 공자의 말을 그 기준으로 삼고 있다. 공자는 가히 성인이라고 할 수 있는 것이다.(太史公曰: 『诗』有之: '高山仰止, 景行行止,' 虽不能至, 然心乡往之, 余读孔氏书, 想见其为人, 适鲁, 观仲尼庙堂, 车服, 礼器, 诸生以时习礼其家, 余祗回留之不能去云, 天下君王至于贤人众矣, 当时则荣, 没则已焉, 孔子布衣, 传十余世, 学者宗之, 自天子王侯, 中国言六艺者折中于夫子, 可谓至圣矣)"

『시경』에 "높은 산을 우러러보고, 큰 길을 따라 간다(高山仰止, 景行行止)"는 기사가 있습니다. 공자를 하나의 높은 산에 비유하고 있습니다. 문화사에서의 최고봉에 비유한 것입니다. '나'는 물론 그 높이까지 도달하지 못하지만 마음속으로는 시종 우러르고, 시종 그 방향을 향해 나아가고자 노력합니다. '적(适)'은 나아간다는 뜻입니다. '차복(车服)'이나 '예기(礼器)'는 공자의 유물을 뜻하는 말입니다. "제생이시습예기가(诸生以时习礼其家)"는 여러 학생들이 규정한 시간대로 공자네 집에 모여 예(礼)를 배웠던 것을 말합니다. "여지회류지불능거운(余祗回留之不能去云)"에서 '지(祗)'는 '공경한다'는 말입니다. 즉 '나'는 공자에 대한 경의를 한가득 품고 있어서, 그 자리에서 왔다 갔다 할 뿐 시종 떠나가지 못한다는 말입니다. 반대로 고금을 통틀어 수많은 천자와 제후들이 살아있을 때에는 여러 사람들의 옹위를 받으며 기세등등했지만, 죽어서는 아무 것도 남지 않았지요. "전십여세(传十余世)"는 "사마천이 활동했던 그 시대에까지 전해졌다"는 말입니다. "학자종지(学者宗

之)"는 "모든 학자들이 그를 시조로 받들었다"는 말입니다. 여기서 '육예(六艺)'는 『시(诗)』, 『서(书)』, 『예(礼)』, 『악(乐)』, 『역(易)』, 『춘추』 등 '육경(六经)'을 뜻하는 말입니다. 이는 중국문화의 원천입니다. 『시(诗)』가 있어서 문학이나 시가학(诗歌学)이 있게 되었고, 『춘추』가 있어서 사학(史学)이 있게 되었으며, 『역(易)』이 있어서 철학이 있게 되었습니다. 중국의 모든 학술은 다 육경에서 비롯된 것입니다. 육경에 대해 사람마다 각자 나름대로의 이해가 있습니다. 의견의 불일치로 논쟁이 생길 때마다, 사람들은 공자의 말로 그 시비곡직을 가리는 표준을 삼았습니다. 이것이 바로 "절중우부자(折中于夫子)"인 것입니다. 공자는 지고무상의 성인이었고, 그의 학문은 지금에 와서도 막대한 영향을 미치고 있습니다. 가히 만세토록 영원하다고 할 수 있습니다.

"천불생중니, 만고여장야(天不生仲尼, 万古如长夜)"는 주희의 『주자어류(朱子语类)』에서 언급된 말입니다. 이는 당나라의 어떤 사람이 촉도(蜀道)의 어느 숙소 벽에서 발견하고 기록한 말이라고 합니다. 즉 그 말은, "하늘이 만약 공자를 내려 보내지 않았더라면, 인류는 오랜 세월 동안 어둠속을 헤매었을 것이다."라는 뜻입니다. 사람들이 공자를 얼마나 공경하고 우러렀는지를 보여주는 말입니다.

2. 제공(祭孔)의식의 변화발전

공자가 세상을 뜬 다음 해, 노애공은 공자의 추모식을 진행하기로 결정했습니다. 그리고 공자가 생전에 거주하던 집 세 채를 아예 제사장소로 정하고 그가 사용했던 옷·관·악기·수레·도서 등을 안에 진열해 놓고 사람들이 추모하고 참배하도록 했습니다.

서주(西周) 이래의 제사는 주로 '사시제(四时祭)'였습니다. 즉 춘하추동 매 절기가 바뀔 때마다 조상들에게 제사를 지내는 것입니다. 매년 사계절 제사 때마다 사람들은 자발적으로 공자의 무덤 앞에 와서 제사를 지냈습니다. 심지어 어떤 선비들은 향음주례(乡饮酒礼)와 대사례(大射礼) 등을 거행하기도 했습니다. 공자는 살아있을 때 향음주례를 보고나서 이런 의식이 은연중에 사람들을 교육시키는 역할을 한다고 감개(感慨)하여 다음과 같이 말한 적이 있습니다. “나는 향음주례를 참관하고 나서, 왕도를 시행하는 일이 얼마나 쉬운지를 알게 되었다.(吾观于乡, 而知王道之易易也)”라고 말했습니다.(『예기·향음주례』)여기서 두 개의 ‘역(易)’이 함께 쓰인 것은 쉽다는 것을 강조하기 위해서입니다.

군중들의 자발적인 제사 외에 공자의 후손들 역시 제사를 지냈습니다. 주로 ‘사대정제(四大丁祭)’였습니다. 그렇다면 ‘사대정제(四大丁祭)’는 대체 무엇일까요? 춘하추동 매 계절에서, 한 계절은 3개월인데, 각각 맹월(孟月)·중월(仲月)·계월(季月)이라고 부릅니다. 고대에는 천간(天干)으로 날짜를 기록했습니다. 십간(十干)인 갑(甲)·을(乙)·병(丙)·정(丁)·무(戊)·기(己)·경(庚)·신(辛)·임(壬)·계(癸)가 10일입니다. 1개월은 30일을 초과하지 않기에 1개월 내에 십간(十干)은 세 번 나타납니다. 그 가운데 세 개의 정일(丁日)이 있습니다. 첫 번째 정일은 상정일(上丁日)이라고 부르고, 두 번째 정일은 중정일(中丁日)이라고 부르며, 세 번째 정일은 하정일(下丁日)이라고 부릅니다. 공자의 제사는 중월(仲月)의 첫 번째 정일 즉 상정일(上丁日)에 치렀습니다. 한국에서 가장 높은 급별의 공자사당은 성균관인데, 여기서는 매 년 봄과 가을 두 계절의 중월(仲月)중 상정일(上丁日)에 공자를 위해 제사를 지냅니다. 한국의 남북 여러 도에는 모두 공자사당이 있습니다. 이러한 곳들의 제사는 성균관보다 늦은 중정일(中丁日)에 제사를 지냅니다. 그리고 그보다 한 단계 낮은 현(县)급의 공자사당에서는 하정일(下丁日)에 제사를 지냅니다. 이는 옛날 관습이 지금까지 보존되고 있음을 보여주는 것입니다.

제왕들 역시 공자를 위해 제사를 지내는 전통이 있었습니다. 서한(西汉)의 첫 번째 황제는 한고조(汉高祖) 유방(刘邦)입니다. 많은 저서들에서 보면 유방은 교양이 없다고 기록하고 있는데, 심지어는 부랑배로 묘사하기도 합니다. 하지만 『한서·고조본기(汉书·高祖本纪)』의 기사에 따르면, 유방은 12년 동안 재위했는데, 회남(淮南)에서 경성(京城)으로 돌아올 때 곡부를 지나면서 태뢰(太牢)[7]의 예로써 공자를 위해 제사를 지냈습니다. 그는 공자를 위해 제사를 지낸 첫 번째 제왕입니다. 그 후로 열한 명의 제왕들이 모두 18번이나 곡부(曲阜)를 찾아가서 공자를 위한 제사를 지냈다고 합니다.

동한(东汉) 때에 이르러 여러 군현(郡县)의 학교들에서는 분분히 공자를 위한 제사를 지내기 시작했습니다. 『후한서·예의지(礼仪志)』의 기록에 따르면 여러 군현에서는 향음주례(乡饮酒礼)를 지낸 후, 다시 당지의 학교에서 선성(先圣)과 선사(先师)를 위한 제사를 지냈는데, 선성(先圣)은 주공(周公)이고, 선사(先师)는 공자입니다. 최초에는 주공과 공자를 한자리에 모셔놓고 함께 제사를 올렸습니다. 그래서 옛날 사람들은 흔히 "요·순·우·탕·문·무·주·공(尧舜禹汤文武周孔)"을 같이 언급했습니다. 제사에 사용하는 가축은 개 한 마리였습니다. 그때까지만 해도 공자를 위한 제사의 의식과 규격이 아직 형성되지 못했습니다.

당태종(唐太宗)은 공자를 아주 존경했고 유학을 아주 좋아했습니다. 정관(贞观) 2년(682년)에 반현령(房玄龄)이 주공과 공자는 모두 성인이

---

7) 태뢰(太牢): 옛날 제왕이 제사를 지낼 때, 소·양·돼지를 제물로 바치는 것. - 역자 주

지만 그 역사적인 공헌은 서로 다르기에 국학(国学)에서는 응당 공자를 위한 제사를 지내야 한다고 건의했습니다. 이 건의는 바로 당태종의 승낙을 받았으며, 그리하여 주공과 공자를 나눠서 제사를 지내게 되었습니다. 그런데 고대에 제사를 지낼 때에 한 사람만 단독으로 모시고 제사를 지내는 법은 없었습니다. 왕왕 그와 관계가 가장 밀접한 사람을 배향(配享)하고 제를 올렸지요. 공자는 당시 안연(颜渊)에 대한 평가가 아주 높았습니다. 두 사람의 관계도 아주 좋았는데 마치 부자간 같았습니다. 그래서 사람들은 안연을 공자와 함께 모셔놓고 제사를 지냈습니다. 나중에 또 어떤 사람이 주공과 공자를 갈라놓고 제사를 지내서는 안 된다고 하는 바람에, 한동안은 또 두 성인을 같이 모셔놓고 제사를 치르기도 했습니다. 당고종(唐高宗) 시기에 이르러 또 주공과 공자를 갈라놓고 제사를 지냈습니다. 왜냐하면 주공의 공헌은 주로 정치적인 것이기 때문이었습니다. 주공은 성왕(成王)과 관계가 가장 밀접했기 때문에 성왕을 배향(配享)하고 제사를 지냈습니다. 그 후로 안연이 공자를 배향하는 것은 하나의 규칙으로 정해져서 바뀌지 않게 되었습니다.

당태종 시기에는 또 하나의 중요한 조치가 있었습니다. 각 지역의 주와 현(州县)에 공자사당을 설립하여 유학(儒学)을 제창한 것입니다. 그 때부터 모든 주(州)와 현(县)에 문묘(文庙)와 무묘(武庙)가 각각 하나씩 있게 되었습니다. 문묘는 공자사당이고, 무묘는 관공사당(关公庙)이었습니다. 무묘에서는 충의(忠义)를 제창하였습니다. 여러 주와 현들에서 공자사당이 세워지면서 공자에게 제사지내는 의식 역시 널리 보급되었고, 책을 읽는 사람들은 다 참여하는 활동으로 되었습니다.

석전례(释奠礼)의 규격 역시 당조(唐朝) 때에 이르러 점차 완전해지게 되었습니다. 당조 초기에 주와 현의 학교들에서는 위진(魏晋)을 모방하여 매 년 춘하추동 네 차례씩 제사를 지냈습니다. 주제(主祭)는 학교의 학관(学官)이 직접 담당했습니다. 정관 21년(기원 647년)에 당태종(唐太宗)은 매 년 봄과 가을의 중월(仲月)에 각각 한 번씩 제사를 지내도록 규정했으며, 이를 '석전례(释奠礼)'라고 칭했습니다. '석전례'의 규격은 국학(国学)·주학(州学)·현학(县学)이 서로 달랐습니다. 공자에게 예를 올리는 의식을 삼헌(三献)이라고 하는데, 술을 세 번 따라 올리는 것을 이릅니다.

첫 번째가 초헌(初献)인데 가장 중요합니다. 초헌관(初献官) 역시 삼헌관(三献官)에서 가장 중요했는데, 국자감(国子监)의 제주(祭酒)가 담당했습니다. 제주(祭酒)는 관직명으로, 후세의 국립대학의 총장과 맞먹는 직책이었습니다.

축사(祝辞)에는 "황제근견(皇帝谨遣)"라는 말이 들어갔는데, 황제의 파견을 받아 황제를 대표하여 제사를 지낸다는 의미입니다. 그는 개인적으로 자격이 안 되었기 때문입니다. 고대에는 산시(陕西) 황릉현(黄陵县)에서는 황제(黄帝)에게 제사를 지냈는데, 이때에도 반드시 황제의 파견과 위탁을 받아, 황제를 대표하여 제사를 지내는 것이라고 해야 했습니다. 지금은 물론 바뀌어서 산시(陕西)의 지방관이 제사를 올립니다. 초헌(初献) 다음으로는 '아헌(亚献)'인데 국자감의 사업(司业)이 제사를 올렸습니다. 그리고 역시 국자감의 박사가 '종헌(终献)'을 담당했습니다. 주학(州学)에서는 자사(刺史)가 초헌, 상좌(上佐)가 아헌, 박사가 종헌을 각각 담당했습니다. 현학(县学)에서는 현령(县令)이 초헌, 현승(县丞)이 아헌, 주부(主簿)나 현위(县尉) 등이 각각 종헌을 담당했습니다. 이러한 규정들은 석전례(释奠礼)의 규격을 격상시켰고, 후대에서도 계속 그대로 지켜졌습니다. 그리고 만약 황태자가 직접 제사를 지내면 그가 초헌관(初献官)이 되었고 그 규격도 상응하게 격상되었습니다. 위진남북조시기부터 석전례의 규격에 대한 토론이 이루어지기 시작했습니다. 저명한 학자 배송지(裴松之)는 현행 제공의식(祭孔仪式)이 너무 단조롭다고 하면서 무대(舞队)[8]를 추가할 것을 제기했습니다. 고대의 무대는 한 줄에 여덟 명이었는데 이를 일일(一佾)이라고 했습니다. 천자의 규격은 팔일(八佾)로 64명이었고 제후의 규격은 육일(六佾)로 48명이었습니다. 사마천이 공자를 세가(世家)라고 칭하였기에 제후의 예로 대우하였으니 '육일'에 해당했을 것입니다. 이런 제안이 제기되기는 했지만 금석악기가 제대로 준비되지 못해서 최종적으로는 실현되지 못했습니다. 남제(南齐) 때에 이르러 누군가가 "헌현지악 육일지무(轩悬之乐, 六佾之舞)"라는 규격을 제안했고 이는 승낙을 받았습니다. "육일로 춤을 추기 위해서는 악대가 필요했다"는 뜻인데 고대의 악대에는 규격이 있었습니다. 천자의 규격은 '궁현(宫悬)'이라고 불렀는데 종경(鐘磬)을 사방에 걸었습니다. 제후의 규격은 '헌현(轩悬)'이라고 불렀고, 남쪽의 종경(鐘磬)을 빼고 나머지 세 면에만 걸었습니다. 경대부(卿大夫)의 규격은 '판현(判悬)'이라고 불렀고 양쪽에만 종경(鐘磬)을 걸었습니다. 사(士)는 '특현(特悬)'이라 불렀고 한 면에만 종경(鐘磬)을 걸었습니다. 당조(唐朝) 때에 이르러 만약 황태자가 직접 석전례를 올리면, 영신(迎神)이나 등가(登歌) 등을 할 때 음악을 연주했는데, 이때의 악장(乐章)에는 「승화(承和)」, 「숙화(肃和)」, 「옹화(雍和)」, 「서화(舒和)」등 전문적인 명칭까지 있었습니다. 공자의 위패는 앞에 있지만 그의 혼백

---

8) 무대(舞队): 송대(宋代) 민간에서 명절 때, 유세하면서 공연하던 대오를 이르던 말.

은 하늘에 있으니 어떻게 모셔 내려올 수 있을까요? 공자사당 가운데 문은 평소에는 열지 않는데 이 때에만 열어놓습니다. 그리고 신을 부르는 음악을 연주함으로써 그가 내려와 제사상을 받게 하고, 제사가 끝나면 다시 신을 배웅하는 음악을 연주하여 다시 하늘나라로 떠나보냈습니다. 송대에 이르러 석전례는 중사(中祀)에서 대사(大祀)로 승격되었습니다. (고대의 제사 규격에는 대사(大祀)·중사(中祀)와 소사(小祀) 등 세 개 등급이 있었다.) 이때 사용하는 예기는 십이변두(十二笾豆)였는데, 천자가 종묘사직에 제사를 올릴 때 사용하는 것과 규격이 완전히 일치했습니다. 명청시기 때에 이르러 석전례의 규격은 이미 '육일(六佾)'에서 '팔일(八佾)'로 격상되었고, 사용하는 예기(礼器)의 수량도 천자와 대등하게 되었습니다. 공자는 왕이 되어본 적이 없지만 '무관의 제왕(无冕之王)'이나 '소왕(素王)'으로 받들어졌고, 모든 왕들이 그에게 예를 갖추어 경의를 표해야 했습니다. 역사적으로 공자의 지위는 제왕과 대등했습니다. 공자에게 제사를 올리기 위해서는 위패가 필요했고, 위패에는 호칭이 있어야 했습니다. 공자는 문화거장이었기에 그에 대한 존경을 표하기 위해 옛날 습관대로 공자에게 추시(追謚, 죽은 다음에 시호를 추증하는 것-역자 주)를 했습니다. 옛날 중국에서는 제왕 등이 세상을 뜨면 그의 일생 동안의 표현을 한 글자로 대표했습니다. 이를테면 주유왕(周幽王)의 '유(幽)'가 바로 그의 시호(谥号)인데 "유폐(幽閉)하다", 즉 "불명(不明)하다"는 뜻입니다. 주려왕(周厉王)의 시호는 '여(厉)'인데 "횡포하고 잔악하다"는 뜻입니다. 이는 부정적인 시호에 속하지요. 따라서 제왕들은 아주 조심스러워했습니다. 왜냐하면 부정적인 시호가 사서에 기재되면 천춘만대 욕을 먹을 수 있기 때문입니다. 좋은 시호로는 문이나 무(武)·강(康) 등이 있었습니다.

당나라 개원(开元) 때에는 공자를 '문선왕(文宣王)'으로 추시(追谥)하여 그의 공헌을 기렸습니다. 송(宋)나라 때에 이르러 이 시호(追谥)가 중국문화에 대한 공자의 공헌을 표현하기에는 역부족이라고 판단하여, 최고의 성인이라는 의미의 '지성(至圣)'을 추가했습니다. 그리하여 '지성문선왕(至圣文宣王)'으로 되었습니다. 원나라 때에는 또 덧붙여서 '대성지성문선왕(大成至圣文宣王)'으로 되었습니다. 지고무상의 성인이라는 의미입니다. 명나라 때에 이르러서 '지성선사공자(至圣先师孔子)'로 바꾸었습니다. 지금 베이징의 공자사당에 가보면 '대성지성선사공자(大成至圣先师孔子)'로 되어있습니다. 공자는 원래 일개 평민에 불과했는데 2000여 년 동안 줄곧 이처럼 높은 영예를 누리고 있는 것입니다.

3. 사배(四配)와 십이철(十二哲)

고대에는 대성전(大成殿)에 공자의 위패를 모셔놓았는데 처음에는 안연 한 사람만 배향(配享)했습니다. 하지만 점차 시간이 흐르면서 공자의 3천 명 제자 가운데 현인(贤人)만 72명이나 되니, 한 사람만 배향하게 하는 것은 아니라고 판단했습니다. 규모도 너무 작았고요. 그래서 나중에는 공자의 가장 뛰어난 제자 네 명이 함께 배향하도록 했습니다. 그런데 여기에 문제가 생겼습니다.

"'제자(弟子)'란 무엇이냐?" 하는 것이었습니다. '제자'라는 단어는 최초에 『사기』에서 나왔습니다. 『중니제자열전(仲尼弟子列传)』에서는 다음과 같이 언급했습니다. "공자의 학생들은 나이 차이가 아주 컸다. 어떤 이는 공자보다 수십 살 어렸기에 그의 아들이나 다름없었고, 어떤 이는 네 살 밖에 차이가 나지 않았기에 그의 동생이나 진배없었다. 아버지와 아들이 함께 배우는 경우도 있었다. 따라서 나이가 많은 이들은 제(弟, 동생)와 같았고, 나이가 어린 이는 자(子, 아들)과 같았기에, 이 둘을 합쳐서 '제자(弟子)'라고 부르게 된 것이다."

공자사당에는 그의 가장 뛰어난 제자들인 안연(颜渊)·증삼(曾参)·자사(子思)·맹가(孟轲)가 배향(配享)하고 있는데 이를 '사배(四配)'라고 합니다. 공자가 가운데 위치해 있고, 좌우로 각각 두 명씩 배향합니다. '사배(四配)'가운데 첫 번째는 안회(颜回)인데, 자가 연(渊)이어서 안연이라고 부릅니다. 그의 아버지 안로(颜路) 역시 공자의 제자였습니다. 공자는『논어·옹야』에서 안연을 다음과 같이 칭찬했습니다. "한 그릇의 밥과 한 바가지의 물을 가지고 누추한 마을에서 지내니, 보통 사람들이야 그런 고통을 견뎌내지 못하겠지만 안회는 그 즐거움이 변치 않는구나.(一箪食, 一瓢饮, 在陋巷, 人不堪其忧, 回也不改其乐)" 그는 독서를 아주 좋아했습니다. 누추한 거리에서 살면서 대나무그릇에 담긴 약간의 밥을 먹고 바가지로 냉수를 마시니, 다른 사람이 만약 이처럼 열악한 상황에 처하면 어디 독서할 마음이 생기겠습니까? 하지만 안연은 변함없이 그 즐거움에 빠져서 지냈지요. 안연은 "하나를 배우면 열을 알았습니다." 공자는 덕행·언어·정사(政事)·문학 등 네 과목으로 학생들을 평가했습니다. 그 가운데 덕행은 안연이 으뜸이었지요. 노애공(鲁哀公)이 공자에게 다음과 같이 물은 적이 있습니다. "제자들 가운데 누가 배움이 가장 높습니까?" 이에 공자는 다음과 같이 대답했습니다. "안회라는 제자가 있는데 배우기를 즐깁니다.(有颜回者好学)"(『논어·옹야』) 그러고 나서 다른 사람을 더 언급하지 않았습니다. 나중에 안연이 단명하여 죽고 없자 공자는 "누가 학문이 뛰어나다는 것을 들어보지 못했다.(未闻好学者也)" (『(논어·옹야)』)고 했습니다. 안연은 평생 벼슬길에 나서지 않고 공자를 따랐는데 둘은 부자지간 같았습니다. "안회가 공자를 대함은 증삼이 아버지를 대함과 같다.(颜回之于孔子也, 犹曾参之事父也)"(『여씨춘추 · 권학(吕氏春秋 · 劝学)』)는 말이 있지요. 따라서 안연은 제일 처음으로 공자를 배향하게 된 것입니다.

두 번째는 증삼(曾参), 즉 증자(曾子)입니다. 그의 아버지 증점(曾点) 역시 공자의 제자였습니다. 증자의 가장 큰 특점은 효(孝)였습니다. 『대대예기(大戴礼记)』에는 『증자대효(曾子大孝)』라는 글이 있는데 그의 남다른 효심을 엿볼 수 있지요. 이밖에도 증자는 의지가 굳기로 유명했습니다. 그는 다음과 같이 말했습니다. "치욕스러운 일을 피할 수 있으면 될수록 피해야 한다. 하지만 군자가 치욕을 피할 수 없으면 죽기로써 이에 항거해야 한다.(辱若可避, 避之而已, 及其不可避, 君子视死如归)"(『춘추번로 · 죽림(春秋繁露 · 竹林)』) 이 얼마나 초연한 태도입니까? "어린 군주를 그에게 맡기고 국가의 정권을 그에게 맡기면 생사존망의 위급한 고비에 닥쳤을 때 동요하지 않고 굴복당하지 않을 것이다.(可以托六尺之孤, 可以寄百里之命, 临大节而不可夺也)"(『논어 · 태백(泰伯)』) 이처럼 널리 회자되는 말 역시 증자의 입에서 나왔습니다. 전하는 바에 따르면 증자는 사서(四书)의 하나인『대학』을 집필했다고 하는데 송(宋)나라 때에 학자들에 의해 '유학의 강령(儒学纲领)', '입덕지문(入德之门)'으로 추앙되었습니다. 이처럼 대단한 인물이었기에 남송시기에 이르러 배향 명단에 이름을 올리게 된 것입니다.

세 번째는 자사(子思)입니다. 자사는 공자의 손자로서 이름은 공급(孔伋)입니다. 아버지는 공리(孔鲤)였는데 그가 어린 시절에 세상을 떠났습니다. 따라서 그는 줄곧 할아버지 공자와 함께 생활했습니다.

『예기』와 출토된 죽간 등에 따르면 자사는 노목공(鲁穆公)의 스승으로 있었습니다. 그는 『자사자(子思子)』라는 책을 집필했는데 위진남북조 시기까지 본 사람이 있다는 기록이 있는데 수당시기에 이르러서 산실되고 말았습니다. 한유(汉儒)는 『예기』를 편찬할 때, 『자사자(子思子)』 속의 『중용』, 『표기(表记)』, 『방기(坊记)』, 『치의(缁衣)』 등 네 편을 인용했습니다. 어떤 사람들은 『자사자』라는 저서가 실재했는지에 대해 의문을 제기합니다. 심지어 어떤 사람들은 이는 한나라 때에 꾸며낸 것이라고도 합니다. 근래에 후베이성의 징먼(荆门)에서 출토된 곽점초간(郭店楚简)에는 『치의(缁衣)』 편이 완전하게 기록되어 있습니다. 즉 이는 『치의』가 한 대에 꾸며낸 것이 아니라 선진(先秦) 때의 것임이 증명된 것이지요. 또 『성자명출(性自命出)』이라는 저서가 있는데, 그 주제는 『중용』과 일치합니다. 이로부터 선진(先秦) 때에 자사가 『자사자』를 지었다는 설은 그냥 나온 게 아님을 알 수 있습니다. 자사의 『중용』은 특별히 중요했습니다. 송나라 때의 사람들이 '사서'를 읽는 방법을 보면, 먼저 『대학』을 읽고, 다음으로 『논어』를 읽고, 그 다음으로 『맹자』를 읽었으며, 맨 나중에 『중용』을 읽었습니다. "고명함이 아주 높은 경지에 이르러서도 중용의 도를 따라야 한다.(极高明而道中庸)"는 말이 있습니다. 왜냐하면 『중용』에서 이야기한 것은 형이상(形而上)이고 유가의 철학적 사유이기 때문입니다. 한유(韩愈)는 『중용』의 중요성에 대해 『역경(易经)』이나 『맹자』 등과 대등하다고 평가했습니다. 이정(二程)과 주희는 『중용』은 "공자 문하에서 심법을 전수하는 책(孔门传授心法)"이라고 했습니다. 요·순·우·탕·문·무·주공(尧舜禹汤文武周公) 등은 중국문화를 관통하는 '도(道)'라고 할 수 있습니다. 그렇다면 중국문화의 '도'는 무엇일까요? 이정(二程)은 그것이 바로 『중용』의 '도'라고 했습니다. 자사(子思)는 천하가 혼란에 빠지고 여러 학파들이 난무하는 것을 보고, 앞으로 이단사설(异端邪说)들이 주도할 것을 염려하여 『중용』을 집필하게 되었습니다. 『중용』에서는 "하늘이 사람에게 부여해준 것은 본성이고, 본성에 따라 행사하는 것은 도이며, 도의 원칙에 따라 자신을 수양하는 것이 교육이다(天命之谓性, 率性之谓道, 修道之谓教)" 라고 말했습니다. 그 속의 사상은 곽점(郭店)의 초간(楚簡)과 맞아떨어집니다. 그래서 자사를 대단한 인물이라고 합니다. 남송시기에 자사 역시 배향 명단에 오르게 됩니다.

네 번째는 맹자입니다. 어떤 책에서는 맹자를 자사의 학생이라고 합니다. 하지만 두 사람의 나이가 맞지 않습니다. 비교적 믿을만한 설법은 맹자가 자사 문하생의 학생이라는 것입니다. 맹자 역시 대단한 인물입니다. 공자는 '지성(至圣)'으로 불렸고 맹자는 '아성(亚圣)'으로 불렸습니다.

맹자는 공자의 덕치사상을 '인정(仁政)'학설로 발전시켰는데, 이는 정치사상사에서 아주 중요한 위치를 차지합니다. 그가 제기한 "군주는 가볍고 백성이 귀하다(君轻民贵)"는 관점은 민본주의사상의 바탕이 되었습니다. 또 그가 제기한 '성선론(性善论)'이 후세에 미친 영향은 지대했습니다. 맹자의 심성학술(心性学说)은 송명리학(宋明理学)의 시작을 열었습니다. 맹자는 최초에 선진(先秦)의 제자(诸子)였는데 그의 저서 『맹자』는 '경사자집(经史子集)'의 자부(子部)에 속했습니다. 송대(宋代)의 학자들은 『맹자』를 아주 좋아하여 이를 유가의 경전에 올렸습니다.

유가의 경전으로 말하면 원래는 6경이었는데, 진시황이 분서갱유(焚书坑儒)를 실시한 후 5경(五经)만 남았습니다. 그 후에 『공양전』, 『곡량전』, 『예기』 등이 추가되었는데 당나라 때에 이르러서는 이미 9경(九经)이 되었지요. 그 후에 또 『이아(尔雅)』와 『효경(孝经)』을 추가했습니다. 송나라 때에 이르러 열세 번째로 추가한 것이 바로 『맹자』입니다. 그 후로는 더 이상 추가하지 않았습니다. 『맹자』는 송나라 때에 '사서(四书)'에 올랐습니다. 그리고 남송 때부터 맹자 역시 배향 명단에 오르게 됩니다.

1127년에 송휘종(宋徽宗)과 송흠종(宋钦宗)이 금(金)나라에 포로로 잡혀가고 북송은 멸망하게 됩니다. 고종(高宗)은 허둥지둥 장강을 건너 남쪽으로 도망갔는데 여전히 부패한 관습을 버리지 못하게 되지요. 국토의 반을 잃어버렸지만 아무 일도 없었듯이 가무를 즐기기에 여념이 없었습니다. 이 때 공자의 48대손인 공단우(孔端友)도 남쪽으로 내려와 취쩌우(衢州)에 자리 잡게 되는데, 그 곳에 공자사당을 설립하고 제사를 올립니다. 따라서 지금 공자의 후손은 두 갈래의 큰 종파로 나뉘는데 한 갈래는 남송 초기에 취쩌우로 가서 자리 잡은 남종(南宗)이고, 다른 한 갈래는 줄곧 취푸(曲阜)에 남은 북종(北宗)입니다. 분리된 국면이 끝난 뒤에도 두 갈래의 종파는 아주 좋은 관계를 유지했으며 종래로 누가 정통이냐를 놓고 다투는 법이 없었습니다. 하지만 취푸의 북쪽 종파를 정통으로 인정하는 것이 맞는다고 봅니다. 여기에 짚고 넘어갈 것이 하나 있습니다. 송도종(宋度宗)이 태묘(太庙)에 가서 제사를 지낼 때 정식으로 안연·증삼·자사·맹가 등 네 사람을 배향 명단에 올렸지요. 고염무(顾炎武)는 『일지록(日知录)』에서 이에 대해 다음과 같이 높은 평가를 내렸습니다. "이때부터 나라에는 이론(異論)이 없어졌고, 선비들에게는 이학(異學)이 없게 되었다.(自此之后, 国无异论, 士无异习.)" 이 네 사람이 배향하는 것이 가장 적합하다고 인정한 것입니다. 그 후로 원나라와 명나라에 이르기까지 공자 사당의 규격은 이로써 확정이 됩니다.

그러나 '사배(四配)'만으로는 안 되었습니다. 『논어·선진(先进)』에 보면, 공자는 덕행·언어·정사(政事)·문학 등 네 개 방면으로 학생들을 평가했습니다. 덕행(德行)으로는 안연·민자건(闵子骞)·염백우(冉伯牛)·염궁(仲弓) 등을 들었고, 언어에는 재아(宰我)와 자공(子贡)을 들었으며, 정사에는 염유(冉有)와 계로(季路)를 들었고, 문학에는 자유(子游)와 자하(子夏)를 들었습니다. 이로부터 알 수 있듯이 이들 10명은 공자의 삼천 제자, 혹은 72현인(七十二贤人) 중에서도 손꼽힐 정도로 우수했습니다. 당시 안연은 이미 공자를 배향하고 있었습니다. 그래서 당태종은 국학을 소집하여 공자에게 제사를 올릴 때, 위에서 언급한 열 명에서 안연 대신 증삼을 추가하여 '십철(十哲)'이라는 이름으로 배향하도록 했습니다. 남송시기에 증삼이 '사배(四配)'에 들어갔기에 전손사(颛孙师)를 대신 '십철(十哲)'에 넣었습니다.

남송시기에 주희의 지위는 아주 높았습니다. 주희는 공자와 맹자 이후에 중국 학술사에서 가장 위대한 인물이라고 할 수 있습니다. 그의 학문은 아주 호한(浩瀚, 넓고 큼을 지칭함–역자 주)했습니다. 여러분들이 관심이 있으시면 『주자어류(朱子语类)』나 『주자전집(朱子全集)』을 한 번 읽어볼 것을 권합니다. 주희는 일생 동안 수십 년의 시간을 들여서 유학의 보급에 주력했습니다. 당시 많은 사람들이 유학 경전을 읽고도 깨우치지 못했습니다. 이에 주희는 '사서'에 주석을 달았습니다. 주희의 방식은 집주(集注)였는데, 선인들이 '사서'에 단 주석 중에서 가장 좋은 내용들만을 흡수한 것입니다. 그의 주석은 간결하고 명확했습니다. 그가 스스로도 말했듯이 '사서'에 단 주석들은 매 한마디 한마디가 저울에 뜬 것처럼 조금도 넘치거나 모자람이 없이 정확했습니다. 게다가 또 아주 통속적이었습니다. 『사서집주(四书集注)』는 나중에 과거시험의 공식적인 자료로 되었으며, 사상문화의 역사에 거대한 영향을 미쳤습니다. 몇 해 전에 난징(南京)의 봉황출판그룹(凤凰出版集团)에서 주희의 『사서집주(四书集注)』를 출간하려 했는데 저에게 서문을 써달라고 부탁했었습니다. 그리고 이 서문을 잡지에도 실으려고 했는데 저에게 제목을 달아달라고 했습니다. 그래서 제가 "유학의 근본, 육경의 사다리(儒学之根基, 六经之阶梯)"라는 두 마디 말을 제목으로 줬습니다. '사서(四书)'를 확실하게 이해해야만 '육경(六经)'을 알아볼 수가 있습니다. 전빈사(钱宾四) 선생은 주희를 아주 높이 받들었습니다. 왜냐하면 주희는 학식이 깊었을 뿐만 아니라 인문적 배려(人文关怀)도 있었기 때문입니다. 청(清)나라의 강희(康熙) 51년(1712년)에 '십철(十哲)'에 주희를 추가하여 십일철(十一哲)이 되었습니다.

중국 사람들은 대칭을 좋아합니다. 십일철(十一哲)이 있으니 십이철(十二哲)을 찾아야 했지요. 결국 나중에 유약(有若)을 찾게 됩니다. 유약은 사서에 별로 기록이 없습니다. 하지만 『논어·학이』 속에는 유약에 대한 세 단락의 언급이 있습니다. 그런데 유약(有若)이라고 하지 않고 '유자(有子)'라고 했습니다. 『논어』에서 '자(子)'로 칭한 이는 공자를 빼면 증자(曾子)와 유자(有子)밖에 없습니다. 그래서 어떤 사람들은 『논어』가 증자와 유자의 학생들이 편찬한 것이라고 추측하기도 합니다. 그래서 감히 선생님의 이름을 직접 언급하지 못하고 '자(子)'로 대신했으며, 다른 사람들은 직접적인 스승이 아니었기에 이름 그대로 넣을 수 있었다는 것입니다. 이밖에 공자가 세상을 떴을 때 노애공(鲁哀公)이 찾아와서 조문했는데, 유약이 세상을 떴을 때에는 노도공(鲁悼公)이 찾아와서 조문했지요. 이로부터 유약이 공자의 문하생들 가운데서 지위가 아주 높았음을 짐작할 수 있습니다. 이밖에 『맹자·등문공상(滕文公上)』의 기사에 따르면 자하(子夏)·자장(子张)·자유(子游) 등은 공자가 세상을 뜨게 되자 아주 낙담했습니다. 그들은 학우들 중에 유약의 언행이나 기질, 모습까지도 선생님과 비슷한 것을 보고, 공자를 모시는 예로 유약을 모셨다고 합니다. 아무튼 건륭(乾隆) 3년(1738년)에 유약은 십이철(十二哲)이 됩니다.

4. **선현**(先贤)·**선유**(先儒) **배향**

유학은 공자에서 시작되어 후세에 부단히 발전했습니다. 공자 문하의 제자들 말고도 역대의 많은 왕조들에서도 공자의 학문을 전파했습니다. 특히 당태종은 유학의 보급에 많은 심혈을 기울였습니다. 정관 21년(647년)에 당태종은 조서를 내려 매년 태학에서 공자의 제사를 지낼 때, 좌구명(左丘明)·복자하(卜子夏)·공양고(公羊高)·곡량적(穀梁赤)·복승(伏胜)·고당생(高堂生)·대성(戴圣)·모장(毛苌)·공안국(孔安国)·유향(刘向)·정중(郑众)·두자춘(杜子春)·마융(马融)·노직(卢植)·정현(郑玄)·복건(服虔)·하휴(何休)·왕숙(王肃)·왕필(王弼)·두예(杜预)·범녕(范宁)·가규(贾逵) 등 유가 경전에 주석을 단 22명의 학자들을 유학 공신으로 받들어 배향하도록 했습니다.

이와 같은 선유(先儒)들 가운데 대부분의 사람들은 여러분들도 익히 알고 있을 것입니다. 공자가 『춘추』를 썼는데, 나중에 세 명이 대가가 나서서 이를 해석했습니다. 즉 좌구명이 쓴 『좌전』과 공양고(公羊高)가 쓴 『공양전』 곡량적(穀梁赤)이 쓴 『곡량전』이 그것입니다. 그리하여 이 세 저서는 '『춘추』 삼전(三传)'으로 불렸습니다.

복승(伏胜)은 아주 재미있는 사람이었습니다. 진시황이 분서갱유를 실시하여 책을 다 태워버리는 바람에 한나라 초기에 이르러서는 책을 구하기 힘들었습니다. 사회는 문화가 없어서는 안 되지요. 그런데 책을 다 태워버렸으니 어떻게 합니까? 결국 민간에 가서 책을 수집하기에 이릅니다. 민간에서 사사로이 숨겨두었던 문헌을 나라에 바치면 정부에서 장려하고 기증자에게는 부본을 남겨주는 정책을 실시한 것입니다. 당시 지난(济南)에 복승(伏胜)이라고 부르는 노인이 있었는데 『상서』를 외울 수 있었습니다. 그래서 사람을 파견하여 그가 외우는 걸 기록하도록 했지요. 그런데 그가 말하는 산동 방언은 알아듣기 어려웠습니다. 그래서 할 수 없이 복승의 딸이 통역으로 나서서 어렵사리 『상서』를 기록할 수 있게 되었습니다. 아무튼 복승은 『상서』를 발굴한 일등공신입니다. 고당생(高堂生)과 대성(戴圣)은 『예기』를 연구했고, 유향(刘向)·정중(郑众)·두자춘(杜子春) 등은 모두 한나라 때의 경사(经师)들입니다. 하휴(何休)는 『공양전』에 주석을 달았고, 두예(杜预)는 『좌전』에 주석을 달았으며, 범녕(范宁)은 『곡량전』에 주석을 달았습니다. 이런 사람들이 없었더라면 후세의 사람들은 이런 경서들을 읽고도 이해할 방법이 없었을 것입니다.

송신종(宋神宗) 시기에 이르러 또 순황(荀况)·양웅(扬雄)·한유(韩愈) 등 세 사람을 배향 명단에 올렸습니다. 순자는 공자를 아주 숭배했습니다. 여러분들이 『순자』를 읽어보면 이 책이 공자의 『논어』를 모방했음을 금방 알아볼 수 있을 것입니다. 『논어』의 첫 편은 『학이(学而)』이고 『순자(荀子)』의 첫 편은 『권학(劝学)』입니다. 또 『논어』의 마지막 편은 『요왈(尧曰)』이고, 『순자』의 마지막 편은 『요문(尧问)』입니다. 『순자』는 아주 좋은 책인데 아쉽게도 요즘 사람들은 거의 읽지 않습니다. 아무튼 순자와 양웅(扬雄)·한유(韩愈) 등 세 사람까지 합쳐서 배향 명단에 이름을 올린 선유(先儒)는 77명에 이릅니다. 이 77명의 위패는 좌우 행랑의 남쪽에 모셔졌습니다. 대성전(大成殿)의 바깥 양쪽에 선현(先贤)

들이 앞자리에 모셔지고, 그 아래로 선유(先儒)들이 모셔졌는데, 사실상 역사적으로 가장 우수한 학자들을 전부 모신 것이라고 할 수 있습니다.

5. 공자에게 제사를 올리는 문화적 의의

공자는 중국문화의 상징입니다. 중화문명이 미치는 곳이라면, 동서남북이나 대만, 하이난(海南)을 불문하고 모두 공자사당이 있습니다. 한자문화권에 속하는 한반도나 일본, 베트남 등도 마찬가지입니다. 공자의 76대 손인 콩더청(孔德成)이 1949년에 대만으로 건너갔습니다. 그가 일본으로 가면 일본 사람들은 그를 신처럼 받들면서 무릎을 꿇고 배알했습니다. 베트남의 하노이에 위치한 공자사당은 아주 큽니다. 한국의 인구는 5천만 정도밖에 안 되지요. 중국의 규모가 작은 성 하나에 맞먹는 인구입니다. 그런데도 한국에는 200여 개의 공자사당이 있습니다. 그 가운데 가장 큰 것은 서울에 있는 '성균관'입니다. 성균관에서는 매년마다 명나라 때 전해진 방식대로 의식을 치르고 있는데, 이미 하나의 인문 경관(人文景观)으로 되어 중국을 포함한 여러 나라 관광객들이 찾는 문화명소로 자리매김했습니다. 여기에 비하면 중국의 일부 지방에서 치르는 제공(祭孔)활동들은 상업적인 표현에 불과합니다. 몇 해 전에 사천의 어느 지역에서 유학회(儒学会)를 설립했는데 제공(祭孔)의식에서 입은 복장은 연극할 때 입는 차림이었습니다. 참관하러 온 많은 외국인들은 이에 분개하여 돌아가서는 당지 매체에 비판기사를 실었습니다.

석전례(释奠礼)에서 표현하려는 주제는 오랜 세월 이어져온 중화문명에 대한 경의(敬意)입니다. 문화교육을 권장하는 의미가 아주 뚜렷하지요. 공자에게 제사를 지내는 것은 한족의 일일 뿐 소수민족과는 관계가 없다고 생각하는 분들도 있을 것입니다. 하지만 '이십사사'에서 보면 알 수 있듯이, 중국역사에서 어느 민족이 집권하든 반드시 공자에게 제사를 올렸습니다. 민족의 언어나 문화 차이가 얼마나 크든지를 막론하고, 공자를 존경하고 그가 주장하는 도덕적 이상을 인정하는 것은 모두 마찬가지였습니다. 『요사·종실전(辽史·宗室传)』에 따르면 요태조(辽太祖)는 건국할 때 아랫사람들에게 다음과 같이 물었습니다. "하늘의 명을 받은 군주로서, 하늘의 뜻을 따르고 신을 섬겨야 할 것이다. 짐은 큰 공덕이 있는 이를 섬기려 하는데 먼저 누구를 섬겨야 하느냐?(作为受命之君, 应当事天敬神, 我想祭祀有大功德者, 应该首先祭谁?)" 그러자 신하들은 다들 부처님을 섬겨야 한다고 대답했습니다. 이에 태조는 "불교는 중국의 교가 아니다.(佛教不是中国之教)" 라고 말했습니다. 이에 황태자가 "공자는 대 성인이고 만세에 존경을 받는 인물입니다. 따라서 우선 공자를 섬겨야 합니다.(孔子大圣, 万世所尊, 应该首先祭祀)" 라고 아뢰었습니다. 그러자 태조는 크게 기뻐하면서 당장 공자사당을 짓도록 명하고, 매년 봄·가을에 황태자를 시켜서 석전례를 올리도록 했습니다.

또한 『금사·희종본기(金史·熙宗本纪)』에는 다음과 같은 기록이 있습니다. 금희종(金熙宗)이 공자사당에 가서 참배하면서 보니 그 곳에 모셔진 사람들은 다들 문화가 있는 사람들이었습니다. 다들 중국문화에 공헌을 한 사람들이었지요. 크게 감탄한 금희종은 신하들에게 다음과 같이 말했습니다.

"짐이 어렸을 때에 놀이에 빠져 학문에 뜻을 두지 못했다. 세월이 흐르고 보니 심히 후회가 되는 도다. 공자는 일개 평민에 불과하지만 그의 도(道)는 존경받을만하고 만세에 걸쳐 경모를 받을 것이다.(朕幼年游佚, 不知志学, 岁月逾迈, 深以为悔, 孔子虽无位, 其道可尊, 使万世景仰)" 이로부터 금희종은 크게 개과천선하여 각고의 노력으로 『상서』, 『논어』와 『오대사(五代史)』, 『요사(辽史)』 등을 공부했습니다.

석전례는 고대에 또 하나의 중요한 의의가 있었습니다. 즉 여러 가지 학술활동과 갈라놓을 수 없었다는 것입니다.

'이십사사'에서 볼 수 있듯이, 위진(魏晋)시기에 황제와 황태자들은 치국의 도(治国之道)를 배우기 위해 모두 유가의 경전을 읽었습니다. 또한 전문가가 그들에게 강의를 했습니다. 이들은 공자에게 감사를 드리기 위해 매 하나의 경문을 깨우칠 때마다 한 번씩 석전례를 올렸습니다. 이를테면 위정(魏正) 2년(241년) 2월에 제왕(齐王)이 『논어』를 깨치고, 5년(244년) 5월에 『상서』를 깨치고, 7년(246년) 12월에 『예기』를 깨쳤는데, 그때마다 태상(太常)을 시켜 석전(释奠)을 올리고 태뢰(太牢)의 규격으로 벽옹(辟雍)에서 제사를 지내도록 했습니다. '벽옹(辟雍)'은 밖으로 원형(圆形)의 물도랑이 둘러져있는 명당(明堂)입니다. 둘러져있는 물을 옹(雍)이라고 하는데 원만하고 무결점하다는 의미입니다. 주위로 둥글게 물이 둘러져있는 모양은 벽(璧)과 흡사했습니다. 지방에서는 이 규격을 사용할 수 없었습니다. 반원형 모양만 가능했는데 이를 반수(泮水)라고 했습니다. 지방의 많은 공자사당이 다 그랬지요. '벽옹(辟雍)'은 베이징의 국자감(国子监)에 아직도 남아 있습니다. 국자감에 가면 당년에 황제가 공부하던 상황을 기록한 자료가 있습니다. 황제가 친히 '사서'를 강의한 기록도 있습니다. 당시 누가 어느 자리에 앉았는지에 대한 기록과 이에 대한 설명도까지 있습니다. 당시에 특별히 훌륭한 학자들은 모두 여기에 청해서 강의를 하도록 했습니다. 『수서·

예의지(隋书·礼仪志)』의 기록에 따르면 후제(后齐)에서는 황제들에게 경문을 강의하기 위하여 우선 공자사당에서 경서를 선정하고 그 다음에 강의할 사람을 선정했습니다. 강의 당일에 황제는 통천관(通天冠)을 쓰고 현묘포(玄纱袍)를 입고 상아로 장식한 수레를 타고 국자학(国子学)에 가서 강의를 들었습니다. 그리고 필히 석전례를 올렸습니다. 『구당서·예의지(旧唐书·礼仪志)』의 기록에 따르면, 정관 14년(640년) 2월 정축(丁丑)에 태종이 몸소 국자학에 가서 석전례를 참관했습니다. 그리고 나서 제주(祭酒) 공영달(孔颖达)이 황제를 위해 『효경』을 강의했습니다. 『십삼경주소(十三经注疏)』의 적지 않은 부분들은 공영달(孔颖达)이 쓴 것입니다. 이와 비슷한 기록들은 아주 많습니다. 지방의 여러 주현(州县)에서도 마찬가지였습니다.

공자사당에 가보면 중국 학술사를 농축해놓은 듯한 느낌을 받을 것입니다. 공자로부터 시작해서, 가장 뛰어난 4명의 제자와, 아주 우수한 12명의 제자, 유학을 전파하고 주해를 다는데 큰 공헌이 있는 70여 명의 학자들을 모두 찾아볼 수 있습니다. 이처럼 학문에 정통한 학자뿐만 아니라 제갈량(诸葛亮)·한기(韩琦)·이강(李纲)·문천상(文天祥)·육수부(陆秀夫)·황종희(黄宗羲)·왕부지(王夫之)·고염무(顾炎武)등과 같이 명절(名节)이 있고 탁월한 공헌을 한 인물들을 찾아볼 수 있습니다.

이처럼 중국역사에서 가장 뛰어났던 명인들을 마주하고 나면 여러분들은 격려와 교육을 받지 않을 수 없습니다. 공자에게 제사를 올리는 의의가 바로 여기에 있습니다. 자료에 따르면 문천상(文天祥)은 장시(江西) 지안(吉安) 사람입니다. 그가 서원(书院)에서 공부할 때, 서원에서는 공자에게 제사를 올렸는데 당지에서 아주 뛰어난 인물을 함께 배향하도록 했습니다. 이로써 그들의 공헌을 기리고 그들을 본받기 위해서였지요. 이러한 것들을 본 문천상은 그들을 본받겠다고 맹세합니다. 나중에 문천상은 장원급제를 하게 되는데 나라가 망하고 가정이 흩어지는 위기존망의 시기에도 절개를 잃지 않았습니다. 그의 시에서 나온 "인생은 예로부터 죽지 않는 자 누구인가, 한 조각 붉은 마음 청사에 남아 비추리라.(人生自古谁无死, 留取丹心照汗青)" 라는 구절은 천추에 길이 남을 명언입니다. 현재 일부 공자사당에서는 선현과 선유들을 기록한 것을 철거하고 종(钟)이나 악기 등을 그 자리에 배치했습니다.

풍습의 교화가 엄정해야 대대로 번창한다

(風教嚴正，代代興旺)

제2강
풍습의 교화가 엄정해야 대대로 번창한다 風敎嚴正，代代興旺

고대의 가훈(家訓) 및 문풍(門風)

동서양의 문화는 두 개의 다른 문명 체계입니다. 서양은 종교문명으로, 무릇 사람은 모두 하나님의 아들이고, 하나님 앞에서 사람들은 모두 평등하며, 세상 모든 사람은 형제입니다. 그러므로 서양 사람들은 가정적 관념이 중국 사람처럼 농후하지 않습니다. 외국인이 한어(漢語)를 배울 때, '백부(伯伯)'·'아저씨(大叔)'·'둘째외삼촌(二舅)' 따위의 말을 들으면 머리가 핑 돕니다. 왜냐하면 그들에게는 이렇게 복잡한 칭호(稱號) 체계가 없기 때문입니다. 중국문화는 다릅니다. 우리는 아버지와 어머니가 낳았고, 고조(高祖), 증조(曾祖), 조(祖), 부(父) 등 한 계통으로 이어 내려온 혈연적인 가정입니다. 그러므로 중국 사람들에게 가정 관념은 가장 중요합니다. 가정은 우리사회의 세포입니다. 맹자가 이르기를, "인유항언, 개왈'천하국가'. 천하지본국, 국지본재가, 가지본재신(人有恒言, 皆曰 '天下國家'. 天下之本國, 國之本在家, 家之本在身.)"이라고 했습니다. 즉 "사람들이 늘 말하기를, 모두 다 '천하 국가'라고 하는데, 천하의 본은 나라에 있고, 나라의 본은 집에 있으며, 집안의 본은 자신에게 있다."라고 했습니다. '항언(恒言)이란 늘 하는 말을 말합니다. '천하국가'는 천하·국가·집 세 개의 구조를 가리킵니다. 사람들이 늘 "치국평천하"라고 말하는데, 천하를 평정하려면 '국(國)', 즉

나라에서부터 시작해야 합니다. 노국(魯國)·진국(晉國)·초국(楚國)·오국(吳國) …… '국(國)'이 안정되지 못하고서 어찌 '천하'가 안정될 수 있겠습니까? 나라가 안정되려면 근본은 집에 있습니다. 맹자가 말하는 '가(家)'는 지금 우리가 말하는 '가'와 그다지 같지 않습니다. 옛날에 천자는 천하가 있고, 제후는 국(國)이 있으며, 대부는 '가'가 있었는데, '가'의 개념은 아주 큽니다. 그러나 지금 말하는 '가'는 소가족(小家族)을 말합니다.

1. 가교(家教)는 국조(國祚)의 장단(長短)과 관계 된다

일반 가정을 두고 말할 때 자녀에 대한 교육이 성공했느냐 실패했느냐 하는 문제는 가정의 성쇠와 직접적으로 연관됩니다. 그러나 왕실을 두고 말할 때는 태자에 대한 교육이 국조(國祚, 나라의 운 혹은 복–역자 주)의 장단과 직접적으로 연관됩니다. 아래에서 유가경전(儒家經典)인 『대대예기(大戴禮記)』 중의 『보전(保傳)』편에는 "은위천자삼십여세이주수지, 주위천자삼십위세이진수지, 진위천자이세이망, 인성비심상원야, 하은주유도지장이진무도지폭? 기고가지야(殷爲天子三十餘世而周受之, 周爲天子三十爲餘世而秦受之, 秦爲天子二世而亡, 人性非甚相遠也, 何殷周有道之長而秦無道之暴? 其故可知也)."라는 말이 있습니다. 역사에서 왕조의 연대는 그 길고 짧음이 같지 않습니다. 은(殷)과 주(周)는 고대 중국에서 시간적으로 가장 오래 존재한 두 개의 왕조입니다. 갑골문의 연구 결과에 따르면, 『사기』에 기록된 상대(商代)의 세계(世系)는 기본적으로 믿을 만한데, 모두 32명의 왕이 이어졌고, 약 600년의 시간을 유지했습니다. 주나라는 38명의 왕이 이어졌고 약 800년의 시간을 유지했습니다. 이는 인류 역사상 모두 보기 드문 일입니다. 그들의 형성과 선명한 대비를 이루는 것은 진(秦)으로, 겨우 2대에 이어지고, 2세(二世)에서 망했습니다. 이것은 우연적인 일이었을까요? 아니면 필연적인 것이었을까요? 옛사람들은 이로부터 한 문제를 제기했습니다. "하은주유도지장이진무도지폭(何殷周有道之長而秦無道之暴)?"은 "어찌해서 은·주에는 '도(道)'가 있었고, 지속된 시간이 이토록 길었던 것이고, 이에 비해 진(秦)은 오히려 도가 없고 더구나 그렇게 짧았는가?"라는 뜻이고, "기고가지야(其故可知也)"는 "그 원인을 가히 알만하다"는 뜻입니다. 그 원인은 당연히 많겠지만 결국은 태자에 대한 교육에 있었던 것입니다.

또한 "석자, 주성왕유, 재보강지중, 소공위태보, 주공위태부, 태공위태사. 보, 보기신체; 부, 부지덕의; 사, 도지교훈. 차삼공지직야(昔者, 周成王幼, 在襁褓之中, 召公爲太保, 周公爲太傅, 太公爲太師, 保, 保其身體; 傅, 傅之德義; 師, 導之敎訓, 此三公之職也)."라 했습니다. 이 뜻을 설명하면 다음과 같습니다. 주(周)나라 사람들은 나라가 장기적으로 안정되려면 후계자에 대한 양성이 잘 되느냐에 달렸다는 것을 알았습니다. 무왕(武王)은 상(商)을 멸망시키고 나서 몇 년 뒤에 죽었습니다. 왕위를 계승한 성왕(成王)은 나이가 너무 어려서 그때까지도 '강보(襁褓)' 속에 있었으므로 나라를 관리할 능력이 없었습니다. 그러므로 주공(周公)이 그를 대신하여 나라의 정무(政務)를 관리하였습니다. 그때 조정에서 가장 중요한 일은 태자를 교육하고 보호하는 일이었습니다. 그리하여 소공(召公)이 태보(太保), 중공(周公)이 태부(太傅), 태공(太公)이 태사(太師)를 맡았는데, 이것이 사람들이 늘 말하는 '삼공(三公)'입니다. 태보의 책임은 아무런 탈이 일어나지 않도록 태자의 몸을 보호하는 것인데 비해 태부의 책임은 "부지덕의(傅之德義)", 즉 덕의로 태자를 교육시키는 것이고, 태사의 책임은 "도지교훈(導之敎訓)" 곧 태자에게 경험과 교훈을 가르치는 것입니다.

이들 '삼공(三公)'은 조정에서 직위가 가장 높은 관리이므로 너무 정무가 바빠서 조수(助手)가 필요했습니다. 그래서 다음과 같이 했습니다. 즉 "어시위치삼소, 개상대부야, 왈소보, 소부, 소사, 시여태자연자야. 고해제, 삼공삼소고명효인예의, 이도습지야, 수거사인, 불사견악행(於是爲置三少, 皆上大夫也, 曰少保, 少傅, 小師, 是與太子宴者也, 故孩提, 三公三少故明孝仁禮儀, 以導習之也, 遂去邪人, 不使見惡行)."하도록 했던 것입니다. 이 뜻은 '삼소(三少)', 즉 소보(少保)·소부(少傅)·소사(小師)를 두었는데, 그 작위는 상대부(上大夫)였습니다. 모두 알다시피, 고대에 대부는 상대부와 하대부로 나뉘었는데, 상대부는 '경(卿)'에 해당하고 대부 중의 상등(上等)입니다. 소보·소부·소사는 "여태자연자야(與太子宴者也)"를 맡았습니다. 이 '연(宴)'은 '연(燕)'과 뜻이 통하는 것으로 그와 같이 식사를 하는 것이 아니라 일상생활을 가리키며 태자와 같이 있음을 말합니다. 그로 하여금 "명효인예의(明孝仁禮儀)"하고 "도습지야(導習之也)", 즉 그에게 무엇이 효(孝)이고, 무엇이 인(仁)이며, 무엇이 '예'이고, 무엇이 의(義)인지를 인도하는 것으로, 한마디로 말하면 덕행(德行) 교육을 중시하는 것이었습니다. 먼저 그에게 덕행을 갖추게 하고, 덕행을 갖추어야만 인재가 되고, 인재가 되어야만 큰일을 이룰 수 있다는 것입니다. 여기에 비해 지금은 어린이에 대한 교육이 아주 엉망입니다. 아이의 손에 피아노나 바이올린 따위의 증서가 가득하나 무엇이 '인의(仁義)'인지를 모릅니다. 태자에게 좋은 성장환경을 마련하기 위해 더불어 "수거사인, 불사견악행(遂去邪人, 不使見惡行)", 즉 그 주위의 사인(邪人)을 모조리 쫓아버리고 그의 눈에는 모두 정의(正義)만 보이게 합니다. 여러 분들도 "맹모삼천(孟母三遷)"의 고사(故事)를 알고 있을 겁니다. 무엇 때문에 세 번씩이나 이사를 했겠습니까? 어린아이는 마치 한 웅덩이의 샘물과도 같아 쉽게 오염될 수 있기 때문입니다. 처음에 맹자의 집은 묘지(墓地) 옆에 있었습니다. 그러므로 날마다 보이는 것은 모두 운구(運柩) 행렬이어서 통곡하는 소리와 나팔 부는 소리만 들리므로 어린아이가 쉽게 따라 배울 수 있었습니다. 이대로 내버려 두면 아이가 어떻게 인재로 자랄 수 있겠나 하고 마음 조리던 그의 모친은 집을 읍내(邑內)로 이사했습니다. 그러자 매일 눈에 띄는 것은 장사치들의 시시콜콜 따지는 소리나 사기 치는 행위여서 아이에게 부정적인 영향을 주게 되었습니다. 마지막으로 이사한 곳은 학궁(學宮) 옆이어서 날마다 보이는 것은 글 읽는 사람들이었고, 들리는 것은 성현(聖賢)의 교도(敎導)였으므로 아이의 성장에 크게 도움이 되었습니다. 이렇듯 맹자가 후에 성현이 된 것은 환경의 영향과 매우 큰 관계가 있었던 것입니다.

이어서 "어시비선천하단사효제한박유도술자, 이보익지, 사지여태자거처출입(於是比選天下端士孝悌閑博有道術者, 以輔翼之, 使之與太子居處出入.)" 하도록 했습니다. 이 뜻은 "천하의 정직하고 효심(孝心)이 있으며, 학문이 해박하고 도덕이 있는 사람을 선별하여 그를 보좌하고, 그들이 태자와 함께 기거(起居)하고 출입하도록 해야 한다"는 것입니다. 여기서 "비선천하단사(比選天下端士)"의 '단(端)'은 곧 '정(正)'이고, '단사(端士)'는 정직한 사람입니다. 문화에는 두 개의 큰 요소가 있습니다. 하나는 '도(道)'이고 다른 하나는 '기(器)'입니다. '기(器)'는 수단·방법이며, 도(道)'는 영혼입니다. 그래서 도(道)가 있고 학문이 있는 사람이어야 한다는 것입니다. 그리고는 "고태자내목견정사, 문정언, 행정도, 좌시우시, 전후개정인(故太子乃目見正事, 聞正言, 行正道, 左視右視, 前後皆正人.)"토록 해야 한다고 했습니다. 즉 이 사람들은 행위가 단정한 사람들이므로 그들을 태자와 "거처출입(居處出入)" 즉 함께 생활하고 함께 드나들면서 태자로 하여금 "목견정사, 문정언, 행정도(目見正事, 聞正言, 行正道)", 즉 눈에 보이는 주위의 사람들이 모두 좋은 사람들이고, 들리는 것도 모두 바른 말이며, 가는 길 또한 바른 길이라 '좌시우시(左視右視)'해도 앞뒤가 모두 바른 사람들만을 보게 해야 한다는 것입니다.

그래야만 교육의 효과를 가져 오게 된다는 것입니다. 즉 "부습여정인거, 불능부정야, 유생장어초, 불능불초언야. 고택기소기, 필선수업, 내득상지; 택기소악, 필선유습, 내득위지. 공자왈: '소성약천성, 습관지위상.' 차은주지소장이장유도야.(夫習與正人居, 不能不正也, 猶生長於楚, 不能不楚言也. 故擇其所嗜, 必先受業, 乃得嘗之; 擇其所樂, 必先有習, 乃得爲之. 孔子曰: '少成若天性, 習貫之爲常.' 此殷周之所長以長有道也.)"라고 했습니다. 이 말은 "바른 사람과 오래 사귀면 바르지 않을 수가 없다. 마치 초(楚)나라에서 자란 사람이 초나라 말을 하지 못할 수가 없는 것과 같다. 그러므로 그의 기호(嗜好)를 선택하기 전에 마땅히 그에게 수업(受業)하게 한 후 비로소 시도해 보도록 해야 한다. 즉 좋아하는 것은 선택하기 전에 먼저 배우게 하고, 그렇게 한 후에야 하도록 해야 한다. 공자가 이르기를, '어려서부터 천생이 되게 하려면 습관화시켜 정상으로 되게 해야 한다.'고 했듯이 이것이 바로 은·주(殷·周)가 장구(長久)할 수 있었던 까닭이었다"는 뜻입니다.

단정한 사람과 함께 생활하면 단정해지지 않을 수 없는 것입니다. 마치 초(楚)나라에서 자란 사람이 초나라 말을 하지 못할 수가 없는 것처럼 말입니다. 이후 태자가 커가면서 "급태자소장, 지비색, 즉입어소학. 소자, 소학지궁야. 『학례』왈: 제입동학, 상친이귀인, 즉친소유서, 여은상급의. 제입남학, 상치이귀신, 즉장유유차, 여민불무의. 제입서학, 상현이귀덕. 즉성지재위, 이공불궤의. 제입북학, 상귀이존작, 즉귀천유등, 이하불유의. 제입태학, 승사문도, 퇴습이단어태부, 태부벌기불칙이달기불급, 즉덕지장이이도득의. 차오의자기성우상, 즉백성여민화집우하의(及太子少長, 知妃色, 則入於小學, 少者, 所學之宮也, 『學禮』曰: 帝入東學, 上親而貴仁, 則親疏有序, 如恩相及矣, 帝入南學, 上齒以貴信, 則長幼有差, 如民不誣矣, 帝入西學, 上賢而貴德, 則聖智在位, 而功不匱矣, 帝入北學, 上貴而尊爵, 則貴賤有等, 而下不逾矣, 帝入太學, 承師問道, 退習而端於太傅, 太傅罰其不則而達其不及, 則德智長而理道得矣, 此五義者旣成於上, 則百姓黎民化輯於下矣.)"라는 말처럼 더욱 도덕성을 갖추게 해야 한다는 것입니다. 이 문장 앞쪽의 뜻은 "태자가 하루하루 커가면서 차츰 몽롱한 성의식(性意識)에 눈을 뜨기 시작하게 되고, '지비색(知妃色)'하여 어느 비자(妃子)가 예쁜지에 눈을 돌리기 시작하게 된다. 이때 그의 주의력을 제때에 전환시켜 '소학(小學)'에 들어가 체계적으로 공부하게 해야 한다."는 것인데, 이 단락의 인용문이 비교적 긴 관계로 하나하나 상세히 이야기하지 않겠습니다. 대의는 이렇습니다. "태자가 동학(東學)·남학(南學)·서학(西學)·북학(北學)에도 다니면서 '사학(四學)'을 배워야 할 뿐만 아니라, 부문별로 도덕과 지식을 배워야 한다. 왜냐하면 태자는 장래에 천하를 다스리고 천하의 사람들을 이끌어 가야 하므로, 모두 도덕이 있는 사람으로 되게 하려면, 먼저 스스로 도덕을 갖추어야 한다."

이윽고 태자가 혼인을 하게 됩니다. 그러므로 "급태자기관, 성인, 면어보부지엄, 즉유사과지사, 유휴선지재(及太子旣冠, 成人, 免於保傅之嚴, 則有司過之史, 有虧膳之宰.)"하게 됩니다. 즉 "태자가 관례(冠禮)를 거행하면 이미 성인이다. 그러므로 더는 어릴 때처럼 그렇게 엄히 그를 단속할 수가 없다. 그러나 그도 잘못을 저지를 수 있으므로 그 잘 못을 제때에 발견하고 엄하게 시정토록 해야 한다."는 것입니다. 이를 위해 두 명의 관리를 두었는데, 그 하나는 사관(史官)으로 그를 "사과지사(司過之史)"라고 했습니다. 그들로 하여금 "태자유과, 사필서지. 사지의, 부득불서과, 불서과즉사(太子有過, 史必書之. 史之義, 不得不書過, 不書過則死)."하게 했습니다. 즉 "태자에게 잘못이 있으면 사관(史官)은 반드시 그것을 기록해 두어야지, 기록하지 않으면 죽음에 처해야 한다."는 뜻입니다. 왜냐하면 앞으로 등극(登極)할 사람의 잘못을 그대로 지적하지 않고 넘기는 일을 절대로 소홀히 해서는 안 되기 때문이었습니다. 따라서 어쩌다 부득이 하게 사관이 기록하지 않으면, 절대로 용납이 안 되었던 것입니다. 즉 기록하지 않는다는 것은 제멋대로 하게 두는 것이기 때문에 태자를 방종하게 만들 수 있으므로 그는 곧 죽임을 당하게 되는 것입니다. 그럼 잘못을 저지른 태자에게는 어떤 벌이 주어졌을 까요? 바로 "과서, 이재철거선. 부선재지의, 부득불철선, 불철선즉사(過書, 而宰徹去膳. 夫膳宰之義, 不得不徹膳, 不徹膳則死.)"였습니다. 즉 사죄서(謝罪書)를 쓰게 한 뒤 선부(膳夫, 식사를 감독하는 관리)의 벌을 받아야 하는데, 그것은 곧 태자에게 한 끼를 굶기는 것입니다. 적당한 징벌 역시 교육의 일종입니다. 한 끼를 먹지 않는다고 굶어죽지는 않겠지만 몹시 고통스러울 것입니다. 이 때 선부가 남몰래 태자에게 만터우(만두)를 두어 개 쥐어주며 고의로 선심을 쓴다면 그것은 곧 죽을죄를 저지른 것이라고 했습니다. "불철선즉사(不徹膳則死)"가 바로 그런 뜻입니다.

이밖에 태자의 잘못을 제때에 바로잡기 위한 일련의 조치가 있었습니다. 이를테면, "유진선지정(於是有進膳之旍)", 즉 민중이 태자에게 선언(善言)을 드리려고 '정(旍, 정기[旌旗], 깃발) 아래에 서기만 하면 태자는 반드시 다가가서 청취하고 흔쾌히 받아들여야 했습니다. "유비방지목(有誹謗之木)"의 '비방'은 그 본뜻이 '비평'이었는데, 지금은 '비방'이 일종의 악의적인 비판이나 헐뜯음으로 바뀌었습니다. 즉 이 말은 "어느 사람이 나무기둥 옆에 서면, 태자는 다가가 비평을 들어야 한다."는 뜻입니다 "유감간지고(有敢諫之鼓)"는 북을 치는 사람이 있으면 태자는 즉시 그를 만나 봐야 한다는 것입니다. 이뿐만 아니라 태자의 잘못을 예방하기 위한 더 많은 조치들이 있었는데, 이를테면 "고야송시(鼓夜誦詩)" 같은 것입니다. '고(鼓)'는 '고(瞽)와 통하며, 맹인(盲人)을 가리킵니다. 옛날에는 간언시가(諫言詩歌)를 읊는 사람이 보통 맹인이었는데, 이들이 저녁마다 태자를 위해 채집한 시(詩)를 읊었습니다. 이 속에는 공적과 은덕을 찬양하는 것도 있고, 규간(規諫)을 풍자하는 것도 있었습니다.

또한 "공송정간, 사전민어. 습여지장, 고절이불양; 화여심성, 고중도약성. 시은주소이장유도야(工誦正諫, 士傳民語, 習與智長, 故切而不攘; 化與心成, 故中道若性, 是殷周所以長有道也)."라는 말처럼 "악공(樂工)이 간언(諫言)을 읊고, 사인(士人)은 거리에서 나타나는 민요를 전달하니, 이 속에는 백성들의 마음속 저울이 있으므로 태자가 주의해서 들어야 한다"는 말입니다. 그리하여 "태자의 학습과 지혜가 늘어나고, 양자가 서로 접근하되 뒷걸음치지 않도록 하고, 교화(敎化)와 마음을 성취케 함으로써 중도(中道)를 천성(天性)처럼 되게 한다(習與智長, 故切而不攘; 化與心成, 故中道若性.)"는 것입니다. 이처럼 엄격한 교육에 의하여 태자는 각 방면에서 정도(正道)를 걷게 되는데, 이는 마치 그가 태어나서부터 그런 것처럼 그의 천성이 되는 것입니다.

그런데 진(秦)나라는 그렇지를 못했습니다. "기속고비귀사양야(其俗固非貴辭讓也)" 즉 진나라의 풍속은 사양(辭讓)하는 것을 귀하게 여기지 않았던 것입니다. 다시 말해서 사람들 사이에는 예양(禮讓)이 없었고, 숭상하는 것은 '고득(告得)', 곧 상금을 타기 위해 서로 고발할 뿐이었다고 했습니다. 진나라 사람들은 예의를 귀하게 여기지(貴禮儀) 않았고, 숭상하는 것은 형벌이었습니다(所尙者刑罰也). 그리고 코를 자르는 의형(劓刑)을 자행했으며, 심지어는 삼족(三族)을 멸하는 짓까지 저질렀던 것입니다(非斬劓人, 則夷人三族也). 이런 상황이었기에 조고(趙高)가 호해(胡亥)에게 가르친 것은 모두 송사(訟事) 따위였던 것입니다.(故趙高傅胡亥而敎之獄.) 그 결과 "고금일즉위, 명일사인, 충간자위지비방, 심위계자위지요무, 기시살인약삼초관연. 기호해지성악재? 피기소이습도비기치고야(故今日卽位, 明日射人, 忠諫者爲之誹謗, 深爲計者謂之訞誣, 其視殺人若芟草菅然, 豈胡亥之性惡哉? 彼其所以習導非其治故也.)"하고 말았던 것입니다. 즉 "호해(胡亥)가 오늘 즉위하자 이튿날에 사람을 죽이고, 충신이 간언(諫言)하자 그가 헐뜯는다고 하였으며, 나라의 장기적인 안정을 위해 계책을 올리면 요언을 날조한다고 했다. 호해는 사람을 죽이는 것을 마치 초개(草芥)같이 쉽게 여겼다. 이렇게 된 것이 결국 호해의 타고난 성품이 좋지 않기 때문인가? 이것은 그가 어려서부터 받은 교육이 나라를 다스리는데 도움이 되지 않았기 때문이다."라고 했던 거지요. 그러기에 결국 2세에서 망하고 말았던 것입니다.

이상에서 우리는 『대대예기(大戴禮記)』 중 『보부(保傅)』편을 예로 들어 은·주(殷·周) 및 진조(秦朝)의 가정교육의 차이가 국조(國祚)의 장단(長短)을 초래한 데에 있었다는 것을 알 수 있습니다. 은·주는 성공의 본보기이고, 진(秦)나라는 실패의 전형(典型)입니다. 지금의 많은 가정들이 아이의 교육에서 쓴맛을 보고 있습니다. 진나라 사람들의 "이세이망(二世而亡)"의 교훈은 매우 심각한 것이며, 세인들에게 경종을 울려줌으로 그 전철을 다시는 밟지 말도록 해야 할 것입니다.

2. 『예기』에 기록된 아동교육 규범

지금의 아동교육에 대한 관심사는 각종 예술 특기를 가르치는데 있으며, 아이의 덕성이 어떠한지에 대해서는 모두들 별로 관심이 없습니다. 저는 최근 몇 년간 중국 고대 예의문명에 대해 강의하였습니다. 어떤 학생이 저에게 "선생님! 선생님이 강의하시는 이런 것이 무슨 소용이 있습니까?"하고 물었습니다. "사람답게 만들기 위해서지요."라고 제가 답하자, 학생들은 모두 웃었습니다. 사실 학생들은 자신의 몸에 최저한도의 규범이 없다는 것을 잘 알고 있습니다. 그러나 다만 그들을 가르치는 사람이 없을 따름입니다.

옛사람들은 자식에 대한 교육의 중심을 행위 규범에 두었습니다. 주희가 말하기를, "아동은 나이가 어리므로 큰 도리를 모르고 흉내를 곧잘 낸다."고 했습니다. 그러므로 그들에게 어떻게 해야 하는지를 가르치고 습관이 되게 해야 합니다. 그들이 성년(成年)이 된 후에 그때 그들에게 왜 그랬는지를 알려주어야 합니다. 아동의 행위규범에 대한 옛사람들의 교육내용은 아주 풍부합니다. 이를테면 『예기』 중의 「곡례(曲禮)」·「내칙(內則)」·「소의(少儀)」 및 『관자(管子)』 중의 「제자직(弟子職)」 등으로, 집중적으로 예의(禮儀) 장소에서의 몸가짐이나 언사(言辭)·응답(應答) 및 손윗사람을 섬기는 방법 등 그 내용이 아주 풍부합니다. 시간 관계상 아래에 『예기·곡례』 중의 몇 가지만 골라 설명하겠습니다. "유무거, 입무파, 좌무기, 침무복(遊毋倨, 立毋跛, 坐毋箕, 寢毋伏)." 이 몇 마디는 올바른 몸가짐을 말합니다. 유(遊)는 걷는 것이고, 거(倨)는 산만(散漫)하다는 말입니다. 즉 밖에서 걸을 때 몸가짐이 단정해야 하나 산만해서는 안 된다는 겁니다. 파(跛)는 발 한쪽에 병이 있다는 것인데, 바로 섰을 때 한 발은 곧고 한 발은 구부리지 말고 두 발을 붙이고 꼿꼿이 서야 한다는 겁니다. 기(箕)는 기좌(箕坐)라는 뜻으로 두 다리를 앞으로 뻗고 앉는 것을 가리키는데, 이는 아주 점잖지 못한 자세입니다. "침무복(寢毋伏)"이란 잠을 잘 때 엎드려 자는 것이 건강에 아주 안 좋다는 것입니다.

또한 "부위인자자. 출필고, 반필면(夫爲人子者. 出必告, 反必面.)"이라고 했습니다. 즉 "자식은 마땅히 항상 부모 곁에 있어야 하고, 문을 나설 때는 반드시 부모님께 여쭙고 어디를 가는지 알려드려 일이 있어도 쉽게 찾을 수 있도록 해야 하며, 집으로 돌아올 때에도 꼭 부모님께 알려드려 그들의 근심을 덜어드려야 한다."는 말입니다.

"시좌어선생: 선생문언, 종즉대(侍坐於先生: 先生問焉, 終則對."라는 말은 옛사람들이 후배가 선배를 모시고 앉는 것을 '시좌(侍座)'라고 했는데, 그 자리에서 만약 선생님이 물으면 후배는 선생님이 묻는 말이 끝나기를 기다려 답을 해야 하는데, 이것을 '종즉대(終則對)'라고 합니다. 만약 선생님의 물음이 채 끝나지도 않았는데 말을 가로채면서 대답을 하는 것은 실례이며 교양이 없다는 것을 말하고 있습니다.

"청업즉기, 청익즉기(請業則起, 請益則起.)"란 옛날에 스승님들은 수업(授業)할 내용을 목판(木板)에다가 썼는데, 이 목판을 '업(業)'이라 했습니다. 그러므로 스승님이 학생들에게 학문을 전수하는 것을 '수업(授業)'이라 했고, 스승님으로부터 학문을 전수 받는 것을 '수업(受業)'이라

했습니다. '청업(請業)'은 스승님께 학문의 가르침을 청(請)하는 것입니다. '익(益)'은 '증가(增加)' 혹은 '청익(請益)'이라는 뜻으로, 스승님이 강의한 내용을 알아듣지 못해 스승님께 다시 한 번 청해 들음을 뜻합니다. '청업(請業)'이든 '청익(請益)'이든 간에 모두 자리에서 일어나 스승님께 존경을 나타내야만 합니다. 지금 적지 않은 아이들이 자리에 앉은 채 마음대로 질문을 하는데, 이것은 매우[9] 무례하며 기본적인 교양마저 모자라는 것입니다.

여러 분들이 만약 이러한 종류의 예의(禮儀)에 대해 흥미를 가진다면 『예기』를 좀 더 읽어보면 보다 많은 놀라움을 발견하게 될 것입니다.

3. 『안씨가훈(顔氏家訓)』: 가훈지조(家訓之祖)

『예기』 등의 아동교육에 대한 내용은 특정된 대상이 없이 모든 아동들에 대한 것입니다. 북위(北魏)에 이르러서야 비로소 안지추(顔之推)가 자신의 가정을 위해 훈계조리(訓戒條理)를 만들었는데, 이것이 곧 유명한 『안씨가훈』입니다. 안지추(顔之推)라고 하면 여러 분은 잘 모를 수 있겠지만, 그의 조상인 안회(顔回)라면 아마 모르는 분이 없을 것입니다. 그가 바로 공자의 가장 우수한 학생인 안회입니다. 당조의 안진경(顔眞卿)은 서예(書藝)에서 '안체(顔體)의 창시자인데, 그가 바로 안지추의 후예입니다.

안지추(顔之推)는 위진남북조시기에 생활하였는데, 사회가 혼란하고 백성들은 의지할 곳을 잃고 떠돌아다녀야만 했습니다. 그는 수많은 가정들이 하루밤새에 벼락부자가 되기도 하고 또 하루밤새에 갑자기

9) 제찬 : 왕의 말씀이나 명령을 신하가 대신 받아 적은 것.

망해버리는 것을 자기 눈으로 목격하였는데 그야말로 손에 땀을 쥐게 하였습니다. 비록 그 자신도 온갖 고난을 겪었지만 뜻한 바를 이루어 벼슬이 황문시랑(黃門侍郞)에까지 이르렀습니다. 그리하여 그는 자신의 성과를 "오가풍교, 소위정밀(吾家風教, 素爲整密)"이라 했는데, 이 뜻은 "좋은 가풍이 있어 어려서부터 좋은 교육을 받았다"고 결론지었던 것입니다. 그는 또 날마다의 생활이 "효석온정, 규행구보, 안사정색, 장장익익, 약조엄군(曉夕溫凊, 規行矩步, 安辭定色, 鏘鏘翼翼, 若朝嚴君)"하다고 했는데, 즉 "매일 아침저녁으로 윗사람들께 문안을 드리면서 그들의 기거(起居)를 보살피며, 걷는 자세를 반듯하게 하고 모든 세절마다 규칙에 어울리게 하며, 언사(言辭)를 적절하게 쓰고 표정을 편안하게 하도록 하였다. 그는 부친을 일찍 여위였으므로, 장형부모(長兄父母)라고 매일 아침마다 맏형을 뵐 때마다 예절(禮節)은 엄부(嚴父)를 대하듯이 하였다."고 했습니다. 이런 엄정(嚴整)한 가정교육이 있었으므로 환경이 제아무리 변해도 나쁜 짓을 하여 법을 어기는 일이 없이 최저한도의 도리를 지킬 수 있었던 것입니다.

선배로서 안지추(顔之推)는 자신이 겪은 세상일을 '가훈(家訓)'의 형식으로 후대들에게 알려야겠다는 책임감을 느꼈습니다. 『안씨가훈』은 전서(全書)가 7권 20편으로 나뉘며, 치가(治家)·교자(教子)·위인(爲人)·치학(治學)의 도리를 논하였는데, 그 취지는 "정제문내, 제서자손(整齊門內, 提撕子孫)" 즉 안 씨 가문을 위해 모범을 보이고 교훈을 세움으로써 자손들이 모두 바른 길을 걷도록 하기 위함이었습니다.

『안씨가훈』의 기본 특징은 진실한 이야기로 도리를 따지고 감칠맛 나게 말하면서 딱딱한 설교를 하지 않았으므로 자손들이 쉽게 받아들일 수 있었다는데 있습니다. 아래에 그 예(例)를 몇 가지 들어 볼까 합니다. 아이를 사랑하는 것은 부모의 천성(天成)으로 그 누구에게나 나무랄 것은 없지만, 교육만은 시켜야 마땅한 것이다. 사람이 물에 빠져죽은 것을 '익사(溺死)'라고 한다. 아이를 온종일 사랑으로 감싸기만 하는 것을 '익애(溺愛)'라 하는데, '익애' 역시 사람을 해치는 것이다. 안지추의 아이에 대한 원칙은 "무교이유애(無教而有愛)" 즉 "가르침이 없이 사랑만 주어서는 안 된다"는 것입니다. 그는 적지 않은 가정교육의 잘못된 인식을 지적했습니다. 이를테면, "음식운위, 자기소욕(飮食運爲, 恣其所欲)", 즉 "먹고 싶어 하면 무엇이든지 주어 제멋대로 먹게 하는 것" "의계번상, 응가반소, 지유식지, 위법당이(宜誡飜獎, 應訶反笑, 至有識知, 謂法當爾)". 여기서의 '번(翻)'은 '반(反)'과 통하는 것으로, "마땅히 훈계해야 할 때 도리어 칭찬을 하고, 마땅히 꾸짖어야 할 때 도리어 웃음을 보인다"는 것 등은 아이를 너무 사랑해서 "아이가 크면 천천히 변화되리라고 기대합니다만, 그의 교만(驕慢)함이 차츰 습관으로 변해버리고 만 것을 알고는 그제야 비로소 단속하려고 하지만 때는 이미 늦었다"는 것을 경계하는 말입니다. 그리되면 "추달치사이무위(推撻致死而無威)" 즉 "부모가 그를 때려죽이려 해도 위엄이 이미 서지 않는다."는 것입니다. 반대로 "부모에 대한 그의 원한은 하루가 다르게 더욱 강렬해집니다.(忿怒日隆而增怨.)" 그러므로 안지추는 "교부초래, 교아영해(教婦初來, 教兒嬰孩)"라 했는데, 여기서 '부(婦)'는 신부(新婦), 곧 새색시로 "신부가 처음 집에 들어설 때에 그녀에게 집안의 법도를 똑바로 말해줘야 하고, 갓난애는 단순하므로 가르치기도 가장 쉽다."고 했던 것입니다. 즉 아동의 조기교육이 매우 중요하다는 것을 강조한 말이지요.

『안씨가훈』은 우리나라에서 자기의 자손들을 위해 편찬한 가정교육의 첫 번째 저작물입니다. 이것은 중국 교육사의 이정표로서, 역사서에 학자들이 칭찬하는 글이 끊이지 않았습니다. 진진손(陳振孫)의 『직재서록해제(直齋書錄解題)』에서 이르기를 "고금가훈, 이차위조(古今家訓, 以此爲祖)", 즉 "고금의 가훈은 이를 원조(元祖)로 삼아야 한다"고 했습니다. 왕월(王鉞)의 『독서총잔(讀書叢殘)』에서는 "편목마다 남의 잘못을 지적하고 주의를 주어서 그것을 고치는 데에 도움이 되어, 하는 말마다 귀감이 되어 자제를 위하는데 매우 중요하므로 집에다 한 권씩 비치해 두고 그 가르침을 받들 필요가 있다(篇篇藥石, 言言龜鑑, 凡爲人子弟者, 可家置一冊, 奉爲明訓)"라고 칭찬했습니다. 원충(袁衷)은 『정위잡록(庭幃雜錄)』에서 "육조안지추가법최정, 상전최원(六朝顏之推家法最正, 相傳最遠)", 즉 "육조의 안지추의 가법이 가장 바르고, 가장 오래 전해졌다"고 했습니다.

4. 후세가훈(後世家訓)의 개요

『안씨가훈』은 가훈을 자립하는 사회의 기풍을 창설하였습니다. 그 뒤로 위로는 제왕에서, 아래로는 일반 백성에 이르기까지 서로 앞 다투어 이를 본받아 세도와 인심에 영향을 끼치는 가훈의 걸작이 계속적으로 나타나기 시작했습니다. 아래에 그 중 가장 영향력이 있는 가훈 몇 개를 소개하겠습니다.

(1) 당태종의 『제범(帝範)』

정관 22년(648년)에 당태종이 제찬(制撰)한 『제범』은 군체(群體)·건친(建親)·구현(求賢)·심관(審官)·납간(納諫)·거참(去讒)·계잉(誡盈)·숭검(崇儉)·상벌(賞罰)·무농(務農)·열무(閱武)·숭문(崇文) 등 12편을 포함하고 있는데, 제왕친정(帝王親政)의 '도'를 논하고 자녀들이 배우도록 하사하였습니다. 태종은 "스스로 제 몸을 경계하고 삼가서 바르게 하는 밝혀 주는 '도'는 모두 이 속에 있다. 짐이 꺼리는 바 없어 더 이상 말할 것이 없다(飭躬闡政之道, 皆在其中, 朕一旦不諱, 更無所言)"는 문구를 유훈(遺訓)으로 삼았는데, 훈계하는 말이 모두 그 속에 들어 있습니다.

(2) 사마광(司馬光)의 『가범(家範)』

사마광은 북송의 유명한 재상으로 가문의 명예가 아주 높았습니다. 그의 아버지 사마지(司馬池)는 벼슬이 찬장각대제(天章閣待制)에까지 올랐습니다. 그의 아들인 사마강(司馬康)은 말과 웃음을 함부로 하지 않았으며, 남과 교제할 때는 재물에 대해 이야기하지 않았습니다. 가풍의 유지를 위해 사마광은 몸소 『가범(家範)』을 만들어 조(祖)·부(父)·모(母)·질(侄)·형(兄)·제(弟)·부(夫)·처(妻)·부(婦)·첩(妾)·유모(乳母) 등 같지 않은 가정 신분에 따라 경전 중의 어구(語句)나 고사(故事)를 인용하여 일일이 행위 준칙을 규정하였습니다. 권일(卷一)은 『역(易)』『대학』『효경』을 인용하여 성인(聖人)들이 "집안에서 아름다운 가풍을 높일 수 있게 했던 행동(家行隆美)"에 대해 숭상할 것을 논했고, 가정을 다스리는 요점을 총괄함으로써 "세상 사람들에게 거동의 본보기가 되고, 후세에 은혜를 남기자(軌物範世, 遺澤後世)"고 했습니다.

사마광은 "의방(義方)으로 자기 자식을 훈계하고 예법으로 자기 집안을 다스린다(以義方訓其子, 以禮法齊其家)"고 하여 많은 선배들이 "후세를 도모하고 생계를 넓힘으로써(爲後世謀, 廣營生計)" 자녀에게 "주(田疇)가 천맥(阡陌)에 이르고, 저점(邸店)이 방곡(坊曲)에 이르며, 속미(粟米)가 창고에 넘쳐나고, 금백(金帛)이 협사(篋笥)에 가득해도 부족하다고 여겨 몇 대에 걸쳐서도 다 쓰지 못하는 것(田疇連阡陌, 邸肆連坊曲, 粟米盈囤倉, 金帛充篋笥. 以爲子子孫孫累世用之莫能盡也)"을 비판하였습니다. 이렇듯 "자손의 악행을 조장하는 것이므로 재앙을 초래하는 것(適足以長子孫之惡, 而爲身禍也)"을 경계하였습니다. 이렇게 된 것은 "자손이 어려서부터 자라면서 이득만 알고 정(情)이 있음을 모른다(子孫自幼及長, 惟知有利, 不知有義故也)"는 것을 알았기 때문이었습니다.

(3) 주희의 『주가가훈(朱家家訓)』

주희는 송대 이학(理學)의 집대성자로서, 공자에 이어 나타난 걸출한 사상가입니다. 그가 집필한 『주가가훈(朱家家訓)』은 경사(經史, 經書)와 『사기』를 섭렵하고 정수를 융합하여 오륜요칙(五倫要則)이나 일상생활의 도(道)와 연장자를 존중하고 어린이를 사랑하는 법을 제창하였습니다. 그 중 아래와 같은 구절은 귀중한 말로 널리 전해지고 있습니다.

> "스승과 어른을 섬김에 귀한 것은 예의이며, 벗을 사귐에 귀한 것은 신의(信義)이다.(事師長貴乎禮也, 交朋友貴乎信也)."
> "선이 작다고 이를 행하지 않으면 안 되고, 악이 작다고 해서 이를 해서는 안 된다.(勿以善小而不爲, 勿以惡小而爲之)."
> "의롭지 못한 재물을 보거든 이를 취하지 말고, 의로운 일도 뜻이 맞거든 이를 좇아 함께 하여라.(見不義之財勿取, 遇合義之事則從)."
> "시서(詩書, 『시경』과 『서경』)는 마땅히 배워야 하고, 예의를 반드시 알아야 한다.(詩書不可不讀, 禮義不可不知)."

"자손은 반드시 가르쳐야 하고, 동복(童僕)은 불쌍히 여겨야 한다.(子孫不可不敎, 童僕不可不恤)."

"유학자를 존경해야 하며, 어려울 때 서로 도와야 한다.(斯文不可不敬, 患難不可不扶)."

(4) 주백려(朱柏廬)의 『치가격언(治家格言)』

청조의 유학자 주백려는 본명이 주용순(朱用純)입니다. 그는 청대의 유명한 이학자이자 교육가입니다. 진(晉)나라 사람 왕부(王裒)의 반백려묘(攀柏廬墓)의 뜻을 앙모하여 자기의 호를 백려(柏廬)로 지었습니다. 이 책은 수신·제가를 주지로 하여 격언·경구의 형식으로 사람들에게 처세술을 일러주는데, 간결하고 생동적이어서 널리 사람들의 입에 오르며 대중들의 환영을 받습니다. 아래의 격언은 후세의 많은 가훈으로 채택되고 있습니다.

"새벽이 되면 바로 일어나 마당에 물을 뿌리고 쓸어야 한다.(黎明卽起, 灑掃庭除.)"

"죽 한 그릇과 밥 한 그릇이라도 마땅히 나오는 곳이 쉽지 않음을 생각해야 한다.(一粥一飯, 當思來處不易.)"

"반 가닥 실오라기와 반 조각의 천도 항상 만드느라 힘들고 어려웠음을 생각해야 한다.(半絲半縷, 恒念物力維艱.)"

"비 오기 전에 서둘러 대비해야 마땅하니, 목마른 다음에야 뒤늦게 우물을 파지마라.(宜未雨而綢繆, 毋臨渴而掘井.)"

"그릇은 소박하고 청결하게 하면, 질그릇도 금옥보다 낫다.(器具質而潔, 瓦缶勝金玉.)"

"음식은 검소하고 정갈하게 하면 남새밭 채소 반찬이 진수성찬보다 낫다. (飮食約而精, 園蔬逾珍饈.)"

"조상은 비록 세대가 멀어도 제사는 마땅히 정성스럽게 지내야 한다.(祖宗雖遠, 祭祀不可不誠.)"

"자손이 비록 어리석다 하더라도 경서는 반드시 읽도록 해야 한다.(子孫雖愚, 經書不可不讀.)"

"뜻밖에 생기는 재물을 탐내지 말고, 정량을 넘도록 지나치게 술을 마시지 마라. (勿貪意外之財, 莫飮過量之酒.)"

"보따리 행상과 물건을 거래할 때는 야박하게 잇속을 챙기지 말라.(與肩挑貿易, 勿占便宜.)"

"궁빈하고 괴로운 친지나 이웃을 보면 따뜻하게 구휼하라. (見窮苦親隣, 須多溫恤.)"

"다른 사람에게 기쁜 경사가 있거든, 투기하는 마음을 가지지 말라.(人有喜慶, 不可生妒忌心.)"

"다른 사람에게 재앙과 우환이 있거든, 기뻐하거나 고소하다는 마음을 가져서는 안 된다.(人有禍患, 不可生喜幸心.)"

"선행을 남에게 보이고자 하면, 참으로 착한 일이 아니다. (善欲人見, 不是眞善.)"

"악행을 남이 알까 두려워하면 이것이야말로 대악이다. (惡恐人知, 便是大惡.)"

"책을 읽음에는 뜻을 성현에 두는 것이지, 과거에 급제하는 일에만 매달려서는 안 된다.(讀書志在聖賢非徒科第.)"

"벼슬을 함에는 마음을 임금과 나라에 두어야 하는데, 어찌 자기 몸과 가족만 헤아리려 하는가?(爲官心存君國豈計身家?)"

이상의 말들 그 이치가 매우 깊습니다. 작은 데서 착수하여 큰 것을 내다봄으로써 높은 수준을 나타내고 있음을 알 수 있습니다. 그러하기에 적지 않은 구절이 중국에서 유행되어 거의 모든 사람이 다 알고 있는 상황입니다.

(5) 강희(康熙)의 『정훈격언(庭訓格言)』

강희는 청대 입관(入關) 이후 십제(十帝) 중 재위 시간이 가장 긴 황제의 하나로서 문덕(文德)으로 다스리고 무위(武威)로 공을 세워 청조가 한 시기 절정에 이르게 했습니다. 그는 가교(家敎)와 가훈(家訓)의 중요함을 깊이 깨닫고, 역사 경전에서 인생 철리(哲理)가 풍부한 격언 78조를 정선하였습니다. 매 조목마다 밑에 경사(經史, 경서와 사기) 및 제자백가의 말을 인용하여 훈계(訓戒)를 달고, 아울러 스스로 실행한 체험과 결합시켜 자세히 거듭 반복하여 서술하였습니다. 문자가 알기 쉽고 언어를 친근감 있게 구사했기에 평이(平易)하면서도 깊은 뜻이 많아 제목을 『정훈격언(庭訓格言)』이라 지었던 것입니다. 이 책은 강희의 인생 경력을 총화(總和)한 것이자 정련(精鍊)한 것이라 볼 수 있습니다. 아래에 두 가지 예(例)를 들도록 하겠습니다.

첫째, 강희가 이야기하는 생활 속의 '좌(坐)':

> "훈계(訓戒)하여 이르기를: 무릇 귀인들은 모두 오래 앉아 있을 수 있다. 짐은 어려서 등극하여 오늘에 이르기까지 모든 신하들과 정사(政事)를 의논하거나 문신들과 서사를 이야기하기도 하였으며, 때론 너희들과 가정의 사소한 일에 대해 담

소를 나누기도 했지만, 모두 엄연하고 단정한 모습을 보였다. 이것은 모두 짐이 어려서부터 익히고 평소의 교양이 있었기 때문이다. 공자가 이르기를, '어려서 이뤄진 것은 천성과 같고, 습관은 자연과 같다.'고 하였다. 과연 그러하옵니다!(訓曰: 大凡貴人皆能久坐, 朕自幼年登極以至於今日, 與諸臣議論政事, 或與文臣講論書史, 即與爾等家庭閑暇談笑, 率皆儼然端正, 此皆朕躬自幼習成, 素日涵養之所致, 孔子云: '少成若天性, 習貫如自然.' 其信然乎)!"

우리는 흔히 어떤 아이들이 앉아도 앉음새가 없고 이리저리 삐딱하게 앉는 모습이 마치 뼈가 없는 것 같은 모습을 보곤 합니다. 적지 않은 가장들이 이런 것을 보고 대수롭지 않게 여기며 단속하지 않습니다. 그러나 강희는 이것을 장래에 '귀인(貴人)'이 될 수 있느냐 없느냐 하는 높이로 끌어올려 인식하여 '대범귀인개능구좌(大凡貴人皆能久坐)'라고 하였습니다. 이 말을 자세히 음미해보면 확실히 일리가 있습니다. 오래 앉아 있을 수 있는가에 따라 사람의 의지·교양 및 자제 능력, 더 나아가 몸 상태를 엿볼 수가 있습니다. 만약 우리가 이런 차원에서 문제를 보고 아이들에게 요구한다면 아이들의 기질이 속되지 않을 것입니다. 강희는 여덟 살에 등극하여 61년을 재위하면서 정무를 처리하거나 또는 가사(家事)에 대해 한담하거나를 막론하고 모두 '엄연단정(儼然端正)'하게 오래 앉아 있었습니다. 이 모든 것은 "어릴 때부터 익힌 습관으로 인해 이루어진 것(自幼習成, 素日涵養)"입니다.

둘째, 강희의 금연(禁煙):

"강희가 말하기를, 황제가 되어 법령을 실행하려면 오직 자신이 먼저 행해야만 남도 자연히 따라 하게 마련이다. 흡연에 대해 말해도, 비록 국가 대사와 별로 큰 관계는 없는 듯하지만 늘 이로 인해 화재가 일어나므로 짐은 때때로 금령을 내려 흡연을 금지시키기도 한다. 짐도 흡연할 줄 모르는 것은 아니다. 어릴 적에 양모(養母)의 집에서 담배도 많이 피웠다. 그런데 지금 짐이 명을 내려 남들에게 흡연을 하지 못하도록 하면서 짐이 도리어 지키지 않는다면 어떻게 사람들에게 믿고 따르게 할 수가 있겠는가? 그러므로 짐은 담배를 끊고 다시는 피우지 않을 것이다. (訓曰, 如朕爲人上者, 欲法令之行, 惟身先之, 而人自從, 卽如吃煙一節, 雖不甚關係, 然火燭之起多有於此, 故朕時時禁止, 然朕非不會吃烟, 幼時在養母家, 頗善於吃烟, 今禁人而己用之, 將何以服人? 因而永不用也.)"

강희의 가훈은 외재적인 형식이 있으면서도 또한 깊은 뜻이 있습니다. 해설할 때마다 자신이 생각했던 바를 섞음으로써 각별히 생동적이고 효과 또한 매우 훌륭했습니다.

(6) 증국번(曾國藩)의 가훈

증국번의 가훈은 아주 특별합니다. 그것은 위에서 열거한 것과 같은 고정적인 조문(條文)이 없을 뿐만 아니라 그의 가서(家書) 속에 산재해 있습니다. 증국번은 평생을 정무(政務)와 군무(軍務)에 파묻혀 바쁘게 살다보니 그의 학술저서는 별로 많지 않습니다. 그러나 그가 남겨둔 서신은 아주 많은데, 지금까지 정리된 것은 겨우 전체의 10분의 1

에 불과합니다. 매번 편지를 쓸 때마다 그는 집안사람들에 대한 교육을 염두에 두고 간곡하게 타이르며 여러 모로 훈도(訓導)하였습니다. 이를테면, "만사는 근검하고 청렴하고 부지런해야 하며, 관직을 빙자하여 오만하게 굴지 말아야 하며, 수신하고 자기를 단속해야 하며, 덕행으로 관리가 되어야 하고, '예'로 다스리는 것이 앞서야 하며, 충실하게 정치에 임해야 한다"는 등 읽을수록 눈이 뜨이게 합니다. 아래에 몇 조(條)를 소개합니다.

"한 가정이 번창 하려면, 어진 자제가 나와야 하는데, 자손이 어질지 못하고 재능이 없으면 네가 제아무리 은전·곡식·재산·옷·서적을 많이 쌓아둬도 모두가 헛된 것이다. 자제가 인재가 되느냐 하는 것은 선천적인 여건이 있어야 할뿐만 아니라, 후천적인 교육도 있어야 한다. 자손들이 아무리 어리석고 교육을 꺼린다 해도 그들에게 '범위, 즉 한계를 그어 그것을 넘지 못하도록 해야 한다.(家中要得興亡, 全靠出賢子弟, 若子弟不賢不才, 雖多積銀積錢積穀積産積衣積書, 總是枉然, 子弟之賢否, 六分本於天生, 四分由於家敎,……子孫雖愚, 亦必略有範圍也)."

"증국번은 문무대신(文武大臣)이라는 귀한 몸이지만 모든 옷가지가 금 300백도 되지 않았다. 너희 집에 아무리 돈이 많아도 뽐내지 않고 어디서나 보통 사람처럼 자처한다면 큰 인물이 될 가능성이 있다. 그러나 부귀한 습성에 물들기만 하면 성공을 바라보기가 어려운 것이다. 따라서 자제들이 항상 이러한 검박한 기풍을 지키는 것이 곧 복을 아끼는 도(道)이다.(吾忝爲將相, 而所有衣服不値三百金, 願爾等常守此儉朴之風, 亦惜福之道也.)"

5. 역대 가훈(家訓)의 요점

가훈은 자기 가문 내부의 행위 준칙으로서 집집마다 그 상황은 천차만별입니다. 그러므로 가훈의 형식이나 내용 또한 서로 각이하며 극히 풍부하기도 합니다. 그러나 그것들은 필연적으로 그 방향이 공통적이기 마련입니다. 제가 대충 귀결한 바에 의하면 주로 아래와 같은 몇 가지가 있습니다.

(1) 행위의 한계를 확정하다

국가에는 국법(國法)이 있고 가정에는 가법(家法)이 있습니다. 법률을 준수하는 백성이 되어야 한다는 것은 많은 가훈(家訓)의 기본적인 조목입니다. 증국번(曾國藩)이 말하는 '범위(範圍)는 바로 절대적으로 위반해서는 안 되는 한계입니다. 그럼 어떤 것이 한계입니까? 많은 가훈에 모두 구체적인 규정이 있습니다. 복건(福建) 보전(莆田)의 진준경(陈俊卿)의 가훈을 보도록 합시다. 진준경은 북송(北宋)의 현명한 재상(宰相)으로 청렴결백하고 충직하며 직언을 직간(直諫)하는데 서슴지 않았습니다. 그는 가훈에서 자손들에게 아래와 같이 요구하였다.

"법에 위배되는 일을 하지 말고, 형률(刑律)을 범하지 말아야 한다. 이것은 절대 건드려서는 안 된다. 사람이 많고 세력이 큰 것을 믿고 폭과(暴寡) 즉 약한 세력을 업신여겨서는 안 되며, 자신이 부유하다고 '기빈(欺貧)' 즉 가난한 사람들을 깔보지 말아야 하고, 도박에 참여하여 '蕩産業(탕산업)' 즉 가산을 탕진하지 말아야 하며, 도처에 요언을 퍼뜨려 자가(自家)의 명성(名聲)을 실추(失墜)시켜서는 안 된다.(毋作非法而犯典刑, 毋以衆而暴寡, 毋以富而欺貧, 毋以賭博而蕩産業, 毋以謠辟而墜家聲)."

복건(福建) 연성(连城)의 배전오씨(培田吴氏)의 『가훈16칙(家訓十六則)』에는 '오계(五戒)'가 있습니다. "음행·비벽·각박·탐도·쟁송 등은 힘써 경계해야 한다.(戒淫行, 戒匪僻, 戒刻薄, 戒貪饕, 戒爭訟.)" 즉 이러한 것들은 모두 사회가 멸시하는 죄악으로 가족 성원들이 물들어서는 안 된다는 것이었습니다.

복건성 포성(浦城)의 장자균(章仔鈞)은 당 말의 관리로서, 복건의 군정(軍政)을 36년 간 주관하였으므로 명망이 매우 높았습니다. 장씨가훈(章氏家訓)에도 방비해야 할 목표가 있었는데, 그 표현은 더욱 간결했습니다.

"집에서 막아야 할 두 자는 도(盜, 도적질)와 간(奸, 간음)이다.(防家兩字, 曰盜與姦).

집안을 망치는 두 자는 표(嫖. 오입질)와 도(賭. 도박)이다.(敗家兩字, 曰嫖與賭).

집안을 결단 내는 두 자(字)는 폭(暴)과 흉(兇)이다.(亡家兩字, 曰暴與兇)."

산서(山西)성 기현(祁县)의 교치용(乔致庸) 가족의 가훈은 아주 빈틈이 없었는데, 그 중에 '육불준(六不準)', 즉 여섯 가지 불허해야 하는 것이 있습니다.

"첩을 두는 것을 불허하고, 노복(奴僕)을 학대하는 것을 불허하고, 도박을 불허하고, 마약(痲藥)을 흡입하는 것을 불허하고, 기생집에 드나드는 것을 불허한다.(不準納妾, 不準虐僕, 不準酗酒, 不準賭博, 不準吸毒, 不準嫖妓.)"

교씨(喬氏) 가족은 '육불준(六不準)'을 엄히 준수했습니다. 교치용은 89살까지 살았는데, 모두 여섯 차례나 혼인을 하였으나 모두 재취(再娶)한 것이고 첩은 들이지 않았습니다. 제6대인 교영규(喬映奎)는 부인이 아이를 낳지 못하므로 도리대로라면 첩을 들일 수도 있었으나 선조들의 법칙에 따라 한평생 첩을 들이지 않고 형님의 자식을 양자(養子)로 들였습니다.

교씨(喬氏) 가문의 사람들은 말썽을 피우지 않았으며, 거만하고 횡포하게 굴지 않고 온화하고 스스로를 단속하였는데, 이는 가장 기본적인 계율이 있었기 때문입니다.

우시(無錫)에는 명문 가족이 많았는데, 그 중 과씨(過氏)는 하대(夏代) 때로부터 시작하여 역사상 명인이 적지 않게 배출되었습니다. 과씨 가훈(過氏家訓)의 '팔계(八戒)'를 보면 다음과 같습니다.

"오역(忤逆)을 금하고, 오입질과 도박을 금하며, 술주정을 금하고, 강탈(强奪)하거나 시비(是非) 거는 것을 금하며, 탐욕을 금하고, 미신을 금하며, 마구 사귐을 금하고, 사치함을 금한다.(戒忤逆, 戒嫖賭, 戒酗酒, 戒刁訟, 戒貪婪, 戒迷信, 戒濫交, 戒奢侈.)"

이상에서 열거한 것들은 금지 조목(禁止條目)이 많거나 적든 간에 그 주지(主旨)는 다 같은 것으로 모두 자가(自家)의 '울타리'를 단단히 동여매어 가족의 명성을 훼손하는 악행이 절대 없도록 하기 위한 것이었습니다. 무릇 계율을 어길 뿐만 아니라 누차 가르쳐도 고치지 않는 자에 대해서는 관청에 넘겨 처분하도록 하였습니다. 이광지(李光地)의 『가족공약(家族公約)』에서 "조목을 범하면 오로지 공평하게 검거하여 관청에 물을 것이고, 여럿과 함께 포기하고 사사로운 정에 얽매어 비호(庇護)해서는 안 된다."고 규정하였습니다. 어떤 가족에서는 심지어 죽은 뒤 족보(族譜)에 넣지 않고 가족 묘지에 묻지 못하게 하는 방법을 써서 '명예형(名譽刑)'에 처하기도 했습니다. 복건성 포성(浦城) 장자균(章仔鈞)은 가훈(家訓)에서 다음과 같이 말하고 있습니다.

"무릇 음탕하거나 도박, 마약 및 절도 등 죄를 저질러 형률을 범하거나 풍속을 문란케 하는 자는 그 악명이 족히 조상의 가업을 망치고, 부모의 명성을 욕되게 하므로 예외 없이 사당에 이름을 올리지 못하고 가족의 묘지에 묻힐 수 없다.(敗祖宗之成業, 辱父母之家聲, 鄉黨爲之羞, 妻妾爲之泣, 豈可入吾祠而祀吾塋乎? 豈可立於世而名人類乎哉)!"

(2) 자식은 마땅히 엄하게 가르쳐야 한다.

안지추(顔之推)가 또 말하기를, 양(梁)나라 원제(元帝) 때에 총명한 학사(學士) 한 사람이 있었는데, 마땅히 출세할 수 있었으나 "아버지가 지나치게 총애하여 의외로 더는 가르치지 않았습니다.(爲父所寵, 失於教義.)" 그런 상황에서 아이가 "뜻밖에 깜짝 놀랄 만한 말을 한마디 하자 아버지는 온 거리를 돌아다니며 일 년 내내 칭찬을 했습니다(一言之是, 遍於行路, 終年譽之.)" 그러는 가운데 아이가 "잘못을 저지르자 덮어 감추거나 또는 그를 위해 변명하면서 그가 스스로 고치기를 바랐습니다.(一行之非, 掩藏文飾, 翼其自改.)" 그러다가 아이가 혼인하고 벼슬을 할 나이가 되자 "사납고 거만한 성질이 날이 갈수록 심해져 누구도 감히 그를 건드릴 수가 없게 되었습니다(暴慢日滋.)" 그러다가 결국 이 학사는 포학하기로 유명한 인물인 주적(周逖)을 건드렸습니다. 주적은 이 학사의 창자를 뽑아내어 말 다리에 맨 뒤 말을 달리게 하여 학사의 창자를 모두 뽑아버렸습니다. 물론 주적이 잔인하고 포학했지만 무엇 때문에 안지추가 이 학사에 대해 이야기 했겠습니까? 안지추는 그 원인을 "학사의 어린 시절에 그의 부친이 더 이상 가르치지 않았다.(失於教義)"는 점을 강조하기 위해서였던 것입니다. 안지추는 부모의 엄격한 가르침은 자녀들이 잘못을 저지르지 않도록 하는 유력한 보장이라고 보았던 것입니다.

그는 또 양(梁)나라 대사마(大司馬) 왕승건(王僧虔)을 예(例)로 들어 설명했습니다. 왕승건은 정동장군(征東將軍)이자 거기대장군(車騎大將軍)이었는데, 옛 도읍을 수복하는데 천하를 압도할 만한 큰 공을 세웠습니다. 그의 성공은 노모인 위부인(魏夫人)의 덕분이었습니다. 왕승건이 분성(湓城, 지금의 장시 주장[江西九江] 부근)에 있을 때 이미 3천 명을 거느리는 장군이었고 나이도 마흔을 넘었습니다. 그러나 위부인은 여전히 그를 엄하게 단속하였는데, "조금만 여의치 않아도 그를 때렸다."

(少不如意, 猶捶撻之)고 합니다.

사마광(司馬光)은 "아들을 사랑함에는 바른 길을 가르치어 나쁜 길에 빠지지 않게 하는 것(愛子, 教之以義方, 弗納於邪)"이라고 말했습니다. 집안을 망치는 적지 않은 자식들의 몸에는 교만하고 사치스럽고, 황음(荒淫)하고 방탕 무도(放蕩放蕩)한 네 가지 버릇이 있는데, 이는 모두 지나치게 총애한 데서 비롯된 것입니다. 그는 "자상한 모친은 아들을 패가망신으로 몰아넣는다(慈母敗子)"는 이 옛말을 높이 평하면서 자식을 불초(不肖)의 경지에 밀어 넣는 것은 왕왕 다른 사람이 아니라 자식을 지나치게 귀여워하는 '자모(慈母)'의 손에서 나오는 것이라고 인정했던 것입니다.

(3) 사회공덕(社會公德)

국가 기구의 운영 및 공공시설의 건축 등은 모두 세금에 의존(依存)합니다. 그러나 정부에서 세금을 거두는데 민중 가운데 협력하지 않는 사람들도 꽤나 있습니다. 북송 양억(杨億)의 가훈에는 '완국과(完國課)'라는 조목이 하나 있습니다. 이 '과(課)'는 학과목이나 국학(國學)의 과정을 가리키는 것이 아닙니다. '과(課)'는 과세(課稅)로, 자각적으로 제때에 국가에 세금을 납부하는 것이었습니다. 복건 영정객가(永定客家)의 『호씨족규(胡氏族規)』의 제1 조목은 곧 "전곡(錢穀)은 나라의 부세(賦稅)로서 마땅히 해마다 완납해야 하되 미루지 말아야 한다." 『노씨가훈(盧氏家訓)』에도 "전곡(錢穀)을 정해 세금을 독촉함이 없도록 해야 한다.(定錢糧以省催科)"는 조목이 있습니다. 이러한 것들은 모두 그들이 자각적으로 사회의 책임 및 나라의 걱정을 함께 하는 사상 경지를 나타내는 것으로서 이는 아주 대단한 것입니다.

강희 9년(1670년)에 청제(淸帝) 현엽(玄燁)은 『성유광훈(聖諭廣訓)』 16조(條)를 반포하였는데, 그 중 한 조목이 "은량을 완납하여 세금을 재촉받는 일이 없도록 해야 한다(完銀糧以省催科)" 것입니다. 일부 지식분자들은 이에 호응하여 그것을 가훈에 기입하고 가정의 사회 공덕으로 할 것을 요구하였습니다. 비교적 이른 것으로는 주백려(朱柏廬)의 『치가격언(治家格言)』이 있는데, 그중에 "제때에 나라의 세금을 납부하는 것을 가족이 마땅히 다해야 할 책임이다.(國科早完, 卽囊橐無餘, 自得至樂)"로 삼았습니다.

그리고 적지 않은 가정에서 문내(門內) 또는 사회의 가난한 자들을 돕는 것을 자기가 마땅히 해야 할 의무로 여겼습니다. 복건 보전(莆田)의 임영(林英)은 북송의 인종(仁宗)·영종(英宗)·신종(神宗)·철종(哲宗)·휘종(徽宗) 등 4조(朝)의 명신으로, 그 가훈에 이렇게 쓰여 있습니다.

"무릇 자손이 학문에 뜻을 가진다면 본가(本家)에서 형편이 어려워 뒷바라지를 하기 어려운 경우, 족장(族長)은 곧 족인(族人) 중의 힘이 닿는 이들을 이끌어 그가 학업을 마치도록 재물로 도와주면, 백성들은 선조(先祖)의 유덕(有德)을 선양(宣揚)할 것이다.(凡一子孫有志讀書, 如本房艱難不能供給, 族長卽率族人有力量者爲資助, 以成其學, 庶可宣揚祖德.)"

"무릇 족인(族人)이 도둑을 맞거나 병으로 앓거나 또는 혼인을 하지 못하는 자가 있으면 족인 중의 힘이 닿는 이들은 구제해줘야 한다.(凡族人或遭盜賊, 疾病者, 及婚不能娶者, 族中有力之人扶持周濟)."

한 가족 내에 만약 자손들이 학문에 뜻을 가진 자가 있는데, 본가(本家), 즉 종족(宗族)에서 갈라져 나온 한 집이 "형편이 어려워 뒷바라지를 하기 어려운 경우(艱難不能供給)"에는 "족장(族長)은 곧 족인(族人) 중의 힘이 닿는 이들을 이끌어 그가 학업을 마치도록 재물로 도와주어야 한다.(族長卽率族人有力量者爲資助, 以成其學.)"고 했다. 그리하면 "선조의 유덕(有德)을 선양(宣揚)하게 될 것이다.(宣揚祖德.)라고 했습니다. 여기에서 볼 수 있는 것처럼 고대의 사회적 구제(救濟)는 왕왕 가족 내부에서 해결하였던 것입니다.

(4) **면학(勉學)과 모현(慕賢)**

중국에서 교육을 중시하는 것은 전 사회의 공통된 인식입니다. 오직 독서를 해야만 비로소 도리를 깨닫고 올바르게 노력할 수 있는 방향을 찾을 수 있으며, 불후의 업적을 이룰 수가 있는 것입니다. 인생의 성장에서는 또한 응당 교제와 존경을 중히 여기고, 현인을 가까이 함으로써 끊임없이 긍정적인 영향을 받아야 합니다. 『안씨가훈(顔氏家訓)』에는 『면학(勉學)』, 『모현(慕賢)』이 각각 한 권씩 있습니다. 그 중에서 양조(梁朝)의 전성기에는 "귀족 자제들은 대부분 무학무능하여 가족의 권세를 믿고 그럭저럭 세월을 보내다가 전란이 일자 자립할 수가 없어 골짜기에서 객사하기도 했다(貴遊子弟, 多有無術)"고 기록되어 있습니다. 그러므로 진정한 재능과 견실한 학식을 갖추어야 하는 겁니다. 안지추가 말하기를, "만약에 항상 수백 권의 책을 갖고 있다면, 천년이 지나도 소인은 되지는 않는다.(若能常保數百卷書, 千載終不爲小人也.)"고 했습니다.

안지추는 또한 '묵자비어염사(墨子悲於染絲)'의 전고(典故)로써 자녀들이 교제(交際)에 신중해야 함을 가르쳤습니다.

"난화는 향기로운 것으로, 옆에 오래 있으면 당신의 몸에서도 향기가 나고, 전복은 악취가 나는데, 옆에 오래 있으면 당신 몸에서도 악취가 납니다. 묵자(墨子)가 실을 염색하는 걸 보니, 새하얀 실을 염색 항아리에 담그자 당장 새까맣게 변하여 다시는 깨끗해질 수 없었습니다. 어떠한 사람과 교제해야 하는지 마치 지란(芝蘭)꽃이 있는 방에 들어가느냐, 아니면 전복 가게에 들어가느냐 하는 것은 신중히 선택해야 한다.(與善人居, 如入芝蘭之室, 久而自芳也; 與惡人居, 如入鮑魚之肆, 久而自臭也。墨子悲於染絲, 是之謂矣, 君子必愼交友焉.)"

면학(勉學)의 이념은 후세의 많은 가훈에 채택되었습니다. 북송의 유명한 이학자(理學者)인 양시작(楊時作)의 『면학가(勉學歌)』는 자손들을 권계(勸誡)하는 좋은 내용입니다. 그 중의 일부 내용을 보면 이래와 같습니다.

"모든 학생들에게 말하지만, 다 같이 이 시절을 아껴야 한다. 학업은 적시에 하는 것이 중요하고, 젊은 시절에 노력해야 한다.(愿言諸學子, 共惜此日光, 術業貴及時, 勉之在靑陽.)"

복건(福建) 장평(漳平)의 등씨(鄧氏) 가족은 동한(東漢) 광무제(光武帝) 때의 등우(鄧禹) 장군의 후예로서, 그가 지은 『등씨가훈(鄧氏家訓)』 중의 일부분인 '중독서(重讀書)'는 독서하여 수신하고 명예와 절조를 갈고 닦는 것 등을 논하였습니다.

> "사(士. 선비)는 사민(四民)의 우두머리로서, 가문의 명성을 크게 떨치는 것은 이에 의거한다. 그러므로 가정이 비록 가난하다 해도 '시서(詩書)' 즉 『시경(詩經)』과 『서경(書經)』을 버려서는 안 된다. 유업(儒業)에 뜻이 있는 자손은 마땅히 부지런히 분발해야 한다. 부모와 조상의 이름을 떨치는 것이 비로소 집안을 잘 다스리는 것이다. 영식(令息)은 특히 도리를 따르고 스스로 삼가하여 명예와 절조를 갈고 닦으며, 성현(聖賢)을 본받아야 한다. 집에서는 자신을 단속하고, 나서면 뜻한 바를 이루는 것은 한 집안의 경사만이 아니라 나라의 영광이다.(士爲四民之首, 家聲丕振, 於是乎賴, 故家雖貧, 詩書不可棄也。子孫有志儒業, 必需勤勉奮發, 顯親揚名, 乃爲克家, 令子猶當循理, 飭躬砥礪名節, 效法聖賢, 自處有守, 出有爲, 不獨一門之慶, 而且爲邦家之光也.)"

주백려(朱柏廬)의 『치가격어(治家格言)』에서 이르는 "자손수우, 경서불가불독(子孫雖愚, 經書不可不讀)"이라는 말은 사방에 널리 퍼져 사람마다 너무나도 귀에 익은 말이 되었습니다. 즉 "자식이 아무리 어리석다 하더라도 경서(經書)를 반드시 읽도록 해야 한다."는 뜻입니다. 경서에서 말하는 사람의 도리는 우리 생활의 본보기이자 근본입니다. 독서가 수많은 가정의 신념이 되고 대중의 생활방식이 될 때면, 사회의 문명 정도가 제고될 뿐만 아니라 역사를 통찰하는 안광(眼光)도 더욱 심오해 지게 됩니다. "독경전즉근저심, 간사감즉의론위(讀經傳則根柢深,

看史鑒則議論偉)"라는 말처럼 "경전(經典)을 읽어야 기초가 튼튼해지고, 사기(史記)을 보아야 언사(言辭)가 훌륭해지는 것"입니다.

(5) 가치관 교육

생활 속에서 사람들은 자신이 의식하고 있는지에 관계없이 그의 언행은 모두 가치관에 의해 지배됩니다. '가치관'이라는 것은 곧 '관가치(觀價值)', 즉 가치를 본다는 것입니다. 그러면 당신의 가치는 어디에 있습니까? 어떻게 해야만 비로소 자신의 가치를 실현했다고 할 수 있을까요? 이 세상에서 빼앗아 가지는 것이 많을수록 인생가치가 높은 것일까요? 아니면 이 세상을 위해 헌신하는 것이 많을수록 인생가치가 높은 것일까요? 옛날 중국의 가훈에 이와 관련된 내용이 적지 않았습니다.

첫째는 결혼관입니다. 사람들은 모두 혼인을 하게 되는데, 배필을 찾는 표준은 무엇입니까? 세속적인 표준은 상대방의 금전이나 지위를 중시하나, 유가에서는 상대방의 인품을 중시했습니다. 주백려(朱柏廬)의 『치가격언(治家格言)』에서는 다음과 같이 말하고 있습니다.

> "딸을 시집보낼 때는 가서(佳壻)을 택하되 중빙(重聘)을 요구하지 말고, 장가를 보내 며느리를 들일 때는 숙녀를 들이되, 두터운 혼수를 따지지 마라(嫁女擇佳壻, 毋索重聘. 娶媳求淑女, 毋計厚奩.)

다음은 의리관(義利觀)입니다. 정호(程顥)는 "천하의 일은 오로지 의리일 뿐이다.(天下之事, 唯義利而已)"라고 했습니다. 주희(朱熹)는 "다만 의리에 관한 설은 바로 유자의 가장 중요한 것(설)이다(義利之說, 乃儒者第一義.)"라고 말했습니다. 정호는 "의(義)와 이(利)는 단지 공(公)과 사(私)일 뿐이다."라고 말했습니다. 이와 같이 의리(義利)에 대한 분별은 인생 성장 과정의 중대한 과제입니다.

사마광(司馬光)은 『가범(家範)』에서, "사람의 도리로써 그 자식을 가르치고, 예법으로써 그 가정을 다스려야 한다.(以義方訓其子, 以禮法齊其家.)"라고 주장하면서, 어른들이 단지 물질적으로 자손들을 만족시키려 함을 꾸짖었습니다.

> "지금 후세를 위하여 이익을 도모하는 자는 생계를 넓혀 후세에 남겨주기 위함인데, 전주(田疇)가 천맥(阡陌)에 이르고, 저점(邸店)이 방곡(坊曲)에 이르며, 속미(粟米)가 창고에 넘쳐나고 금백(金帛)이 협사(篋笥)에 가득해도 여전히 부족하다고 여긴다. 그러면서 자자손손 몇 대에 걸쳐서도 다 쓰지 못하는 것이라고 흐뭇해한다. …… 그러나 그런 식의 후세를 위함은 자손의 악행을 조장하고 재앙을 초래하게 된다. …… 자손이 어려서부터 자라면서 이득만 알고 의(義)가 있음을 모르는 까닭이다.(今之爲後世謀者, 不過廣營生計以遺之, 田疇連阡陌, 邸肆連坊曲, 粟米贏囷倉, 金帛充篋笥, 慊慊然求之猶未足也, 施施然自以爲子子孫孫累世用之莫能盡也 …… 然則向之所以利後世者, 適足以長子孫之惡, 而爲身禍也 …… 子孫自幼及長, 惟知有利, 不知有義故也.)"

산시(山西) 기현(祁县)의 교가(乔家)가훈에는 또한 무엇이 '공명부귀(功

名富貴)'이고 무엇이 '도덕 문장(道德文章)'인가에 대해 해석하였는데 특별히 눈에 띕니다.

"천지에 유익함을 공(功)이라 이르고, 세상의 교육에 유익함을 명(名)이라 이르며, 학문이 있음을 부(富)라 이르고, 염치(廉恥)가 있음을 귀(貴)라 이르며, 이를 공명부귀라 이른다. 무욕(無欲)을 덕(德)이라 이르고, 무위(無爲)를 도(道)라 이르며, 비루(鄙陋)함에 물들지 않음을 문이라 이르고, 애매(曖昧)함에 가까이하지 않음을 장(章)이라 하며, 이를 도덕문장(道德文章)이라 이른다. 공명부귀가 있음은 물론 좋으나, 도덕문장이 없음은 속되다.(有補於天地者曰功, 有益於世教者曰名, 有學問曰富, 有廉恥曰貴, 是謂功名富貴, 無欲曰德, 無爲曰道, 無習於鄙陋曰文, 無近於曖昧曰章, 是謂道德文章, 有功名富貴故佳, 無道德文章則俗。)"

이상은 범속(凡俗)을 초월한 문자들로, 자주 송독(誦讀)하면 자신의 고결(高潔)함을 유지하여 소인(小人)이나 속된 학자가 되지 않도록 할 수 있는 것입니다. 교가(喬家)가 오랫동안 흥성할 수 있었던 것은 그들의 높은 뜻을 세운 가훈과 밀접한 관계가 있습니다.

6. 가풍을 수립해야 하는 현시대적 의의

한 가정의 가훈과 가정교육이 확정되면 사람마다 준수하고 대대로 이어지면 좋은 가풍과 가문의 명예가 형성됩니다. 전통적인 중국에서 가문의 명성이 좋지 않다면 동네방네에 소문이 퍼져 자식들이 장가가

기도 어렵게 됩니다. 그러므로 한 가정이나 나아가서 한 마을 또는 한 현(縣)의 풍기(風氣)가 바르면 민풍(民風)도 자연히 좋습니다. 우리가 『한서·지리지(漢書·地理志)』를 읽다 보면, 한 지방의 산천을 소개한 뒤에 이어서 이 지방의 민풍이 어떠한지를 말하고, 그 원인이 어디에 있는지를 분석하고 있는 것을 알 수 있습니다. 한대의 정부는 민풍과 민심을 중시하여 정기적으로 학문과 명망이 있는 사람을 풍속사(風俗使)로 임명하여 지방에 내려가 고찰하게 함으로써 낡은 풍속·습관을 고치고 민풍을 진작(振作)시키고자 하였습니다.

좋은 가정교육과 가풍을 수립하는 것은 바로 인재가 배출하는 비옥한 토양이 됩니다. 역사상 전국적으로 수많은 문화세족(文化世族)이 나타났고, 대대(代代)로 영재(英才)가 출현했습니다. 여기서 북방과 남방의 전형(典型) 두 개를 들도록 하겠습니다.

북방은 산시(山西) 진난(晋南) 원시(闻喜)의 페이 씨(裴氏)입니다. 원시에 페이바이촌(裴柏村)이 있는데, 이곳이 페이 씨의 발원지입니다. 민간에 "천하에는 두 번째 배(裴)가 없다.(天下無二裴)는 설이 있듯이, 가령 성(姓)이 페이 씨라면 그것은 반드시 여기서 뻗어나간 것입니다. 페이 씨 가족은 훈계가 엄정하고 가풍이 정숙하여 많은 인재를 배출하였는데, 역사상 재상과 대장군이 각각 59명이나 나왔고 '이십사사(二十四史)'에 기록된 사적에도 600여 명이나 되므로 가히 보기 드문 일이라 하겠습니다.

남방은 푸젠 푸톈(莆田)의 린 씨(林氏)입니다. 명·청 양조가 5백여 년간 치른 201차례의 과거시험에서 모두 5만여 명이 급제하였는데, 그 중 린 씨 가족이 644명이나 되며, 장원(壯元)이 5명, 방안(榜眼)이 4명, 탐화(探花)가 6명이나 됩니다. 같은 과(科)에서 방상괘명(榜上掛名)된 임씨는 여섯 차례나 10명 이상이 되어 민간에서 미담으로 전해지고 있습니다.

가교(家教)는 민중의 자아 교육의 가장 좋은 형식으로 가정 자체의 요구일 뿐만 아니라 총체적으로 전 국민의 도덕 풍모를 배양하는 사회의 토양이기도 하므로 대중의 도덕적 한계 및 인생관과 가치관을 수립하는데 보탬이 됩니다. 이것은 정부의 투자가 필요하지 않을 뿐만 아니라 학자들이 항목으로 입안하지 않아도 되며, 원가가 가장 낮고 효과가 가장 빠른 것이니 어찌 즐겨하지 않을 수 있겠습니까?

전통적인 가훈이 장기적으로 대가 끊어지면서 가정교육의 분야는 공백 상태에 놓임으로써 교육의 중대한 공백이 나타나 '관리 2세' '부자 2세' '스타 2세'들이 일을 저지르는 부정적인 보도들이 대량으로 출현하면서 전 사회의 우려와 반성을 불러일으키고 있습니다. 이에 대해 어떤 지도자의 말은 참으로 훌륭합니다. "지금의 간부들은 참으로 관리하기가 힘듭니다. 그것은 결국 어려서부터 좋은 가정교육을 받지 못했기 때문입니다!" 우리는 다시 가훈을 세우고 좋은 가풍을 수립하는 일이 이미 한시도 늦출 수 없는 상황에 놓여 있다고 하겠습니다!

겸손하게 상대를 대하고 온아하게 행동해야 한다

(自谦敬人，温文尔雅)

제3강
겸손하게 상대를 대하고 온아하게 행동해야 한다自谦敬人，温文尔雅

서한(書翰) 속의 예의

이 장에서는 중국 전통 '서한'에서의 예의에 대해 알아보도록 합시다.

일상에서 우리는 흔히 이런 경우를 만나게 됩니다. 서로 다른 지역에 떨어져 서로 보지 못하게 되면 서신을 통해 교류를 진행하게 됩니다. 비록 서로 얼굴을 마주할 수는 없지만 서한을 보낼 경우 마치 서로 얼굴을 마주보듯이 피차간에 예의는 반드시 지켜야 합니다. 예를 들면 호칭은 어떻게 하며, 안부인사는 어떻게 나누며, 결말은 어떻게 맺고, 낙관(落款)은 어떻게 하는지 그 속에는 굉장한 학문이 들어있는 것입니다. 비단 그럴 뿐만 아니라 서면형식이므로 수정하고 보충할 여지가 있으므로 더욱 어휘사용에 신경을 써야 하며, 고아한 품위를 지킴으로써 발신인의 문화소양이 드러나도록 해야 합니다.

1. 서한의 기원

중국의 서한사(書翰史)는 아득히 거슬러 올라가게 되는데, 가장 이른 서한이 언제 나타났는지는 고증할 길이 없습니다. 『상서』의 「군석(君奭)」편에서는 전반에 걸쳐 성왕(成王)을 보좌한 소공석(召公奭)을 격려한 주공(周公)의 말들을 기재하고 있습니다. 일부 학자들은 그 문장이 바로 주공이 소공석에게 보낸 서한이라고 주장하고 있습니다. 만일이 말이 틀리지 않는다면, 그것이 바로 현존하고 있는 가장 빠른 서한이 될 것입니다. 동주(東周)로부터 양한(兩漢)에 이르기까지 서한의 운용은 날이 갈수록 광범해졌고, 수많은 유명한 서한들이 나타났습니다. 예를 들면, 악의(乐毅)의 『보연혜왕서(报燕惠王书)』, 노중연(鲁仲连)의 『유연장서(遗燕将书)』, 이사(李斯)의 『간축객서(谏逐客书)』, 사마천(司马迁)의 『보임안서(报任安书)』, 유흠(刘歆)의 『이양태상박사서(移让太常博士书)』 등인데 이들 서한은 문학성과 사상성을 두루 갖추고 있어, 매 편마다 회자되면서 천년이 흐르도록 녹슬지 않고 있습니다.

그럼 먼저 고대 서신에 대한 기초상식부터 소개하겠습니다. 종이가 발명되기 전 선진(先秦)시기에는 편지를 주로 대·나무·명주 등을 재료로 하여 써왔습니다. 큰 나무를 필요한 길이만큼 자른 다음 다시 쪼개서 판을 만드는데 이때 그 나무판을 '독(牍)'이라고 했습니다. 서신용 독은 길이가 한자 가량 되기에 사람들은 흔히 서신을 '자독(尺牍)'이라고 불렀습니다. 개인 편지든 정부 공문이든 내용은 대부분 기밀을 요구했습니다. 오늘에 이르러서도 우편엽서를 제외하고는 공·사(公私) 서한은 전부 비밀이 보장되어야 합니다. 서한 내용을 덮어 감추기 위해 옛날 사람들은 '독' 위에 다른 나무판 하나를 덮었는데 그때 그 나무판을 '검(检)'이라 불렀습니다. '검'의 정면에는 수신인의 주소와 이름을 썼는데 이를 '서(署)'라고 했습니다. 그리고 끈으로 '독'과 '검'을 묶어 하나로 만들었습니다. 고정시키기 위해 목판 아래 위에는 각각 두 개의 홈을 파서 끈을 거기에 넣고는 교차되게 단단히 묶고 매듭을 지었는데 이 끈을 '함(缄)'이라 불렀습니다. 오늘날에도 적잖은 사람들, 특히 정부기관의 봉투에는 여전히 '함'자를 사용하고 있는데 이는 옛날부터 내려온 잔재로 뜻은 '봉한다'는 말입니다. 그러나 오늘날 그것의 본래 의미를 아는 사람은 매우 적습니다. 끈으로 단단히 묶은 다음에도 기밀 문제는 여전히 해결되지 못했는데, 끈을 풀기만 하면 바로 서한의 내용을 볼 수 있고 다시 되묶어놓기만 하면 감쪽같았기 때문입니다. 그리하여 옛 사람들은 점토로 매듭 부분을 감싸버렸는데 이때 그 점토를 '봉니(封泥)'라 불렀고, 그 '봉니' 위에다 도장을 찍었습니다. 개인편지는 개인도장을 찍었고 공문 따위에는 관인을 찍었습니다. 누군가 가만히 편지를 뜯어본다면 '봉니' 위의 도장은 망가지게 되고 복원할 수 없게 되었기에 기밀보장에 대한 문제가 해결되었습니다. 편지를 뜯게 되면 봉니는 버리게 되는데 고고학자들은 봉니의 실물을 발굴하게 되었고 일부 배면에는 끈으로 매듭을 지은 흔적이 또렷이 남아있는 것이 발견되곤 했습니다. 청나라시기 어떤 학자는 전문적으로 출토된 봉니만 수집해서 연구를 해가지고 책으로 출판하기도 했습니다. 이를테면 오식분(吴式芬)·진개기(陈介祺)의 『봉니고략(封泥考略)』으로 849점의 봉니를 수록하고 있으며, 유악(刘鹗) 역시 『철운장봉니(铁云藏封泥)』라는 책을 펴냈습니다.

서한은 또 '서간(书简)'이라고도 불렸는데, 서한을 흔히 죽간에 썼고 편지를 다 쓴 다음 죽간을 감아서 묶고는 부대에 넣은 다음 아가리를 끈으로 동여매고 봉니로 매듭을 봉한 다음 그 위에 도장을 찍었습니다.

2. 서한의 범식과 구성

초기의 서한은 형식이 비교적 자유로웠고 말하고자 하는 내용을 적으면 그만이었습니다. 그렇게 쓰니 당돌한 느낌이 강했고 완곡하지 못했습니다. 나중에 서서히 서한의 격식이 나타나기 시작했습니다. 먼저 호칭이 있어야 하고 안부 인사를 해야 하는 것 등입니다. 예를 들면, "가을이 깊어갑니다. 날씨가 제법 차가워지네요. 귀체일양만강(貴體一樣萬康)하신지요? 많이 그립습니다." 등으로 먼저 정감 및 안부를 토로하고 그다음에 본론으로 들어가 부드럽게 말하는 것이었습니다. 그리고 끝머리에 공손한 경어체로 마무리를 하고 낙관을 적는 것이었습니다. 지금까지 가장 빨리 서한의 격식을 소개한 작품으로는 진대(晋代)의 색정(索靖)이 쓴 『월의(月仪)』로서 다른 계절에 쓴 서한들을 소개하고 있습니다. 예를 들면 날씨와 문후(問候), 인사 등에 따라 시작할 수 있게 아무라도 사용가능한 틀이었습니다. 옛날 서한의 격식은 날이 갈수록 엄밀해지면서 당시에는 내·외 서한의 예의가 있어서 가족과 외인에게 보내는 편지의 용어들도 서로 혼용해 사용할 수 없었으며, 『부인서의(妇人书仪)』, 『승가서의(僧家书仪)』 등으로 문체와 어휘가 보다 전문적으로 사용하게 되어 있었습니다. 뒨황(敦煌) 문헌에는 백 건에 달하는 '서의'류 문서가 발견되고 있습니다. 서한의 격식을 틀리게 하면 실례가 되고 조소를 받았으며, 수양이 부족하여 편지글조차 제대로 쓰지 못하는 사람으로 보였습니다.

엄격한 의미에서 전통 서한은 다음의 다섯 가지 부분으로 구성되었습니다.

(1) 호칭어

누구에게 편지를 쓰든 호칭이 있어야 합니다. 상대방을 부를 때에는 일반적으로 경어를 사용합니다. 옛 북경사람들은 예의를 매우 중시했고 반드시 상대방을 '당신'이라고 존중했었습니다. 남방 사람들은 노소를 막론하고 그냥 '그대'로 통하고 있었습니다. 일본어나 한국어에는 아직도 중국 사람들이 경어를 사용하던 전통이 남아있는데, 예를 들면 '안녕하세요.'라는 말도 노인·부모·동년배·후배에 대해 사용할 경우 모두 다르게 사용되고 있습니다. 만일 노인에 대해 경어를 사용하지 않는다면, 노인에게 무시를 당해도 할 말이 없게 됩니다.

중국문화는 윤리를 중시하고 명분과 존비(尊卑, 지위 신분 등의 높음과 낮음)를 앞세우기 때문에 서로 교제할 경우 습관상으로 상대방을 자기보다 높은 위치에 놓게 되며 경어체를 사용하게 마련입니다. 사람들이 흔히 사용하는 존경의 방식은 매우 많지만 비교적 일상적인 것들을 살펴보면 다음과 같은 것들이 있습니다.

① 군·공·경 등 본래 작위로 불리던 호칭으로 상대방을 불러주었습니다.

군(君) : 옛날 땅이 있는 사람은 모두 군이라 불렸고 일국의 원수라면 '국군(国君)'으로 불렸습니다. 나중에 군은 존칭으로 불렸는데 이는 고대 시에서 자주 언급되는 것으로, 예를 들면 "얼마나 많은 수심을 가지고 있는지 군에게 묻노라.("问君能有几多愁)", "묻노니 군이여 서역여행에서 언제나 돌아오려나.(问君西游何时还)", "군은 돌아올 기약이 있는지 묻고 있네.(君问归期未有期)" 등이 그러한 것으로 모두 '군'으로 상대방을 지칭하고 있습니다.

공(公) : 옛날 천자를 삼공이라 해서 그 지위가 매우 높았습니다. 제후도 공이라 불렀는데 예를 들면 『시경(诗经)』에서는 노후(鲁侯)를 '노공(鲁公)'이라 불렀고, 『춘추(春秋)』에서는 노군(鲁君)을 전부 '노공(鲁公)'이라 칭했습니다. 후에 그 사용범위가 넓어짐에 따라 유방마저 '패공(沛公)'이라 불렀습니다. 그 뒤 존칭으로 되었고 서로 존경하는 의미에서

공이라 불렀는데 예를 들면『전국책(战国策)』에서 모수(毛遂)는 이렇게 말합니다. "공 등은 녹록하거늘(公等碌碌)" 이와 같은 용례는 현대에도 나타나는데 지난 세기 30년대 중국 전역에서 총칭(重庆)으로 몰려간 문예계 인사들은 저우언라이(周恩来)를 '주공(周公)'이라고 불렀고, 얼마 전 갓 서거한 저명한 학자 팡푸(庞朴) 선생 역시 베이징 학술계에서는 '팡공(庞公)'으로 통했었습니다.

경(卿) : '경' 역시 본래는 작위였습니다. 대부에는 상대부(上大夫)와 하대부(下大夫)의 구분이 있었고, 전자를 '경'이라고도 불렀습니다. 후에 존칭으로 변화되었고, 예를 들면 순자(荀子)를 가리켜 '순경(荀卿)'이라고 한 것이 바로 그 일례입니다. TV에서 보면 황제가 뭇 대신들을 가리켜 '경들은…'이라고 하는 것을 볼 수 있는데, 거기에는 존중의 의미가 담겨져 있는 것입니다. 오늘날 사람들이 흔히 남녀가 다정하게 보내는 모습을 일컬어 '경경아아(卿卿我我)'라고 하는데, 이럴 경우 경은 바로 2인칭을 나타내는 말이라 할 수 있습니다.

후(侯) : 고대 서면어에서 '후'는 비교적 많이 쓰였습니다. 예를 들면 상대방의 부친을 이를 때 '존후(尊侯)'라고 했던 것입니다. 오늘날 일상생활에서는 거의 사용되지 않고 있습니다.

부인(夫人) : 우리는『예기』를 통해서 이미 알고 있습니다. 고대 천자의 적배(嫡配)를 '후'라고 하고, 그 모친을 '모후(母后)'라 했으며, 조모를 '태후(太后)'라고 불렀는데, 이런 호칭들은 오로지 천자의 전유물로 일반인들은 사용할 수가 없었습니다. 제후의 배우자를 '부인'이라 했는데 후에 상대방의 배우자에 대한 존칭으로 되어 '존부인(尊夫人)', '수부인(嫂夫人)' 등으로 불렀습니다. 지금 사람들은 그런 도리를 모르고 남 앞에서 자기의 배우자를 '부인'이라고 하는데, 이는 웃음거리가 되는 것입니다.

공자(公子) : 고대 제후의 직계 장자 이외의 아들들을 통칭해서 '공자'라고 불렀습니다. 후에 사람들은 이 존칭으로 타인의 아이를 지칭하게 되었고, 계집애일 경우 '여공자'라고도 불렀습니다.

② 존칭을 나타내는 글자로 경의를 표했습니다.

영(令) : 영은 아름답고 좋다는 의미를 담고 있기에 상대방의 아버지를 '영존대인(令尊大人)'이라 하고, 어머니를 '영당대인(令堂大人)'·'영자(令慈)'라 했으며, 아들을 '영랑(令郎)', 딸을 '영애(令爱)'·'영원(令媛)'이라고 했습니다.

현(贤) : 중국 사람들은 성현을 숭앙합니다. '현'은 덕행이 고상한 사람을 가리키며, 그 지위는 '성(聖)' 다음으로 갑니다. 상대방을 존경할 경우 '현형(贤兄)'·'현제(贤弟)' 등으로 지칭하며 상대방 부부를 '현항려(贤伉俪)'라고 높여서 불러줍니다.

대(台) : 옛 사람들은 별무리로 인간세상을 비유했습니다. 제성의 부근에는 '3대' 성이 있어 사람들은 그것을 조정의 사도(司徒)·사마(司马)·사공(司空) 3공으로 비유했으며, 고대 서신에서 상용되던 '대감(台鉴)'·'대람(台览)'·'형대(兄台)' 등은 바로 상대방을 3공으로 존경하는 의미를 담고 있습니다. 여기서 주의할 점은 이럴 경우 절대 '대(台)'자를 '대(臺)'자로 표기하지 말아야 한다는 것입니다. '대(臺)'와 '대(臺)'는 본래 두 개의 글자이지만 대륙에서 문자개혁을 하면서 이 두 글자를 하나로 합쳐버렸습니다. 저장(浙江)에는 타이저우시(台州市) 있는데, 이때 이것을 '대주(臺州)'라고 적지 못하며, '대감("台鉴)'을 '대감(臺鉴)'이라고 적어서도 안 되는 것입니다.

③ 폐하, 전하, 각하, 좌우 등의 어휘로 경의를 표시했습니다.

폐하(陛下) : 성어에 '분정강례(分庭抗礼)'라는 말이 있습니다. 만일 두 사람의 신분이 대등하다면, 마치 마오쩌둥과 닉슨처럼 한사람은 중화인민공화국 주석이고, 한사람은 미국 대통령인 것처럼 대등하다면, 두 사람의 예의는 완전히 대등한 것으로 담판 시 각자 마주 앉을 수 있습니다. 만일 일반 관원이라면 황제와 나란히 할 자격이 없는 것입니다. '폐하'라고 함은 자기 신분을 알고 완곡하게 그를 지칭하는 것으로, 할 말이 있으면 궁전의 단폐(丹陛) 즉 섬돌 아래에서 하급관리에게 대신 전달케 해야 한다는 뜻입니다.

전하(殿下) : 천자의 지위로 직계 장손이 계승하게 됩니다. 기타 공자들은 각각 토지를 하사받게 되고, 이런 귀족들은 청나라 시기 '친왕(親王)' 또는 '전하'라 불렸습니다. 익히 아시다시피 캄보디아 전 국가원수 시하누크 친왕이 중국을 방문했을 당시, 저우언라이 총리는 그를 '전하'라고 불렀던 것입니다.

각하(阁下) : 더 말할 나위 없이 각(阁)은 폐(陛)·전(殿)보다 낮은 건축물입니다. 일반인들 사이에는 '폐하'나 '전하'라고 칭하지 않으며 흔히 '각하'라고 상대방을 존칭합니다.

좌우(左右) : 서한에서 '모모 좌우'라고 하는 경우가 있습니다. 이때 액면 그대로 받아들이면 받는 사람 좌우의 비서나 일꾼을 가리키는 것으로, 사실 상대방이 일반인이라면 그런 조수가 있을 리 만무합니다. 따라서 이렇게 말하는 것은 순전히 경의를 나타내는 점잖은 표현이기에 오해하지 말기를 바랍니다.

④ 표자, 관함, 적관 등 방식으로 상대방을 칭합니다.

표자(表字) : 고대 남자들은 생후 3개월이면 아버지가 이름을 지어주고 나이 20세가 되면 성인례를 치르게 되는데 이를 '표자'라고 합니다. 이름은 다만 부모나 웃어른들만 부를 수 있습니다. 그 외 황제는 천하의 지존으로 어떤 사람이라도 그 이름을 직접 부를 수 없습니다. 고대에 문화 소양이 좀 있는 사람들은 이름 외에도 모두 자(字)가 있었고, 심지어 호(号)도 있었습니다. 예를 들면, 공구(孔丘)의 자는 중니(仲尼)이고, 반고(班固)의 자는 맹견(孟坚)이며, 정현(郑玄)의 자는 강성(康成)이고, 전대흔(钱大昕)의 자는 죽정(竹汀)이며, 위원(魏源)의 자는 묵침(默深)이고, 왕국유(王国维)의 자는 정안(静安)이며, 전목(钱穆)의 자는 빈사(宾四)이고, 마오쩌동(毛泽东)의 자는 윤지(润之)입니다. 일반인들 사이에도 상대방의 이름을 직접 부른다는 것은 여간 실례가 아닌 것입니다. 상대방의 표자를 불러주는 것은 비단 상대방에 대한 존중일 뿐 아니라 자신이 전통문화에 대한 존중을 나타내는 것입니다.

관함(官衔) : 중국 고대에 인재를 선발하는 이념은 "학업이 뛰어난 사(仕)를 뽑는다"는 것이었습니다. '사'에 이른 사람은 일반적으로 학업에 성취가 있거나, 정치적 치적이 탁월한 자이기에 사람들은 습관상 상대방의 관함을 존칭으로 삼았습니다. 예를 들면 두보(杜甫)는 일찍이 공부시랑(工部侍郎)을 지냈으므로 사람들은 두보를 일컬어 두공부(杜工部)라 했습니다. 왕희지(王羲之) 역시 우승(右丞)을 지낸 적 있기에 왕우승(王右丞)라 불렀습니다. 진자앙(陈子昂)은 '습유(拾遗)'라는 벼슬을 지낸 적이 있어 진습유(陈拾遗)라 불렀고, 안진경(颜真卿)은 사후에 노국공(鲁国公)으로 봉해졌기에 안노공(颜鲁公)이라 불렀습니다.

적관(籍贯) : 일부 사람들은 성취가 매우 높아 명성을 널리 떨쳤기에 사람들은 그의 적관 혹은 출생지를 존칭으로 삼기도 했습니다. 예를 들면 무술변법의 영수였던 캉유웨이(康有为)는 광동(广东) 난하이(南海) 사람이기에 캉난하이(康南海)라고 불렸습니다.

양무운동의 영수였던 장즈동(张之洞)은 난피(南皮) 사람이었기에 장난피(张南皮)라고 불렸습니다.

그 외 상대방과 관련되는 사물을 지칭할 경우에도 경어와 미칭을 사용했습니다.

> 상대방의 연회초대에 감사할 경우 : 연회를 베풀어주셔서 황공하옵니다.
> 상대방의 선물을 받았을 경우 : 두터운 사랑을 베풀어주셔서 감사드립니다.
> 상대방의 문장을 칭할 경우 : 대작. 화려한 문장. 아름다운 글귀.
> 상대방의 서한을 이를 경우 : 대함(大函). 대한(大翰). 양함(琅函). 혜시(惠示). 대시(大示). 대교(大教). 수시(手示).

서한에서 스스로를 칭할 때에는 겸손하게 해야 합니다. 『노자』에 이르기를, "사람이 좋지 않게 여기는 유고, 과, 불곡 등은 왕공을 지칭하는 것(人之所恶, 唯孤, 寡, 不穀, 而王公以为称)"이라 했습니다.

사람들은 흔히 고과(孤寡)를 좋아하지 않는데, 배우자가 없이 고독한 모양이기 때문입니다. '과(寡)'는 늙고 지아비가 없음을 이르는 말이고, '고(孤)'는 부모가 없음이며, '곡(穀)'은 선(善)이고, '불곡(不谷)'은 스스로를 겸손하게 불선(不善)이라 하는 것입니다. 고대 왕공들은 스스로 '과가(孤家)'·'과인(寡人)'이라 했는데, 이는 모두 겸양의 의미에서 비롯된 것입니다. 『예기·곡예(礼记·曲礼)』에도 겸양에 대한 말들이 있습니다.

> "천자의 비는 후(后)라고 부르고, 제후는 부인(夫人), 대부는 유인(孺人), 사는 부인(妇人), 서민들은 처(妻)라고 불렀다. …… 부인들은 스스로를 겸손하게 자칭했는데, 천자에게는 노부(老妇)라 하고, 제후에게는 과소군(寡小君)이라 했으며, 부군에 대해서는 소동(小童)이라 하고, 세부(世妇) 이하에는 비자(婢子)라 자칭했다.(天子之妃曰后, 诸侯曰夫人, 大夫曰孺人, 士曰妇人, 庶人曰妻, ……夫人自称于天子曰老妇, 自称于诸侯曰寡小君, 自称于其君曰小童, 自世妇以下自称曰婢子)"

고대에는 이와 같은 엄격한 존칭으로 그 사람의 교양 여부를 판단했었습니다. 그러나 제가 볼 때에 호칭은 기실 그렇게 깊은 학문이 있는 것은 아니지만, "시를 배우지 않고는 말할 수 없다"는 것이야말로 대단한 것이라 할 수 있습니다.

이들 외에 겸양의 말로서는 예를 들면, '신첩(臣妾)'·'노후(老朽)'·'노졸(老拙)' 등이 있겠습니다. 사마천은 『보임안서(报任安书)』에서 스스로를 '우마주(牛马走)'라고 했는데, 이 뜻은 소나 말처럼 마음대로 부려먹을 수 있다는 의미입니다. 일반인들은 스스로를 '재하(在下)'라고 하거나 '만(晚)'자를 사용하기도 했습니다. 일부 사람들은 나이가 상대방과 얼마 차이가 나지 않아도 스스로를 '만학(晚学)'이라고 했으며, 서한의 끄트머리에 사인을 할 때도 '만'자를 붙이곤 했습니다. 이는 모두 겸양을 표하는 것들입니다.

자기의 집사람에 대해서도 겸칭을 사용했습니다. 아버지를 '가부(家父)'·'가군(家君)'·'가엄(家严)'이라 했으며, 어머니에 대해서는 '가모(家母)'·'가자(家慈)'라 했는데, 엄부자모라는 뜻입니다. 그 외 '가백(家伯)'·'가백모(家伯母)'·'가숙(家叔)'·'가숙모(家叔母)'·'가형(家兄)'·'가수(家嫂)'·'사제(舍弟)'·'사매(舍妹)' 등으로 칭했으며, 자신의 배우자에 대해서는 '내인(内人)' 또는 '내자(内子)'라고 했습니다.

자기와 관련되는 사물에 대해서도 낮춤말을 사용했습니다. 『홍루몽』에서는 다른 사람에게 선물을 보낼 때, '요표근헌(聊表芹献)'이라는 말을 썼습니다. 여기서 '근'은 미나리를 가리키는데 그 뜻은 매우 보잘것없는 물건이라는 말입니다. '촌지(寸志)'라는 말로 저그마한 성의를 나타내기도 했습니다. 사람을 청해 식사를 대접할 때에도 '약비비작(略备菲酌)'이라고 했는데, 여기서의 '비(菲)'는 비박(菲薄) 또는 '박주(薄酒)'라는 뜻입니다. 자기의 작품을 '졸작(拙作)'이라고 칭했으며, 다른 사람에게 '부정(斧正)'해달라고 했습니다. 다른 사람의 수준이 높음을 체현하기 위해서는 '영정(郢政)'이라고도 했습니다. 『장자(庄子)』에서는 고대 '영(郢)'이라는 곳에서 한 사람이 도끼로 상대방의 콧마루에 있는 아주 작은 하얀 점을 없애버렸는데 추호도 상처를 입히지 않았다는데서 바로 이 '영정'이 비롯되었다고 했습니다. 그리고 자신의 집은 '한사(寒舍)'라고 했습니다. 통틀어 보면 스스로를 낮추고 겸손한 것을 미덕으로 삼았던 것입니다.

(2) 제칭어(提称语)

호칭만 가지고는 부족합니다. 경의의 뜻을 충분히 보여주려면 호칭 뒤에 '제칭어(提称语)'를 달아주어야 합니다. 제칭어는 하나 혹은 두 개일 수도 있고, 몇 개를 겹쳐서 사용할 수도 있습니다. 예를 들면 마오쩌둥은 그의 선생 푸딩이(符定一, 자는 징우[澄宇])에게 보내는 편지에서 "징우선생부자도석(澄宇先生夫子道席)"이라고 칭하고 있습니다. 선생이므로 직접 그 존함을 부를 수 없기에 먼저 선생의 자를 쓰고 뒤에 선생이라고 호칭한 다음 그 뒤에 '부자(夫子)'라 하고 다시 '도석(道席)'이라고 했으니 가히 그 정중함을 엿볼 수 있습니다. 여기서 '도석'이란 도통한 사람의 '석(席)'을 말합니다. 우리는 왕정안(王静安) 선생의 편지를 읽게 되면 왕 선생이 흔히 사용하는 칭호가 "모모선생유도(某某先生有道)"라고 하는 것을 보게 됩니다. 이와 같은 제칭어는 함부로 사용해서는 안 되고 상대방의 학식 수양을 보아야 하는 것입니다.

제칭어는 호칭과 맞아야 하기에 응당 상대방의 신분에 비추어 선별해서 사용해야 하며, 함부로 사용해서는 안 됩니다. 일상 서신 중 가장 흔하게 사용되는 제칭어로는 다음과 같은 것들이 있습니다.

부모님께: 슬하(膝下)·슬전(膝前)·존전(尊前)·도감(道鉴).

어르신께: 기전(几前)·존전(尊前)·존감(尊鉴)·사감(赐鉴)·존우(尊右)·도감(道鉴).

선생님께: 함장(函丈)·단석(坛席)·강좌(讲座)·존감(尊鉴)·도석(道席)·찬석(撰席)·사석(史席).

선배님께: 족하(足下)·각하(阁下)·대감(台鉴)·대감(大鉴)·혜감(惠鉴).

동창에게: 우(砚右)·문기(文几)·대감(台鉴).

후배에게: 여오(如晤)·여면(如面)·여(如握)·청람(青览).

여성에게 : 혜감(慧鉴)·장감(妆鉴)·방감(芳鉴)·숙람(淑览).

이상의 제칭어들은 대부분 알만한 것들이긴 하나 일부에 대해서는 간단한 해석이 필요하다고 봅니다.

먼저 '기전(几前)'이라는 말입니다. 위진남북조 이전에 사람들은 돗자리를 깔고 자리에 앉았는데 사람마다의 석위(席位)가 바로 한 장의 돗자리였습니다. 만일 귀객이 오게 되면 그의 석위 앞에 또 한 층의 돗자리를 깔았는데 그것을 '가석(加席)'이라고 했습니다. 특수신분의 사람이 오게 되면 세 층의 돗자리를 펴 존중을 표시했습니다. 손님은 반드시 겸손함을 나타내기 위해 한 층의 돗자리를 걷어내고야 자리에 앉았습니다. 꿇어앉으면 불편하고 오래 앉아있으면 뒤로 기대고 싶어진다. '기(几)'란 바로 몸 뒤 좌우에 놓인 등받이를 말합니다. 출토된 문물에는 적잖은 이런 '기'들이 있었는데 대체로 네모꼴 모양이었고 소파의 팔걸이와 비슷했습니다. 천자에게는 '좌우옥기(左右玉几)'가 있었는데 그것은 양쪽 기 모두에 옥을 박아 넣은 것들이었습니다. 일반인들에게는 하나뿐이었습니다. 어르신들은 연세가 많아 당연히 '기'가 있을 터이고, 그것을 '기전'이라고 했습니다. 따라서 서한에 이를 쓰는 것은 감히 예의상 직접 어르신에게 전하지 못하므로 '기' 앞에다 놓는다는 뜻입니다.

그 다음은 '슬하(膝下)'입니다. 우리는 어릴 때 늘 부모님의 무릎 위에서 장난질을 쳤습니다. 지금은 비록 어른이 되었지만 부모님 앞에서는 항상 어린애이기 때문에 그래서 '슬하'라는 이름이 생겨났습니다. 상대적으로 볼 때 '슬하'와 '슬전'은 가족의 정을 강조한 것이고, '존전'과 '도감'은 어르신의 위엄을 강조한 것입니다.

그리고 '함장(函丈)'입니다. 고대 학생들은 선생님의 강의를 들을 때 선생님 가까이에 앉기를 원했지만 너무 가까우면 안 되었습니다. 선생과 학생 사이에는 일정한 공간이 있어야 선생이 수업할 때 막대기를 자유롭게 휘두를 수 있었기에 고대에는 '석간함장(席间函丈)'이라는 말이 있었습니다. 여기서 '함(函)'은 수용을 나타내고 '장(丈)'은 '장(杖)'과 통했습니다. 이것은 서당의 규정이었기에 선생님을 칭할 때 '함장'이라고도 했던 것입니다.

끝으로 '혜(慧)'는 여성에게 두루 쓰였습니다. 여성의 가장 완벽한 이미지는 겉모습이 수려하고 마음이 아름다운 것인데, 이 글자로 그 내재적인 미덕을 뚜렷하게 했던 것입니다. '장감'·'방감'·'숙람' 역시 여성 전용 어휘입니다.

(3) 사모어

중국 사람들은 자고로 '정'과 '의'를 중시했습니다. 『시경』에서는 이렇게 말하고 있습니다. "하루를 보지 못했더니 삼추(三秋, 긴 세월)가 흐른 것 같도다." 이별이 사람들에게 안겨주는 것은 끊임없는 그리움입니다. 이와 같은 정감은 필히 서신에서 체현되게 마련입니다. 문화가 고도로 발달한 나라에서 이와 같은 그리움들은 우미한 문학언어에 편승하여 더욱 남김없이 표현되면서 서로의 거리를 훨씬 좁혀줍니다.

사모어(思慕语)는 고정된 격식이 없이 다른 각도에서 보다 친근하면서도 자연스럽게 표출됩니다. 가장 흔히 쓰이는 것들을 살펴보기로 합시다.

> 지난번 갈라질 때의 추억으로부터:
> 장안에서 얼핏 뵙고 좋은 말씀 잘 들었습니다.
> (京华快晤, 畅聆麈论。)

하량에서 뵈었지만 또 이별을 하고 말았네요.

(自赋河梁, 又成阔别。)

손잡고 이별할 때가 꿈속에서 마저 잊혀 지지 않습니다.

(握别经时, 每萦梦寐。)

모습을 뵈 온지가 벌써 반년이 흘렀네요.(不睹芝仪, 瞬又半载。)

그때 헤어지고 벌써 수개월이 흘렀습니다.(自违芳仪, 荏苒数月。)

주변 사물로부터:

구름 걸린 하늘을 보며 마음은 급히 달려갑니다.

(云天在望, 心切依驰。)

그리운 마음은 날마다 더해가는군요.(相思之切, 与日俱增。)

바람 속에 서서 추억에 잠겨 있노라면 그때가 그립습니다.

(望风怀想, 时切依依。)

높은 산을 바라보니 추억의 골은 깊어만 갑니다.

(仰望山斗, 向往尤深。)

비바람이 몰아치고 날은 어두워 가는데 그때가 그립습니다.(风雨晦明, 时殷企念。)

차가운 빗속에서 등불은 떨고 있고 그리움은 달려갑니다.

(寒灯夜雨, 殊切依驰。)

수척한 그림자가 창에 비끼니 그대가 더욱 그립습니다.

(瘦影当窗, 怀人倍切。)

몇 줄 글귀에 만정을 담아봅니다.(数行锦字, 万叠情波。)

대방의 풍채를 앙모하면서:

오래도록 신성은 모시고 있었으나 뵙지 못했군요.

(久仰仁风, 未亲德范。)

고귀한 인품은 늘 우러르고 있습니다.(大雅圭璋, 向慕无似。)

우아한 품격을 앙모하는 터입니다.(仰望雅范, 用倾葵向。)

자신의 그리움으로부터:

십년 동안 헤어져 소식조차 없었네요.(十年契阔, 只雁未通。)

천리를 두고 그리워했습니다.(千里相思, 一苇难溯。)

자신의 게으름을 꾸짖으면서:

무릉에서 병을 핑계로 오랫동안 글월을 올리지 못했습니다.(茂陵善病, 久芜砚田。)

밤낮으로 게으름을 피우더니 이제는 게으름이 고질이 되었습니다.(叔夜多疏, 终成懒辟。)

대방의 강녕을 축원하는 의미에서:

오랫동안 가르침을 받지 못하다가 갑자기 생각나서 안녕을 기원합니다.(久违大教, 想起居佳胜, 定符私祈。)

오랫동안 안부인사 드리지 못해 엎드려 가내 안녕과 무사함을 빕니다.(久疏问候, 伏念宝眷平安, 阖府康旺。)

이상의 문구들에는 고전 속의 이야기들에 섞여 있습니다. 예를 들면 '무릉선병(茂陵善病)'·'숙야다소(叔夜多疏)' 등이 그것입니다. 여기서 몇 개 상용적인 것을 골라 약간의 해석을 덧붙이겠습니다. '불도지의(不睹芝仪)'와 '자위방의(自违芳仪)'에 대해 먼저 설명해 보겠습니다. 옛날 사람들은 지란(芝兰)을 흔상(欣賞)했으므로 '지의(芝仪)'라는 말로 상대방의 용모를 칭찬했고, '방의' 역시 같은 맥락입니다. '도(睹)'는 본다는 말이고, 불도(不睹)는 보지 않는다는 말이며, 위(违) 역시 보지 않는다는 말이 됩니다. '자위(自违)'란 갈라진 이후라는 뜻입니다. '시은기념(时殷企念)'에서 '은(殷)'은 깊다는 뜻이고, '기(企)'는 발뒤꿈치를 들고 바라본다는 의미로 그 뜻인즉 "깊이 사모한다"는 의미가 됩니다. '구위대교(久违大教)'는 완곡한 어투로 오랫동안 가르침을 받지 못했다는 뜻인데, 사실상 오랫동안 보지 못했다는 말이 됩니다. '상기거가승, 정부사기(想起居佳胜, 定符私祈)'라는 것은 당신의 거동이 매우 좋으리라 믿으면서 나 또한 그렇게 기도하고 있다는 말이 됩니다.

이처럼 사모어가 끝난 다음에야 비로소 본문에 들어가게 됩니다. 본문은 서한의 주요 부분으로 구체적인 사연들을 기술하고 마음속의 생각들을 털어놓는 것인데 이는 더 이상 소개하지 않겠습니다.

(4) 축원어

서한의 본문을 다 쓴 다음에는 축원어(祝愿语)를 쓰게 됩니다. 마치 두 사람이 곧 헤어지게 되어 피차 서로 몸 잘 돌보라고 하는 것처럼. 이때 아직 글에서 미처 하지 못한 마음속 말을 덧붙일 수가 있습니다. 예를 들면:

> 할 말은 많으나 한 장의 편지에 다 담을 수가 없습니다.
> (话长纸短, 欲言不尽。)

편지를 끝맺으려니 그리움만 더해갑니다.(临风修牍, 不尽依依。)

이처럼 마지막에야 축원어를 쓰게 됩니다. 발신인과 수신인의 배경, 성별, 직업 등이 다름에 따라 구별되는데 축원어는 격에 맞아야 하며 매우 신중해야 합니다. 여러 분들이 참고할만한 상용구들을 소개하고자 합니다(다음 글들에서 뒤에 오는 글들은 새로 행을 바꾸어서 격식을 맞추어야 한다).

부모님께: 공청(恭请). 복안(福安). 고청(叩请). 금안(金安). 고청(恭请). 제안(禔安).
어르신께: 공청(恭请). 숭안(崇安). 경청(敬请). 복지(福祉). 경송(敬颂). 이안(颐安).
선생님께: 경청(敬请). 교안(教安). 경청(敬请). 교기(教祺). 경송(敬颂). 회안(诲安).
동년배에게: 순축(顺祝). 시수(时绥). 즉문(即问). 근안(近安). 경축(敬祝). 춘기(春祺).
동창생에게: 즉송(即颂). 문기(文祺). 순송(顺颂). 대안(台安). 공후(恭候). 각안(刻安).
여성에게: 경송(敬颂). 곤복(阃福). 공청(恭请). 의안(懿安). 즉축(即祝). 곤안(壸安).

'이안'이란 무슨 뜻일까요? 한자에서 '혈(页)'자 부수의 글들은 모두 머리와 관계됩니다. 예를 들면 '수(须)'·'항(项)'·'경(颈)'·'액(额)' 등이 그것입니다. '이(颐)'는 얼굴을 가리키며, 관련되는 성어로는 '해이지소(解

颐之笑)'·'대쾌타이(大快朵颐)'·'이지기사(颐指气使)' 등이 있습니다. 이화원(頤和園)은 서태후의 탄신 60돌을 경축해서 만든 것으로 "마음이 즐거우면 자연히 얼굴이 부드러워진다"는 뜻입니다. 그리하여 '이화'라는 이름이 붙게 되었습니다. 곤(壼)은 본래 궁녀가 작은 길을 간다는 의미이고, 고문에서는 여성을 가리킵니다.

축원어는 또 보다 문인적인 어투로 보다 우아하게 표현할 수도 있습니다.

담제연리, 려지집호(潭第延釐, 俪祉集祜).
요기문휘, 미은천축(遥企文晖, 弥殷千祝).
공청리안(恭请履安). 공청주안(恭请麈安).

여기서 '리(釐)'는 곧 복지입니다. '주(麈)'는 고서에서 사슴과 비슷한 동물을 가리키는데, 꼬리로 총채(拂尘)를 만들 수 있었고, 위진(魏晉)의 명사(名士)들은 이를 즐겨 사용했으므로 명사들을 '주'라고도 했던 것입니다.

(5) 계품어(啓禀語)

전통 서한은 낙관을 찍은 다음 흔히 서로의 관계에 근거해 경어 또는 계품사를 쓰기도 했습니다. 예를 들면:

선배에 대해: 고품(叩禀). 경고(敬叩). 배상(拜上).
동년배에 대해: 근계(谨启). 국계(鞠启). 수서(手书).
후배에 대해: 자(字). 시(示). 백(白). 유(谕).

'고(叩)'는 고수 즉 머리를 조아리는 것을 말합니다. 국(鞠)은 국궁(鞠躬, 허리를 깊숙이 숙여 절하는 것-역자 주)을 가리킵니다. 선배는 후배에 대해 아무런 경어를 사용하지 않아도 되었는데, 증국번(曾国藩)은 아들 증기택(曾纪泽)에게 보내는 편지에서 '수시(手示)'·'부백(父白)'·'부유(父谕)' 등을 사용했었습니다.

3. '평(平)'과 '궐(闕)'

'평'과 '궐'은 전통 서한에서 경의를 표현하는 특별한 격식의 하나였습니다. 평소에는 선배에 대해 '당신'이라 하고, 후배에 대해 '그대'라고 하면 됐습니다. 같은 이치로 부모나 스승에게 보내는 편지와 동년배 또는 후배에게 보내는 편지는 구별되어야 했습니다. 서한의 본문에서는 자신의 부모나 선조 및 어르신들을 언급할 수 있지만, 서신 형식상에서는 다소 변화를 보이고 있습니다. 맨 첫 머리에 만일 부모를 칭할 경우에는 맨 꼭대기에 여타의 행보다 높게 써주어야 하는데 이를 '쌍대(双抬)'라고 했습니다. 본문에서 무릇 부모, 어르신 혹은 그들과 관련되는 지방을 언급할 경우 존중을 나타내기 위해 두 가지 처리방법을 사용했는데, 하나는 '평대'로 새로 행을 바꾸어서 쓰는 것을 말하는데 위의 행과 머리가 같아야 하고, 다른 하나는 '나대(挪抬)' 또는 '궐'이라고 해서 한 칸을 비우고 시작했던 것입니다.

먼저 아들이 부모에게 보내는 편지를 보기로 합시다.

부모님 대인슬하: 근품[10]자: 이 아들은 집을 떠난 후 순조롭

10) 근품(謹稟) : 자신의 상황을 윗사람에게 보고하는 것.

게 학교에 도착했습니다. 걱정하지 않으셔도 됩니다.
수고하셨습니다. 생각해보면 부모님들도 이제 연세가 점점 높아져 가시는데 아들은 천리 밖에서 아들 된 도리를 다하지 못하고 있습니다. 엎드려 빕니다.
아우 누이들을 잘 가르치지 못해 요리 등 가무에 서툴 것인데, 이 또한 형으로서 저의 불찰이라 하겠습니다. 왕 아주머니 집에는 이미 다녀왔습니다. 가내 노소 모두 평안하고 잘 지내고 있었습니다. 이에 특히 근계하고 공청하며
복안하옵니다.

아들 모모 근품 모월 모일
(父母亲大人膝下：谨禀者：男离家后, 一路顺利, 平安抵达学校, 可纾廑念, 惟思 双亲年齿渐高, 男在千里之外, 有缺孺子之职, 伏望训令弟妹, 俾知料理家务, 或有以补乃兄之过, 王阿姨家已去看望过, 家中老幼平安, 嘱笔问好, 专此谨禀, 恭请福安, 男某某谨禀某月某日)

이 편지의 첫 행은 '부모님 대인슬하'라는 격식을 지키고 있으며, 아래 행보다 돌출해서 썼는데, 이것이 바로 '쌍대'인 것입니다. 그리고 그 뒤의 각 행들은 흔히 끝을 맺지 못한 채 새로 행을 바꾸어서 쓰고 있는데, 이것이 바로 전통 서한에서의 관례입니다. 본문에서 고조·증조·조부·부모 및 자안(慈颜)·존체(尊体)·기거(起居)·상재(桑梓)·분농(坟垄) 등 관련 글자들이 나타날 때마다 상기의 두 가지 처리방법을 사용하고 있습니다. '평대'로 보면 상기의 서한에서는 무릇 부모와 관련되는 어휘, 예를 들면 근념(廑念)·쌍친(双亲)·훈영(训令)·복안(福安)

등에서는 일제히 평대의 방식을 취하고 있습니다. 다른 한 가지 방법으로 '나대'가 있었는데 즉 상술한 어휘들을 만났을 경우 빈 칸 하나를 두고 계속 이어서 써내려갔는데 이로써 경의를 표하고 있습니다.

당나라 때에 이르러 '평대'와 '나대'의 형식이 이미 출현했고, 둔황(敦煌)문서에서는 '평대'를 '평', '나대'를 '궐'이라고 했습니다. 근대에 이르러 전통 서한에서 '평대'의 방식은 점차 감소되었고, '나대'는 오늘 날 홍콩、마카오、타이완 등지에서 아직 보편적으로 사용하고 있는데, 그 예로 1978년 첸무(钱穆)가 홍콩을 방문하고 타이완에 돌아와 신아서원(新亚书院)의 동료에게 보낸 편지를 같이 보기로 합시다.

> 신아(新亚) 교직원 동료 여러분 공감(公鉴): 경계자: 저희 부부는 이번에 학교에 돌아와 여러 동료들의 환영을 받았습니다. 귀교에까지 가서 귀중한 선물도 받고 기념도 남겼습니다. 넘치는 정은 새기고 잊지 않겠습니다. 또 공항까지 바래다주시며 수고를 아끼지 않으심에 면괴스럽고 말로 다 할 수가 없습니다. 당일 저녁 타이베이의 숙소에 안전하게 도착했습니다. 대충 적응이 되었습니다. 그리워집니다. 이미 이틀 가량 휴양을 했더니 모든 것이 일상으로 돌아왔고 이에 특히 서한을 보내어 말로 다 할 수 없는 고마움을 전합니다. 감량(鉴谅)해주시고 전숙(专肃)하시고 순송(顺颂)하시옵소서.
> 공기(公祺)하소서.
> 본 서한은 제가 직접 쓴 것으로
> 김 원장님께 전달해주시기 바랍니다.
> 전목 부부 동고(同叩) 11월 10일

(新亚教职员诸同仁公鉴：敬启者：穆夫妇此次返校，蒙诸同仁集体欢，结队郊游，又馈赠珍礼，永资留念，盛情殷渥，铭感难忘，又承机场接送，多劳奔波，私心歉疚，非言可宣，当日傍晚安抵台北寓舍，贱况粗适，幸堪 释念，顷已休养两宵，诸事如常，特修芜函，略申谢忱，言不尽意，诸希鉴谅专肃顺颂公祺此函由穆亲笔并请金院长转致钱穆偕内人同叩十一月十日)

경의를 표하기 위해 편지에서는 상대방이나 그와 관련된 지명 등을 언급할 경우 경어를 썼습니다. 예를 들면 '제동인(诸同仁)'·'성정(盛情)'·'석념(释念)' 등 앞에는 모두 한 칸을 비워두었는데 이것이 바로 '궐(阙)'입니다.

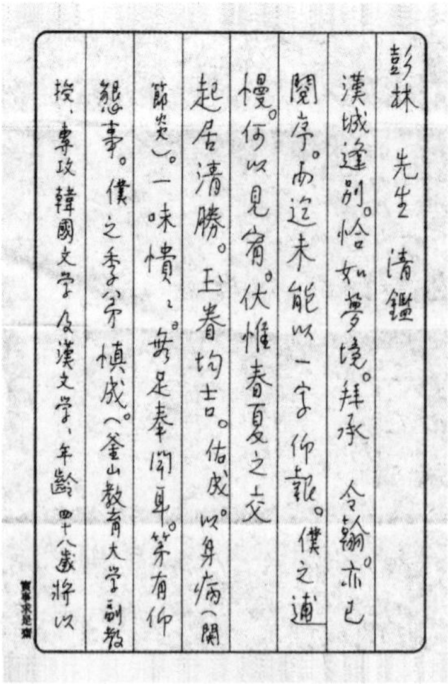

彭林 先生 清鑒
漢城逢別。恰如夢境。拜承 令翰。亦已
閱序。而迄未能以一字作報。僕之逋
慢。何以見宥。伏惟春夏之交
起居清勝。玉眷均吉。佑成以身病（關
節炎）。一味憒憒。無足奉聞耳。第有仰
懇事。僕之季弟 慎成（釜山教育大學副教
授、專攻韓國文學及漢文學、年齡四十八歲將以

사진 29: 한국 학자가 필자에게 보낸 편지

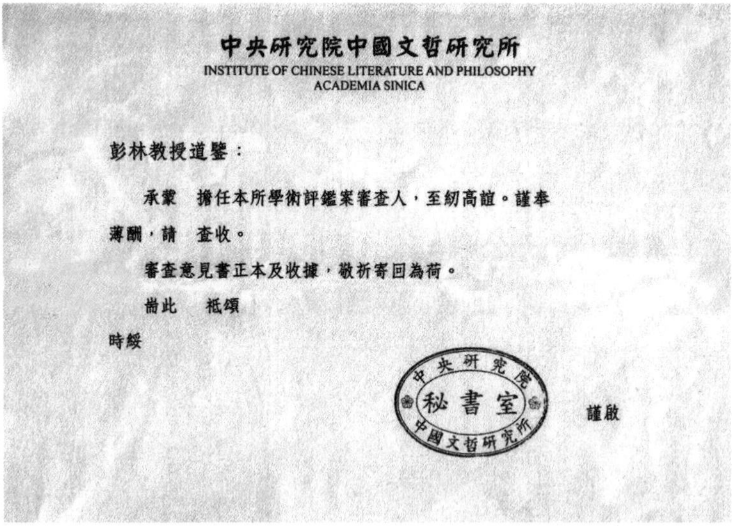

中央研究院中國文哲研究所
INSTITUTE OF CHINESE LITERATURE AND PHILOSOPHY
ACADEMIA SINICA

彭林教授道鑒：

承蒙 擔任本所學術評鑑案審查人，至紉高誼。謹奉薄酬，請 查收。

審查意見書正本及收據，敬祈寄回為荷。

耑此 祗頌

時綏

謹啟

사진 30: 타이완 '중앙'연구원 중국 문철(文哲)연구소에서 필자에게 보낸 편지

4. 겉봉 용어

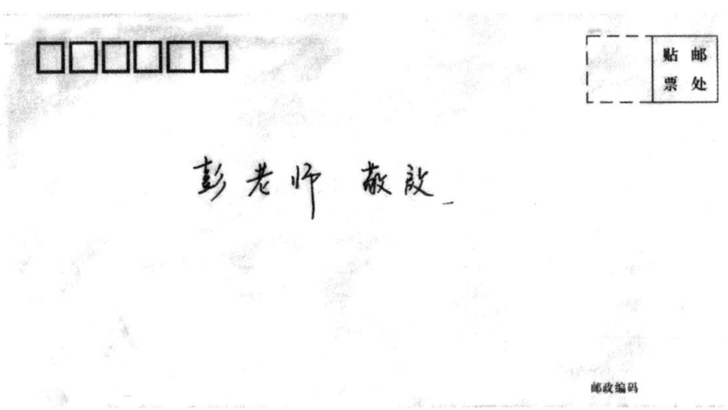

사진 31: 학생이 필자에게 보낸 편지의 겉봉

어느 학생은 필자에게 편지를 보내면서 '팽(彭)선생님 경계(敬启)'라고 썼습니다. 그가 쓴 것이 맞을까요? 틀립니다. 그의 잘못은 필자를 선생이나 교수라고 부르는 호칭에 있는 것이 아니라 그 뒤에 있는 '경계'라는 두 글자에 있는 것입니다. 누군가는 그럴 수도 있습니다. "경계는 존중하는 의미인데 왜 틀리는 겁니까?" 그럼 우리 다 같이 이 말을 분석해보기로 합시다. 주어는 '팽 선생'이고 술어는 '계(启)' 즉 연다는 뜻으로 이 편지는 오로지 팽 선생만이 열어볼 수 있다는 의미를 담고 있습니다. 어떻게 '열까요'? '경계(敬启)'하라고 합니다. 즉 "팽 선생님, 당신께서 공손하게 이 편지를 열어보세요!"라는 의미가 됩니다. 기실 필자는 그 학생의 본의가 그렇지 않다는 것을 잘 알고 있습니다. 그는 필자에 대한 존중을 나타내려고 한 것이지만 상식이 부족하여 그 뜻이 반대되고 말았습니다.

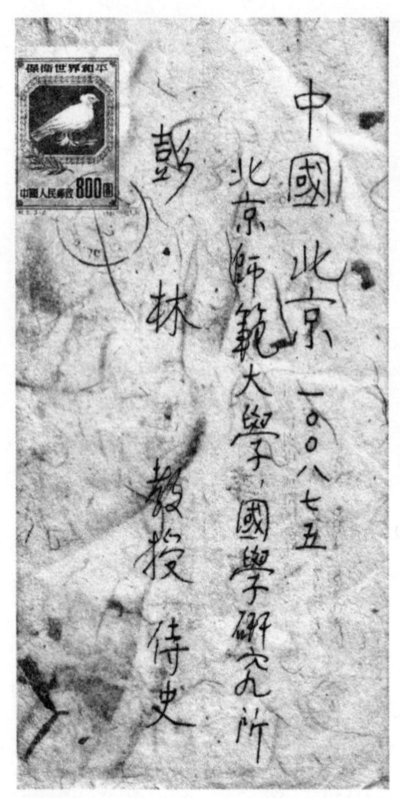

사진 32:
한 외국 학자가 필자에게 보낸 편지 겉봉(1)

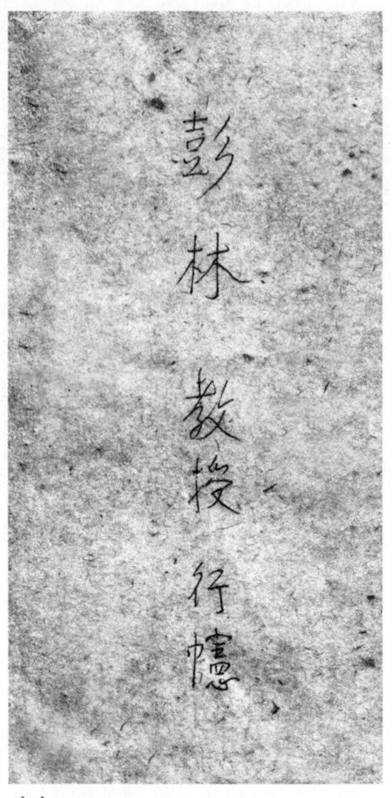

사진 33:
한 외국 학자가 필자에게 보낸 편지 겉봉(2)

그럼 어른에게 편지를 쓸 경우 겉봉에 어떻게 써야 체면이 서게 될까요? 일반적으로 '사계(赐启)' 또는 '부수(俯收)'라고 쓰면 됩니다. '사(赐)'는 윗사람이 아랫사람에게 행하는 동작입니다. 우리는 누구에게 서예작품을 요구할 경우 '청사묵보(请赐墨宝)'라고 하고 누군가에게 가르침을 청할 경우에도 '가르쳐주십사(请赐教)'라고 말하는데 자기의 편지를 읽는 사람에게도 같은 맥락에서 '사계'라고 할 수 있는 것입니다. '부(俯)' 역시 윗사람이 아랫사람을 대하는 태도입니다. 우리가 어르신에게 편지를 쓴다면 말미에 '모모 앙정(仰呈)'이라고 쓰는데 상대방이 높고 크기에 올려다보며 바친다는 의미입니다. 같은 이유로 상대방은 편지를 받게 되면 허리를 굽혀야 합니다. 어느 한 상당한 학식을 갖춘 외국 교수가 필자에게 편지 2통을 보내왔는데, 그 한통의 겉봉에는 '팽림 교수 시사(侍史)'라고 쓰고, 다른 한통에는 '팽림 교수 행헌(行幰)'이라고 썼습니다. 아마 여러 분들은 무슨 말인지 잘 모를 수도 있습니다. '시사'란 무슨 의미일까요? 여기에는 전고(典故, 전거가 되는 고사 – 역자 주)가 있습니다. 전국시기 4공자 즉 평원군(平原君)·신릉군(信陵君)·춘신군(春申君)·맹상군(孟尝君)이 있었습니다. 『사기·맹상군열전(史记·孟尝君列传)』에서는 이런 이야기가 나옵니다. 맹상군이 손님을 회견하면서 얘기를 나누고 있는데, 옆에 병풍이 있었고 그 뒤에서는 사람이 담화내용을 기록하고 있었습니다. 바로 그 기록자의 신분이 '시사'인 것입니다. 나중에 '시사'는 조수의 대명사가 되었습니다. 편지를 쓰는 사람이 겸손하게 이 편지는 상대방이 직접 받으라고 감히 말하지 못하고 조수에게 받으라고 한 것이었습니다.

'행헌'은 고대 사자가 외출 시 타던 마차를 가리킵니다. 겉은 천으로 장막처럼 둘렀는데 그것을 '헌'이라고 하는 것입니다. 필자가 그 나라를 방문할 당시 발신인은 필자를 중국문화의 사자로 보았기에 '행헌'이 라는 단어를 사용해 마차 밖의 사업일꾼이 받아두면 그만이라는 뜻을 밝힌 것으로 겸양의 표현방식인 것입니다.

5. 서한의 모범문

고대의 많은 연애편지 걸작들은 범문으로 삼아 공부하고 흠상할 수가 있습니다. 관우(关羽)의 『사조승상서(辞曹丞相书)』가 바로 그중의 하나입니다. 원문은 다음과 같습니다.

> 소인이 알아옵기로
> 해는 하늘에 있고 심장은 가슴에 있다 하더이다.
> 해는 하늘에 있어 만방을 두루 비추고, 심장은 가슴에 있어 타는 진정을 나타내고 있습니다. 마음이 진실 된 자 신의가 있습니다. 항복한 그날 이미 말씀드렸사옵니다. 주인이 돌아가시면 계속 보좌해드리고 주인이 살아계시면 언제든 돌아갈 것이라고 했지요.
> 요즘 새로
> 조공(曹公)의 총애를 받으면서도 유주(刘主)의 은혜를 잊은 적이 없습니다.
> 승상은 새로운 은혜이고, 유공은 옛 의리이옵니다. 은혜는 나중에 갚아야 하고, 의는 칼로도 베일 수 없습니다. 오늘 주인의 소식을 들으매 승상께서 굽어 살펴주시옵소서. 안량(颜良)을 백마(白马)에서 베었고, 문추(文丑)를 남파(南坡)에서 베었나이다. 승상의 깊은 은혜는 언제든 갚을 터입니다. 매

번 하사해주신 물건들은 모두 다치지 않은 채로 부중 창고에
저장해두었사옵니다. 엎드려 바라건대
자비를 베풀어 주시옵소서
조감(照鉴)
관모 머리 조아려 재배하나이다
승상부하(丞相府下)

(窃以
日在天之上, 心在人之内,
日在天之上, 普照万方；心在人之内, 以表丹诚, 丹诚者,
信义也, 某昔受降之日有言曰：主亡, 则辅；主存, 则归,
新受
曹公之宠顾, 久蒙刘主之恩光。
丞相新恩, 刘公旧义, 恩有所报, 义无所断, 今主之耗, 某已知, 望形立
相, 觅迹求功, 刺颜良于白马, 诛文丑于南坡, 丞相厚恩, 满有所报, 每留
所赐之资, 尽在府库封缄,
伏望
台慈, 俯垂
照鉴
关某顿首再拜
丞相府下)

이 서한의 배경은 모두가 익히 알고 있는 『삼국연의』의 대목입니다. 관우와 유비는 결의형제로 수족과 같은 관계입니다. 나중에 어느 한

싸움에서 유비는 그 행방을 알 수 없게 되고, 감(甘)·미(糜) 두 부인은 조조의 포로가 되었습니다. 관우는 그녀들을 보호하기 위해 따라가게 됩니다. 조조는 관우의 재주를 높이 치하하면서 각종 방법으로 관우를 유혹합니다. 금은보화를 하사했으나 관우는 한 푼도 건들지 않았고, 저녁이면 감·미 두 부인과 관우를 한방에서 자도록 해주었으나 관우는 두 부인에게 방에서 자게하고 자기는 문밖에서 보초를 서곤 했습니다. 관우의 옷이 낡은 것을 보고 조조가 그에게 비단옷을 하사했으나 관우는 비단옷을 안에 입고 겉에는 여전히 예전 옷을 입고 있었는데, 그 낡은 옷은 유비가 준 것이라 옷을 보면 사람이 생각나기 때문이었습니다. 관우는 애초에 조조와 약속을 했었습니다. 만일 유비의 사망소식을 듣게 되면 계속 조조의 군중에 머무르고, 만일 유비가 살아있다는 소식을 듣고 그 거처를 알게 되면 바로 떠날 것이라고 했습니다. 이 서한은 바로 관우가 유비의 행방을 알게 된 다음 떠나면서 조조에게 남긴 편지입니다. 글귀에서는 관우의 의리에 넘치는 강렬한 감정을 읽을 수 있습니다.

고대 한어에서 '절(窃)'은 일반적으로 제1인칭으로서의 나를 지칭합니다. '절이(窃以)'라고 하면 내가 이렇게 생각한다는 뜻입니다. "일재천지상, 심재인지내. 일재천지상, 보조만방, 심재인지내, 이표단성. 단성자, 신의야(日在天之上, 心在人之内, 日在天之上, 普照万方; 心在人之内, 以表丹诚, 丹诚者, 信义也)" 여기까지 읽으면 관우가 천추의 충의지사임을 알 수 있습니다. 여기서 주의할 점이 있습니다. 서한에서는 '일(日)'자를 언급할 때마다 모두 줄을 바꾸어 새로 시작하면서 존경을 나타냈는데, 해는 하늘의 근본이기 때문입니다. '모(某)'는 관우 자신을 가리킵니다. "유언왈: 주망측보, 주존측귀(有言曰: 主亡, 则辅; 主存, 则归)"는 바로 "우리는 이미 약속한 바 있습니다. 즉 주(유비)가 죽으면 나는 당신을 보좌할 것이요, 주가 살아있으면 나는 반드시 그에게로 돌아갈 것입니다."라고 했습니다. "신수조공지총고(新受曹公之宠顾)"는 "최근 들어 나는 줄곧 조공 당신의 총애를 받고 있습니다."라는 의미이고, "구몽유주지은광(久蒙刘主之恩光)"은 "그러나 나는 유비의 은공을 받은 지가 훨씬 오래고 많습니다."이며, "승상신은 유공구의(丞相新恩, 刘公旧义。)"는 "하나는 새로운 은혜이고 하나는 옛 의리입니다."는 것이고, 관우가 이 두 가지를 비교하건대 "은유소보(恩有所报)" 즉 "당신이 나에게 준 은정은 내가 보답할 수가 있으나," "의무소단(义无所断)" 즉 " 나와 유비의 의리는 끊으려 해도 끊을 수가 없습니다." "금주지호 모기지(今主之耗, 某已知)"에서 '호(耗)'는 '소식'을 말하므로 "오늘 나는 이미 유비가 살아있다는 소식을 들었습니다." "망형입상 미적구공 자안량여백마 주문추여남파 승상후은 만유소보(望形立相, 觅迹求功, 刺颜良于白马, 诛文丑于南坡, 丞相厚恩, 满有所报)" 즉 "조조의 깊은 은혜에 보답하기 위해 관우는 백마, 남파에서 원소(袁绍)의 2명 대장인 안량과 문추를 베었습니다." "매류소적지자, 진재부고봉함(每留所赐之资, 尽在府库封缄, 您每次赐予的钱财, 我分文未动, 都封存在府库)" 즉 "당신께서 매번 하사해준 재물들을 나는 추호도 다치지 않은 채 모두 부중의 창고에 보관해두었습니다." "복망대자, 부수조감(伏望台慈, 俯垂照鉴)" 즉 "간절히 바라건대 당신께서는 나의 마음을 헤아려 유비와의 의리를 끊지 말도록 해주기 바랍니다." "관모돈수재배승상부하(关某顿首再拜丞相府下)"에서 '관모' 이 두 글자를 정격(顶格)시키지 않은 것은 스스로 겸손하게 낮추는 것을 말합니다. '승상' '조공' '복망' '대자' 등은 모두 새롭게 행을 시작하고 있으며 이로써 경의를 표시한 것입니다.

관우의 이 편지는 비굴하지도 않고, 거만하지도 않으며, 도리가 있고, 등차가 분명하기에 조조에 대한 예의를 지키면서도 분명하게 자신이 하늘에 부끄럽지 않고 대의에 어긋나지 않은 의지를 보여준 것입니다. 전문은 고작 150여 자에 달하지만 글자마다 쇳소리가 나고, 충의에 넘치며, 햇빛 아래 무지개가 나타난 듯합니다. 읽고 나면 독자들로 하여금 피를 끓게 하고 감개무량하게 만듭니다.

6. 전통 서한 쓰는 법을 어떻게 배울 것인가

서한은 문화수양과 내심세계에 대한 가장 진솔한 고백이라고 할 수 있습니다. 예전의 문인들은 대부분 고아하고 체면이 서는 서한들을 써냈었습니다. 중국 전통 특색이 있는 서한을 쓸 수 있도록 공부하는 것은 쉬운 일이 아니고 오랜 시간의 누적이 필요합니다. 초학자들로 말하면 다음의 몇 가지 방면에서 노력해볼 수가 있습니다.

우선 고문을 많이 읽어 고대 한어에 대한 소양을 제고시켜야 합니다. 전통서한은 일반적으로 가벼운 문어문을 사용합니다. 문어(文語)와 백화(白話)를 비교하면, 후자는 비교적 자유롭지만 불필요한 말들이 많고 깁니다. 그러나 전자는 수사(修辭)를 중시하지 않고 문자를 신중하게 다루며 정련하고 전고(典故)를 잘 사용하는가 하면, 평측(平仄)에까지 주의를 기울여 읽고 나면 돈오(頓悟, 별안간 깨닫는 것-역자주)하게 되고 운율감과 감화력이 강합니다. 그러므로 문어로 서한 문구를 작성하게 되면 중화문화의 고아하고 심오한 내함을 더욱 잘 표현할 수가 있는 것입니다.

전통 서한은 글자마다 연구하는 데, 예를 들면, 너·나·그 등 구어체로 된 단어들은 일반적으로 사용하지 않으며 다른 말로 표현합니다.

'각하(阁下)'·'인형(仁兄)'·'선생(先生)' 등 호칭으로 상대방을 지칭하고, 자신에 대해서는 '재하(在下)'·'소제(小弟)'·'만생(晚生)' 등 어휘를 사용하며 제3자를 칭할 경우 '피(彼)' 또는 '거(渠)'로 표현합니다. 상대방과 소통할 경우 언어는 완곡해야 하며 상대방이 쉽게 받아들일 수 있어야 합니다. 예를 들면, 상대방에게 자신의 의견을 다시 고려할 것을 희망할 경우 '유희량찰(惟希亮詧)'이라고 합니다. 여기서 '찰'은 '찰(察)'과 같은 의미이며 상대를 존중하면서도 자존심도 잃지 않는 것입니다.

전통 서한은 흔히 작자의 유식 정도를 드러내게 됩니다. 예를 들면 '영곤(令阃)'으로 상대의 아내를 호칭할 경우, 곤(阃)의 본뜻은 문턱이라는 의미지만 여성들이 일반적으로 문턱 안에서만 활동하기에 그런 호칭이 붙게 된 것입니다. 또 예를 들면, 상대방의 어머니를 '영훤(令萱)'이라고 호칭하는데, 이때 훤은 훤초(萱草)를 가리키고, 이 글자는 『시경(诗经)』에서는 '훤(谖)'자로 표기했습니다. 『시·위풍·백혜(诗·卫风·伯兮)』에는 이런 말이 있습니다. "안득훤초, 언수지배(焉得谖草, 言树之背)?" 여기서의 배(背)는 '북(北)'의 가차자(假借字)입니다. 북당(北堂)은 어머니의 거처이고, 어머니는 북당에 훤초를 심으셨던 것입니다. 그래서 문인들을 편지를 쓸 경우 매번마다 '훤당(萱堂)'으로 어머니를 지칭했습니다.

또 상대방의 가정을 '부(府)'·'저(邸)' 또는 '담부(潭府)'라고 했습니다. '담(潭)'은 수담(水潭)으로 매우 깊다는 뜻입니다. 서한에서 맨 마지막에 상대방의 '담안(潭安)'을 축원하는 것은 상대방의 저택을 "후문심사해(侯门深似海)"라고 칭송하는 것으로 공경한다는 뜻이 다분합니다.

만일 자기 스스로 평안 무사함을 이를 경우 상대방에게 걱정하지 말라는 뜻으로 '청석금주(请释锦注)'라고 했고, '금'자로 상대방의 관심을 수식하면서 용어의 고상함을 표현했습니다.

이와 같은 것들은 모두 오랜 시간을 들여 공부하고 탁마(琢磨)하고 누적해야 하며, 시간이 오래되면 자연히 습득하게 되는 것입니다.

다음으로 고대의 예의지식을 공부해두어야 합니다. 중국 사람들은 윤리, 서열 및 주객관계 등에 주의를 기울여왔으며, 겸손하게 타인을 존중할 것을 요구해왔습니다. 웃어른이나 손님에 대해서는 존칭, 경어를 사용하고, 자신에 대해서는 겸칭과 겸어를 사용하도록 했습니다. 이런 상식이 없게 되면 웃음거리가 되고 말았습니다. 칭화대학 신문방송학원 전 원장이며 『인민일보』 전 주필이었던 판징이(范敬宜) 선생은 일찍이 우시국학전문학교(无锡国学专修学校)에서 탕원쯔(唐文治) 선생님께 배웠습니다. 어느 땐가 그가 한 중학교 교장에게서 온 편지를 받은 적 있었는데, 그 편지의 첫머리 호칭에서 "징이 우형(敬宜愚兄)"이라고 적혀 있는 것을 보고는 매우 불쾌했다고 합니다. 보지도 못한 사람이 우둔하다는 것을 어찌 알 수 있다는 말입니까? 편지를 쓴 사람은 예의상식을 한참 모르는 사람이었습니다. 스스로 낙관을 '우제(愚弟)'라고 한다면 수신인에 대해서는 '현형(賢兄)'이라고 해주어야 마땅한 것입니다. 낙관에 겸칭을 쓰면 수신자에 대해서는 존칭을 써야 한다는 것을 그는 몰랐던 것입니다.

서한에서 언급하는 "상대방의 의견"은 '고견(高見)'·'존의(尊意)'라고 해주어야 하고, 자신의 이야기에 대해서는 '비견(鄙见)'·'비의(鄙意)'라고 해야 하며, 상대방에게 도움을 청할 경우 '앙문고명(仰问高明)'이라고 해야 하고, 상대방이 자신의 요구를 들어주었을 때는 '승몽부윤(承蒙俯允)'이라고 해주어야 하는 것입니다. 이런 말들에는 존경과 겸손의 의미가 모두 뚜렷이 담겨있는 것입니다.

마지막으로 명가들의 편지를 많이 읽어보아야 하는데 수십 편 정도 암송할 수 있다면 도움이 클 것입니다.

적지 않은 명인들은 자녀들에 대해 서한 쓰는 법을 지도하는 것을 대단히 중요시 여겼는데, 이는 그들이 나중에 서신으로 교류할 때 재치 있게 처사하도록 도와주기 위함에서였습니다. 여기서 사례 하나만 들기로 하지요. 저명한 사학가 천위안(陈垣, 혹은 위안안[援庵]) 선생은 일찍이 매번 아들에게서 편지를 받게 되면 그 편지에 정성들여 수정을 해주었습니다. 편지의 격식부터 언어 사용에 이르기까지 일일이 가르쳐주었습니다. 심지어 어느 문구에서 '적(的)'자가 세 번 나타나자 그는 그중 하나를 삭제하고는 이렇게 주해를 달아주었습니다. "두 번만 사용해도 된다." 또 편지지는 어떻게 접어야 하는지 거의 아무도 언급하지 않고 아무렇게나 접곤 하는데 이는 법도를 모르는 것이라고 천 선생은 말했습니다. "우선 편지지를 세로로 네 귀가 맞게 맞접은 다음 다시 편지지의 하반부를 위로 올려 접어야 합니다. 몇 번 접느냐는 편지의 길이에 따라 정해야 하는데, 대체로 편지지를 봉투에 넣은 다음 아래 위에 모두 적당한 공간이 있도록 맞추어 접어야 하는 것입니다."

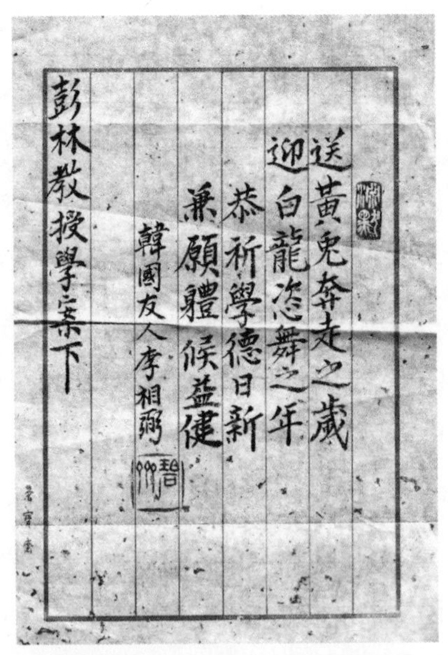

送黃兎奔走之歲
迎白龍恣舞之年
恭祈學德日新
兼願體候益健
韓國友人李相弼
彭林教授學案下

사진 34: 한국학자 이상필(李相弼) 교수가 필자에게 보낸 편지(1)

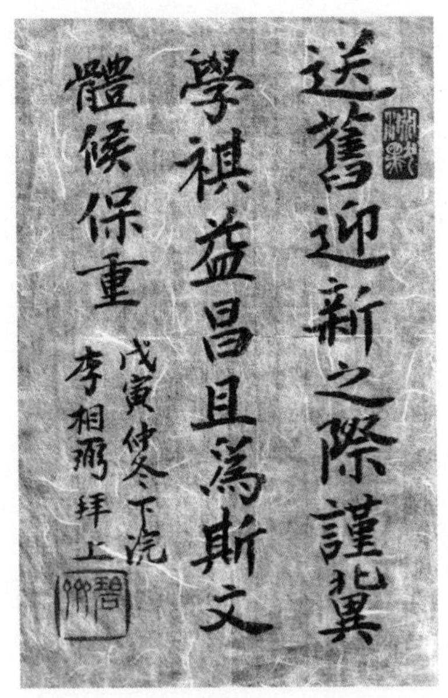

送舊迎新之際謹冀
學祺益昌且爲斯文
體候保重
戊寅仲冬下浣
李相弼拜上

사진 35: 한국학자 이상필(李相弼) 교수가 필자에게 보낸 편지(1)

사람의 도리를 다하고, 뿌리를 북돋아주는 것을 근본으로 해야 한다.

(洒扫应对，培根固本)

제4강
사람의 도리를 다하고, 뿌리를 북돋아주는 것을 근본으로 해야 한다洒扫应对，培根固本

일상 예의

이 장에서 우리는 일부 일상생활에서 흔히 부딪치는 예의상식들을 소개하고자 합니다. 앞에서 우리는 이미 안지추·사마광·주희 등에 대해 말한 바 있습니다. 그들은 당시 성인교육은 민중에게 매우 교묘한 방법이 있음을 의식했습니다. 그것은 바로 물을 뿌리고 청소를 하는 것과 같은 생활의 세부적인 것에서부터 도덕 이성에 대한 교육을 관통시키는 것이었습니다. 한 사람이 성현이 되려면 단번에 되는 것이 아니라 무수히 많은 크고 작은 실천들을 거쳐야 비로소 완성되는 것입니다. 주희는 이렇게 말한 적이 있습니다. "남송사회는 매우 혼란하고 부패했는데, 그 근본 원인은 사람들이 어릴 적에 올바른 교육을 받지 못한데 있었다." 주희는 또 『소학(小学)』이라는 글 한편을 썼는데, 모두가 아이들이 마땅히 배워두어야 할 예의 지식들이었습니다. 어린이들에게 큰 도리를 말해주면, 그들은 알아듣지 못하기에 어떻게 해야 한다는 것을 알려주고, 그가 나중에 크면 다시 그에게 왜 그래야 하는가를 알려주어야 하며, 이러한 교육이야말로 효과적인 것이라고 했습니다. 주희가 말한 동몽교육(童蒙教育)은 사람의 일생에 있어 지극히 중요한 것으로 "뿌리를 잘 배양시켜 근본을 굳건히 하게 해야 한다

(培其根, 固其本)"라고 해야 합니다. 즉 우리가 나무를 심을 때 가장 중시하는 것이 바로 뿌리가 제대로 심어졌는가를 보고 이를 바로잡아주고 다져주는 일입니다. 만일 나무의 묘목을 심었을 때 삐뚤게 심는다면 어떻게 재목이 될 수 있겠습니까? 이치는 매우 간단합니다. 그러하기에 우리는 가정에서 가장 자질구레하고 가장 기본적인 규정부터 말해주어야 하는 것입니다.

1. 효친

우리는 반복적으로 중국 예의에 대한 인문정신을 강조해왔었습니다. 중국은 종교를 초월하는 국가로서 예전부터 도덕으로 나라를 세워왔습니다. 그렇다면 어떻게 도덕으로 나라를 세워 왔을까요? 많은 사업은 사람마다 자신의 특성에 맞춰 해야 하지만, 그중 가장 기초적인 사업은 바로 사람마다 인애(仁爱)의 마음을 가지게 하는 것입니다. 다들 잘 알 것입니다. 공자가 주장해온 '인(仁)'을 말입니다. 『논어』에서 공자는 어느 누가 인자(仁者)라고 찍어 말하지 않았었습니다. '인'자의 의미는 "매우 너른 사랑의 마음이 있어야 하고, 평생을 통해 모든 방면에서 그런 마음이 녹아 있어야 한다."는 것으로, 이는 매우 높은 표준이지만, 공자는 매우 적게 '인'자로 사람을 재단해왔었습니다. 그가 가장 사랑하는 안연을 언급할 때조차도 " 안회는 그 마음이 석 달을 어진 것을 어기지 아니 하였다(三月不违仁)"라고만 했으니 다른 사람들이야 더 말할 나위도 없는 것입니다. 비록 당신이 행위상에서 매우 잘하고 있다고 하더라도 인자가 옳은지는 말하기 어려운 것입니다. 인자는 사람을 사랑해야 하고 인은 곧바로 사랑의 마음입니다. 현재 우리 사회에서는 가는 곳마다 사랑의 마음을 말하고 있으나 그런 말을 하기만

하면 그것이 박래품인 줄로 알고 있으며, 프랑스대혁명시기 처음 제기된 "자유·평등·박애"의 구호로부터 우리가 그 세례를 받은 줄로 알고 있습니다. 이는 매우 큰 잘못인 것입니다. 난징(南京)은 '박애지도(博爱之都)'라고 합니다. 손중산(孫中山) 선생은 자금산(紫金山)을 자기의 능묘로 정하고 능묘의 설계에도 박애정신을 관통시켰습니다. '박애방(博爱坊)'을 세워 "천하위공(天下为公)"이라고 글을 썼습니다. 그럼 어떤 사람을 "천하위공"이라 할 수 있을까요? 박애의 마음을 가진 자만이 가능한 것입니다. 중산능에는 또 청동으로 제작된 '효경정(孝经鼎)'이 있는데, 그 위에『효경』의 전문을 새겨놓았습니다. 이는 2천여 년 전 선인들이 우리에게 남겨준 정신적 재부입니다. 중국 사람들은 사랑의 마음이 가장 많고 박애정서가 가장 농후합니다. 중화민족은 성공적으로 사랑의 마음을 사람의 내심 속 깊은 곳에서 키울 줄 알았고 그것을 전 사회에 보급시켜 왔습니다.『논어』나 곽점초간(郭店楚简)이나 모두 이런 논술을 볼 수 있습니다. "효제라 해도 인을 그 근간으로 하고 있다.(孝弟(悌)也者, 其为仁之本与)" 효는 상하관계로 자녀가 부모에 대한 것이라고 하면 제(悌)는 좌우관계로 형제자매에 대한 것입니다. 사랑의 마음은 효제로부터 시작해야 하는데 이는 인간 내심에 하나의 뿌리를 내리는 것과 같으며. 부모형제에 대한 효제를 양성하는 것을 통해 사랑의 마음이 몸속에 단단히 뿌리내리게 하고. 그런 다음에 "내 집 어른을 모시는 마음으로 남의 집 어른을 모셔야 하고, 내 아이를 사랑하는 마음으로 다른 집 아이를 대하라.(老吾老以及人之老, 幼吾幼以及人之幼)"라는 말처럼 점차 확장되어 천하가 대동소이하게 되고, 사해가 집과 같게 해야 한다는 것인데, 이는 중국 사람들의 종국적인 분투목표인 것입니다.

2천여 년 전의 중국 경전 『예기』에서는 "입애자친시, 교민목야(立爱自亲始, 教民睦也)"라고 말하고 있습니다. 즉 '입애'란 바로 사랑의 마음을 세운다는 뜻입니다. 사랑의 마음을 세우려면 '자친시(自亲始)'해야 하는데, 여기서 '친'은 고문헌에서 특히 부모를 가리켰고, 사랑의 마음을 세우는 것은 바로 자신의 부모를 사랑하는 것으로부터 시작했던 것입니다. 왜 그렇게 해야 했을까요? '교민목야(教民睦也)'라는 말처럼 사람과 사람 사이에 화목하게 지내고, 화목하게 지내려면 서로 사랑해야 하며, 서로 사랑하는 것은 이웃부터 시작하는 것이 아니라 바로 부모에 대한 사랑부터 시작하는 것이며, 이는 가장 쉽게 할 수 있는 것이기 때문입니다. '효'는 금문에서 '孝'라고 쓰고 있는데 매우 형상적입니다. 윗부분은 머리가 매우 긴 노인의 형상이고, 노인은 행동이 불편해 그 아래 아이가 그를 부축해주고 있는데 이것이 바로 '효'인 것입니다. 부모가 늙으면 자식들은 부축하고 사랑해드려야 합니다. 효는 인류의 가장 자연스런 친정이고, 부모에게 효도하는 것은 가장 쉽게 양성할 수 있는 것입니다. 그래서 옛사람들은 효심은 바로 여기서부터 시작되는 것이라고 했던 것입니다. 집집마다 모두 그렇게 하고 전사회가 그러한 기풍으로 되어 진다면 백성들은 자연 화목하게 될 것입니다. 우리가 오늘날 조화(和谐)사회를 부르짖는 것은 바로 이와 같은 맥락에서입니다. 집집마다 불효자가 나오고 사람마다 부모에게 감정이 없다면 이 사회가 어떻게 조화로울 수 있겠습니까?

옛사람들은 어떤 일을 대함에 있어 분석을 매우 투철하게 했습니다. 어떻게 하면 사람들이 "사랑의 마음을 가지도록 할 수 있을까?" 하고 말입니다. 그러려면 한 걸음 한 걸음 시작해야 합니다. 우선 누구나 다 쉽게 할 수 있는 것부터 시작하는 것인데, 그것으로부터 효심을 양성하고 그 뒤 효행을 자유로이 행할 수 있는 시스템을 구축하는 것입니다. 아침부터 저녁까지 자녀들은 어떻게 해야 할 까요? 『예기·제의(祭义)』에서는 이렇게 말하고 있습니다. "범위인자지예, 동온이하청, 혼정이진성(凡为人子之礼, 冬温而夏清, 昏定而晨省)" 즉 "겨울에는 부모의 잠자리가 따스한지, 여름에는 그들의 침대가 시원한지를 항상 점검해야 하고, 부모의 배고픔과 건강상태를 잘 체크해야 한다"는 것입니다. 저녁에는 부모를 도와 침구를 잘 깔아드리고 아침에는 문안을 드려야 하는 것입니다. 이 문안은 단지 입으로만 하는 것이 아니라 매 시각마다 부모의 건강을 염두에 두어야 한다는 것입니다. 그리하여 『논어』에서는 이렇게 말했습니다. "부모지년 불가불지야 일측이희 일측이구(父母之年, 不可不知也, 一则以喜, 一则以惧)" 즉 "부모의 나이를 잊어서는 안 된다. 한편으로는 그들이 나이가 많은 것을 기뻐하면서도, 다른 한편으로는 연세가 많을수록 공포를 느끼게 된다." 그러므로 마음속으로는 늘 모순되고 복잡해진다는 것입니다.

사랑의 마음은 행동에서 드러나야 하고 생활의 매 순간마다 구현되어야 합니다. 『예기·곡례상(曲礼上)』에서는 부모가 편찮을 때 어떻게 해야 하는가를 말해주고 있습니다. "부모유질 관자불 행불상 언불 금슬불어 식육불지변미 음주불지변모 소불지신 노불지리 질지복고(父母有疾, 冠者不栉, 行不翔, 言不惰, 琴瑟不御, 食肉不至变味, 饮酒不至变貌, 笑不至矧, 怒不至詈, 疾止复故)"라 했지요. 즉 "부모님이 질환에 계시면 자식들의 심정도 그에 따라 변화가 발생하게 된다. 본래 매일 아침 일어나 많은 시간을 들여 머리를 빗어야 하지만, 지금은 머리도 빗지 않고, 옛사람들의 옷소매는 길이와 너비가 같아 '단복(端服)'이라 하는데 길을 걸을 때면 두 팔을 나란히 들어 바람이 불어오면 마치 새가 날

아예는 듯하고, 마음이 좋을 때는 길을 걸어도 우아한 자태이나 부모가 병환에 계시면 그런 마음이 없어지게 된다. 말도 많지 않고, 거문고도 타지 않으며, 고기는 한두 냥만 먹어도 먹을 생각이 없게 되고, 맛도 모르게 된다. 술은 얼굴이 붉어져 추태를 보이지 않으려 마시지 않는다. 웃어도 잇몸이 보일 정도로 크게 웃지 않고, 노할 때도 욕을 하지 않는다. 그렇기 때문에 병이 들어도 회복하지 못하는 이유가 거기에 있다." 등입니다. 그렇기 때문에 부모의 건강에 문제가 생겼을 경우 그 행위나 거동에 모두 변화가 생기게 되고, 부모의 병이 좋아져야 비로소 평소의 모습을 회복할 수가 있습니다. 효자란 바로 이러해야 하는 것입니다.

『예기·곡례상』에서는 또 이렇게 말했습니다. "아들 된 자로서 어디를 가게 되면 반드시 어디로 간다고 말해야 하고, 돌아오면 반드시 뵙고 왔다고 아뢰어야 한다. 나가서 돌아다니는 데는 반드시 알아야 할 상식이 있어야 하고, 반드시 성과가 있어야 한다. 그래야만 커서 부친보다 큰 성취를 이뤄낼 것이다." 이 구절은 사실 『제자규(弟子规)』에 나오는 "나갈 때는 고해야 하고, 들어오면 만나 뵈어야 한다."는 말의 출처가 되는데, 이처럼 『제자규』의 많은 말들은 모두 『예기』에서 비롯된 것들입니다.

어떤 사람은 "내가 집에서 하루 세끼 부모님께 진지를 대접하면서 그들이 먹고 입는 것을 걱정하지 않도록 하는데, 이러면 나도 효자라 할 수 있지 않습니까?"하고 묻곤 합니다. 그러나 공자는 이를 비판했습니다. "오늘날 효자는 공양만 하면 그만인 줄로 안다. 개나 말 따위도 키우지 않는가? 존경하지 않고서야 어찌 다르다고 할 수 있겠는가?"(『논어·위정』) 춘추전국시기 일부 사람들은 정말로 그랬습니다. 하루 세끼 밥을 대접하고는 스스로 효자라고 자칭했던 것입니다. 집에서 개나 말을 키워도 하루 세끼 먹거리를 주지 않습니까? 이것은 자기 부모를 부양하는 것과 무엇이 다릅니까? 그것은 바로 부모에 대한 공경의 마음이 있느냐 없느냐 하는 문제이고, 만일 공경의 마음이 없다면 거기에 무슨 구별이 있단 말입니까? 근근이 하루 세끼 밥만 대접하면서 그들에게 존경하는 마음이 없다면, 그런 자를 어찌 효자라 하겠습니까? 『예기·제의』에서는 이렇게 말하고 있습니다. "효자에도 깊이 사랑하는 자가 있는데, 그런 사람은 반드시 화기가 있고, 화기가 있으면 반드시 즐거운 기색을 보이며, 기색이 즐거운 자는 반드시 상냥하고 부드럽다(孝子之有深爱者, 必有和气; 有和气者, 必有愉色; 有愉色者, 必有婉容.)" 부모에 대한 사랑이 깊은지 옅은지? 만일 옅은 사랑이라고 하면 하루 세끼만 부모의 배를 부르게 하고, 굶지 않게 하는 것이며, 만일 깊은 사랑이라면 배불리 대접하고, 좋은 음식을 대접하며, 화기롭고 즐겁고 부드러운 얼굴빛을 하게 하는 것입니다. 자고로 "백 가지의 착한 일 중에서 효가 가장 우선이다.(百善孝为先.)"라고 했습니다. "효도를 하는 사람은 악이 없으며, 만일 한 사람이 효자라고 한다면 그는 반드시 선량할 것입니다. 그는 자기의 부모를 깊이 사랑하므로 어떤 일은 해야 하고. 어떤 일은 하지 말아야 한다는 것을 모두 주도면밀하게 고려하기 때문입니다.

옛사람들은 '효치(孝治)'를 주장했습니다. 효가 어찌 천하를 다스릴 수 있다는 말일까요? 효는 사랑하는 마음의 기초지만 근근이 거기에만 머물러 있으면 부족합니다. 유가에서는 효의 차원을 끊임없이 끌어올려 새로운 내용을 부여해 효가 한 사람의 평생의 성장과 사회의 안정에 모두 적극적인 작용을 일으킬 수 있도록 했습니다. 『예기·제의)』에서 말하는 '다섯 가지 불효(五不孝)'는 이미 효를 사회면까지 확대시키고 있습니다. "거처불장 비효야(居処不庄, 非孝也)" 즉 "일상의 거처가 산만하고 너절한 인간들과 교제하면서 사람구실을 하지 못하면, 이웃들의 웃음거리로 되었는데 이것이 곧 불효이다"라고 했습니다. 효는 부모의 존엄을 수호해야 하고, 부모가 수치를 느끼지 않도록 하는 것이라고 했습니다. 또 "사군불충 비효야(事君不忠, 非孝也)"라는 말이 있습니다. 나라의 임금은 국가의 상징이지만 옛사람들이 말하는 '군'은 임금만을 가리키는 것은 아니었습니다. 무릇 얼마간의 땅을 소유하고 수하에 사람들이 있으면 곧 '군'이라고 불렀습니다. 즉 이 말의 뜻은 "사람은 자기의 상급자나 국가에 충성하지 않는다면, 일단 변고가 생겼을 경우 변절하게 되어 결국 자신의 부모에게 치욕을 안겨주는 것으로 이 역시 불효이다"라고 하는 것입니다. "위관불경 비효야(莅官不敬, 非孝也)" 즉 "만일 관직에 있으면서 열심히 하지 않고 파면이라도 당하면 부모가 고개를 들고 문밖을 나서지 못하게 되는데 이 또한 불효이다."라고 했습니다. "붕우불신 비효야(朋友不信, 非孝也)" 즉 "타인과 교제하면서 늘 거짓말을 하고 점점 거짓말에 능해서 누구도 그와 사귀기를 겁내면서 그의 말을 믿으려 하지 않는다면 이 역시 불효다"라고 했습니다. "전진무용 비효야(战阵无勇, 非孝也)"처럼 "싸움에서 용감하지 않고 '패군의 장령이나 망국의 남아'가 된다면, 나라의 멸망에 중대한 책임이 있게 되는데 이것도 불효이다"라고 했습니다. "오자불수 재급친 감불경호(五者不遂, 灾及于亲, 敢不敬乎)?"는 "이상의 다섯 가지 방면에서 어느 한 가지만 잘못해도 그것은 명예상의 손실이고 바로 자신의 부모에게 그 영향이 미치게 됨으로, 자신의 부모를 깊이 사랑하는 사람이라면 절대 부모가 자기로 인해 수치를 당하게 하지 않게 하며, 언제나 공경하는 마음으로 모든 일을 잘해나가야 하는데, 어찌 감히 공경하지 않을 수 있겠는가?" 라는 말입니다. 우리는 앞에서 '예주경(礼主敬)'을 말한 바 있습니다. 예는 사람이 어떤 일에 봉착했을 경우 항상 공경하는 마음을 가지게 만들며, 생활이 검박하고 사업에 노력하며 공경한 마음으로 사람을 대하고, 성신을 앞세워 교제하며, 용감하게 싸우게 하는 것입니다. 이 몇 가지를 잘한다면 그는 이미 상당히 훌륭한 사람인 것입니다. 의미심장한 것은 이 몇 가지가 전부 '효'를 하는 가운데 이루어진다는 것입니다. 중국 사람들은 흔히 '효행'을 잘 말하는데, 효는 그 행동을 보아야 하고, 큰소리·빈 소리는 아무짝에도 쓸모가 없는 것이고, 인간이라면 정조를 지켜야 하고, 어떤 위치에 있든 인민이 걱정을 하지 않게 해야 하며, 동시에 부모님도 걱정을 내려놓도록 해야 한다는 것입니다.

『예기·제의』에는 이런 말이 있습니다. "팽숙전향, 상이천지, 비효야. 양야, 군자지소위효야자, 국인칭원연왈: '행재유자여차!'(亨孰膻芗, 尝而荐之, 非孝也, 养也, 君子之所谓孝也者, 国人称愿然曰: '幸哉有子如此)" 즉 "한 사발의 고기를 익혀 향기가 나면 한 입 먹어보고 괜찮다고 생각되면 그것을 부모님께 권해서 들게 해야 한다. 그러나 이것은 다만 부양하는 것에 그칠 뿐이다. 군자라고 할 때 진정한 효는 대효로서 국가나 민족에 대해 책임을 져야 하며, 성과를 거두어 사회의 인정을 받아야 한다. 일국의 백성들이 모두 그에게 흠모의 감정을 품게 하고 내심으로부터 감탄토록 해야 한다. 그리하여 '저 집 식구들은 저런 아들이 있어서 얼마나 행복하겠는가!'"라는 말입니다. 진정한 '효'란 부모에 대한 '효'와 나라에 대한 '충'을 밀접히 연계시키는 것입니다. 물론 특정된 역사시기 나라가 생사존망에 처했을 때는 '효'보다 '충'을 앞세워야 하며, 소아를 희생하고 대아를 이룩해야 합니다. 그러나 이와 같은 기초는 한 발 한 발 양성해 가는 것입니다. 우리는 부모에 대한 태도를 결코 소홀히 해서는 안 되고, 반드시 인격이 있는 사람이 되어야 하며, 이를 위해서는 부모를 사랑하는 것으로부터 출발해야 하는 것입니다.

효에는 세 가지 등급이 있습니다. 『예기·제의』에는 "효유삼 대효존친 기차불욕 기하능양(孝有三, 大孝尊亲, 其次弗辱, 其下能养)"이라는 말이 있습니다. 여기서 "대효존친"이라는 말은 "부모님들이 존경과 영예를 향유할 수 있게 해드려야 한다는 것"입니다. 나라와 민족을 위해 공헌을 많이 할수록 그 부모가 향유하는 존경과 영예는 더욱 높게 됩니다. 그 다음의 "기차불욕"은 한 단계 낮은 등급의 '효'로서 비록 나라에는 특별히 큰 공헌을 하지는 못했지만, 부모가 자식 때문에 수치를 당하지는 않게 되는 것을 말합니다. 가장 떨어지는 효는 바로 "능양(能养)"으로 하루 세끼 부모님을 배불리 드시게만 하면 된다는 효입니다.

효심을 양성하는 것은 진실한 감정을 끊임없이 누적하는 과정입니다. 『예기·제의(祭义)』는 "군자유종신지상, 기일지위야(君子有终身之丧, 忌日之谓也)"라 했습니다. 우리는 언제까지 부모님을 사랑해야 할까요? 어떤 사람은 그들이 세상을 뜰 때까지라고 하는데, 이것으로는 부족합니다. 중국 사람들은 사랑의 마음은 심신에 있다고 간주하고 있습니다. 부모님이 계실 때 잘 모시는 것을 공자는 이렇게 말했습니다. "태어나서 살아가는 것도 '예'가 있어야 하고, 죽어서 장례를 지내는 것도 '예'가 있어야 하며, 제를 지내는 것도 '예'가 있어야 한다."(『논어·위정』) 제사는 "살아계실 때처럼 행해야 합니다." 부모님 제사는 부모님이 신변에 계시는 것처럼 젓가락과 밥을 놓아드리고, 반찬과 술을 정연하게 놓아드려야 하며, 마치 그들이 거기에 앉아계시듯이 온 집안 식구들이 공손하게 한 쪽에 서서 술을 따라드려야 하는 것입니다. 앞으로 나가 술을 권할 때는 술을 마셨다고 생각되면, 두 번째, 세 번째 잔을 따라드려야 합니다. 술을 어느 정도 따라드렸다고 생각되면, 국을 떠서 드시게 해야 합니다. 국도 비슷하게 들었다고 생각될 때는 차를 따라드려야 합니다. 이 모든 것은 마치 부모가 진짜 밥상을 받고 식사를 하듯이 해야 하는데, 이것을 "제사는 살아계실 때처럼 행해야 한다"라고 하는 것입니다. 마음속으로부터 공경해 하면서 마치 부모님이 거기에 앉아계시듯이 해야 한다는 것입니다. "돌아가셨어도 살아계실 때처럼 해야 합니다." 비록 세상을 뜨셨지만 마치 생명이 있는 사람이 거기 있는 것처럼 "제사를 지낼 때에는 살아있는 듯이 해야 한다"는 것입니다. 신에게 제사를 지내는 것도 신이 바로 거기에 있는 것처럼 해야 하는 것입니다.

부모에 대한 자녀들의 그리움은 평생을 같이합니다. '24사'는 위진남북조시기부터 '효우전(孝友传)'이 있었다고 주장합니다. 그중 왕부(王裒)라고 부르는 효자가 있었는데, 그의 부친은 사마씨(司马氏)에게 살해되었고, 그래서 그는 평생 사마씨가 있는 조정의 방향으로 앉지 않았다고 합니다. 후에 그의 모친이 돌아가자 그는 무덤가로 거처를 옮겨서 기거했습니다. 그의 어머니는 담이 특히 작아 우레(천둥)를 겁냈기에, 매번 비바람이 몰아치고 우레가 칠 때면 왕부는 저도 모르게 뛰쳐나와 고함을 지르곤 했답니다. "어머니! 겁내지 마세요. 아들이 여기 있어요!"하고 말입니다. 그는 어릴 때부터 우레가 치면 반드시 어머니 곁에 있어주곤 했습니다. 어머니가 돌아간 지 여러 해가 지났으나 그는 마치 어머니가 살아계실 때처럼 늘 달려 나가곤 했는데, 어머니는 줄

곧 그의 가슴속에 살아계셨던 것입니다. 달려 나와서야 그는 어머니가 이미 이 세상에 계시지 않는다는 것을 자각하고는 길가의 나무에 기대어 슬피 울곤 했는데, 그 나무는 그의 눈물과 콧물로 인해 그만 죽어버렸다고 합니다. 『시경·소아(小雅)』에는 『육아(蓼莪)』가 실려 있습니다. 어떤 효자가 부모를 그리워하는데 그는 학생들과 공부를 할 때 이 시를 읽게 되면 어머니가 생각나곤 했답니다. 이 시를 읽을 때마다 모든 사람들은 그가 온통 눈물 투성이가 되는 것을 볼 수 있었는데, 나중에는 모두들 감히 그 글을 읽지 못했다고 합니다. 이것을 가리켜 '평생효(平生孝)'고 하는 것입니다. 그렇기 때문에 해마다 기일이 되면 자식들은 모두 집에서 제사를 지내 사망한 친인들을 기려야 하는 것입니다. 필자는 한국에서 그런 제사를 본 적이 있습니다. 그날은 부모가 돌아가신 날로 제사는 한밤중 1시부터 시작되었습니다. 귀신들은 어둠을 좋아하는지라 마당에는 한 상 가득 제물들이 놓여 있었고, 온 집 식구들은 모두 꿇어앉아 있었는데, 젖 먹는 아이까지 빠지지 않고 그 어머니의 등에 업혀 있었습니다. 집안의 연장자가 제문을 읽었는데, 문자는 소박하면서도 간절했습니다. 내용은 아이들에게 우리의 할아버지에 대한 이야기를 들려주는 식이었습니다. 할아버지의 명함은 무엇이며, 고향은 어디시며, 젊었을 때 전쟁 속에서 어떻게 어렵게 고생하면서 이 가정을 위해 어려움을 겪었는가 하는 것들이었습니다. 할아버지는 자녀들에게 얼마나 자애로운 분이셨고, 이웃들에게 어려움이 있게 되면 그이는 어떻게 도와주었다는 등 매우 많은 이야기들이었는데, 주로 가정사가 주를 이루었습니다. 꿇어앉은 사람들 중에는 어떤 사람은 할아버지를 뵈었고, 어떤 사람은 뵌 적도 없었습니다. 뵌 적이 없는 사람도 이야기를 듣게 되면 할아버지에 대해 이해를 할 수가 있었습니다. 일찍 할아버지를 뵌 적이 있는 식구들은 엎드려 통곡을 하면서 할아버지의 여러 가지 좋은 점들을 되새기는 것이었습니다. 그리고 나서 오늘날 우리들은 이렇게 행복한 나날을 보내고 있지만, 할아버지는 단 하루도 행복을 누리지 못하셨다고 하면서 그래서 우리는 마음속으로 특히 할아버지를 그리고 할아버지에게 감사하게 생각한다고 했습니다. 또 우리 모든 자손들은 모두 할아버지를 위해 가문을 빛내면서 할아버지를 욕되게 하는 일은 절대로 하지 않겠다고 다짐하는 것이었습니다. 어찌 이런 제사를 봉건미신이라고 할 수 있겠습니까? 이 얼마나 좋은 교육입니까? 우리는 영웅인물도 본받아야 하지만, 우리의 부모, 우리의 할아버지, 우리의 조상들도 본받아야만 하는 것입니다. 비록 그들은 극히 평범한 사람들이지만 우리는 그들의 몸에서 우수한 품성들을 계승하고, 배우고 널리 떨쳐야 하는 것입니다. 한 가족의 발전은 바로 이런 정신상의 계승이 필요하며, 이와 같은 계승은 일정한 형식을 띠어야 하는 것입니다. 이런 도리는 매우 간단한 것이 아닌가요? 나는 일부 민간풍속을 보존하는 한편 그것을 승화시켜 청명(淸明) 같은 명절이면 온가족이 모여앉아 아이들에게 우리들의 할아버지에 대한 이야기를 들려주는 것이 좋다고 주장합니다. 송조 때에는 자손들마다 4대 조상의 이름을 말할 수 있어야 했는데, 설날이나 제사를 지낼 때 등 1년에 한 두 번은 그런 활동이 있었습니다. 이는 일종의 교육방식인 것입니다. 사실 옛사람들도 사람이 죽은 다음에는 먹을 수도 마실 수도 없다는 것을 알고 있었지만, 그래도 과일 등 제물들을 거기에 놓아두었습니다. 이와 같은 일정한 형식이 없으면 일정한 내함(內含, 내면에 간직하고 있는 것-역자 주)이 없게 되고, 이와 같은 형식을 통해 후대들을 교육하는 것입니다. 해마다 자기

가족의 전통을 회고하고 기릴 수 있도록 해야 합니다. 이런 방식은 아이들의 성장에 적극적인 작용을 하게 합니다.

2. 웃어른을 존중하자

웃어른을 존중하는 것은 집에서부터 시작해서 점차 천하의 웃어른과 노인들에게로 보급되어야 합니다. 어떤 사람은 중국은 자고로 양노제도가 없었고, 지금의 양노제도는 서방사람들에게서 배운 것이라고 말합니다. 이런 말은 역사적 사실에 부합되지 않습니다. 중국의 양노제도는 『예기』에도 기재된 바가 있습니다. 중국 사람들은 노인들이 사회의 존중과 사랑을 받아야 한다고 여겨왔습니다. 『예기』에서는 우·하·상·주 4대에 모두 다른 양노의 '예'1가 있어 이미 국가제도로까지 승격되었다고 밝히고 있습니다. 『예기·왕제』에는 이렇게 기록되어 있습니다. "범양로: 유우씨이연례, 하후씨이향례, 은인이식례, 주인수이겸용지……오십이진, 육십숙육, 칠십이선, 팔십상진, 구십음식불리침, 선음종우유가야(凡养老：有虞氏以燕礼, 夏后氏以飨礼, 殷人以食礼, 周人修而兼用之, ……五十异粻, 六十宿肉, 七十贰膳, 八十常珍, 九十饮食不离寝, 膳饮从于游可也)" 즉 유우씨는 '연예'를, 하후씨는 '향례'를, 은나라 사람은 '식례'를 행했는데, 이런 예들의 구체내용을 우리는 오늘날 말할 수 없게 되었습니다. 그러나 한 가지 분명한 것은 매 시대마다 모두 자기의 독특한 '양노 예의'가 있었다는 점입니다. 주대에 이르러 "수이겸용지"라 했는데 여러 대에 거친 예를 모두 포용했다는 것을 말합니다. 당시 50세의 사람은 같지 않은 양식을 먹을 수 있었고, 그들에게는 선택할 만한 식품들이 제공되었습니다. 옛사람이 이르기를 "사람이 늙으면 고기를 먹지 않고서는 배가 부르지 않다"고 했습니다. 그래서 60세가 되면 육식이 제공되고, 그것도 한 끼만 그런 것이 아니라 이튿날에도 역시 그러했습니다. 70세에 이르면 두 끼니 사이에 또 별식이 제공되었습니다. 80세에는 과일까지 제공되어 그가 어디에 가든 만일 배가 고프고 먹고 싶은 것이 있다고 하면 모두 식품들이 제공되었습니다. 90세에는 음식상이 그의 주변에 늘 차려져 있어 어디서든 음식을 즐길 수 있게 했습니다. 이는 무슨 이유에서였을까요? 그것은 "50부터는 쇠락하기 시작해서, 60이면 고기가 아니면 배가 부르지 않고, 70이면 비단이 아니면 입을 수가 없고, 80이면 사람이 가까이 있어야 따스하고, 90이면 사람이 곁에 있어도 따스하지 않다"고 하기 때문입니다. 여기서 주의해야 할 것은 하나는 '배부름'이고, 다른 하나는 '따스함'이라는 것입니다. 60세의 사람은 고기를 먹지 않으면 배가 부르지 않으므로 육식을 해야 하기에 매일 고기를 먹어야 하며, 70부터는 사람의 몸에 화기가 없어 비단이 아니면 따스하지 않고, 80에 이르면 사람이 먼저 몸으로 잠자리를 따스하게 덥히고 난 다음 자리에 들게 해야 하며, 90세에 이르면 사람이 먼저 몸으로 이부자리를 덮어주어도 소용이 없기에 특별한 보살핌이 따라야 한다는 것입니다.

『예기·곡례』에서는 이렇게 말했습니다. "연장이배, 측부사지, 십년이장, 측형사지, 오년이장, 측견수지(年长以倍, 则父事之; 十年以长, 则兄事之; 五年以长, 则肩随之)" 즉 "그 사람이 나와 아무런 혈연관계가 없더라도 나이가 나보다 한배 이상이면 자신의 아버지처럼 그를 대해야 하고, 나이가 열 살 이상인 사람은 형장(兄長)을 대하듯이 그를 대하며, 나이가 나보다 다섯 살 이상한 사람과 같이 길을 가면 그의 뒤에 조금 뒤처져서 걸으며 형제처럼 대해야 한다."는 말입니다.

『예기·곡례』에는 그 외에도 웃어른을 존중하는 것에 대한 구체적인 요구가 아주 많습니다.

"항언불칭노(恒言不称老)" 즉 "노인 앞에서는 '노'자를 될수록 말하지 말아야 한다"는 것으로 젊어가지고 늙었다고 하면 정작 늙은이는 매우 상심하게 된다는 뜻입니다. 사람은 일단 그 나이에 이르면 특히 늙음을 두려워하기에 우리는 노인들 앞에서 절대 자기가 늙었다고 말하지 말아야 하는데 이는 일종 존중함을 나타내는 것입니다. "종우선생, 불월노이여인언(从于先生, 不越路而与人言.)"은 즉 "웃어른을 따라 나가면 길을 사이 두고 다른 사람과 아는 체를 하면서 어른을 냉대해서는 안 된다"는 말입니다. "견부지집, 불위지진불감진, 불위지퇴불감퇴, 물문물감대.(见父之执, 不谓之进不敢进, 不谓之退不敢退, 不问不敢对)"는 "부모를 따라 다니다가 그들의 친구를 만나면, 그들이 얘기를 나눌 경우 한 쪽에 서 있어야 하며, 부모가 부르면 건너가고 부르지 않으면 건너가지 말아야 하며, 가라고 하기 전에는 자리를 뜨지 말아야 하고, 물어보지 않았을 때는 끼어들지 말아야 한다."는 말입니다. "장자문, 불사양이대, 비예야.(长者问, 不辞让而对, 非礼也)"는 "어른이 당신에게 지식적이거나 학문적인 문제를 물어보면, 당신은 사양하고 겸허해야 하며, 이 문제를 대답할 수 없다고 해야 한다. 그렇게 하지 않으면 곧 예가 아니다."라는 뜻입니다.

여기서 우리는 하나의 상식을 알게 됩니다. 예를 들면, 우리는 앞서 성인식에 손님을 초청할 경우 처음에는 이렇게 말해야 한다고 했습니다. "저희 집 아이가 곧 성인식을 올리게 되는데 당신을 청하고자 합니다. 그러면 요청 받은 하객은 겸손하게 말해야 합니다. 저는 덕행이 부족하여 감당하기 어렵습니다. 당신네 귀공자가 그토록 융숭한 예식을 올리는데 저더러 가빈(嘉宾)을 맡아달라고 하시면, 당신 가문에 욕이 될까 두렵습니다." 이것은 첫 번째 사양으로 '예사(礼辞)'라고 합니다. 무릇 누군가가 당신에 대한 존중의 의미에서 당신을 청해 어떤 일을 부탁할 경우, 당신은 꼭 겸사(谦辞, 사양의 말)를 해야 합니다. 옛날에는 규정이 있어 먼저 꼭 겸사를 해야 한다고 했습니다. 왜 겸사를 해야 할까요? 그것은 보다 나은 사람이 있을 수도 있는데, 당신이 당장에서 대답해버리면 겸손하지 못한 것이 되기 때문입니다. 그리고 상대방이 다시 요청하게 됩니다. 그래서 "저희들이 반복적으로 의논해 본 결과 당신이 가장 적임자라고 생각했습니다." 이때 요청받은 사람은 다시 겸사를 해야 하는데, 이것을 '고사(固辞)'라고 합니다. 요청받은 사람이 진짜로 무슨 일이 있거나 다른 이유로 올 수 없을 수도 있으므로 이때 결정짓지 못하기에 세 번째로 요청하게 되는 것입니다. 세 번째 요청이 있은 다음 그래도 계속 사양한다면, 그것은 그가 확실히 원하지 않거나 요청이 부담스럽다는 것을 말하는데 이것을 '종사(终辞)'라고 합니다. 이때는 더 요청하지 말아야 하고 응당 "미안합니다. 결례했습니다. 이 일은 참말로 미안하게 되었습니다. 저희들이 다시 다른 분에게 부탁드려보겠습니다." 라고 해야 합니다. 이것은 수다가 아니며 교양이 있는 사람만이 할 수 있는 것입니다. 칭화대학 캠퍼스에서 첫째가는 명승지로 왕징안(王静安) 선생의 기념비를 들 수 있는데 '삼절비(三绝碑)'라고 합니다. 이 비는 양스청(梁思成) 선생이 설계하고, 비문은 천린커(陈寅恪) 선생이 쓴 것이며, 비에 새겨진 전각은 고궁박물관 전 원장이었던 마헝(马衡) 선생이 친히 쓴 것입니다. 천린커 선생의 비문의 뜻은 대략 이러합니다. 왕정안 선생이 자침(自沉)하신지도 벌써 2년이 되었습니다. 사생들은 모두 매우 그를 그리워하여 기념비를 세워 모두의 애도의 뜻을 기리기로 했습니다. 기념비의 비문은 모두의 의논을 거쳐 런커가 쓰기로 했고, 런커는 수차 사양하였으나 어쩔 수 없이 떠안게 되었습니다. 그는 수차례나 겸사를 했으나 모두의 동의를 구하지 못해 하는 수없이 떠맡게 되었습니다. 천런커와 같은 대학자가 그것도 왕징안 선생과 그토록 사이가 좋음에도 겸사를 했던 것입니다. 여러 분들도 이제 사회에 진출해서 이렇게 하기를 바랍니다. 예를 들어 여러 분들의 루팅(陆挺) 선생이 필자를 동난대학에 와서 강연을 해달라고 요청했을 때 필자 역시 사양을 했었습니다. 적어도 한번은 사양해야지 않겠습니까? 사람은 꼭 겸허해야 하고 겸손해야만 합니다. 어르신께서 물어봤을 때 겸사도 없이 앞질러 대답해버린다면 좋지 않습니다. 지식은 당신의 뱃속에 있으니 조급해 할 필요가 없지요. 겸손해야 합니다. 특히 노인들 앞에서는 더욱 겸손해야 하는 것입니다.

"종장자이상구릉, 측필향장자소시(从长者而上丘陵, 则必乡长者所视)"는 "연장자와 함께 구릉에 올라가면, 처처에서 연장자를 중심으로 해야 하며, 연장자가 어디를 보면, 얼른 따라서 봐야 합니다." 왜야하면, 연장자가 무엇을 물어볼지 모르기 때문입니다.

"시좌어소존경, 무여석(侍坐于所尊敬, 毋余席)"은 "가능한 한 어른의 가장 가까운 곳에 있어야 하고, 거리를 두어서는 안 됩니다." 왜냐하면, 선생과 가까이에 있어 언제든 질문에 대비해야 하며, 또한 후에 오는 사람들이 순서대로 빈자리에 앉을 수 있게 하기 위해서입니다. "견동등불기(见同等不起)"는 "동년배가 오면 일어서지 않아도 된다."는 것이고, 이는 선생님을 존경해서 시끄럽게 하지 않기 위해서인데, 이는 사사로운 일이라고 곡해해서는 안 되는 것입니다. 우리가 네 면이 모두 소파로 된 방에서 어떤 존경하는 노 선생님을 모시고 있다고 합시다.

그렇다면 어디에 앉아야 할까요? 반드시 '가장 가까운 곳'에 앉아야 합니다. 왜냐하면 선생님과 가까이할 수 있을 뿐만 아니라, 무슨 일이 있을 경우 나설 수 있기 때문입니다. 또 다른 이유라면 앞자리를 빼곡히 채워놓고 뒷자리를 비워둠으로써 후에 오는 사람들이 순서대로 앉을 수 있기 때문입니다. 여기에는 두 가지 상황이 있을 수 있습니다. 예를 들어 우리가 선생님 집에 가서 선생님과 이야기를 나누는데 갑자기 누군가가 문을 두드리고 들어왔다고 합시다. 들어온 분이 연세가 굉장히 많고 선생님의 친구 분이라고 하면, 이때 우리는 먼저 일어서야 하고, 그러면 선생님이 천천히 일어나셔서 모모 교수라고 우리에게 소개주면서 "오래간 만일세, 어서 앉게."하고 말씀하실 것입니다. 그런데 우리가 거기에 앉아서 꼼짝도 안 한다면 그것은 대단한 실례가 되는 것입니다.

"범위장자분지, 필가추어기상(凡为长者粪之礼, 必加帚于箕上.)"이라는 말도 있습니다.' 여기서의 '분(粪)'은 쓰레기를 가리키는데, 만일 손님이 왔을 때 바닥에 쓰레기가 가득 널렸다면 반드시 쓸어야 합니다. 쓸 때에는 빗자루가 자신의 방향을 향하도록 해야 하며, 어른의 방향을 향하지 말아야 하고, 다 쓴 다음에는 빗자루로 쓰레기를 덮어두어야 합니다.

"장자불급, 무참언(长者不及, 毋儳言)"은 "연장자가 당신과 말하려 하지 않는다면, 참견하지 말아야 한다"는 뜻입니다.

"시좌어선생, 선생문안, 종측대(侍坐于先生, 先生问焉, 终则对)는 "선생님의 앞에 앉아서 선생님이 질문하시면 그의 말씀이 끝나기를 기다려 대답을 올려야 한다."는 뜻입니다.

"청업측기, 청익측기(请业则起, 请益则起)"에서의 '업(业)'은 고대에서는 널빤지를 말하는데, 선생님이 수업할 때 강의 요점을 써놓고 거기에 따라 강의를 하게 됩니다. 그 위의 지식들을 학생들에게 전수하는 것을 수업이라고 합니다. 한유(韩愈)는 '전도(传道)·수업(受业)·해혹(解惑)'이라고 했는데, 바로 이런 뜻입니다. '청업(请业)'이란 선생에게 학문을 가르침 받는다는 의미이고, 일어서서 여쭈어 봐야지 앉아서 여쭈어 보면 안 됩니다. '청익측기(请益则起)'는 선생님이 수업에서 말씀을 많이 했으나 알아듣지 못해서 선생님께 다시 한 번 강의해줄 것을 요청할 경우 이를 '청익(请益)'이라고 합니다. 우리는 평소 이야기를 나누다가 다음날 선생님의 사무실에 가서 '청익'을 할 경우 반드시 자리에서 일어나야 하는데 이는 선생에 대한 존중인 것입니다.

"시좌어군자, 군자흠신, 찬장구, 시일조막, 시좌자청출의(侍坐于君子, 君子欠伸, 撰杖屦, 视日蚤莫, 侍坐者请出矣)"는 "군자의 곁에 앉아서 특히 노인의 집에 가서 끝도 없이 앉아 있지 말고 적당한 때, 즉 군자가 하품을 하고 기지개를 펴거나, 군자가 자기의 지팡이며 신을 찾는다는 뜻으로 일어나 갈 준비를 하거나, 밖의 해가 어느 정도 기울었는지를 살펴본다면, 이를 얼른 알아채고 물러나야 한다."는 말입니다. 여기서의 '조(蚤)'는 아침이라는 조(早)와 통하고 '막(莫)'은 저녁이라는 막(暮)과 통합니다. 노인의 이와 같은 행동은 그가 이미 피곤했음을 표하는 것이며, 이때 방문자는 적시에 일어나야 하는 것입니다.

"군자식황발, 하경위, 입국불지, 입리필식(君子式黄发, 下卿位, 入国不驰, 入里必式)"의 뜻은, 정상적인 사람은 흑발이고, 흑발도 일정한 나이가 되면 백발이 되며, 백발도 나중에는 변해서 누렇게 되는데, 여기서 '황발(黄发)'이라 함은 이 사람의 나이가 상당한 정도로 많다는 의미이고, 군자가 차에서 황발노인을 보고 '식(式)'을 했다는 것은 차 앞의 가

름대를 집고 고개를 숙여 인사를 했다는 뜻으로 옛날 예를 행하는 일종의 형식입니다. 노인을 보고 예의를 지키는 것은 달리는 차에서라도 인사를 해야 한다는 의미입니다.

3. 일상예의규범

일상생활 중에는 매우 많은 예의규범들이 존재합니다.

"상시무광(常视毋诳)"에서 '시(視)'는 '시(示)'를 말하고, '광(诳)'은 '거짓말'을 의미합니다. "아이에 대한 교육에서 거짓말을 하지 않도록 교육해야 한다"는 뜻입니다.

성실한 사람은 겉과 속이 같아 마땅히 평소부터 속이지 말고 신의를 지키도록 자녀들을 교육시켜야 한다는 말입니다.

"입필정방(立必正方)"은 "사람이 서 있을 때, 단정하게 똑바로 서 있어야 한다"는 것입니다. 우리는 흔히 사람 됨됨이를 보고 "위인이 반듯하다"고 말하는데, 내심도 그러하고 겉보기도 그러해야 한다는 말입니다. 한 사람이 품격은 고상하지만 사람들에게 주는 인상은 외관상 아주 산만하고, 서나 앉으나 모양새를 갖추지 못한다면 그것은 올바른 위인이 안 된다는 것입니다. 군자의 풍도는 바를 정(正)자에 있는 것입니다.

"유무거, 입무파, 좌무기, 침무복(游毋倨, 立毋跛, 坐毋箕, 寝毋伏)"이란 "평소에 걸어 다닐 때는 몸을 공손하게 굴어야지 오만하면 안 된다. 서 있을 때는 두 다리를 모으고 서야 하며, 절름발이처럼 한쪽 다리에 무게를 실으며 걸어서는 안 된다. 앉았을 때는 두 다리를 자연스럽게 양옆으로 마치 키(곡식을 까부는데 사용하는 도구 – 역자 주)처럼 벌려야 합니다. 누워 잘 때는 반듯하게 눕거나 한쪽으로 누워야 하며 엎드려 자지 말아야 한다."는 뜻입니다. '침무복(寢毋伏)'이란 바로 잠잘 때 엎드려 자지 말라는 말입니다. 중국 사람들은 양생을 강조해 왔고 고대로부터 앉거나 잠잘 때의 자세를 중시해왔습니다. "식불언, 침불어(食不言, 寢不语)란"밥 먹을 때는 말하지 말아야 하고, 잠잘 때는 떠들지 말아야 한다"는 뜻인데, 안 그러면 잠을 제대로 자지 못하기 때문입니다. 언(言)과 어(語)는 두 가지 개념으로 자기가 말하는 것은 언(言)이라 하고, 다른 사람과 토론하는 것은 어(語)라고 합니다.

"노무단, 서무건상(劳毋袒, 暑毋褰裳)"이란 "문명시대의 사람들은 설령 막일을 한다고 해도 웃통을 벗어 붙이지는 않는다."는 의미입니다. 첸무(钱穆) 선생은 일찍 이렇게 말했습니다. "예는 상대방의 존재를 전제로 하는 것으로, 적어도 상대방에 대해 얼마쯤의 경의를 갖추는 것을 말한다." '서무건상'이란 옛사람들이 흡사 치마와 비슷한 웃옷을 걸쳤지만, 날씨가 아무리 더워도 결코 옷자락을 위로 들어 올리지 말아야 한다는 뜻입니다. 불미스럽다는 것이겠지요.

"범시, 상우면측방, 하우대측우, 경측간(凡视, 上于面则放, 下于带则忧, 倾则奸)"이란 사람을 볼 때, 시선은 위로 향하되 상대의 얼굴보다 높아서는 안 된다는 말이다. 그것은 방자한 것으로 상대방에게 느끼게 할 수 있기 때문이다. 즉 "사람과 말할 때는 상대방의 눈을 보며 말해야 한다. 아래를 보더라도 절대 상대방의 허리 아래를 보아서는 안 되는데, 그렇게 되면 근심스레 보이기 때문이다. 사선으로 보거나 눈길을 이동시키면, 심술이 바르지 않은 것으로 여겨진다." 이처럼 사람이 타인에게 가장 깊은 인상을 남기는 것은 그의 눈입니다. 눈은 부드럽거나 우울함 따위들을 모두 담고 있기 때문입니다.

"범여대인언, 시시면, 중시포, 졸시면, 무개(凡与大人言, 始视面, 中视

抱, 卒视面, 毋改)"라는 뜻은, "웃어른과 이야기할 때" 줄곧 그의 눈을 바라보게 되면 피로할 수가 있는데 어떻게 하는 게 좋을까요? '시시면'이라고 "처음에는 그의 눈과 얼굴을 보고" '중시포'라 해서 "오래 보다가 피로할 경우 땅이나 바깥을 보아서는 안 되므로 눈길을 조금 아래로 떨구어 그의 두 손을 맞잡은 높이를 보면 되고" '졸시면, 무개'라고 해서 "조금 뒤 다시 그의 얼굴을 보면 되는데 그 이후는 다시 고치지 말아야 한다."는 뜻입니다. 눈길을 아래위로 흔들리지 말도록 해야 한다는 말입니다.

"병좌불횡굉(并坐不横肱)"는 "여럿이 같이 앉아 있을 경우 옆 사람을 고려해야 하는데, 만일 상이 매우 작다고 해서 엎드려서 옆 사람에게 영향을 주어서는 안 된다"는 말입니다.

"거불주오, 좌불중석, 행불중도, 입불중문(居不主奥, 坐不中席, 行不中道, 立不中门)"이라는 말도 있습니다. 이 말의 뜻을 알려거든 먼저 고대 집의 구조를 알아두어야 합니다. 고대의 집들은 대문으로 들어서면 마당이 펼쳐지고, 마당의 북쪽에 높직한 테라스가 있습니다. 테라스의 앞부분은 당(堂)이고, 당의 북쪽에다 집을 지었는데, 동쪽의 것은 '방(房)'이라 하고, 서쪽의 것은 '실(室'이라 했습니다. 고대에는 선생님의 학문을 집 한 채에 비유했습니다. 『논어』에서는 공자의 학생이 선생의 학문이 마치 궁전처럼 풍부하다고 했고, 공부를 못하는 학생은 스스로 선생님 댁의 문어귀에 서서 아직 입문하지 못했다고 자칭했습니다. 가장 우수한 학생은 '등당입실(登堂入室)'한 제자였습니다. 그러나 학문이 '등당입실'한 후에도 보다 높은 차원이 있는데 그것을 '심입당오(深入堂奥)'라 했습니다. '거불주오'란 "예의상 주인이 앉는 자리에 앉지 말아야 한다"는 뜻입니다. 집집마다 주인이 늘 앉는 자리가 정해져 있어 손님은 앉을 수가 없는 것입니다. 옛사람들은 돗자리 위에 앉았는데 흔히 세 사람이 같이 앉았고, 그때 '좌불중석'이라고 해서 "한복판에 앉는 것을 금기시했습니다." 중국 사람들은 석차가 있어 함부로 앉지 않았으며, 두 사람이 나란히 앉더라도 오른쪽을 높게 보았고, 세 사람이 나란히 앉으면 가운데 사람을 높이 보았고, 그 다음이 오른쪽, 그 다음이 왼쪽으로 좌석의 차례를 갈랐습니다. '행불중도'란 "길을 걸을 때 길 복판으로 가지 말고 한 쪽으로 걸어야 한다."는 것을 말합니다. '입불중문'이라는 것은 "문 한가운데 턱 버티고 서있지 말라는 것"인데, 그리하면 첫째로는 스스로 자고자대하다는 뜻이고, 둘째는 타인의 출입을 방해하기 때문입니다.

"봉자당심, 제자당대(奉者当心, 提者当带)"라는 말에서 '당'은 마주하다는 뜻으로, 물건을 들 때는 두 손으로 심장이 있는 쪽을 마주해야 한다는 말입니다. 즉 "물건을 들 때는 바닥에 질질 끌지 말고, 손을 허리띠 부위까지 올려야 한다."는 뜻입니다.

선배와 악수를 할 때는 두 손으로 잡아야 합니다. 『예기』에서는 선배와 후배가 만났을 때는 선배가 후배의 손을 잡아주어야 하고, 후배는 두 손으로 선배의 손을 꽉 잡아야 한다고 했습니다. 중국 고대의 예의에는 악수하는 법이 없습니다. 『시경』에서는 "집자지수 여자해로(执子之手, 与子偕老)"라고 했습니다. 손을 잡는 것은 가까운 사람끼리의 자연스런 동작이지 예의는 아니었습니다. 후에 서방의 악수예절이 전해들어오면서 악수는 가장 일상적인 예절로 굳어졌습니다. 필자는 악수에도 중국의 예의요소가 들어가야 한다고 주장하고 싶습니다. 동년배끼리는 한손을 내밀면 되고, 후배가 선배와 악수할 때는 두 손으로 해야 한다는 것 말입니다.

어른과 이야기할 때 특히 근거리에서라면 입 냄새가 상대방의 얼굴까지 닿지 않도록 입을 가려야 하고, 말소리도 작게 해야 하는데 이런 것들도 모두 예의입니다.

식사예절을 알아보도록 합시다. 지금 우리가 말하는 식사예절은 아마 서방의 것이라 해야 할 것입니다. 나이프는 어느 손에 들고 포크는 어느 손으로 잡아야 할까요? 어떻게 하면 귀족다운 모습일까요? 이와 같은 예절은 16, 18세기 서방사람들이 모색해낸 것으로 중국 사람들은 2천여 년 전부터 음식을 먹을 때에는 그 모양을 먹는다고 해서 우아하고 문명적으로 먹을 줄을 알았으며, 심지어 세트로 된 음식상에서의 예의 규범들까지 내놓았었습니다.

『예기·곡례상』에서는 이렇게 말했습니다. "무단반, 무방반, 무류철, 무타식, 무교골, 무반어육, 무투여구골, 무고획, 무양반. 반서무이저, 무탑갱, 무서갱, 무자치, 무철해(毋抟饭, 毋放饭, 毋流歠, 毋咤食, 毋啮骨, 毋反鱼肉, 毋投与狗骨, 毋固获, 毋扬饭, 饭黍毋以箸, 毋嚃羹, 毋絮羹, 毋刺齿, 毋歠醢)" 옛날 사람들은 밥을 손으로 집어먹었습니다. 같이 앉아서 밥을 먹을 때는 하나의 원칙이 있었는데 그것인 즉 타인에 대한 배려입니다. 앞에서도 말했듯이 첸무 선생은, 예의는 상대방의 존재를 전제로 하면서 상대방에 대한 얼마간의 경의가 있어야 한다고 했습니다. 고대에는 식사할 때 채(菜)는 사람마다 1인분씩 놓았고, 밥은 가운데 놓았는데 지금이나 비슷했습니다. 큰 밥통의 쌀밥을 가운데 두어 모두들 각자 떠먹도록 되어 있었습니다. 이때 가장 꺼리는 것이 바로 주먹밥을 만드는 것인데, 뒷사람이야 먹을 것이 돌아가든 말든 커다랗게 주먹밥을 만드는 것이 가장 폐해였습니다. 이런 이기적인 행위는 누구도 동의할 수 없었습니다. 그러기에 "무단반"이라고 했던 것입니다. 빼앗기를 해서도 안 되지만 밥을 가져오기 전에 손을 깨끗이 씻었다 하더라도, 밥을 집어온 다음 절대 손에 묻은 밥알을 다시 밥통에 털어서는 안 되었는데 이것을 "무방반"이라 했습니다. "무류철"'에서의 '철'은 '마신다'는 뜻입니다. 고대의 밥반찬들은 소금을 넣지 않았습니다. 그래서 고기라 해도 소금을 두르지 않았기에 소스를 찍어먹어야 했는데, 그렇지 않으면 아무 맛도 없었기 때문입니다. "무류철"이란 바로 소스를 국처럼 마시지 말라는 뜻입니다. 그렇게 되면 너무 탐욕스러워 보이기 때문입니다. "무타식"은 밥 먹을 때 소리를 내지 말라는 말입니다. "무교골"은 뼈에 붙은 고기를 너무 알뜰하게 먹지 말아야 한다는 것으로 심지어 소리를 내서는 안 된다고 했습니다. "무반어육"은 물고기나 육류를 먹을 때, 큰 덩이라고 해서 한 입 베여먹고 다시 사발에 되놓아서는 안 된다는 것입니다. "무투여구골"은 먹고 난 뼈는 밥상 위에 놓아야지 개에게 뿌려주어서는 안 된다는 것입니다. 그러면 주인은 매우 화를 내게 되는데 뜻인 즉 손님이 자기가 정성껏 만든 음식을 개먹이로 여긴다고 생각하기 때문입니다. "무고획"이란 같은 그릇의 반찬만 자꾸 집지 말라는 뜻입니다. 반찬은 모든 사람이 같이 먹는 것이고, 어느 한 사람의 것이 아닙니다. 일반적으로 자기 앞에 놓인 반찬을 먹어야 하며 일어서서 남의 앞에 놓인 반찬을 집어서는 안 되는 것입니다. "무양반"은 갓 내온 밥은 매우 뜨거우므로 너무 급히 먹지 말아야 하고, 심지어 손으로 부채질해서도 안 된다고 했습니다. 또 "반서무이저"라고 해서 쌀알보다 작은 기장을 먹을 때는 젓가락 두 개로 떠먹어서는 안 된다는 것입니다. "무탑갱"에서의 갱은 진한 국물이지 멀건 국이 아니며, 그 안에는 남새, 두부, 고기 등이 들어 있었습니다. "탑갱"이란 국과 반찬을 함께 삼키는 것을 말합니다. 다른 집에 손님으로 가서 식사를 할 경우 국 맛이 좋지 않다거나 너무 싱겁다고 소금을 가져오라는 둥 설탕을 가져오라는 둥 주문을 하게 되면 주인이 매우 난처하게 됩니다. “무자치”란 이틈에 끼인 음식찌꺼기를 물고기 가시 따위나 다른 무엇으로 사람들이 보는 앞에서 쑤시지 말라는 말이며, 더욱 젓가락으로 해결하려 하지 말라는 말입니다. 필자는 어느 한 소설에서 그런 이야기를 본 기억이 있습니다. 늙은 공무원의 사무실에 새로 여대학생이 전근해왔는데, 아마 늙은 공무원은 이가 좋지 않았던 모양으로 무엇을 먹으면 바로 무엇이 끼곤 했습니다. 그는 늘 이쑤시개로 입을 크게 벌리고 이를 쑤시곤 했는데, 마침 그 여대생은 결벽증까지 있는 터라 참을 수가 없었지만 말하기도 거북해서 끝내 전근해 갔다는 것입니다. 그런데 사람들은 그 늙은 공무원이 그녀에게 무례를 범한 것이라고 오해를 해서 큰 웃음거리를 만들었다는 것입니다. 그렇다면 반드시 이쑤시개를 사용해야 할 경우에는 어떻게 할까요? 마땅히 손으로 가리고 몸을 절반쯤 돌려가지고 천천히 처리해야 하고, 혹은 밖에 나가서 양치질을 할 수도 있는 것입니다. “무철해”에서 ‘해’는 고기를 다져넣은 장을 말하는데 간을 맞추는데 쓰입니다. 그것을 ‘마시지’ 말라는 것입니다. 맛도 짜거니와 그것을 마실 경우 탐욕스럽다는 혐의에서 자유로울 수가 없는 것입니다.

“허좌진후, 식좌진전(虚坐尽后, 食坐尽前)”은 “식사를 하기 전이라면 의자를 될수록 상에서 멀리 두고 앉아야 하며, 만일 식사하게 되면 의자를 밥상에서 너무 멀리 떨어지게 해서 밥이나 반찬을 집기 불편하도록 해서는 안 된다.”는 것입니다.

“주인친궤, 즉배이식, 주인불친궤, 즉불배이식(主人亲馈, 则拜而食; 主人不亲馈, 则不拜而食)”은 “주인이 음식을 권하면, 사례해야 하고, 그러지 않으면 사례하지 않고 먹어도 괜찮다."는 의미입니다.

"당식불탄(当食不叹)"이란 "모두들 같이 모여 식사를 한다는 것은 매우 즐거운 일이므로 식사도중에 탄식소리를 내서 좌중의 기분을 깨서는 안 된다"는 말입니다.

"존객지전불질구(尊客之前不叱狗)"는 "집에 손님이 왔는데, 개가 들어왔다고 해서 큰소리로 개를 욕하며 쫓지 말아야 한다."는 뜻입니다. 손님은 주인이 개를 빗대어 자기를 욕한다고 여길지도 모르니까요.

"공식불포(共食不饱)"란 "여럿이 모여 식사를 할 때는, 먼저 다른 사람을 배려해야지 먼저 자기 배만 불리려고 들어서는 안 된다."는 말입니다.

"군자불진인지환, 불갈인지충, 이전교야(君子不尽人之欢, 不竭人之忠, 以全交也)"라는 이 말에는 많은 의미가 담겨져 있습니다. 즉 다른 사람의 집에 손님으로 갔을 경우 주인이 내온 음식을 남김없이 먹어버려서는 안 됩니다. 그러면 주인이 다시 내와야 하기 때문입니다. 또 음식그릇을 모조리 비우면 마치 손님을 위해 준비한 음식이 부족하고, 주인이 좀스럽다는 다른 표현일 수도 있기 때문입니다.

빈객의 예에 대해 『예기·곡례상』에서는 이렇게 말합니다. "범여객입자, 매문양어객. 객지어침문, 즉주인청입위석, 연후출영객. 객고사, 주인숙객이입(凡与客入者, 每门让于客。客至于寝门, 则主人请入为席, 然后出迎客。客固辞, 主人肃客而入)"

고대에는 대문(大門), 이문(二門), 입당(入堂), 실(室) 등 몇 개의 문을 거쳐 손님을 맞이해야 했고, 매번 출입할 경우 손님을 먼저 앞세웠는데, 손님도 또한 주인이 먼저 가도록 사양했으며, 그것은 층계를 오를 경우에도 마찬가지였습니다. 원칙상 겸양을 차린 다음에는 주인이 먼저 걸으면서 손님을 인도했습니다. 침문(寝门) 앞에 이르면 손님에게 앉을 자리를 권하게 되는데 주인은 매우 정중하게 "미안합니다. 잠깐 기다리세요. 제가 먼저 들어가겠습니다." 라고 하고나서 들어가서 손님이 앉을 자리를 다시 한 번 정리했는데, 중요한 손님일 경우 방석을 더 깔아드리고 문을 나서서 손님을 맞이했습니다. 손님은 사양하는 말을 했고, 주인이 손님을 맞아들이는 형식이었습니다.

"호외유이구, 언문즉입, 언불문즉불입(户外有二屦, 言闻则入, 言不闻则不入)"에서 말하는 것처럼 문(门)과 호(户)는 그리 분별하지는 않았으나 옛 사람들은 매우 정확하게 두 쪽짜리는 문이라 하고, 한쪽짜리는 호라고 했으며, 대문과 소문을 모두 열어두는 것을 '문호개방'이라고 했습니다. "호외유이구"라는 것은 2쌍의 신발이 놓여 있음을 말하는데 집안에 두 사람이 있음을 가리키고, 두 사람이 이야기를 나누는 것을 들을 수 있으면, 이때 들어가도 괜찮다는 말입니다. 그러나 만일 안에서 말소리가 매우 낮게 들리고 귓속말이어서 거의 알아들을 수 없을 경우에는 들어가지 말아야 합니다. "장입호, 시필하(将入户, 视必下)"는 "들어갈 때는 반드시 바닥을 봐야 한다."는 말입니다. 고대에는 남의 집에 들어갈 때 신발을 벗었습니다. "호개역개, 호합역합, 유후입자, 객이무수(户开亦开, 户阖亦阖, 有后入者, 阖而毋遂)"라는 말처럼 문에 들어설 때 문이 어떤 모양새였던 간에 그대로 두어야 했습니다. 만일 열려진 상태라면 열어두어야 하고, 닫힌 상태라면 들어가서는 닫아주어야 합니다. 만일 뒤에 사람이 따라오면 그 사람이 들어온 다음 문을 천천히 닫아야지 들어서자마자 닫아버리면 실례입니다. "무천구(毋践屦)"는 자기의 신으로 다른 사람의 신을 밟지 말아야 한다는 말입니다.

사람은 또 동정심이 있어야 합니다. "인유상, 용불상, 이유빈, 불항가(邻有丧, 舂不相, 里有殡, 不巷歌)"라고 했습니다. 골목에서 이웃집에 상사가 있거나 쌀을 찧거나 하면 노래를 부르지 말아야 한다는 것입니다. 옛날에는 쌀을 찧을 때 부르는 노래로 『상(相)』이라는 것이 있었습니다. 『순자 · 성상(荀子 · 成相)』에서 말한 것은 바로 그런 의미에서였습니다. '인(邻)'·'이(里)'는 서로 의리를 지켰고 이웃에 '유빈(有殡)' 즉 '빈'은 영구(靈柩)가 있는 곳으로 이웃집에서 장례를 치르게 되면 골목에서 노래를 부르지 말아야 하는데, 노래를 부르면 남의 재앙을 고소하게 생각한다는 혐의를 받게 되기 때문입니다.

"임상즉필유애색, 집불불소(临丧则必有哀色, 执绋不笑)"라는 말이 있습니다. "상을 당한 사람 혹은 집 앞에서는 반드시 슬픈 내색을 해야 하고, 관의 끈을 잡을 때, 즉 출상 때까지는 웃음을 지어서는 안 된다"는 말입니다. 고대의 모든 예의에서 상례는 가장 장중한 것으로 성인례(成人礼)나 혼례는 반날만 소요하거나 또는 하루 밤이 더 보태져 이튿날 오전에 끝나지만, 상례만은 3년간 거행되었습니다. 중국 사람들은 인정을 매우 강조하기에 일단 노인의 앞날이 멀지 않겠다고 판단되면 얼른 집에 모셔다가 정침(正寢, 제사를 지내는 몸채의 방-역자 주)에 드는데, 이를 "수종정침(寿终正寝, 천수[天壽]를 다하고 집안에서 죽는 것-역자 주)"이라고 했습니다. 그렇게 되면 사람은 황야거나 이국타향에서 죽음을 맞이하지 않고 원만하게 정침으로 자신의 일생을 끝내게 되는 것입니다. 고대에 한 사람의 생명흔적을 더듬어보는 방법으로는 사서(丝絮)를 사용하는 방법이 있습니다. 말하자면 누에고치의 가장 바깥에 있는 특별히 엷은 막을 사람의 코밑에 대보는 것입니다. 사서는 매우 가벼워서 일말의 기운이 있어도 흔들리는 것입니다. 만일 사서가 움직이지 않으면 불행한 일이 발생했음을 말해줍니다. 만일 가사(假死)라면 어떻게 할까요? 옛사람들은 사람의 육체에는 혼이 들어있고 혼은 육체의 내부에 있는데, 생명은 살아있는 것이고 영혼이 빠져나가면 사람은 열이 나고 허튼소리를 하다가 시간이 오래 지나면 죽음에 이른다고 했습니다. 효자들은 차마 그를 당장에서 죽은 시체로 처리할 수가 없어 지붕에 올라가 그의 옷을 들어 북쪽을 향해 세 번 이름을 부릅니다. 영혼은 어두운 곳을 즐기기 때문입니다. 만일 혼령이 그의 옷을 보고 돌아오면 그의 옷을 그 시체 위에 덮어주는데 이를 '복(复)'이라고 했습니다. 실오라기만한 희망이라도 있으면 시험해보고 싶은 심정이고, 그렇게 하지 않으면 속에서 내려가지 않았기 때문입니다. 의복을 덮은 후에는 집에서 상사를 준비하기 시작합니다. 그래도 효자들은 차마 친인이 죽었다는 것을 인정하기 싫어서 매일 밥을 먹을 때면 고인을 떠올려 밥과 찬을 담아 그의 침대머리에 놓아두는데, 이를 '전(奠)'이라고 했습니다. 옛날 사람들은 하루 두 끼만 먹었기에 매일 두 번씩 그의 침대머리에 펼쳐놓았으며, 이를 '조석전(朝夕奠)'이라고 하고 이것을 장례 치르는 날까지 계속했습니다. 왜 오늘날 화환의 복판에 '전(奠)'자를 쓰는 것일까요? 오늘날 예법에는 예전의 예의가 깃들어 있기 때문입니다. 오늘 우리는 조식전은 펼치지 않지만 화환은 놓아두는데 이것이 바로 고대 '조석전'으로부터 유래된 것입니다. 그런 다음 죽은 사람의 몸을 깨끗이 씻어주고 옷을 입혔는데 이를 소염(小殮)이라 했습니다. 마지막에 유체를 입관했는데 이를 대염(大殮)이라 했습니다. 대염이 끝난 뒤 영구를 묘지에 운송해 매장했습니다. 영구는 매우 중이(重耳)해서 차에 탑재했고 관의 양측에는 두 오리의 밧줄을 묶어두었는데 이것을 '불(绋)'이라고 했고, 가까운 친구들은 모두 가서 그 줄을 잡고 영구차를 따라가면서 죽은 이의 최후를 전송했습니다. 이와 같은 집불(执绋)의식은 장례에서 매우 중요한 것이었습니다. 1960년대 초 10대 원수로서 제일 처음 세상을 뜬 이는 뤄롱환(罗荣桓)입니다. 필자는 당시 신문에서 알게 되었는데 뤄롱환 원수의 영구는 지금 노동자인민문화궁(劳动者人民文化宫)이라고 하는 태묘(太庙)에 모셔졌습니다. 영구가 나올 때 양쪽에 길고 검은 띠가 있었고, 당과 국가의 지도자들은 모두 그 띠의 옆에 늘어섰습니다. 그중에는 저우언라이(周恩来) 총리 등이 뤄롱환 동지를 위해 집불(执绋)하고 있었습니다. 장례에 보내지는 대련은 만련(挽联)·만장(挽幛)이라고 했습니다. "상즉필유애색(临丧则必有哀色)"이라고 상례에 참가하면 애통한 기색을 지어야지 웃으면 안 되는 것입니다. 겉옷도 검은색이어야 하고 안에는 하얀색을 입고 넥타이도 검은색이어야 합니다. 다만 이 두 가지 색만 허용되는데 의복과 예의는 장소와 일치해야 하기 때문입니다. "집불불소(执绋不笑)"라는 것은 집불할 때 심정이 모두 침중하고 죽은 이의 마지막 길을 바래는 것인데 어찌 웃을 수가 있겠습니까?

일상예의에 대한 내용은 너무 많아서 우리는 그 중 일부 생활상에 맞닥뜨리게 되는 것들만 골라 여러분에게 소개했습니다. 오늘은 여기까지만 얘기하겠습니다.

유자의 덕성은 세상을 압도하는 풍모에 있다

(儒者德性, 冠世风范)

제5강

유자의 덕성은 세상을 압도하는 풍모에 있다儒者德性, 冠世风范

『예기·유행(礼记·儒行)』편을 음미하며 읽으면서

예(礼)의 기본정신은 사람을 완벽해지게 하는 것입니다. 보통사람으로부터 완벽한 사람으로 거듭나기 위해서는 외적인 추진력과 내적인 추진력이 있어야 합니다. 외적인 추력은 주로 예의(礼仪)를 말하는 것입니다. 언행이 적절하고 예의에 맞아야 하는 것입니다. 내적인 추력은 정확한 도덕이상과 인생신념을 가져야 하는 것입니다. 중요도를 따진다면 후자가 전자보다 더 위에 있습니다. 바꾸어 말하면 후자가 전자를 결정한다고도 할 수 있지요. 어떠한 인생이념이 있으면 그에 따르는 생명기상이 있기 마련입니다. 제가 오늘 강의할 『예기·유행(儒行)』편은 진정한 유자의 풍모를 전 방위적으로 우리에게 펼쳐 보여주고 있습니다.

1. 『유행(儒行)』의 해제(解题)

『유행(儒行)』은 『예기』의 제41편인데 그 창작 연대에 대해서는 글에서 직접적으로 언급하지 않았습니다. 다만 서두에 "노애공이 공자에게 물었다.(鲁哀公问于孔子)"라는 구절이 있습니다. 동한(东汉)의 저명한 경학가(经学家)[11]정현(郑玄)은 이로부터 당시는 "공자가 위나라에서 처음으로 노나라로 돌아갔을 때이다.(孔子自卫初反鲁之时)" 라고 추리했습니다. 『사기·공자세가』의 기록에 따르면 공자는 세상을 구제하고 백성들을 구할 이상을 품고 노정공(鲁定公) 13년(기원전 497년)부터 여러 제자들과 함께 위(卫)·진(陈)·광(匡)·초(蒲)·조(曹)·송(宋)·정(郑)·채(蔡)·초(楚) 등 나라들을 주유하면서 자신의 정치적 주장을 선전하게 됩니다. 무려 14년 동안 선전했지만 도처에서 냉대를 받기만 했지요. 애공(哀公) 11년(기원전 484년)에 계강자(季康子)가 공자를 맞이하여 노나라로 돌아갑니다. 이 때 공자의 나이는 68세에 이르지요. 그로부터 5년 뒤에 공자는 병으로 세상을 뜹니다. 『유행(儒行)』에서 기록한 것이 바로 공자의 말년의 언론입니다.

공자가 노나라로 돌아간 뒤 노애공(鲁哀公)이 공자의 집을 방문하게 됩니다. 공자는 이 기회를 빌려서 유자의 품행에 대해서 이야기하게 되는데 모두 17개 조항입니다. 이를 누군가가 기록하여 『유행(儒行)』이라고 제목을 달았지요.

정현(郑玄)은 『삼예목록(三礼目录)』에서 다음과 같이 말했습니다. "『유행(儒行)』이라 함은 도덕적으로 훌륭한 사람들의 행위를 기록한 것이라고 할 수 있다. 유자(儒者)의 말은 여유가 있고 부드러워 능히 다른 사람들을 편안하게 하고 감복하게 한다. 또한 유자는 물이 든 사람이다. 선왕의 도(道)로써 자신을 물들인 것이다.(名曰『儒行』者, 以其记有道德者所行。儒之言优也, 柔也, 能安人, 能服人, 又儒者, 濡也, 以先王之道能濡其身)"

11) 경학가(经学家): 전문적으로 유가의 경전을 해석하고 주석을 달고, 연구하고 선전하는 등 일을 하던 학자.

『공자가어』에는 『유행해(儒行解)』라는 글이 있는데, 그 핵심 내용은 『예기·유행』과 대체적으로 일치합니다.

2. 『유행(儒行)』 강독

아래에서 제가의 문서(文序)에 따라 『유행(儒行)』의 문자들을 해설하려고 합니다.

> "노애공이 다음과 같이 공자에게 물었다. '공부자께서 입은 옷은 선비의 복색입니까?' 이에 공자가 대답하기를 '내가 젊어서는 노나라에 살면서 봉액의 옷을 입었고, 성장해서는 송나라에 살면서 장보의 관을 썼습니다. 내가 들으니 군자는 학문을 넓게 하고, 그 옷은 고향의 것을 입는다고 합니다. 나는 선비의 옷을 알지 못합니다.'고 하였다. 노애공이 '감히 선비의 행동을 여쭙겠습니다.'고 하니 공자가 '갑자기 세자면 그 사물을 끝까지 셀 수가 없고, 그것을 모두 세자면 지친 일꾼들을 바꿔가며 세더라도 끝낼 수가 없을 것입니다.'라고 대답했다. (鲁哀公问于孔子曰:'夫子之服, 其儒服与?' 孔子对曰:'丘少居鲁, 衣逢掖之衣;长居宋, 冠章甫之冠, 丘闻之也, 君子之学也博, 其服也乡, 丘不知儒服' 哀公曰:'敢问儒行?' 孔子对曰:'遽数之不能终其物, 悉数之乃留, 更仆, 未可终也')"

노애공은 공자가 입은 옷이 사대부들이 입는 옷과 다른데, 그렇다고 해서 서민들이 입는 옷과도 같지 않은 것을 보고 속으로 이것을 '선비의 옷'이라고 짐작하여 공자에게 물었던 것입니다. 이에 공자는 "나는 노나라에서 태어나 어린 시절을 보냈기에 노나라에서 입는 '봉액의 옷(逢掖之衣)'을 입은 것입니다." 라고 답합니다. '봉(逢)'자는 '봉(蓬)'자와 통하는데 고대 중국어에서는 크다는 뜻을 가지고 있었지요. 이를테면 『시경·소아·채숙(诗经·小雅·采菽)』에는 "유작지지, 기엽봉봉(维柞之枝, 其叶蓬蓬)"라는 말이 나옵니다. "갈참나무 가지에 잎들이 크고 무성하게 우거졌다"는 말입니다. 여기서 '봉(蓬)'은 나뭇잎이 아주 크다는 의미입니다. '액(掖)'자는 옛날에 '액(腋)'자와 통합니다. 즉 봉액지의(縫掖之衣)는 겨드랑이 밑이 넓게 터진 옷을 이릅니다. 장보지관(章甫之冠)은 은나라 사람들이 쓰던 관이었습니다. 당시 송나라는 은나라의 옛 도읍에 위치하고 있었기에 여전히 은나라 때의 관을 쓴 것입니다. 공자는 장성한 뒤 송나라에 가서 살았기에 그곳의 풍습대로 장보지관을 쓴 것입니다.

노애공은 일국의 군주였고, 공자는 대학자였는데, 노애공이 만나자마자 급급히 물은 것은 유자의 도덕품행이 아니라 뜻밖에도 옷차림이었습니다. 『순자·애공(荀子·哀公)』에서는 다음과 같이 기록했습니다. "노애공은 공자에게 순임금이 썼던 모자에 대해서만 물었을 뿐 순임금의 덕행에 대해서는 묻지 않았다. 이에 공자는 아주 불쾌하게 생각했다." 노애공이 연속 두 번이나 질문했지만, 공자는 두 번 다 "대답하지 않았다.(不答)" 이는 "모른다.(不知)"는 것과 완전히 같은 의미입니다. 공자는 다음과 같이 말했습니다. "군자는 학식이 연박(淵博)하고 고금의 일들을 두루 통달한다고 하지요. 하지만 그 복색은 소박합니다. 어렸을 때 거주했던 곳의 옷을 입고 커서 거주했던 곳의 관을 쓰는데 이는 그 지방의 일상적인 복색에 불과합니다. 나는 선비의 옷이란 대체 뭔지를 알지 못합니다." 이에 겸연쩍은 생각이 든 노애공은 또 다음과 같이 질문했습니다. "그러면 감히 선비의 행동에 대해 여쭈어보겠습니다." 이에 공자는 "선비의 행동이란 심원한 것으로 창졸하게 열거하자면 일시에 다 열거하기가 어렵습니다. 굳이 일일이 헤아리시려 한다면, 노복을 바꿔가면서 헤아려도 일일이 다 헤아리기 어려울 것입니다." 라고 대답했습니다. 아주 번잡하다는 의미의 사자성어 '갱복난수(更仆难数)'는 이 고사에서 유래한 것입니다.

> "애공이 신하에게 방석을 놔드리라고 명하자 공자가 자리를 잡고 애공을 모시고 앉아 말하기를 '선비는 방석 위의 보배 같은 인재가 되어 초빙을 기다리기도 하고, 이른 아침부터 늦은 밤까지 학문을 힘써 닦아서 남들의 물음을 기다리기도 하며, 충의와 신의를 지니고 천거를 기다리기도 하고, 힘써 실천하며 받아들여지기를 기다리기도 하니, 그 자립함이 이와 같습니다.'라고 하였다.(哀公命席, 孔子侍, 曰：儒有席上之珍以待聘, 夙夜强学以待问, 怀忠信以待举, 力行以待取, 其自立有如此者)"

노애공은 장연(掌筵)[12]에게 명하여 공자에게 방석을 깔아주어, 공자가 옆에서 자신을 모시고 앉도록 했습니다. 여러분들은 의아한 생각이 들 수도 있습니다. 분명 공자네 집인데 노애공이 왜 주인노릇을 하면서 공자가 자신을 모시고 앉도록 할까요? 노애공이 잘못한 것일까요? 아닙니다! 옛날의 예법에 따르면 제후는 일국의 주인입니다. 따라서 누구네 집에 가든 상관없이 주인노릇을 할 수 있는 것입니다. 아무

12) 장연(掌筵): 옛날 대궐 안에서 의식이 있을 때, 자리를 베푸는 일을 맡은 사람. -역자 주

튼 이리하여 공자는 선비의 '자립'에 대해 의론을 하기 시작합니다.

'석(席)'은 벌여놓는다는 말입니다. '진(珍)'은 아름답고 훌륭하다는 말입니다. '빙(聘)'은 큰 질문, 즉 치국의 도(道)에 대한 질문을 뜻합니다. '거(举)'는 선발하여 임용한다는 말입니다. '취(取)'는 벼슬자리를 취한다는 말입니다. 선비는 자기가 갖고 있는 지식으로 사회를 위해 기여합니다. 그들은 요임금과 순임금을 조술(祖述)하고, 문왕과 무왕을 본받음으로써 그 훌륭한 도(道)를 일일이 열거할 수 있게 됩니다. 그러고 나서 임금님이 질문하시기를 기다립니다. 그들은 주야로 학업에 정진하면서 임금님이 가르침을 청하기를 기다리지요. 그들은 나라에 대한 충심을 품고 정부가 선발하여 임용하기를 기다립니다. 그들은 수신하고 힘써 실행함으로써 고귀한 자리와 훌륭한 명성을 얻기를 바랍니다. 선비는 권세를 탐하지 않고 아첨을 거부하며, 오로지 연박한 지식과 고상한 품행으로 사회를 위해 기여할 수 있는 기회가 오기를 기다릴 뿐입니다.

> "선비는 의관을 바르게 하고 동작을 삼가며, 크게 사양하면 거만한 것 같고 작게 사양하면 거짓인 듯하며, 큰일에 직면해서는 위엄을 부리는 듯하고 작은 일을 마주해서는 부끄러워하는 듯하며, 그 들어가기를 어렵게 하고 물러나기를 쉽게 하는 것이 유약하여 무능한 듯하다. 그 용모가 이런 사람도 있다.(儒有衣冠中, 动作慎, 其大让如慢, 小让如伪；大则如威, 小则如愧, 其难进而易退, 粥粥若无能, 其容貌有如此者)"

"선비는 의관을 바르게 하고 동작을 삼가한다." 즉 선비가 입는 옷은 일반인들이 일상적으로 입는 옷에서 취하며 예의에 맞게 입습니다. 억지로 남들과 다르게 입으려 하지 않으며 행동거지가 조심스럽습니다. "거만한 것 같기도 하고(如慢), 위선적인 것 같기도 하다(如伪)"는 것은 서두르지 않는다는 말이 됩니다. 또한 "위엄을 부리는 것 같기도 하고(如威), 부끄러워하는 것 같기도 하다(如愧)"는 것은 다소 두려워한다는 말이 됩니다.

사람들은 본능적으로 이득을 좋아합니다. 하지만 선비는 다릅니다. 여러 가지 물질적 유혹들을 태연하게 마주하며 흔들림이 없습니다. "크게 사양하면 거만한 것 같고 작게 사양하면 거짓인 듯하다(其大让如慢, 小让如伪)"에서 크게 사양한다는 것은 나라를 양보하고 왕위를 양보한다는 것입니다.

정현(郑玄)은 "거만한 것 같기도 하고(如慢), 위선적인 것 같기도 하다(如伪)"는 것은 말을 함에 있어서 조급해하지 않는 것이라고 했습니다. 대수롭지 않게 여긴다는 의미인 것 같습니다. 사양할 때 말을 천천히 하는 것은 대수롭지 않게 여기는 것으로 보일 수도 있습니다. 작은 선물을 하는 것도 마찬가지입니다. 위선적으로 보일 수가 있지요. 즉 이 문장은 선비는 물질적인 이익에 동요하지 않는다는 의미입니다. "큰일에 직면해서는 위엄을 부리는 듯하고, 작은 일을 마주해서는 부끄러워하는 듯하다(大则如威, 小则如愧)"에서 "위엄을 부리는 듯하거나 부끄러워하는 듯하다(如威如愧)"는 신중하고 스스로를 낮춘다는 뜻이 됩니다. "들어가기를 어렵게 하고 물러나기를 쉽게 한다(难进而易退)"는 것은 옛날을 빗대어 말한 것입니다. 옛날 손님이 방문하면 먼저 세 번 예를 갖추어 주인에게 사양하고 나서야 집안으로 들어갔습니다. 그래서 "들어가기가 어려웠지요." 손님이 주인과 작별을 고할 때에는 작별

인사를 한 번만 하면 바로 물러날 수 있었습니다. 그러고 나서 주인은 배웅하고 손님은 가기만 하면 되었지요. 그래서 "물러나기가 쉬웠지요."

"유약하여 무능하다(粥粥若无能)"에서의 '죽(粥)'을 어떤 판각본에서는 '죽(鬻)'으로 쓰기도 했는데 겸손한 모습을 이릅니다. '죽죽(粥粥)'은 유약하고 융통성이 없는 모양을 뜻합니다. 아무런 재능도 없는 것처럼 보입니다.

당음 구절은 선비의 용모를 이야기합니다.

> "선비는 거처를 깨끗이 하고 조심스럽게 지내며, 그 행동이 누구에게나 공경스러우며, 말은 반드시 신의를 앞세우고 행실은 반드시 치우침이 없이 올바르게 하며, 길을 가면서 험하고 편안한 이익을 다투지 않으며, 음양이 조화로워 겨울에는 따뜻하고 여름에는 서늘한 곳을 다투지 않으며, 그 죽음을 아껴서 기다리는 바가 있으며, 그 몸을 보양하여 하고자 함이 있으니 그 미리 대비함이 이런 사람도 있다.(儒有居处齐难, 其坐起恭敬；言必先信, 行必中正, 道涂不争险易之利, 冬夏不争阴阳之和, 爱其死以有待, 养其身以有为, 其备豫有如此者。)"

'제(齐)'는 '재(斋)'와 통합니다. '제장(齐庄)'은 선진(先秦)시기의 일상용어로 공경하다는 뜻입니다. 『중용』에서 "엄숙하고 공손하며 치우침이 없고 올바르기에 공경함에 부족함이 없다.(齐庄中正, 足以有敬也)"고 말한 것이 그 예입니다. '난(难)'은 '난(戁)'의 가차자(假借字)입니다. 『설문해자』에서는 "'난(戁)'은 곧 '경(敬)'이다." 라고 했습니다. 보다시피 '제난

(齐难)'은 곧 공경을 뜻하는 말입니다.

"거처제난, 기좌기공경(居处齐难, 其坐起恭敬)"이라고 했듯이 선비가 평소에 거처를 깨끗이 하고 조심스럽고 공손하게 지내며 행동이 공경스러우면 다른 사람들도 감히 태만하지 못하게 됩니다. "언필선신 행필중정(言必先信, 行必中正)"은 반드시 신의를 앞세우고 행실은 반드시 치우침이 없이 올바르게 하라는 의미입니다.

'도(涂)'는 길을 뜻하는 말입니다. "도도부쟁험역지리, 동하부쟁음양지화(道涂不争险易之利, 冬夏不争阴阳之和)"는 군자는 길을 감에 있어서 자기가 편하기 위해 남들과 평탄하고 걷기 좋은 곳을 다투지 않으며, 음양이 조화로워 겨울에 따뜻하고 여름에 서늘한 곳은 세상 사람들이 다투어 차지하려는 곳인데 선비는 이를 다투지 않는다는 말입니다. 다툼을 멀리하고 무의미한 손해를 피하려는 것입니다. 선비가 이처럼 "죽음을 아끼는 것(爱其死)"은 죽음이 두려워서가 아니라 생명을 소중히 여기는 것이며, 어진 임금이 나타나기를 기다리는 것입니다. "몸을 보양하는 것(养其身)"은 어진 임금이 나타났을 때에 건강한 몸으로 그 도덕을 제대로 행하기 위한 것입니다.

이 구절은 선비가 어진 임금이 나타나기를 기다리면서 준비하는 과정을 언급하고 있습니다.

> "선비는 금과 옥을 보배로 여기지 않고 충의와 신의를 보배로 여기며, 토지를 바라지 않고 의로움을 세우는 것으로 토지를 삼으며, 재물을 많이 쌓는 것을 바라지 않고 학문을 많이 닦는 것으로 부를 삼는다. 그 사람을 얻기는 어려워도 녹을 주기는 쉬우며, 녹을 주기는 쉬워도 붙잡아두기는 어려

우니, 때가 아니면 보려고 하지 않기 때문인데 얻기가 그 또한 어렵지 않겠나? 의로움이 아니면 영합하지 않으니 그 또한 붙잡아두기가 어렵지 않겠나? 수고로움을 먼저 하고 녹을 뒤로 하니 녹 주기가 그 또한 쉽지 않겠나? 사람 가까이 하기를 이와 같이 하는 자도 있다.(儒有不宝金玉, 而忠信以为宝；不祈土地, 立义以为土地；不祈多积, 多文以为富；难得而易禄也, 易禄而难畜也, 非时不见, 不亦难得乎？非义不合, 不亦难畜乎？先劳而后禄, 不亦易禄乎？其近人有如此者)”

이 구절은 선비가 사람들과 친해지는 것을 표현하고 있습니다. 세속의 사람들은 태반이 금과 옥을 보배로 여기지만 선비는 금과 옥이나 이득을 탐하여 남들과 경쟁하지 않으며 충의와 신의를 보배로 여깁니다. 이런 마음가짐으로 남들과 교류하기에 사람들은 이들과 가까이하기를 좋아합니다. 선비는 땅을 많이 차지하는 것을 갈구하지 않으며 의로움을 안신입명(安身立命)의 땅으로 삼습니다. 재물을 모으는 것을 갈구하지 않으며 학문을 많이 닦는 것을 부로 여깁니다.

선비는 “얻기는 어려워도 녹을 주기는 쉬우며, 녹을 주기는 쉬워도 붙잡아두기는 어렵습니다.(难得而易禄也, 易禄而难畜也)” 정치가 맑은 시대가 아니면 나오지 않으니 “얻기 어렵고(难得)”, 먼저 일을 하고 나중에 봉록을 받으니 “녹을 주기가 쉬우며(易禄)”, 임금님이 의로우면 기꺼이 합작하고, 의롭지 못하면 홀연히 떠나가니 “붙잡아 두기 어려운(难畜)”것입니다.

이 구절에서는 선비가 사람들과 친해지는 것을 표현하고 있습니다.

"선비는 재화를 맡겨두고 좋아하는 것에 빠지게 해도 이익을 보고 그 의로움을 잃지 않으며, 무리를 지어 겁을 주며 군사로써 방해하여 죽는 것이 예측되더라도 그 지키는 것을 고치지 않으며, 사나운 짐승이 후려치더라도 그 용맹을 헤아리지 않고 대드는 수가 있으며, 무거운 솥을 끌더라도 그 힘을 헤아리지 않고 나서는 수가 있으며, 지나간 일은 후회하지 않고 다가올 일을 미리 걱정하지 않으며, 실수한 말은 두 번 다시 하지 않으며, 유언비어는 말하지 않으며, 어떤 상황에서도 위세가 꺾기지 않고 모략하는 짓을 익히지 않으니 그 특별히 일어섬이 이와 같은 사람도 있다.(儒有委之以货财, 淹之以乐好, 见利, 不亏其义;劫之以众, 沮之以兵, 见死, 不更其守;鸷虫攫搏, 不程勇者;引重鼎, 不程其力;往者不悔, 来者不豫;过言不再, 流言不极;不断其威, 不习其谋, 其特立有如此者)"

"유유위지이화재, 엄지이낙호, 견리, 불휴기의(儒有委之以货财, 淹之以乐好, 见利, 不亏其义)"에서 '엄(淹)'은 탐닉하고 빠져든다는 말입니다. 누군가가 많은 돈과 재물을 주고 종일토록 좋아하는 놀이에 빠져있게 한다고 해도 선비는 자기의 도의(道义)에 손해되는 일을 하지 않는다는 말입니다.

"겁지이중, 주지이병, 견사, 불경기수(劫之以众, 沮之以兵, 见死, 不更其守)"에서 겁(劫)은 협박한다는 말입니다. 저(沮)는 위협한다는 말입니다. 누군가가 군중을 모아서 협박하거나 무력으로써 위협한다고 해도, 그래서 죽음의 위험에 직면했다고 해도 선비는 시종 절개를 굽히지 않으며 죽음을 면하기 위해 굴복하는 일이 없습니다.

"지충확박. 불정용자; 인중정. 불정기력(鷙虫攫搏, 不程勇者；引重鼎, 不程其力)"에서 지(鷙)는 맹금, 즉 사나운 날짐승을 뜻합니다. 충(虫)은 맹수, 즉 사나운 짐승을 뜻합니다. 정(程)은 가늠한다는 뜻입니다. 청나라 때의 사람 왕염손(王念孙)은 다음과 같이 말했습니다. "'부정용자(不程勇者)'를 '부정기용(不程其勇)'으로 간주하면 아래 구절 '부정기력(不程其力)'과 대응된다." 선비는 맹금이나 맹수를 만나더라도 주저하지 않고 나서서 싸웁니다. 자기의 무용(武勇)으로 능히 싸워 이길 수 있을지를 가늠하지도 않지요. 또한 무거운 솥을 끌더라도 자기의 힘으로 가능할지를 사전에 가늠하는 법이 없으며, 조금도 주저하지 않습니다. 여기서 맹수와 싸우거나 무거운 솥을 끈다는 것은 아주 어려운 일을 비유한 것입니다. 선비는 어려운 일에 부딪치면 나서야 할 일인지만 고려할 뿐 그 후과가 어떠할지는 고려하지 않습니다. 의로운 일에 용감하게 나서며 실패하거나 손해를 보더라도 절대로 후회하는 법이 없습니다.

"왕자불회, 래자불예(往者不悔, 来者不豫)"는 선비가 전에 실패한 경력이 있을 수도 있지만, 이 때문에 종일 수치스럽게 여기거나 우려하는 법이 없습니다. 앞으로 벌어질 일에 대해서도 이리저리 재거나 사전에 방비하느라고 부산을 떨지 않습니다. 과거의 일이든 미래의 일이든 모든 것을 태연자약하게 대할 뿐이라는 말입니다. "과언불재, 류언불급, 불단기위, 불습기모(过言不再, 流言不极, 不断其威, 不习其谋)"라는 말은 "실수하면 솔직하게 승인하고 다시 반복하지 않으며, 유언비어를 들어도 듣기만 할 뿐 일일이 캐묻거나 따지지 않는다."는 뜻입니다. 선비는 시종 그 위엄을 유지함으로써 그 용모나 행동거지가 남들의 경외심을 불러일으키게 해야 합니다. 또한 일을 함에 있어서 사전에 모략하거나 미리 꾸미는 법이 없어야 합니다. 이에 대해 『논어』는 다음과 같이 말했습니다. "남이 나를 속일까 미리 짐작하지 말고, 남이 나를 믿지 못할까 미리 억측하지 말고, 그러면서도 미리 깨닫는 자는 현명한 자이다.(不逆诈, 不亿不信, 抑亦先觉者, 是贤乎)"

이 구절에서는 세속에 구애받지 않고 신념대로 행동하는 선비의 정신을 보여주고 있는 것입니다.

> "선비는 친하게 지낼 수는 있지만 위협할 수는 없으며, 가까이 할 수는 있어도 핍박할 수 없으며, 죽일 수는 있어도 욕되게 할 수 없으며, 그 거처함이 음란하지 않으며, 그 먹는 음식은 지나치게 기름지지 않으며, 그 저지른 잘못은 은근히 일깨워줄 수는 있어도 대놓고 나무라서는 안 되니 그 강인함이 이런 사람도 있다.(儒有可亲而不可劫也, 可近而不可迫也, 可杀而不可辱也, 其居处不淫, 其饮食不溽, 其过失可微辨而不可面数也, 其刚毅有如此者)"

'음(淫)'은 바르지 않다는 말입니다. '욕(溽)'은 맛이 농후하다는 뜻입니다. 선비는 성격이 강의하여 가깝게 지낼 수는 있지만 위협할 수는 없으며, 죽일 수는 있어도 욕되게 할 수는 없습니다. 선비가 거주하는 곳은 난잡하지 않으며, 먹는 음식은 담백하며 자극적인 맛을 추구하지 않습니다. 선비가 잘못을 저질렀을 때, 주변 사람들이 조용히 얘기해주면 깊이 반성하고 철저하게 고칩니다. 하지만 면전에서 책망하고 난처하게 하지는 말아야 합니다.

이 구절에서는 선비의 강의(刚毅)함을 이야기하고 있습니다.

"선비는 충의와 신의로 갑옷과 투구를 삼고, 예의와 의로움으로 방패를 삼으며, 인(仁)을 머리에 인 듯이 하고 지내며, 의로움을 가슴에 품은 듯이 처신하며, 비록 난폭한 정치가 있을지라도 지키는 바를 바꾸지 않으니 그 자립함이 이와 같은 사람도 있다.(儒有忠信以为甲胄, 礼义以为干橹 ; 戴仁而行, 抱义而处 ; 虽有暴政, 不更其所, 其自立有如此者)"

'갑(甲)'은 갑옷을 말합니다. '주(胄)'는 투구를 말합니다. '간노(干橹)'는 방패를 말합니다. 갑옷과 투구와 방패는 일반인들이 환난에 대비하기 위한 무기입니다. 선비는 충의와 예의로써 환난에 대비합니다. 사람이 충의와 예의가 있으면 남들이 함부로 침해하거나 욕보이지 못합니다.

"인을 머리에 인 듯이 하고 지내며, 의로움을 가슴에 품은 듯이 처신한다(戴仁而行, 抱义而处)"는 것은 곧 인의가 몸에서 떠나지 않는다는 말입니다. "비록 폭정이 있을지라도 지키는 바를 바꾸지 않는다(虽有暴政, 不更其所)"는 것은 상대가 폭정을 휘두르더라도 그 지조를 굽히지 않고 자립(自立)한다는 말입니다. 앞부분에서도 '자립'을 언급한 적이 있는데 그 의미는 다릅니다. 앞에서의 '자립'은 학업에 정진하고 열심히 실행함으로써 스스로 일어선다는 뜻이고, 여기에서의 '자립'은 홀로 인의와 충신(忠信)을 품는다는 말입니다.

이 구절은 유자의 자립에 대해 이야기하고 있습니다.

"선비가 1묘 넓이의 집과 1도(堵)의 방에 아주 작은 문을 달고 살며, 서로 옷을 바꿔 입고 나들이하며, 2~3일에 한두 끼 챙겨먹으면서도 임금이 그 덕(德)에 답을 해주면 의심 없이 응하고, 임금이 답을 해주지 않아도 아첨하지 않으니 그 벼슬을 이렇게 하는 사람도 있다.(儒有一亩之宫, 环堵之室；筚门圭窬, 蓬户瓮牖；易衣而出, 并日而食；上答之不敢以疑, 上不答不敢以谄, 其仕有如此者)"

1묘(亩)는 가로 백 걸음, 세로 백 걸음 되는 면적을 뜻하는 말입니다. 궁(宫)은 담장을 뜻하는 말입니다. "일묘지궁(一亩之宫)"는 6평방장(平方丈)[13]의 담을 뜻합니다. 환도(环堵)는 동서남북 네 면에 1묘 크기의 담장이 있다는 말입니다. 필문(筚门)은 섶나무가지나 대나무가지로 엮은 문을 말합니다. 유(窬)는 구멍을 뜻하는 말이고, 규유(圭窬)는 정문 옆에 담을 뚫어 만든 작은 문을 뜻하는 말입니다. 봉호(蓬户)는 쑥으로 엮은 문이란 뜻으로 가난한 사람이나 은거하는 사람의 집을 비유하여 이르는 말입니다. 옹유(瓮牖)는 깨진 항아리의 주둥이로 창을 만든다는 뜻으로 가난한 집을 비유하여 이르는 말입니다.

"역의이출, 병일이식(易衣而出, 并日而食)"은 한 가족이 옷 한 벌을 바꿔가면서 입고 2~3일 걸러 하루 먹을 음식을 먹는다는 뜻으로 역시 매우 가난함을 이르는 말입니다.

"상답지불감이의, 상불답불감이첨(上答之不敢以疑, 上不答不敢以谄)"에서 상(上)은 임금을 뜻하는 말입니다. 임금님에게 건언(建言)하여 임금님이 응해서 받아들이면, 감히 다른 마음을 먹지 않고 임금님을 받들어 섬기고, 반대로 1건언하여 임금님이 받아들이지 않는다고 해도 묵묵히 기다리기만 할뿐, 승진을 위해 아첨하는 일이 없습니다. 즉 선비는

13) 1묘(畝) : 60평방장, 약 666.67㎡

큰 덕이 있음에도 작은 벼슬에 머무르거나, 몹시 가난하고 어려운 상황에 직면해도 그 초심을 잃지 않습니다.

이 구절은 선비가 벼슬을 함에 있어서 스스로를 잘 다스리고, 가난하고 어려운 생활을 하거나 작은 관리에 머무르더라도 그 지조를 굽히지 않는다는 것을 말하고 있습니다.

> "선비가 요즘 사람과 더불어 살면서도 예전 사람을 헤아려서 그 행동이 후세에 모범이 되게 하며, 마침 세상을 잘못 만나 임금은 끌어올려주는 것이 없고 아랫사람들은 밀어주지 않으며 헐뜯는 사람들이 무리를 지어 위태롭게 해도 몸은 비록 위태롭지만 그 의지는 빼앗을 수가 없으며, 비록 사는 것이 위태로울지라도 결국 자신의 의지를 믿어서 오히려 백성들의 어려움을 잊지 못하니 그 근심 걱정을 이렇게 하는 사람도 있다.(儒有今人与居, 古人与稽 ; 今世行之, 后世以为楷 ; 适弗逢世, 上弗援, 下弗推, 谗谄之民, 有比党而危之者, 身可危也, 而志不可夺也, 虽危, 起居竟信其志, 犹将不忘百姓之病, 其忧思有如此者)"

"금인여거, 고인여계; 금세행지, 후세이위해(今人与居, 古人与稽 ; 今世行之, 后世以为楷)"에서 계(稽)는 합한다는 뜻입니다. 선비는 금세의 소인들과 함께 살면서도 옛날 군자들의 언행을 따릅니다. 해(楷)는 법식(法式)을 뜻하는 말입니다. 선비가 행위는 가히 후세의 모범이 될 수 있습니다.

"적불봉세, 상불원, 하불퇴. 참첨지민, 유비당이위지자, 신가위야, 이지불가탈야.(适弗逢世, 上弗援, 下弗推, 谗谄之民, 有比党而危之者, 身可危

也, 而志不可夺也.)"에서 원(援)은 이끈다는 말입니다. 세상을 잘못 만나 위에서 임금님이 이끌어주지 않고 아래에서 백성들이 밀어주지 않으며, 여럿이 무리를 지어 자신을 헐뜯고 위태롭게 하는 한이 있더라도 끝끝내 그 지조를 굽히지 않습니다. 『논어』에서는 이에 대해 "죽음으로써 바른 도리를 지킨다(守死善道)", "일개 필부라고 하더라도 억지로 그 지조를 굽히려 해서는 안 된다.(匹夫不可夺志)"라고 말했습니다.

"수위, 기거경신기지, 유장불망백성지병(虽危, 起居竟信其志, 犹将不忘百姓之病)"에서 기거(起居)는 거동을 뜻하는 말입니다. 경(竟)은 도달한다는 뜻입니다. 신(信)은 '신(伸)'의 가차자(假借字)입니다. 설령 여럿이 무리를 지어 자신을 모함하고 위해를 가하더라도 자기는 원래의 지조대로 행동하며, 혹시 뭔가 꾀하는 게 있다고 해도 그것은 백성의 우환을 걱정하는 마음입니다.

이 구절에서는 선비가 세상을 잘못 만났다고 해도 오로지 백성들을 걱정한다는 것을 보여주고 있습니다.

> 선비가 널리 배우기를 한없이 하며, 충실하게 실천을 해나가되 게으르지 않으며, 조용히 살아도 음탕하지 않으며, 위로 통하되 피곤하지 않게 하며, 예의로써 행동하되 조화로움을 귀하게 여깁니다. 충의와 신의의 아름다움에 편안하고 한가하게 지내는 법도가 있으며, 어진 사람을 들추어내고 대중을 포용하며, 헐어서 방정함을 삼고 합하여 둥글게 하니 그 너그럽고 여유로움이 이와 같은 사람도 있습니다.(儒有博学而不穷, 笃行而不倦；幽居而不淫, 上通而不困；礼之以和为贵, 忠信之美, 优游之法；慕贤而容众, 毁方而瓦合, 其宽裕有如此者)

"박학이불궁, 독행이불권(博学而不穷, 笃行而不倦)"은 널리 배우면서 멈추지를 안하고 충실하게 실천해나가면서 지칠 줄을 모른다는 말입니다.

"유거이불음, 상통이불곤(幽居而不淫, 上通而不困)"에서 유거(幽居)는 홀로 거주한다는 말이고 음(淫)은 바르지 않다는 말입니다. 군자가 홀로 은거하고 있더라도 늘 스스로 수련하기에 언행이 바르지 않는 법이 없습니다. 또한 도덕적으로는 군주와 통합니다. 그 위치에 있으면 거기에 알맞은 품성을 가지고 거기에 맞는 행위를 해야 하는데, 그래야 감당하지 못해 곤란해지는 일이 없게 됩니다.

"예지이화위귀, 충신지미, 우유지법(礼之以和为贵, 忠信之美, 优游之法)"은 선비가 예의로써 행동하되 조화로움을 중히 여기며 귀천에 따른 마땅한 예의가 있지만 그 사이에는 간격이 없다는 의미입니다. 또 충의와 신의가 있는 사람은 마땅히 찬미해야 하고 성품이 부드러운 사람은 마땅히 본받아야 합니다.

"모현이용중, 훼방이와합(慕贤而容众, 毁方而瓦合)"에서 '모현(慕贤)'은 어질고 재능이 있는 사람을 보면 자기도 그렇게 되려고 따르고 노력하는 것을 의미하고, 모든 것을 널리 사랑하는 것은 '용중(容众)'입니다. 방(方)은 방정함을 뜻하는 말입니다. 세상 만물은 방정하면 필히 예리한 모서리가 있기 마련입니다. 선비는 입신함에 있어서 방정함을 지향하기에 사물로 치면 규각(圭角)이 있는 것과 같습니다. 하지만 다른 사람들을 멀리하지 않는 것 역시 선비의 도리입니다. 따라서 일부 사소한 일에서는 자신의 규각을 허물어 일반인들과 화목하게 지냅니다.

이 구절에서는 선비의 너그러움에 대해 이야기했습니다.

"선비가 안으로는 어진 이를 칭하되 친한 사람일지라도 피하지 않으며, 밖으로는 천거를 하되 원한관계에 있는 자라도 피하지 않으며, 그 사람의 공을 헤아리고 쌓은 일을 근거로 어진 사람을 추천하여 나아가 달성하게 하고도 보답을 바라지 않아서 임금으로 하여금 그 뜻을 얻게 하고, 진실로 국가를 이롭게 하고도 부귀를 구하지 않으니, 그 어진 사람을 천거하고 유능한 사람을 지원하는 것이 이와 같은 사람도 있습니다.(儒有内称不辟亲, 外举不辟怨 ; 程功积事, 推贤而进达之, 不望其报 ; 君得其志, 苟利国家, 不求富贵, 其举贤援能有如此者)"

"유유내칭불피친, 외거불피원(儒有内称不辟亲, 外举不辟怨)"에서 칭(称)은 천거한다는 말입니다. 선비는 다른 사람을 천거함에 있어서 사리(事理)에 따르며 종래 친하게 지내는 관계나 원한관계를 고려하지 않습니다. 여러분들도 진(晋)나라의 대부(大夫) 기해(祁奚)가 "밖으로 천거함에 있어서 원한이 있는 자를 피하지 않고, 안으로 천거함에 있어서 친한 사람을 피하지 않는다.(外举不避仇, 内举不避亲)"는 고사를 잘 알 것입니다.

『좌전』의 양공(襄公) 3년에서는 다음과 같이 기록하고 있습니다. 기해(祁奚)가 나이 일흔이 되어 임금님께 퇴직하기를 청했습니다. 그러자 진도공(晋悼公)이 기해의 후임으로 누구를 임명하면 좋겠냐고 물었습니다. 이에 기해는 해호(解狐)를 추천했습니다. 진도공(晋悼公)은 아주 괴이하게 생각해서 "해호는 자네와 원수 사이인데 왜 그를 천거하는가?"고 질문했습니다. 그러자 기해는 다음과 같이 대답했습니다. "폐하께서는 누가 가장 적합한지를 물었지 그 사람이 저와 원수 사이인지는 묻지 않았습니다." 하지만 해호는 부임하기도 전에 죽고 말았습니다. 진도공은 또 기해를 불러서 다음으로 누가 좋겠냐고 물었습니다. 그러자 기해는 이번에는 기오(祁午)를 추천했습니다. 진도공은 이번에도 괴이하게 생각되어 물었습니다. "기오는 자네의 아들이 아닌가?" 이에 기해는 다음과 같이 대답했습니다. "폐하께서는 누가 가장 적합한지를 물었지 그 사람이 저의 아들인지는 묻지 않았습니다." 기해가 자기의 원수를 천거한 것은 아첨하기 위한 것이 아니고, 또 자기의 아들을 천거한 것은 작당하여 사리를 꾀하기 위한 것도 아닙니다. 공명정대하게 나라를 위해 현능한 인재를 추천한 것입니다.

"정공적사, 천현이진달지, 불망기보(程功积事, 推贤而进达之, 不望其报)"

선비는 사람을 천거함에 있어서 반드시 그 사람이 이룬 공적을 평가하고 그가 한 일들을 모두 확인한 후, 어떠한 직무를 맡을만하다고 판단되어서야 비로소 천거합니다. 절대로 제멋대로 천거하는 법이 없지요. 애써 현능한 자를 군주에게 추천하기만 할 뿐 종래 그에 대한 대가를 바라지 않습니다.

"군득기지, 기리국가, 불구부귀(君得其志, 苟利国家, 不求富贵)"

선비는 임금님을 보필하여 그가 나라를 잘 다스리는데 도움이 되는 일을 합니다. 인재를 추천함에 있어서도 나라의 이익에 도움이 되는지만 기준으로 삼을 뿐 개인의 부귀를 고려하는 법이 없습니다.

이 구절에서는 선비가 인재를 추천하는 일에 대해 이야기했습니다.

> "선비가 착한 언행을 들으면 서로 알려주고 보여주며, 벼슬자리는 서로 밀어주며, 어려운 일을 당하면 서로를 위해 죽기도 하며, 오래도록 서로 기다려주며, 먼 곳에 있어도 서로 이

르게 하니 그 천거 임무를 이렇게 하는 사람도 있습니다.(儒有闻善以相告也, 见善以相示也, 爵位相先也, 患难相死也, 久相待也, 远相致也, 其任举有如此者)"

"작위상선야. 환난상사야.(爵位相先也. 患难相死也)"에서 '상선相先'은 양보한다는 뜻입니다. 선비는 벼슬자리가 있으면 필히 친구한테 양보하며, 환난(患難)에 부딪치면 서로를 위해 목숨까지 바칩니다.

"구상대야, 원상지야(久相待也, 远相致也)" 친구가 낮은 지위에 있으면서 오래도록 승진하지 못하면 그를 기다려서 함께 관직에 나섭니다. 자기는 어진 임금을 만나 섬기는데 친구는 작은 나라에서 뜻을 이루지 못하면, 그를 데려다가 같이 어진 임금을 섬깁니다.

이 구절에서는 선비가 같은 부류의 사람을 천거하는 일을 이야기했습니다. 위의 구절에서 언급한 '거현원능(举贤援能)'은 관계가 소원한 자를 뜻하는 말이고 이 구절에서 언급한 '임거(任举)'는 관계가 가까운 사람을 뜻하는 말입니다.

"선비가 몸을 깨끗이 하고 덕을 쌓아서 임금에게 진술하고 기다리며, 조용히 바른 말을 하여 임금이 알지 못하면 조금 거친 말로 바로잡으나 그렇다고 서두르지 않으며, 깊은 데에 이르러 자신이 높은 사람인 척하지 않으며, 적게 아는 자에게 많이 아는 척하지 않으며, 세상이 잘 다스려질 때에도 언행을 가벼이 하지 않으며, 세상이 어지러울 때도 좌절하지 않으며, 자기와 같다고 해서 무조건 어울리지 않으며, 다르다고 해서 무조건 비난하지 않으니, 남과 다르게 일어나서, 홀로 행동하기를 이와 같이 하는 사람도 있습니다.(儒有澡身而浴德, 陈言而伏, 静而正之, 上弗知也；粗而翘之, 又不急为也；不临深而为高, 不加少而为多；世治不轻, 世乱不沮；同弗与, 异弗非也, 其特立独行有如此者)"

"조신이욕덕(澡身而浴德)" 선비는 몸을 깨끗이 하고 불결한 일에 물들지 않습니다. 덕으로써 목욕을 하여 스스로를 깨끗하게 합니다.

"진언이복, 정이정지, 상불지야; 조이교지, 우불급위야.(陈言而伏, 静而正之, 上弗知也；粗而翘之, 又不急为也)" 선비는 임금님께 나라를 다스리는 일을 건의하고는 가만히 엎드려 임금님의 명을 기다립니다. 그리고 조용히 물러나서 평시와 같이 정도를 지키며 조급해하지 않습니다. 자기가 바른말을 하였는데 임금님이 알지 못하면 기회를 찾아 은근히 암시해주어 알도록 합니다. 하지만 너무 조급해하지 않습니다. 그렇게 하지 않고 임금님이 서둘러 그 의견을 채납하게 되면 뭇사람들이 의아하게 생각할 수 있으며 심지어는 이로 인해 질투하는 마음이 생길 수도 있습니다.

"불임심이위고, 불가소이위다(不临深而为高, 不加少而为多)" 선비는 겸손하게 자신을 낮추며 깊은 곳에 이르러 자신이 높은 척 하지 않습니다. 또한 자기의 직위가 높거나 권세가 있다고 해서 여러 사람들 앞에서 고귀한 체 하지 않으며, 일을 함에 있어서 작은 성과를 거두었다고 해도 스스로 잘난 체 하지 않습니다.

"세지불경, 세난불저(世治不轻, 世乱不沮)" 일반 사람들의 마음은 대개 비슷합니다. 여러 사람들이 다 무지하고 자기 스스로만 현명할 때에는 성의를 다 하여 노력합니다. 반대로 여러 사람들이 다 현명하면 흔히 위축되고 열등감에 빠져들게 됩니다. 선비는 언제나 자중자애(自重自爱)하며, 세상이 태평스러울 때에는 여러 현자들과 어깨를 나란히 하면서 열등감 같은 것을 가지지 않습니다. 반대로 세상이 어지럽더라도 절대로 자기의 지조를 굽히는 일이 없습니다.

"동불여, 이불비야(同弗与, 异弗非也)" 선비는 관직에 임하면서, 자기와 대등한 지위에 있는 사람이라고 해도 그 행위가 바르지 않으면 가까이하지 않습니다. 하지만 상대가 자기와 많이 다르다고 해도 행동거지가 올바르면 비난하거나 배척하는 법이 없습니다.

앞에서 선비의 "특립(特立)"에 대해 이야기했습니다. 여기에서는 또 "특립독행(特立独行)"을 언급했습니다. 두 곳의 "특립(特立)"은 각자 치중하는 버거 있습니다. 앞에서는 선비가 용맹스럽고 위세가 있으며, 해당 행위가 없다는 점에 치중했고, 이 구절에서는 선비 스스로가 "특립(特立)"하면서 또 "독행(独行)"하는 특유의 행위임을 강조했습니다.

> "선비가 위로는 천자에게도 가볍게 신하노릇을 하지 않으며, 아래로는 가볍게 아무 제후나 섬기지 않으며, 신중하고 안정하여 너그러움을 숭상하며, 강하고 굳세게 남과 더불어 같이하며, 넓게 배워 해야 할 바를 알며, 문장을 가까이 하며, 청렴한 지조를 갈고 닦아서 비록 나라를 나누어준다고 해도 그걸 가볍게 여겨 신하노릇을 안 하며 벼슬을 안 하니 그 도모함이 이와 같은 사람도 있습니다.(儒有上不臣天子, 下不事诸侯；慎静而尚宽, 强毅以与人；博学以知服, 近文章, 砥厉廉隅；虽分国如锱铢, 不臣不仕, 其规为有如此者)"

"위로는 천자의 신하노릇을 하지 않은(上不臣天子)" 사람으로 백이(伯夷)와 숙제(叔齐)가 있고, "아래로는 아무 제후나 섬기지 않은(下不事诸侯)" 사람으로 장저(长沮)와 걸닉(桀溺)이 있습니다. 모두 인격적으로 독립된 사람들입니다.

"신정이상관, 강의이여인(慎静而尚宽, 强毅以与人)"이란 신중하고 안정되어 너그러움을 숭상하기에 만약 누군가와 자기와 언쟁을 하는데, 그 사람의 도(道)가 바르지 않으면 절대로 구차하게 굴복하거나 순종하지 않는 것인데, 그러나 비록 성격이 강의하기는 하지만 한편으로는 또 남의 충고도 잘 받아들인다는 뜻입니다.

"박학이지복, 근문장, 지려렴우(博学以知服, 近文章, 砥厉廉隅)"에서 염(廉)은 방의 측면, 즉 모서리가 있는 곳을 뜻합니다. 우(隅)는 가옥의 구석, 즉 실내의 구석 쪽 네모난 곳을 이릅니다. 따라서 염우(廉隅)는 인품이 방정함을 비유하여 이르는 말입니다. 넓게 배워서 선대의 현인들을 따라야 함을 알며, 문장을 가까이하고 배워서 스스로를 연마함으로써 스스로 방정해지는 것입니다.

"수분국여치수, 불신불사(虽分国如锱铢, 不臣不仕)" 1치(锱)의 무게는 고서에서 여섯 냥이나 여덟 냥이라고 하는 경우도 있고, 6수(铢)나 12수(铢)라고 하는 경우도 있습니다. 여기서 치(锱)와 수(铢)를 합쳐 사용한 것을 보면 두 단위의 무게가 근접하다는 걸 짐작할 수 있습니다. 따라서 여섯 수(铢)를 1치(锱)로 하는 것이 비교적 역사사실에 맞는다고 할 수 있지요. 여기서는, 선비는 설령 군주와 나라를 반으로 잘라 나눠준다고 하더라도 이를 아주 가벼이 여기며, 스스로 해야 할 일을 잘 파악하고 신하가 되어 벼슬 노릇을 하는 것을 목적으로 하지 않는다는 것을 이야기하고 있습니다.

"선비는 벗과 뜻이 합하면 방향을 같이하며, 도리를 강구하면서 학술을 함께하며, 벼슬자리에 나란히 같이 서게 되면 즐거워하고, 서로 자신을 낮추기를 싫어하지 않으며, 오랫동안 서로 만나보지 못했을 때에 들리는 유언비어를 믿지 않으며, 그 행실이 바름에 근본을 두고 의리를 세워 같으면 함께 나아가고, 같지 않으면 물러나니 그 벗을 사귀는 것이 이와 같은 사람도 있습니다.(儒有合志同方, 营道同术；并立则乐, 相下不厌；久不相见, 闻流言不信, 其行本方立义, 同而进, 不同而退, 其交友有如此者)"

이 문장에서 "합지동방, 영도동술(合志同方, 营道同术)"의 '동방(同方)'은 칭화동방(清华同方)[14]에서 비롯된 단어입니다. 방(方)은 취향을 이르는 말입니다. 선비는 벗을 사귐에 있어서 그 뜻이 서로 맞아야 합니다. 술(术)은 방법을 이르는 말입니다. 즉 학문을 강구함에 있어서 그 방법을 같이한다는 말입니다.

"병립측낙, 상하불염(并立则乐, 相下不厌)"이란 지우(知友)와 벼슬자리에 나란히 서게 되면 즐거워하고 서로 자신을 낮추기를 싫어하지 않는다는 말입니다.

"구불상견, 문류언불신(久不相见, 闻流言不信)"은 벗과 오랫동안 만나지

14) 칭화동방(清华同方): 칭화(清华)대학교에서 설립하여 대주주로 있는 기업으로, 현재 중국 IT 시장을 이끌고 있는 대표 기업 중 하나임. - 역자 주

못했다고 하더라도 그 벗에 대한 유언비어를 믿지 않다는 말입니다.

“기행본방입의(其行本方立义)”은 선비의 행위가 방정함에 근본을 두고, 의리를 세운다는 말입니다.

“동이진, 불동이퇴(同而进, 不同而退)”는 친구가 행하는 바가 자기와 같으면 함께 나아가고, 다르면 피해서 물러난다는 말입니다.

이들 구절은 선비가 벗을 사귀는 일에 대해 이야기하고 있습니다.

> “온화하고 진실함은 인의 근본이요, 공경하고 삼가는 것은 인의 바탕이요, 너그럽고 넉넉함은 인의 작용이요, 겸손하게 접대하는 것은 인의 능함이요, 예절은 인의 모습이요, 말은 인의 문장이요, 노래와 음악은 인의 평화로움이요, 흩어 나눠주는 것은 인을 베푸는 것이니 선비가 이를 다 겸해서 가지고 있어도 오히려 감히 인을 말할 수 없는 것이니, 그 겸양함을 존중함이 이런 사람도 있습니다.(温良者, 仁之本也, 敬慎者, 仁之地也, 宽裕者, 仁之作也, 孙接者, 仁之能也, 礼节者, 仁之貌也, 言谈者, 仁之文也, 歌乐者, 仁之和也, 分散者, 仁之施也, 儒皆兼此而有之, 犹且不敢言仁也, 其尊让有如此者)”

성인으로서의 선비는 이상과 같은 품행을 겸비해야 합니다. 공자는 아무래도 스스로 고백하고 있는 것 같습니다. 그래서 어진 선비의 화제를 꺼내어 이를 서술하고 있는 것입니다.

온화하고 진실함은 어진 선비의 품행의 근본입니다. 어진 선비는 처신함에 있어서 공경하고 삼가는 것을 그 바탕으로 합니다. 또한 어진 선비는 늘 너그럽고 넉넉합니다. 손(孙)은 손(逊)과 통합니다. 따라서 공손하고 겸손하게 교제하는 것은 어진 선비의 기능입니다. 예절은 어진 선비의 형상이고, 말은 어진 선비의 문장이며, 노래와 음악은 어진 선비의 화락(和樂)이고 축적한 것을 흩어서 가난한 자들을 구제하는 것은 어진 선비의 베풂입니다. 선비가 위에서 언급한 모든 것을 다 겸비하고 있어도 오히려 겸손하게 사양하고 스스로 인자(仁者)라고 칭하지 않으니, 공손하고 겸양하고 겸손하기를 이와 같습니다.

> "선비는 빈천하게 지내도 의지를 잃지 않으며, 부귀하다고 교만하거나 절의를 잃지 않으며, 임금을 욕보이게 하지 않으며, 장상에게 누가 되지 않게 하며, 일을 맡은 사람에게 걱정을 끼치지 않으니 그러므로 선비라고 하는 것입니다.(儒有不陨穫于贫贱, 不充诎于富贵, 不慁君王, 不累长上, 不闵有司, 故曰儒)"

"불운확우빈천, 불충출우부귀(不陨穫于贫贱, 不充诎于富贵)"[15]란 "재능을 품고 있어도 이를 펼칠 기회를 만나지 못한다"는 것으로 사대부들에게 있어서 가장 괴로운 일입니다. 심지어는 분개할 일입니다. 더러는 이 때문에 낙담하기도 합니다. '운확(陨穫)'은 "핍박에 의해 의지를 잃은 것"을 뜻합니다. 충출(充诎)은 옛날 진(秦)나라와 진(晋)나라 사이에 존재했던 방언인데 가선(옷 따위의 가장자리를 다른 헝겊으로 가늘게 싸서 돌림. 또는 그 헝겊)이 없는 옷을 이르던 말입니다. 옷의 깃이나 소맷부리·밑자락에는 반드시 가선을 두르는데, 가선이 없으면 가장자

---

15) 운확(隕穫) : 형편이 어려워서 의지를 잃어버린 모습(困迫失志之貌)
충굴(充詘) : 교만이 넘치거나 절의(節義)를 잃어버린 모습
관(館) : 객의 예를 융숭히 하여 대우하다.

리가 쉽게 해지게 됩니다. 사람이 만약 스스로 주의하지 않으면 가선이 없는 옷과 같이 그 풍모를 잃게 됩니다. 후세 사람들은 부귀함에 빠져서 절개를 잃어버리는 것을 충출(充诎)이라고 했습니다. 스스로 빈천한 위치에 있어도 한겨울의 송백처럼 지조를 잃지 않는 것을 군자의 빈이낙도(贫而乐道)라고 합니다. 또한 군자는 부귀하다고 해도 거기에 빠져들어 절개를 잃는 일는 일이 없습니다.

"불흔군왕, 불루장상, 불민유사(不慁君王, 不累长上, 不闵有司)"에서 흔(慁)은 욕보인다는 말이고, 루(累)는 이어지고 얽힌다는 말이며, 장상(长上)은 경대부(卿大夫)를 이르는 말입니다. 민(闵)은 걱정한다는 말이고, 유사(有司)는 여러 관리를 이르는 말입니다. 이 몇 마디 말들을 한데 모아보면 선비는 천자나 제후를 모시거나, 경대부나 일반 관리를 보좌하거나를 막론하고 절대로 그 지조를 잃지 않는다는 것입니다.

『사기·공자세가(史记·孔子世家)』에서는 다음과 같이 말했습니다. "공자가 노나라에 있었을 때 애공(哀公)이 등용해주지 않았다. 제(齐)나라에서는 비방을 받고 배척을 당했고, 초(楚)나라에 가서는 헐뜯어 모함하는 자가 있어서 쫓겨났다. 진(晋)나라와 조(赵)나라에 가서는 곤욕을 치렀고 광(匡)나라에서는 위협을 받았으며 진(陈)나라에서도 화를 면치 못했다. 하지만 공자는 뜻을 굽히지 않았고 지조를 잃지 않았다." 그래서 정현(郑玄)은 이 구절을 "공자가 스스로 논평한 것(孔子自谓)"이라고 했습니다.

> "그러나 이름은 선비인데도 선비의 구실을 제대로 하지 못하는 사람이 있어, 요즘 사람들은 선비가 망령되게도 늘 잘못되었다고 서로 꾸짖곤 합니다.(今众人之命儒也妄, 常以儒相诟病)"

공자는 선비의 행실에 대해 열거한 뒤, 요즘 세속에서 선비를 깔보고 업신여긴다고 말했습니다. 이는 노애공을 풍자한 것입니다. 명(命)은 '명(名)'으로 통하는데 '정의(定义)하다'는 뜻입니다. 세속에서 말하는 선비는 허망하고 규칙을 지키지 않았습니다. 그래서 서로 상대를 모욕하거나 놀려줄 때 '선비(儒)'라고 불렀습니다. 심지어는 노애공까지 예외가 아니었습니다. 이 구절의 주해 "이유근고상희(以儒靳故相戏)"는 잘 이해하기 어렵습니다. 그러니 『좌전』에 나오는 고사를 보기로 합시다. 노장공(鲁庄公) 11년(기원전 684년)에 송(宋)나라와 노(鲁)나라가 (乘丘)에서 전쟁을 했습니다. 송나라의 대부 장만(长万)이 노나라에 포로로 붙잡히게 되었습니다. 이에 송나라에서는 석방해줄 것을 간청했습니다. 그러자 노나라에서는 이를 수락하고 장만(长万)을 돌려보냈습니다. 이에 송민공(宋闵公)은 장만(长万)에게 다음과 같이 말했습니다. "나는 전에 당신을 존경했습니다. 하지만 이번에 당신은 노나라의 포로 신세로 되었으니 앞으로는 더 이상 존경하지 않을 것입니다." 라고 했습니다. 『좌전』에서는 이 말 앞에 "송공근지(宋公靳之)"라는 네 글자를 사용했습니다. 두예(杜预)는 이를 "희이상괴왈근(戏而相愧曰靳)"이라고 해석했지요. '근(靳)'은 우스갯소리로 상대를 우롱한다는 말입니다.

"공자가 객사에 이르자 애공이, 손님의 예로 융숭한 대우를 하게 했다. 애공이 공자에게 이런 말을 듣고는 말을 더 신실하게 하고 행실을 더욱 의롭게 하며 "내가 일생을 마치도록 감히 선비를 희롱하지 않겠다."고 말했다.(孔子至舍, 哀公馆之, 闻此言也, 言加信, 行加义, '终没吾世, 不敢以儒为戏')"

공자가 위(卫)나라에서 다시 노나라로 귀국하여 자기의 집으로 돌아갔습니다. 노애공은 공관에 공자를 초대하여 이와 같은 말들을 듣고 나자, 선비는 확실히 존경할만하다고 여겨 그로부터 "말을 함에 있어서 신용을 지키고, 행동을 함에 있어서 도의에 맞게 했습니다.(言加信, 行加义)" 또한 감개무량해서 다음과 같이 말했습니다. "내 일생에서 다시는 선비를 업신여기지 않을 것이다.(终没吾世, 不敢以儒为戏)"라고 했으나, 애공의 말은 일시적으로 공자에게 승복하여 한 말에 불과할 뿐 내심으로 선비들을 존경해서 한 말은 아니었습니다. 그래서 최종적으로는 공자를 기용하지 않았던 것입니다. 공자가 세상을 뜬 후 애공은 애도 문을 써서 다음과 같이 말했습니다. "하늘이 나를 불쌍히 여기지 않는구나. 큰 인물인 공자가 남아서 나를 도와 나라를 다스리는 것을 원치 않는구나. 공자가 없으니 외로운 나는 병석에 앉아있는 것만 같도다.(旻天不吊, 不慭遗一老, 俾屏予一人以在位, 茕茕余在疚)" 이에 자공(子贡)이 풍자하여 다음과 같이 말했습니다. "생전에 쓰지를 않다가 세상을 뜨고 나 애도를 하다니 이는 예가 아니다.(生不能用, 死而诔之, 非礼也)"

3. 『유행(儒行)』의 문화적 의의

『유행(儒行)』은 용모(容貌)·비예(备豫)·진인(近人)·특립(特立)·강의(刚毅)·자립(自立)·사환仕宦, 우사(忧思)·관유(宽裕)·거현인능(举贤引能)·임거(任举)·특립독행(特立独行)·규의(规为)·교우(交友)·존양(尊让) 등 열다섯 개 방면으로 선비의 행위에 대해 이야기를 합니다. 그럼으로써 선비가 다른 상황이나 다른 현실문제에서의 가치 판단을 우리에게 설명해주고 있는데, 이는 아주 강한 경세(警世)적 의의가 있습니다. 저는 『유행(儒行)』을 아주 좋아해서 여러 번 반복해서 읽었습니다. 매번 읽고 나면 그 속에서 정신적인 에너지를 얻게 되고 마음이 진작되고 인생의 방향이 더욱 뚜렷해짐을 느끼게 됩니다.

요 몇 해 동안 저는 줄곧 한 가지 문제를 생각해왔습니다. 천인커(陈寅恪)가 왕징안(王静安) 선생의 기념비에 쓴 비문에서 "독립적인 정신과 자유로운 사상"을 아주 높이 평가하면서, "하늘과 땅과 더불어 영구할 것이고, 해와 달과 별과 함께 영원토록 빛을 발할 것(与天壤而同久, 共三光而永光)"이라고 말했습니다. 천인커 선생이 말한 '독립'과 '자유'를 어떻게 이해해야 할까요? 어떤 사람은 "자유롭고 예속되지 않은 사상과, 독립적이고 의지하지 않는 인격(自由无羁的思想和独立不倚的人格)"이라고 해석했습니다. 이런 해석은 자유만 강조한 것이지요. 사실 제멋대로 하는 자유와 독립은 좋은 경지라고 말할 수 없습니다. 천인커 선생의 본의 역시 이게 아닐 것입니다. 적지 않은 대학생들은 독립과 자유에 대해, "머리는 자기 어깨 위에 달렸으니 자기의 인생은 자기 마음대로 하며 아무런 영향도 받지 않는 것"이라고 합니다. 하지만 현실생활에서 속세를 피하여 자기만의 길을 가는 사람도 적지 않습니다. 그런데 그들의 언행은 다른 사람들이 동의하기 어렵습니다. 『유행(儒行)』을 자세히 읽고 나서 나는 천인커 선생의 말을 새롭게 이해하게 되었습니다. 단어 그대로 해석하면 독립은 외적인 사물에 의탁하지 않는 자립이고, 자유는 마음이 하고 싶은 대로 좇으면서도 법도를 벗어나지 않는 이성적 행보를 의미합니다. 사람들이 독립하지 못하고 자유를 얻지 못하는 까닭은 '물(物)'과 '아(我)'라는 두 가지 요인의 영향을 받기 때문입니다. 고대 한어에서의 '물(物)'은 '사(事)'와 연계됩니다. 그래서 중국 사람들은 '사물(事物)'이라고 두 글자를 합쳐서 씁니다. '물'은 외부세계의 모든 물질과 인간사를 포함합니다. '아'는 특별히 자아를 지칭하는 말입니다. '대아(大我)'에 상대해서 말하는 것이 '소아(小我)'입니다. '대아(大我)'가 대표하는 것은 사회와 집단의 공공이익이고, 소아가 대표하는 것은 자기 개인의 사사로운 이익입니다. 사람들은 인생을 살아가면서 흔히 물욕 때문에 힘들어합니다. 외적인 물욕의 유혹에서 벗어나지 못할 뿐만 아니라 이기적인 패턴도 떨쳐버리지 못합니다. 물(物)의 속박을 받지 않으면 마음(心)의 속박을 받는 것입니다. 자나 깨나 개인의 부귀와 영달만을 생각합니다. 인생의 희로애락은 다 이 두 가지에서 비롯되는 것이지요. 그러니 어찌 진정한 독립과 자유가 있을 수 있겠습니까? 범중엄(范仲淹)의 『악양루기(岳阳楼记)』에는 다음과 같은 말이 있습니다. "재물로 인해 기뻐할 것이 아니고, 자기로 인해 슬퍼할 것도 아니다.(不以物喜, 不以己悲)", "영예와 치욕을 모두 잊어버려라.(宠辱偕忘)" 자기의 희비나(悲喜)나 영욕(荣辱)은 외적인 사물이나 이기적인 것과 무관합니다. 자나 깨나 잊지 말아야 할 것은 "먼저 천하의 근심을 걱정하고 나중에 천하의 즐거움을 즐거워하는 것(先天下之忧而忧, 后天下之乐而乐)"입니다.

제가 이와 같이 『악양루기』를 해석한 것은 범중엄의 원래 의도를 잘못 이해하고 스스로의 관점을 추가한 것일까요? 아닙니다. 아래에 구양수(欧阳修)가 쓴 『범공신도비명서(范公神道碑铭序)』를 보기로 합시다. 여기에서 범중엄에 대해 다음과 같이 말하고 있습니다. "어렸을 때부터 큰 뜻을 품고 개인의 부귀나 빈천, 찬미나 비방, 환락이나 비애 따위에 전혀 마음을 두지 않았고, 오히려 기개 드높이 천하를 구제하는 데 그 뜻을 두었다.(少年大节, 其于富贵贫贱, 毁誉欢戚, 不一动其心, 而慨然有天下之志)"

보시다시피 그의 뜻은 '천하(天下)'에 있었음을 알 수 있습니다. 그랬기에 그의 마음은 물질적인 것에 대해 초연했으며 개인의 부귀나 영예 따위를 초개같이 여겼습니다. 저는 이것이야말로 정신적으로 진정한 독립과 자유라고 생각합니다.

『유행(儒行)』에서 칭송하는 것은 물질적인 것을 초월한 진정한 유(儒)입니다. 천인커(陈寅恪) 선생이 말한 것과 완전히 일치하며, 또한 더욱 구체적이고 형상적입니다. 아래에 저의 몇 가지 관점을 소개하여 여러분들과 함께 토론하고자 합니다.

첫째, 기다리되 추구해서는 안 된다는 것입니다. 중국의 전통사회에는 사(士)·농(农)·공(工)·상(商) 등 네 개의 계층이 있었습니다. 사(士)는 선비를 말하는데, 농업이나 수공업, 상업에 종사하지 않았습니다. 학문과 식견으로 사회를 위해 일했지요. 중국에는 자고로 "배워서 우수하면 벼슬을 해야 한다(学而优则仕)"는 말이 있었습니다. 하지만 아주 복잡한 원인으로 인해 우수한 자가 반드시 벼슬을 하는 것은 아니며, 벼슬을 하는 자라고 해서 반드시 우수한 것도 아닙니다. 이처럼 서글픈 현실 때문에, 일부 사람들은 "속세의 덧없음을 알았다(看破红尘)"고 생각하고 소극적으로 변하고 의기소침해지기도 했습니다. 또 어떤 사람들은 관계를 찾고 연줄을 달아서 어떻게든 벼슬을 하려고 애씁니다. 이에 대한 『유행(儒行)』의 입장은 다음과 같습니다. "이른 아침부터 늦은 밤까지 학문을 힘써 닦아서 남들의 물음을 기다리기도 하며, 충의와 신의를 지니고 천거를 기다리기도 하고, 힘써 실천하며 받아들여지기를 기다리기도 한다.(夙夜强学以待问, 怀忠信以待举, 力行以待取)" 이 세 마디 말에는 모두 '대(待)'자가 있습니다. '대'는 기다린다는 뜻으로 피동적인 상태를 의미하는데, 이는 독립적인 인격의 중요한 표현입니다. 기다릴 '대(待)'와 반대되는 것은 추구할 '구(求)'입니다. 벼슬을 얻으려고 아첨하고 뇌물을 먹이고 권세에 아부하는 것은 주동적인 상태입니다. 벼슬자리가 구걸해서 할 수 있는 것이라면, 상급과 하급 사이에 필히 의존 관계가 형성됩니다. 그러면 나중에 마땅히 있어야 할 존엄을 상실하게 되고 남의 눈치를 살피며 말을 해야 하니, 어찌 독립이나 자유를 논할 수 있겠습니까?

기다리되 억지로 추구하지 않는 마음가짐을 가져야 하며, 벼슬을 하는 것을 너무 중하게 여겨서는 안 됩니다. 공자나 맹자는 모두 천하를 경륜하여 다스릴만한 재능을 가졌지만 나라의 중용을 받지 못했습니다. 그렇다고 한들 뭐가 대숩니까?

강태공(姜太公)이 반계(磻溪)에서 낚싯줄을 드리우거나, 제갈량이 시골에서 농사를 지은 것 역시 아주 훌륭한 생활방식이 아닙니까? 『논어(论语)』에서 공자는 안회(颜回)의 여유로운 마음가짐을 다음과 같이 묘사했습니다. "용지측행, 사지측장(用之则行, 舍之则藏)" 즉 "당신이 나를 써주면 나는 도(道)를 꺼내어 널리 추진하고, 당신이 나를 버리면 나는 도(道)를 숨겨두고 기회를 기다린다"는 의미입니다. 상대가 나를 써주지 않으면 나로서는 손해를 볼 일이 없고, 손해를 보는 것은 상대입니다. 공자와 맹자, 주자(朱子) 등은 모두 시선을 교육에 돌렸고, 진정한 지식을 전파하기 위해 노력했는데, 이로써 발생한 사회적 영향은 벼슬을 하는 것보다 훨씬 더 오래 이어졌습니다.

우리는 "하늘이 내 재주를 낳았으니 반드시 쓸 데가 있을 것(天生我才必有用)"이라는 말을 믿어야 하며, "주머니에 송곳이 있으면 반드시 뚫고 나온다(锥处囊中, 脱颖而出)"는 믿음을 가져야 합니다. 진정한 재능과 학식이 있으면 언젠가는 국가를 위해 일할 기회가 오게 됩니다. 물론 소극적으로 기다리기만 하는 것이 아닙니다. 열심히 배우고 연마하여 내공(内功)을 쌓고, "멈추지 말고 널리 배우고, 태만하지 말고 널리 실행한다(博学而不穷, 笃行而不倦)"는 자세를 가져야 합니다.

둘째, 청빈함을 달갑게 여겨야 한다는 것입니다. 진정으로 정신적 독립을 추구하는 사람은 청빈함을 달갑게 여기고 담박한 마음으로 그 뜻을 밝힙니다. 『논어』의 「옹야(雍也)」편에서는 "한 그릇의 밥과 한 바가지의 물을 가지고, 누추한 골목에 살게 되면 보통 사람은 그 고통을 견딜 수 없겠지만, 안회(顔回)는 그렇게 살면서도 변함없이 즐겁게 지냈다.(一箪食, 一瓢饮, 在陋巷, 人不堪其忧, 回也不改其乐)"고 안연(颜渊)을 칭찬했습니다. 또한 『자한(子罕)』에서는 "해져서 헌 솜이 다 드러나는 두루마기를 입어도(衣敝缊袍)" 부끄럽게 여기지 않았다고 자로(子路)를 칭찬했습니다. 둘 다 전형적인 사례라고 할 수 있습니다.

『유행(儒行)』에서 언급한 것은 벼슬에 나서지 않는 자들의 청빈함(1묘 넓이의 집과 1도(堵)의 방에 아주 작은 문을 달고 살며, 서로 옷을 바꿔 입고 나들이하며, 2~3일에 한두 끼 챙겨먹는 것(一亩之宫, 环堵之室; 筚门圭窬, 蓬户瓮牖; 易衣而出, 并日而食))과 위험한 처경("군중을 모아서 협박하거나 무력으로써 위협하는 것[劫之以众, 沮之以兵]")이나, "임금님이 위에서 이끌어주지 않고 아래에서 백성들이 밀어주지 않으며, 여럿이 무리를 지어 자신을 헐뜯고 위태롭게 하는 것(上弗援, 下弗推, 谗谄之民, 有比党而危之)"은 일반 사람들이 참아내기 어려운 것입니다.

공자는 진(陈)나라에 이르러서 양식이 다 떨어진 적이 있었습니다. 이에 그는 다음과 같이 말했습니다. "군자는 곤궁해도 뜻이 견고하지만, 소인은 곤궁하면 곧 문란하게 된다.(君子固穷, 小人穷斯滥矣)"(『논어·위령공(论语·卫灵公)』) 여기서 말하는'궁(穷)'은 가난하다는 의미가 아니라, 궁지에 몰린다는 뜻입니다. 즉 곤궁한 처지에 처한다는 말입니다. 군자도 당연히 궁지에 처할 수 있습니다. 하지만 그래도 여전히 뜻을 잃지 않습니다. 하지만 소인배는 다릅니다. 그들은 곧 불량해지고 못하는 짓이 없게 되지요. 유행(儒行)』에서 말하는 유(儒)는 능히 높은 독립성("천하게 지내도 의지를 잃지 않으며, 부귀하다고 교만하거나 절의를 잃지 않는 것[不陨穫于贫贱, 不充诎于富贵]")을 유지하며, 위험한 상황에 직면하더라도 "백성의 어려움을 걱정하는 것은 여전하다(犹将不忘百姓之病)"는 그 의지를 빼앗을 수는 없는 것입니다. 맹자가 『맹자·등문공하(滕文公下)』에서 언급한 "부귀영화에도 향락에 빠지지 않고, 가난하고 천함에도 마음이 흔들리지 않으며, 무력에도 뜻을 굽히지 않는다(富贵不能淫, 贫贱不能移, 威武不能屈)"는 말은 선비들의 인생 경지에 대한 진일보한 설명이라고 할 수 있습니다. 우리 세대들은 동란의 시대를 겪어왔기에 위협도 받아봤고, 빈곤에도 짓눌려봤으며, 부귀의 유혹도 받아봤습니다. 여러 가지 열악한 상황에 처해서도 굽히지 않고 자기의 원칙을 견지하며 일신의 청백을 유지하는 것은 무엇보다도 중요합니다. 그리하여 노년에 이르러 지난 일을 뒤돌아봤을 때, 이와 같이 인생에서 가장 보귀한 재부를 소유하고 있다는 것에 대해 내심 긍지와 위안을 느끼게 됩니다.

셋째는 의리를 중히 여기고 이득을 가볍게 여기는 것입니다. 현실생활에서 우리는 흔히 '의(义)'와 '이(利)'를 놓고 선택에 직면하게 됩니다. 진정한 선비는 '큰 양보(大让)'든 '작은 양보(小让)'든 마음이 흔들리지 않습니다. 그러나 일단 원칙적인 시비에 직면해서는, 의(义)에 맞기만 하면 두려움 없이 앞으로 나아가며 몸을 바쳐 나라에 보답합니다. 의리를 중히 여기고 이득을 가벼이 여기는 것은 중국문화의 내포(内包)이며, 지식인들의 가치관의 중요한 체현으로서 우리 모두가 계승해야 하는 것입니다. 하지만 유감스럽게도 최근 몇 년 간 중국의 대학가에 유행하는 서방 경제학 이론대로 하면 사람들은 다 이기적이고, 모두들 자기 개인이익의 극대화를 바라고 있습니다. 이러한 이론이 영향을 받아 일부 사람들은 아주 이기적으로 변했습니다. 어떤 일을 하던 시비를 불문하고 자기의 이득에만 초점을 맞추지요. 유독한 분유(毒奶粉)나 시궁창 식용유(地沟油)를 생산하는 사람들이 파렴치한 것은 그들의 인생관이나 가치관에 문제가 생겼기 때문입니다. 만약 우리의 주위에 극단적으로 이기적이고 파렴치한 사람들만 모였다면 어떨까요? 우리가 추구하는 이상적인 사회가 과연 이런 것일까요?

저는 『유행(儒行)』을 읽으면서, 선비들이 인생추구와 세속에 구애받지 않고 신념대로 행동하는 인격품성, 생명의 위대한 존엄을 눈앞에 보는 것만 같았습니다. 또한 문장이 굳세고 날카로우면서도 아름답고 청아했는데, 읽고 나면 심금을 울리는 느낌을 받았습니다. 따라서 "독립적인 정신과 자유로운 사상(独立之精神, 自由之思想)"을 가진 인재를 배양하는 것은 아주 적극적인 의의가 있다고 생각합니다. 반복적으로 읽고 음미해야 할 것입니다.

북송(北宋) 초기에 나라는 오랫동안 누적된 가난과 쇠약함에 허덕였는데 변란(變亂)이 빈번하게 발생했습니다. 이러한 상황에서 선비의 기풍을 격려하고 절조(節操)를 추앙하기 위해 송태조(宋太祖) 조광윤(赵匡胤)은 『유행(儒行)』을 찍어서 대신들과 과거에 급제한 진사(进士)들에게 나누어주었습니다.

근대에 이르러 국토가 몰락하고 나라가 위기에 처하자 또 일부 지식인들이 『유행(儒行)』을 내세웠습니다. 장태염(章太炎) 선생은 『유행(儒行)』을 크게 제창하여 다음과 같이 말했습니다. "선비의 수기(修己)의

도는 『유행(儒行)』에 있다(儒者修己之道, 备见于『儒行』)", "『유행』에서 말한 열다섯 유(儒)는 대개 참고 견디는 정신이 비할 데 없이 강하고, 기개가 넘친다.(『儒行』所说十五儒, 大抵坚苦卓绝, 奋厉慷慨)" 또 웅십력(熊十力) 선생은 『독경시요(读经示要)』라는 책에서 『유행(儒行)』과 『대학(大学)』을 다음과 같이 치켜세웠습니다. "『(大学)』과 『유행(儒行)』은 모두 여러 경서(經書)들을 관통하고 있으며, 그 요점들을 내포하고 있는데, 질서가 정연하고 그 취지를 잘 파헤쳤으며, 실로 넓고도 깊이가 있다.(皆贯穿群经, 而撮其要最, 详其条贯, 揭其宗旨, 博大宏深)" 마지막으로 한 가지 더 언급하고자 합니다. 당나라 때부터 학술계에서는 "옛것에 대해 의심하고" "옛 경서에 대해 의문을 품는 사조"가 일기 시작했습니다. 옛 경전(经典)의 신뢰성에 의심을 품기 시작했는데 『유행(儒行)』 역시 예외가 아니었습니다.

그들이 『유행(儒行)』이 공자의 작품이 맞는지에 대해 의문을 품는 주요한 이유는 『유행(儒行)』 속에 박맹인중(搏猛引重) 등의 말이 있기 때문입니다. 왜냐하면 이는 공자가 비판한 적이 있는 "적수공권으로 호랑이를 때린다(暴虎)" 등의 일이기 때문입니다. 우리가 『논어』, 『예기』, 『좌전』 등의 문헌을 읽어보면, 공자 이전에 이미 사회적으로 '지(智)', '인(仁)', '용(勇)' 등을 특별히 강조했음을 알 수 있습니다. 공자 역시 『중용』을 "삼달덕(三达德)"이라고 칭했습니다. 공자가 말한 용(勇)은 절대 필부지용(匹夫之勇)이 아닙니다. 정의를 위한 장거(壮举)인 것입니다. 그는 『논어·위정』에서 다음과 같이 말했습니다. "의를 보고 행하지 않는 것은 용기가 없는 것이다.(见义不为, 无勇也)" 사람들이 흔히 말하는 "정의로운 일에 용감히 나선다(见义勇为)"는 말은 여기서 비롯된 것입니다. 공자가 바로 정의로운 일에 용감히 나서는 사람이었습니다. 『좌전

(左传)』에 따르면 정공(定公) 10년에 제(齐)나라와 노나라는 좁은 협곡에서 회맹을 했습니다. 공자는 노정공(鲁定公)을 위해 상례(相礼)를 맡았습니다. 제나라 사람들은 공자가 "예만 알고 담략은 없다(知礼而无勇)"고 생각하여 무력으로 노정공을 협박했습니다. 이에 공자는 자신의 안위를 돌보지 않고 노정공이 후퇴하도록 도왔습니다. 그는 한편으로는 병사들에게 무기를 들고 맞서게 하면서, 또 한 편으로는 큰소리로 대의와 정도의 이치를 말하여 제경공(齊景公)을 굴복시켰습니다. 결국 제경공은 할 수 없이 공격을 멈추었습니다. 맹약을 맺을 때 제나라 사람들은 제나라가 출경(出境)하여 전투를 하게 되면, 노나라에서 반드시 전차 300대를 보내야 한다고 주장했습니다. 이에 공자는 한 치도 양보하지 않고 제나라에서 침범하여 점령한 문수(汶水) 북쪽의 땅을 반환하라고 요구했습니다. 결국 공자의 기백에 눌린 제나라 사람들은 겨울에 침점했던 땅을 노나라에 반환했습니다. 맹자는 "부귀영화에도 향락에도 빠지지 말아야 하고, 가난하고 천함에도 마음이 흔들리지 말아야 하며, 무력에도 뜻을 굽히지 말아야 한다(富贵不能淫, 贫贱不能移, 威武不能屈)"고 했습니다. 이 역시 '용(勇)'을 내포하고 있는 발언입니다.

공자의 유훈은 제자들의 의궤이다

(夫子遺訓, 弟子儀軌)

제6강
공자의 유훈은 제자들의 의궤이다夫子遺訓, 弟子儀軌

『제자규(弟子規)』 강론(講論)

약 10년 전에 선전(深圳)에 아주 떠들썩한 뉴스가 떴습니다. 국학을 몹시 좋아하는 기업가 한 사람이 연봉 20만 위안에 직원 한 사람을 초빙하였는데, 그 유일한 요구는 유가의 대중적인 도서 한 편을 외우는 것이었습니다. 결과는 뜻밖에 지원하는 사람이 하나도 없어서 온 사회를 경악하게 하였습니다! 어느 학생에게 외우게 한 대중적인 도서가 어느 책인지 알려드릴까요? 그것은 바로 『제자규』라는 책이었습니다. 이것은 아이들의 도서로서 외우기도 어렵지 않습니다. 오늘 제가 이 『제자규』를 소개해 드리겠습니다.

1. 『제자규』의 간단한 소개

『제자규』의 원 이름은 『훈몽문(訓蒙文)』이고, 저자는 이육수(李毓秀)입니다. 이육수는 생전에 이렇다 할 명성과 지위가 없었으므로 문헌 중에 그와 관련된 기록은 아주 적으므로 우리는 단지 그의 자(字)가 자잠(子潛)이고, 호(號)가 채삼(采三)이며, 산서(山西) 강주(絳州) 사람으로서 청조(清朝) 강희제(康熙帝)시기에 수재(秀才)에 합격한 뒤 줄곧 시골에서 훈장(訓長)으로 있었다는 것밖에는 알려져 있지 않습니다. 아동이 학교에 다니기 전에는 지혜가 트이지 않아 몽매한 상태에 있습니다. 그러므로 유아교육의 목적은 첫째는 그들에게 앞으로 사회로 나가는데 필요한 지식을 전수하는 것이고, 둘째는 그들의 행위가 사회에서 기대하는 요구에 맞게 하자는 것입니다. 지식교육에 관해서는 선인(先人)들이 수많은 교재를 편집하였습니다. 이를테면 『삼자경(三字經)』, 『백가성(百家姓)』, 『천자문(千字文)』, 『용문편영(龍文鞭影)』 등이 그것입니다. 강희(康熙)시기에 들어서서 또 두 권의 매우 유명한 교재인 이어(李漁)의 『입옹대운(笠翁對韻)』과 차만육(車萬育)의 『성률계몽(聲律啓蒙)』이 나타났는데, 이는 아이들에게 음운(音韻)을 가르쳐 시(詩)나 대련(對聯)을 짓는 것을 가르치려는 목적으로 저술된 책입니다. 행위교육에 관련된 교재로는 『안씨가훈(顔氏家訓)』이나 『소학(小學)』 등이 있기는 하였으나 그 내용이 체계적이지 못했으므로 세상에 널리 전해지지는 못했습니다.

이육수(李毓秀)는 이념이 아주 강한 사람으로서 오랜 시간 아동 계몽교육에서 아이들의 행위를 바르게 가르치는 것이 아이들에게 지식을 가르치는 것보다 더욱 중요하다는 것을 알게 되었습니다. 그리하여 그는 『논어』의 "집에 들어오면 효도로써 부모를 섬기고, 밖에선 어른을 공손히 섬기며, 언행을 가다듬어 남에게 믿음과 심의를 지키고, 차별을 두지 않고 여러 사람을 사랑하며 사귀고, 덕이 있는 사람을 사귈 것이며, 이러한 모든 덕행을 실천하여 학문에 힘쓸 일이다.(弟子入則孝, 出則弟, 謹而信, 凡愛衆, 而親仁, 行有餘力, 則而學文)"[16]라는 말을 핵심으로 삼고, 『논어』, 『예기』, 『효경(孝經)』 및 주희(朱熹)의 어록(語錄)에

16) 모든 학문과 기술을 배우는 것이 중요하지만, 무엇보다 우선 인간됨이 제일 먼저이어야 한다는 취지를 설명함.

서 관련된 문구(文句)을 섞고, 『삼자경(三字經)』의 격식(格式)을 모방하여 세 자(字)를 한 구(句)로 하고 두 구를 한 운(韻)으로 만들어 낭랑하게 읽히면서 글이 알기 쉽고 내용이 풍부하며 기억하고 읊기에 편리한 운문(韻文)을 만들었던 것입니다. 이 글은 모두 360구절에 1,800자로 된 것으로 제자가 집에 있거나 외출하거나 사람을 대하거나 독서를 하는 등 여러 면에서 마땅히 지켜야 할 규범이 포괄되어 있는 책으로, 주로 아동의 행위교육 부문에 관련된 것입니다. 『훈몽문(訓蒙文)』을 만든 뒤 반응이 매우 좋아 '개몽양정지최상승(開蒙養正之最上乘)'이라고 칭송 받았습니다. 그 뒤 청(淸)나라 유학자(儒學者)인 가유인(賈有仁)이 이를 개편하여 『제자규(弟子規)』라고 이름을 고쳤습니다.

중국 역사상 운어(韻語)로 엮어 논리 도덕을 전수하는 몽학(蒙學)[17] 도서 중에서 『제자규』의 영향은 전 세대를 앞섰는데, 그 어떤 몽학 도서도 그만큼 환영을 받지 못했습니다. 심지어 송조부터 세상에 널리 퍼진 『삼자경』도 『제자규』의 출현으로 대체될 뻔까지 했습니다. 청조의 많은 지방정부에서는 해당 주현(州縣)에서 『제자규』를 사숙(私塾)이나 의학(義學)에서 아동 계몽교육의 필독서가 되게 하도록 명을 내리기도 했습니다. 이육수가 죽은 뒤 그의 위패(位牌)를 강주(絳州)의 선현사(先賢祠)에 모셔 사람들로 하여금 그를 기리도록 했습니다.

2. 『제자규』의 해설

『제자규』의 내용은 「총서(總敍)」, 「입즉효출즉제(入則孝出則弟)」, 「근이신(謹而信)」, 「범애중이친인(凡愛衆而親仁)」, 「행위여력즉이학문(行有餘力

17) 몽학 : 어릴 때 배우는 학문.

則而學文)」등 다섯 부분으로 나뉩니다. 어떤 사람들은 '근이신(謹而信)'을 '근(謹)'과 '신(信)'으로 나누고, '범애중이친인(凡愛衆而親仁)'을 '범애중(凡愛衆)'과 '친인(親仁)'으로 나누는데, 본질적으로는 구별이 없습니다.

(1) 총서(總敍)

"제자규는 성인의 가르침이다. 첫째는 부모에게 효도하고 형제들과 우애해야 하며, 다음은 행동을 신중히 하고 믿음이 있어야 한다.(弟子規, 聖人訓, 首孝弟, 次謹信)."
"널리 사람을 사랑하고 어진 이와 가깝게 하며, 여력이 있거든 학문을 닦아야 한다.(凡愛衆, 而親仁, 有餘力, 則學文).

총서의 삼구(三句)는 『논어·학이』에서 공자가 "제자입즉효, 출즉제, 근이신, 범애중, 이친인. 행유여력, 즉이학문(弟子入則孝, 出則弟, 謹而信, 凡愛衆, 而親仁, 行有餘力, 則而學文)"의 말을 약간 수정하여 만든 것으로, 시작에서부터 본문은 성인 공자의 교훈에 따라 지었다고 분명히 밝히면서, 효제(孝悌)·근신(謹信)·애중(愛衆)·친인(親仁)·학문(學文)은 도(道)에 뜻을 갖는 소년들이 마땅히 닦아야 할 인생의 토대라고 지적했습니다.

총서의 이 말은 아주 평이해서 마치 아무런 주목할 문제가 없는 듯합니다. 과연 그럴까요? 그러나 제가 보기에는 적어도 두 곳은 주목해야 합니다. 첫째는 '제자규'의 '규(規)'라는 글자입니다. 공자의 원문에는 이 글자가 없고 이육수가 첨가한 것인데 이 글자를 참으로 잘 넣었습니다. '규(規)'는 규구(規矩) 또는 규범(規範)입니다. 옛사람들이 "규구가 없으면 방원(方圓)[18]이 될 수 없다"라고 했는데, 규범이 없이 어찌 인재가 될 수 있겠습니까? 이로써 '규'자는 전 문장의 모든 규범을 개괄한 것입니다. 둘째, 공자가 요구하는 효제·근신·애중·친인·학문 등의 덕목은 평등한 관계일까요? 아니면 선후 관계일까요? 송조의 학자들은 그것은 본말(本末)관계라고 보았습니다. 효제·근신·애중·친인은 사람의 도리로서 부모에 효도하고 형제간에는 우애하는 것이 첫째라고 했습니다. 그러고 나서 언행을 단속해야 하는데, 행위는 근신하고 말은 신용이 있어야 하며, 이어서 대중을 박애하고 인자(仁者)를 가까이해야 한다는 것입니다. 이 모든 것은 '본(本)'에 속합니다. 가령 이 모든 것을 해내고 여력(餘力)과 틈이 있다면 마땅히 '문' 즉 『예(禮)』, 『악(樂)』, 『시(詩)』, 『서(書)』를 배워야 합니다. 배움의 근본은 덕성을 수립하는 것으로, 제자가 힘써 행해야 할 과목입니다. 그러나 단지 힘써 행하면서 학문을 배우지 않는다면 성현의 이론을 깨닫지 못하고 사리를 알지 못해 모든 것을 느낌대로 한다면 이성적인 사람이 될 수 없습니다. 서적의 지식을 배우는 것은 '말(末)'에 속합니다. 이 점을 깨닫게 되면 공자의 말을 올바르게 이해하는데 아주 중요합니다. 『제자규』는 바로 송조 사람들의 깨달음을 계승하여 "수효제, 차근신(首孝弟, 次謹信)"이라는 말로 성인이 훈계하는 내재적인 논리를 명확하게 밝힘으로써 배움을 두드러지게 하고 역행과 독서에서 역행을 앞에 놓았던 것입니다.

18) 방원 : 일정한 규칙과 표준을 가리키는 말로 모범 적인 인간을 비유하는 말.

(2) 입즉효출즉제(入則孝, 出則悌)

> 부모의 부름에 지체 없이 응하고, 부모의 명에 게으름 없이 바로 움직이며(父母呼, 應勿緩, 父母命, 行勿懶). 부모의 가르침을 마땅히 귀담아 듣고, 부모의 꾸짖음에 마땅히 따라야 한다.(父母教, 須敬聽, 父母責, 須順承).

'입(入)'은 집에 있음을 이릅니다. '입즉효(入則孝)'는 부모와 함께 있을 때 어떻게 '효(孝)'의 원칙을 실행하는가를 말합니다. 효는 유가사상의 출발점으로서 효가 없으면 유가사상이 없습니다. 이 점에 대해 저는 이미 비교적 체계적으로 소개했으므로 여기서는 간단하게 몇 마디만 하겠습니다. 어떤 사람이 공자에게 "당신은 왜 정치를 하지 않습니까?"하고 물었습니다. 이에 공자가 이르기를, "『상서』에 군신이 양친(兩親)에 효도하고 형제를 우대할 뿐만 아니라 이런 마음을 널리 보급하는 것을 일가의 정치라고 찬양했는데, 효제를 널리 보급하는 것이 바로 정치를 하는 것이다. 구태여 관청에 자리를 차지하고 있어야 정치를 하는 것인가?" 공자가 보기에 천하의 사람들이 모두 효제의 도(道)를 신봉한다면, 왕도(王道)가 곧 실현되는 것이라고 보았던 것입니다. 그러므로 공자가 효제를 '사람의 근본(人之本)'으로 삼은 것은 매우 깊은 뜻이 있는 것입니다.

효제는 입으로만 외치는 구호가 아니라 하나하나의 사소한 행동에서 나타나는 것입니다. "부모호, 응물완(父母呼, 應勿緩)"는 "부모가 일이 있어 부르면 자녀는 반드시 대답하거나 응답해야 한다는 것"입니다. 應(응)은 반드시 응해야 한다는 것이고, 완(緩)은 느림을 말합니다.

부모의 부름에 곧바로 또는 신속하게 응해야지 꾸물대거나 게을리 대답해서는 안 된다는 것입니다. 어떤 아이들은 부모가 불러도 들었는지 말았는지 그저 텔레비전만 보거나 게임을 하는 것을 우리는 자주 보곤 합니다. 아니면 입으로는 대답을 하나 또한 "잠깐만요! 게임을 끝낸 다음에 갈께요!"라고 답하기도 합니다. 이는 부모의 부름을 무시하는 표현입니다. 만약에 부모가 급한 일이 있는데, 이렇게 한다면 큰 일을 칠 까 두렵지 않겠습니까? "부모명, 행물라(父母命, 行勿懶) 즉 부모가 너에게 일을 시키는데, 이를테면 바닥을 쓸거나 그릇을 씻으라고 하는데 게으름을 피우거나 대충대충 해서는 안 된다."는 것입니다.

"부모교, 수경청(父母教, 須敬聽)은, 부모가 너에게 가르칠 때 들어야 할 뿐만 아니라, 마땅히 '경청(敬聽)', 곧 공손하게 들어야 한다."는 것입니다. '경(敬)'은 효(孝)의 표현으로서, 부모가 가르치는 것은 내가 잘 되길 바라는 것이므로 우리는 경청하지 않을 이유가 없습니다. 만약 자기가 잘못을 저질러서 부모가 꾸짖을 때 '순승(順承)', 곧 마음을 비우고 비평을 받아들여야지 말을 꾸며대거나 핑계를 대거나 특히 말대꾸를 해서는 안 되는 것입니다.

"동즉온, 하즉청. 신즉성, 혼즉정(冬則溫, 夏則凊, 晨則省, 昏則定).
출필고, 반필면. 거유상, 업무변(出必告, 反必面, 居有常, 業無變)."

"동즉온, 하즉청. 신즉성, 혼즉정(冬則溫, 夏則凊, 晨則省, 昏則定)"은 부모의 일상생활에 대해 관심을 가져야 한다는 것을 가리키는 말입니다. 이 두 마디는 『예기』의 "범위인자지례, 동온이하청, 혼정이신성(凡爲人子之禮, 冬溫而夏凊, 昏定而晨省)", 즉 "무릇 사람의 자식으로서 예절을 행함에는 겨울에 따습게 해드리고, 여름에는 시원하게 해드려야 하며, 날이 저물면 편안히 해드리고 아침에는 문안하고 보살펴드려야 한다"는 말에서 유래된 것입니다. 자식으로서 부모의 '온(溫)'과 '청(凊)'에 관심을 두어야 합니다. 온(溫)은 따스함이고 '청(凊)'과 '온(溫)'은 대응되는 것으로, 이 자(字)는 물이 맑을 '청(淸)'이 아니라 얼음 '빙(氷)' 즉 시원함을 뜻합니다. 겨울에는 부모의 옷과 이불이 따스한지, 여름에는 부모의 이부자리가 시원한지를 말합니다. 옛사람들은 아이들의 이러한 습관을 양성하는 데 매우 관심을 기울였는데 이에 대한 적지 않은 미담도 많습니다. 이를테면 『사자경(三字經)』에서 "향구령, 능온석(香九齡, 能溫席)"이라고 말하는데, 황향(黃香)은 겨우 아홉 살이었으나 부모에 관심을 기울일 줄 알았기에 자신의 작은 체구로 그들의 잠자리를 따스하게 하여 부모님들이 편안히 주무실 수 있도록 하였으니 이 얼마나 감동적입니까? 여기에 그친 것이 아니라 또 날마다 아침에 일어나면 먼저 부모님께 문안을 드리고, 그들이 저녁에 잘 주무셨는지를 여쭈었고, 저녁이 되면 편안히 주무시라고 인사를 드리고, 그들을 위해 이부자리를 펴드렸습니다.

"출필고, 반필면. 거유상, 업무변(出必告, 反必面, 居有常, 業無變)"에서, 앞의 두 마디는 문을 나서려 할 때면 꼭 자기가 어디에 가는지를 부모님께 알려드려 부모님이 일이 있거나 하면 찾을 수 있도록 하며, 집에 돌아오면 반드시 먼저 부모님을 뵙고 부모님이 마음을 놓게 해야 함을 말합니다. 뒤의 두 구절은 일상생활에서 규칙이 있어야지 밤낮이 바뀌어 늦도록 놀다가 오전까지 쿨쿨 잠을 자서는 안 됨을 말합니다. 학업을 제멋대로 바꾸지 말고, 이를테면 오늘 무술을 배우다가 내일은 미술을 배우고 모레는 또 시가(詩歌)를 배운다든지, 이렇게 하면 아무 것도 잘 배우지 못하게 되는 것과 같은 말입니다.

"사수소, 물천위. 구천위, 자도휴(事雖小, 勿擅爲, 苟擅爲, 子道虧).
물수소, 물사장. 구사장, 친심상(物雖小, 勿私藏, 苟私藏, 親心傷)."

"사수소, 물천위. 구천위, 자도휴(事雖小, 勿擅爲, 苟擅爲, 子道虧)"란 "만사를 제멋대로 주장하지 말고, 부모님의 의견을 청취해야 함을 말합니다." 일이 아무리 작더라도 부모님의 동의를 얻지 않고 제멋대로 해서는 안 된다는 것입니다. 만약 부모님을 속이고 일을 했다면 이는 자식으로서의 도리를 어긴 것입니다. 지금 어떤 이들이 '독립성'을 주장하면서 이것은 인격 독립의 표현이라고 주장합니다. 그러나 젊은이들은 사회 경험이 부족하고 사상이 아직 성숙되지 않았으므로 일에 부닥치면 쉽사리 흥분하므로 흔히 잘못된 결정을 내리게 됩니다. 그러므로 부모님의 의견을 존중하는 것은 매우 필요합니다. 자신의 부모를 깊이 사랑하는 사람이라면 부모님을 등지고 어떤 일을 결정짓지 않을 것입니다. 부모님을 속이고 하려는 일이라면 흔히 좋은 일이 아닐 것입니다. 오래 동안 제멋대로 하는 것이 버릇이 되어 지금 적지 않은 대학생들은 여차친구를 찾거나 심지어는 결혼을 하여도 사전에 부모님의 의견마저 듣지 않아 부모님들을 낙심하게 합니다. 어떤 사람들은 아예 마누라를 데리고 집에 돌아와 부모님을 뵙게 하면서 그들을 깜짝 놀라게 한다고 합니다! 사실 이는 자기가 제멋대로 인생의 대사를 결정하는 것으로 대단한 불효를 저지르는 것입니다.

"물수소, 물사장. 구사장, 친심상(物雖小, 勿私藏, 苟私藏, 親心傷)"은 물질적으로 사심이 있어서는 안 됨을 말합니다. 집안의 모든 물건은 부모님이 하나하나 고생스레 마련하여 가족이 함께 쓰도록 하기 위한 것입니다. 가령 네가 어떤 것을 좋아하여 몰래 감추어 두고 혼자만 쓰면서 여럿과 함께 나누지 않는다면, 이 어린 나이에 벌써부터 이기심이 강하여 앞으로 어찌 타인을 고려할 수 있겠습니까? 가령 집안사람들이 저마다 물건을 감춘다면 이게 어디 집이라 할 수 있겠습니까? 그러므로 물건은 비록 작지만 이로부터 부모님들은 네가 이기심이 강해 앞으로 큰일을 하지 못할 것이라고 여겨 매우 마음이 아플 것입니다.

"친소호, 역위구. 친소악, 근위거(親所好, 力爲具, 親所惡, 謹爲去).
신유상, 이친우. 덕유상, 이친수(身有傷, 貽親憂, 德有傷, 貽親羞)."

"친소호, 역위구. 친소악, 근위거(親所好, 力爲具, 親所惡, 謹爲去)"는 "부모가 좋아하는 것은 힘써 마련하고, 부모가 싫어하는 것은 조심스레 버린다"는 말입니다. 좋아하거나 싫어하는 문제에 있어서 되도록 부모님과 일치하게 하는 것이 부모님에 대해 관심을 두고 사랑하는 표현입니다. 이를테면 부모님이 경극(京劇)을 보기 좋아한다면 자식들은 갖은 방법을 다하여 표를 사서 그들의 취미를 만족시켜 드려야 합니다. 만약 부모님들이 마작을 싫어하신다면 절대로 사람들을 불러와 '장성 쌓기(修長城)'를 해서는 안 되며, 가장 좋기는 자신이 마작놀이를 거절하는 것입니다.

"신유상, 이친우. 덕유상, 이친수(身有傷, 貽親, 德有傷, 貽親羞)"는 "부모님들께 자신의 신체를 상해하여 근심을 끼쳐서는 안 된다"는 것을 말합니다. 자식은 부모님이 애지중지하는 보배로서 그들이 가장 걱정하는 것은 자식의 안전과 인품입니다. 그러므로 자식은 위험성이 있는 게임을 놀아 몸을 다치거나 하여 부모님에게 걱정을 끼쳐드려서는 안 됩니다. 그리고 자기의 건전한 인격을 배양하는데 주의를 기울여야 합니다. 가령 덕성에 해가 되는 나쁜 짓을 저지르게 된다면 부모님들로 하여금 창피를 당하게 하는 것이므로 이러한 상해는 신체적으로 받는 손상보다 조금도 낫지 않음을 특히 주의해야 합니다.

"친애아, 효하난. 친증아, 효방현(親愛我, 孝何難, 親憎我, 孝方賢).
친유과, 간사갱. 이오색, 유오성(親有過, 諫使更, 怡吾色, 柔吾聲).
간불입, 열복간. 호읍수, 달무원(諫不入, 悅復諫, 號泣隨, 撻無怨)."

이 말은 "부모님께서 나를 사랑하시는데 효가 어찌 어려울 수 있으며, 부모님께서 나를 싫어하시는데 어찌 효도하여 어질어지지 않겠는가?" "부모께서 잘못하시거든 조심스럽게 간하되, 얼굴빛은 기쁘게 하며 목소리는 부드럽게 하라." "간하더라도 듣지 않으시면 기뻐하실 때 다시 간하며, 그래도 안 되면 통곡하며 충고하고, 회초리를 맞더라도 원망하지 말고 간하라."는 뜻입니다.

"친애아, 효하난. 친증아, 효방현(親愛我, 孝何難, 親憎我, 孝方賢)"은 왜 효(孝)를 해야 하는지를 말합니다. 부모님은 우리에게 생명을 주신 분으로 그들은 시시각각 우리를 보호하며 세상에서 가장 우리를 사랑하는 사람들인데, 우리들이 효심으로 부모님께 보답하는 것이 무엇이 그리 어렵겠습니까? 가령 부모님들이 나를 싫어하거나 미워해도 그것은 꼭 내가 잘못하여 부모님을 즐겁게 해드리지 못했기 때문입니다. 이런 경우에 자신이 끊임없이 부모님께 효도를 드려야만 비로소 현자라 할 수 있는 것입니다.

그렇다면 자식으로서 마땅히 부모에게 고분고분 순종만 해야 하고, 가령 그들이 잘못했다 해도 부화뇌동해야 합니까? 아닙니다. 사람이 성인이 아닐진대 그 누가 잘못이 없겠습니까? 부모님들도 잘못할 때가 있기 마련입니다. 이럴 때 자식으로서 마땅히 제때에 부모에게 지적해야 합니다. 그러므로 "친유과, 간사갱(親有過, 諫使更)"해야 하는 것입니다. 그러나 간언하는 태도에 주의를 기울여야 합니다. "이오색, 유오성(怡吾色, 柔吾聲)"이라 했듯이 말할 때 낯빛을 부드럽게 하고 하고자 하는 말을 좋게 해야 합니다. 자기 얼굴에 묻은 검정은 스스로 볼 수가 없는 법입니다. 자식이 부모의 잘못을 지적하면 부모는 기뻐하지 않을 수 있고 심지어 자식이 자신들을 추하게 만든다고 여겨 자식의 권고를 거절할 수도 있습니다. 이때 자식이 조금도 양보함이 없이 바짝 들이댄다면 모순을 격화시킬 수 있습니다. 그러므로 내려놓고 그들이 마음이 즐거워할 때 다시 제기하는 것이 효과를 더 볼 수 있는 것입니다. 또 하나의 경우는 부모님이 권고를 듣지 않을 뿐더러 심지어 자식이 그들의 존엄을 건드렸다고 여겨 노하여 꾸짖거나 매를 들이댈 수도 있습니다. 이때 자식이 이치만 따지며 물러서지 않는다면 부모님과 반목(反目)할 수 있습니다. 부자간의 사랑은 떼어놓을 수 없는 것이므로 이때 자식은 마땅히 울고불고 하면서도 항상 부모님을 따라야만 하는 것입니다(호읍수(號泣隨)).

"친유질, 약선상. 주야시, 불리상(親有疾, 藥先嘗, 晝夜侍, 不離床)."

이 네 구절은 부모님이 편찮으실 때 네가 어떻게 시중들어야 하는지를 말합니다. 부모님이 편찮으시다면 건강에 문제가 생긴 것이므로 자녀들은 진지하게 대해야 합니다. 『예기』에서 "의불삼세, 불복기약(醫不三世, 不服其藥)"라 했습니다. 즉 "3대째 이어진 의원의 약이 아니면 달여 먹지 않아도 된다"고 했습니다. 병을 보이는 것은 생사가 걸려 있는 일이므로, 쌓은 경험이 적으면서 제멋대로 약을 처방하면 생존의 기회를 놓일 수도 있습니다. 그러므로 대대로 물려받고 명성이 좋은 그런 의사를 선택해야 합니다. 탕약을 달인 뒤에 먼저 손수 맛을 보고 온도가 알맞은지를 보고 부모님이 데이지 않게 해야 합니다. 환자는 병마의 시달림을 참으면서 체질이 몹시 허약하므로 보살핌이 필요할 뿐만 아니라 혈육의 위안이 있어야 합니다. 그러므로 자녀들은 밤새도록 곁에서 돌보며 한시도 곁을 떠나서는 안 됩니다.

"상삼년, 상비열. 거처변, 주육절(喪三年, 常悲咽, 居處變, 酒肉絶).
상진례, 제진성. 사사자, 여사생(喪盡禮, 祭盡誠, 事死者, 如事生)."

이 여덟 구절은 부모상을 어떻게 치르는지를 말해 줍니다. 옛날 상례(喪禮)의 규정에 의하면 자녀들은 부모상이 치르는 시간은 3년입니다. 어째서 3년입니까? 그것은 자식이 태어나서 부모들이 자녀를 양육(養育)하고 돌보는 시간이 3년이 걸려야만 자식이 비로소 부모의 품을 떠나 홀로 걸을 수 있기 때문입니다. 그러므로 3년 상을 치르는 것은 부모의 길러준 은혜에 대해 보답한다는 의미입니다. 이 3년 동안 자식이 부모님의 정을 떠올릴 때마다 "상비인(常悲咽)" 즉 영원히 혈육을 잃은 슬픔에 목이 메이게 됩니다. 그밖에 상례(喪禮)의 규정에 따라 상중에는 마땅히 허름한 여막(廬幕)에 거처를 옮겨 거주하면서 슬픈 마음에 술과 고기를 먹지 않습니다. 삼년상은 비교적 길며 그 중에 예절과 제사도 아주 많은데, 자식들은 공손하게 '예'를 행하고 정성껏 제사를 올리는 것이 마땅합니다. 비록 부모님은 돌아가셨고 지각이 없지만 우리는 마땅히 그들이 살아있을 때와 같이 그들을 모시고 우리의 효심을 다해야 합니다.

이상은 "입즉효(入則孝)"로서 부모와 자녀의 관계를 말한 것입니다.

"형도우, 제도공. 형제목, 효재중(兄道友, 弟道恭, 兄弟睦, 孝在中).
재물경, 원하생? 언어인, 분자민(財物輕, 怨何生, 言語忍, 忿自泯)."

이 여덟 구절은 "출즉제(出則悌)"를 언급한 것으로, 형제자매의 관계를 말합니다. 여기에서 말하는 형제자매는 결코 가정에 국한된 것이 아닙니다. 옛사람들이 말했듯이 "사해지내개형제야(四海之內皆兄弟也)", 즉 온 세상 사람들은 모두가 다 형제입니다. 천하의 부모는 모두 자기의 부모이듯이 천하의 모든 형제도 역시 자기의 형제입니다.

"형도우, 제도공. 형제목, 효재중(兄道友, 弟道恭, 兄弟睦, 孝在中.)"이란 즉 형제는 같은 연배(年輩)이지만 나이가 같지 않습니다. 옛날에는 산아제한(産兒制限)이 없었으므로 형제들이 많은 것은 일고여덟 심지어는 그보다 더 많기도 했습니다. 어떻게 서로간의 관계를 잘 처리하느냐 하는 것은 가정의 화목을 유지하는 중요한 과제였습니다. 옛사람들이 내놓은 형제의 도(道)의 원칙은 "형우제공(兄友弟恭)"입니다. 우(友)는 우대(優待) 또는 애호(愛護)입니다. 공(恭)은 존경(尊敬) 또는 순종(順從)을 말합니다. 형님은 동생을 사랑하고 보호해야 하며 아버지가 돌아가시면 형님이 동생을 부양해야 합니다. 그러므로 옛사람들은 "장형위부(長兄爲父)", 즉 큰형은 부친과 같다고 했습니다. 그러므로 형님으로서 어릴 적부터 동생을 애호하는 책임감을 가져야 합니다. 이에 동생도 형님의 나이가 자기보다 많고 아는 것도 많으므로 형님을 존경해야 합니다. "형우제공(兄友弟恭)" 형이 동생을 애호하고 동생이 형을 존경한다면, 서로 간에 화목하게 지낼 수가 있습니다. 형제가 화목하면 부모님들이 보고 가장 즐거워하시므로 '효'도 그 속에 있는 것입니다.

형제는 조만간에 분가하기 마련입니다. 분가하게 되면 재산을 갈라야 하고, 그리하여 형제간에 재산을 다투어 반목하게 되면 이는 가정의 불행입니다. 가령 사람마다 혈육의 정을 중히 여기고 재물을 가볍게 여긴다면 원한이 어디에서 오겠습니까? 이밖에 형제지간이나 친구지간에 언어 충돌로 인해 대판싸움이 벌어지는 현상을 여러분들도 보았을 텐데 그 효과가 아주 좋지 않습니다. 이 때문에 자식에게 어려서부터 참는 것을 가르쳐야 합니다. 설사 상대방의 말이 격해지더라도 대꾸를 하지 않는다면 잠시 뒤에 그도 차츰 수그러져서 일이 조용해질 수 있습니다.

"혹음식, 혹좌주. 장자선, 유자후(或飮食, 或坐走, 長者先, 幼者後).
장호인, 즉대규. 인불재, 기즉도(長呼人, 即代叫, 人不在, 已即到)."

"혹음식, 혹좌주. 장자선, 유자후(或飮食, 或坐走, 長者先, 幼者後)"라는 뜻은 "음식을 먹거나 앉거나 길을 걸을 때에는 어른이 앞서고 어린 사람이 뒤를 따른다"는 말로, 일상생활에서의 질서에 관한 문제를 말합니다. 지금 버스가 정류장에 들어서기만 하면 우르르 몰려들어 자리다툼을 하는 등 무질서한 현상이 아주 많아 모두들 혐오하면서도 도무지 해결책이 없습니다. 사실 사회현상은 보기에는 복잡한 것 같지만 아주 간단한 것으로 선후순서를 안 지킬 따름입니다. 만약 모든 사람들이 인정하는 순서가 없이 사람마다 뒤질세라 앞을 다툰다면 질서라는 것이 어디에 있겠습니까? 옛사람들은 음식이나 또는 자리를 잡거나 걸음을 걸을 때에 마땅히 "장자선, 유자후(長者先, 幼者後)"해야 한다고 여겼습니다. 장유유서는 중화 민족의 존로전통(尊老傳統)의 구현입니다. 노인들은 한평생을 가정과 사회를 위해 헌신을 하였는데, 젊은이들이 노인들과 앞을 다툰다면 이는 너무나 무례하지 않습니까? 노인들은 몸이 허약한데, 젊은이들이 노인과 앞을 다툰다면 아무래도 너무나 도덕정신이 없는 것입니다. "장자선, 유자후(長者先, 幼者後)" 이 여섯 자는 보기는 간단하지만, 여러 분들이 이 말을 따르기만 한다면 사회의 기강이 곧 좋아질 것입니다.

"장호인, 즉대규. 인불재, 기즉도(長呼人, 即代叫, 人不在, 己即到)"라는 뜻은 "어른이 불렀을 때 찾는 사람이 자리에 없는 경우 찾는 사람이 자기가 아니라고 못들은 체 할 것이 아니라 마땅히 제때에, 재빨리 도와서 찾아야 한다"는 말입니다. 이렇게 하는 것은 남의 일을 자신의 일로 삼는 것과 같은 표현으로, "부모환, 응물완(父母喚, 應勿緩)"의 처사와 일치하는 것입니다. 만약 찾지 못했다면 앞에 나서서 어른에게 자기가 도와드릴 수 있겠냐고 물어야 합니다. 요즘 생활 속에서 우리는 늘 『제자규』와 상반되는 형상을 목격하곤 합니다. 선생님이 어느 학생을 불렀을 때 기타 학생들은 못들은 체합니다. 어느 학생 하나도 주도적으로 나서서 선생님에게 어떤 일이십니까? 그 학생이 지금 없는데, 제가 할 수는 없는 일입니까? 하고 묻는 학생이 없습니다.

"칭존장, 물호명. 대존장, 물견능(稱尊長, 勿呼名, 對尊長, 勿見能).
노우장, 질추읍. 장무언, 퇴공립(路遇長, 疾趨揖, 長無言, 退恭立)."

이 말의 뜻은 "어르신을 부를 때는 이름을 불러서는 안 되며, 어른을 마주 대하여 재능을 과시해서는 안 된다. 길에서 어른을 만나면 얼른 좇아가서 인사를 하고, 어른이 말이 없으면 물러서서 경건히 서 있어야 한다"는 것입니다.

우리는 성인례(成人禮)를 소개할 때 후배가 연장자를 직접 부르는 것은 아주 실례이며 가정교육이 부족한 표현이라고 말했습니다. 후배가 연장자를 부를 때에는 마땅히 할아버지(大爷)·할머니(奶奶)·백부(伯伯)·숙부(叔叔)나 또는 선생님(老师)이라고 해야 합니다. 이밖에 후배가 연장자 앞에서 "물견능(勿見能)"해야 합니다. 즉 견(見)은 '현(現)'과 같으 것으로 뽐내거나 자랑 또는 과시함을 나타내는 말입니다. 사람은 자세를 낮추어야 하며 "만초손, 겸수익(滿招損, 謙受益)" 즉 "가득하면 손실을 부르고, 겸손하면 이익을 얻는다"는 도리를 알아야 하며, 연장자 앞에서는 더욱이 그렇게 해야 하는 것입니다. 이를테면 네가 서예를 배웠다고 연장자 앞에서 자랑을 한다면 이는 잘난 척한다는 오해를 받을 수 있습니다. 거기다 어쩌면 연장자의 서예가 너보다 더 나을지도 모르는데, 잘못하다간 "관우 앞에서 큰칼을 휘두르는 꼴"이 되고 말 것입니다.

"기하마, 승하거. 과유대, 백보여(騎下馬, 乘下車, 過猶待, 百步餘).
장자립, 유물좌. 장자좌, 명내좌(長者立, 幼勿坐, 長者坐, 命乃坐)."

이 구절의 뜻은 연장자에 대해서는 어디서나 '예'를 행하여 존경을 나타내야 한다는 겁니다. 옛날 신분이 있는 사람이 말을 타거나 수레에 앉아 가다가 길에서 노인을 만나게 되면 말이나 수레 위에서 머리를 끄덕하는 것이 아니라 마땅히 "기하마, 승하거(騎下馬, 乘下車)"해야 하는 데, 즉 말이나 수레에서 내려 노인에게 문안 인사를 드린 뒤에 다시 말이나 수레에 올라 계속 가던 길을 갔습니다. 가령 노인을 배웅하게 되는 경우에는 자신이 먼저 돌아서서 가는 것이 아니라 마땅히 노인이 먼저 떠난 후에야 가야 하는 것입니다. "과유대, 백보여(過猶待, 百步餘)"란 노인이 백보 이상 멀리 떠난 뒤에야 비로소 돌아서 간다는 뜻입니다. 이렇게 손님을 배웅하는 습관은 선진시대에 이미 나타났으며, 이를 "객불고(客不顧)"라고 했습니다. 즉 손님을 배웅하려면 손님이 고개를 돌려 보지 않을 때까지 바라보고 있어야 한다는 것입니다. 그러나 지금 어떤 사람들은 손님이 금방 문을 나서자마자 문을 쾅하고 닫아버리는데 이는 아주 실례입니다.

"장자립, 유물좌. 장자좌, 명내좌(長者立, 幼勿坐, 長者坐, 命乃坐)"는 어른과 아이 사이의(長幼間)의 앉고 서는(坐立) 것에 관한 예절을 말합니다. 중국 사람들은 예로부터 노인을 존중했습니다. 그러므로 일반적인 경우에 후배는 연장자와 나란히 앉아서는 안 됩니다. 만약 연장자가 서 있는데 후배가 자리에 앉아 있으면 그것은 우쭐거린다는 오해를 받기 쉽습니다. 연장자가 앉은 뒤라도 후배는 제자리에 서 있어야 마땅합니다. 이렇게 하는 것은 하나는 겸손함을 나타내며, 또 하나는 선배가 부를 때 재빨리 움직일 수 있도록 대기하고 있음을 나타냅니다. 가령 앉으라는 말이 떨어지면 그때야 비로소 자리에 앉을 수 있는 것입니다.

"존장전, 성요저. 저불문, 각비의(尊長前, 聲要低, 低不聞, 卻非宜).
근필추, 퇴필지. 문기대, 시물의(近必趨, 退必遲, 問起對, 視勿移)."

먼저 "존장전, 성요저. 저불문, 각비의(尊長前, 聲要低, 低不聞, 卻非宜)"는 연장자와 이야기할 때 말소리를 적당하게 냄을 말합니다. 사람들과 말을 할 때 상대방이 알아들을 정도면 되는 것입니다. 목소리가 너무 크면 소음이므로 누구나 좋아하지 않습니다. 연장자와 큰소리로 떠들썩하게 이야기를 하면 사람을 질리게 할 뿐만 아니라 안하무인(眼下無人)이라는 인상을 주게 되므로 더구나 해서는 안 됩니다. 그렇다고 해서 절대 거꾸로 나가는 것도 마땅치 않습니다. 입을 움직일 듯 말 듯 모기소리만 하게 내면 무슨 말을 하는지 알아들을 수 없으니 이 역시 안 된다는 말입니다.

"근필추, 퇴필지(近必趨, 退必遲)"는 연장자에게 다가서거나 떠나는 방식을 말합니다. 옛사람들은 걸음을 보폭의 크기나 빈도에 따라 보(步)·추(趨)·주(走)·분(奮)등 여러 가지 형태로 나누었습니다. '보'는 지금 우리들이 말하는 걷는 것에 해당하는 것으로, 비교적 홀가분하고 여유 있는 걸음을 말합니다. '추'는 빠른 걸음으로 발걸음이 비교적 빠릅니다. '주'는 옛사람들의 경우 지금처럼 '달린다'는 뜻이 아니라 '종종걸음'으로 가는 것을 말합니다. '분'은 지금 사람들이 말하는 달리는 것에 해당합니다. 후배가 연장자를 만나는 경우에 발걸음이 내키는 대로 걷는다면 정신을 딴 데 파는 격이 되므로 마땅히 추(趨), 곧 빠른 걸음으로 다가가야 하는데 이것을 "근필추(近必趨)"라고 하는 겁니다. 어느 한 번은 제가 홍콩 대학교에 가서 학술회의에 참석한 적이 있었습니다. 폐막식에서 진용(金庸) 선생을 현장에 모셔서 회의에 참석한 대학생 대표들에게 당신의 서적을 증정(贈呈)토록 하게 되었습니다. 대회 주석이 이름을 부르면 대표들이 주석대에 올라 책을 받게 되는데 두 가지 상황이 일어났습니다.

어떤 사람은 느릿느릿 무대에 올랐고, 어떤 사람은 빠른 걸음으로 단상에 올랐습니다. 이 두 가지 경우 어느 것이 예의에 맞고 어느 것이 실례일까요? 뒤의 예가 추(趨)의 방식으로 존자(尊者)에게 다가갔으므로 예의에 맞는 것입니다. 그러나 존자를 만나 뵙고 나서는 다시 빠른 걸음으로 물러설 것이 아니라 서서히 물러나야 합니다. 여기서 설명할 것은 떠날 때는 '퇴(退)', 즉 물러서는 것이지 돌아서서 가는 것이 아닙니다. 이 문제에 대해 지금 많은 사람들은 그다지 중시하지 않습니다. 옛사람들은 존장(尊長)을 등지고 걷는 것은 실례라고 여겼습니다. 이러한 현상이 나타나는 것을 모면하기 위해서 한편으로는 존장과 작별인사를 하고 한편으로는 뒷걸음으로 문어귀로 가는 것입니다. 이러한 습관은 오늘날 한국이나 일본에서 아직도 볼 수 있습니다.

"문기대, 시물의(問起對, 視勿移)"는 연장자와 이야기를 나눌 때 어떻게 해야 하는지를 말합니다. 연장자가 물으면 반드시 자리에서 일어나 대답해야 합니다. 대답할 때에는 시선을 연장자에게로 주시하면서 위아래나 좌우로 움직여서는 안 됩니다. 이러한 규정은 지금의 중소학교에서는 되고 있으나 대학생들은 도리어 되지 않고 있는데 어떤 이유에서 인지를 모르겠습니다. 적지 않은 대학생들이 수업시간에 질문을 하거나 또는 선생님의 질문에 답할 때 자리에서 일어나기를 꺼려하며, 심지어는 자리에 앉은 채로 손짓 몸짓을 해가면서 말하는데 이는 아주 교양이 없는 것입니다. 시선을 존장(尊長)에게 향하는 것은 존중의 표현이므로 여러 분들은 "왕고좌우이언타(王顧左右而言他)" 즉 왕이 좌우를 돌아보며 다른 말을 하듯이 하지 말아야 합니다.

"사제부, 여사부. 사제형, 여사형(事諸父, 如事父, 事諸兄, 如事兄.)"

'제부(諸父)'는 '伯伯(백부)' '叔叔(숙부)'를 가리킵니다. 그들은 모두 아버지의 친형제이므로 옛사람들은 그들을 백부(伯父)·숙부(叔父)라고 부릅니다. 후배는 제부를 마땅히 친아버지처럼 대해야 합니다. '제형(諸兄)'은 제부(諸父)의 자식들로서 지금은 종형제(堂兄弟)라고 하는데 친형제처럼 대해야 마땅합니다.

(3) 근이신(謹而信)

근(謹)은 근신(謹愼)으로 조심하거나 진지함을 말합니다. 근신은 사람들로 하여금 실수를 적게 일어나게 합니다. 공자가 이르기를, "다문궐의, 신언기여(多闻阙疑, 愼言其餘)"라 했습니다. 즉 사람들이 많이 묻고 말을 삼가야 한다는 것을 말합니다. 여러 분들도 알다시피 제갈량은 아주 총명했습니다. "제갈일생유근신(諸葛一生唯謹愼)"이라는 말처럼 제갈량은 한평생을 오로지 조심하고 삼가며 행동했으므로 실수를 아주 적게 했습니다. 생활의 경험이 적은 아이들을 보면 그들은 아직 근신의 깊은 뜻을 잘 헤아리지 하고 있음을 발견합니다. 그러므로 그들이 일을 할 때 조심스럽게 하면서도 대범한 습관을 양성시킴으로써 경망스러운 사람이 되지 않도록 해야 할 것입니다.

"조기조, 야면지. 노이지, 적차시(朝起早, 夜眠遲, 老易至, 惜此時)."

이 뜻은 "아침에는 일찍 일어나고, 밤에는 늦게 자라. 쉬이 늙어버리니 지금의 시간을 아껴라."는 것입니다.

신중한 태도는 진지한 인생 태도로부터 비롯됩니다. 날마다 열심히 공부하면 교양이 있고 사리에도 밝아집니다. 그러나 사람은 "생야유애, 학야무애(生也有涯, 學也無涯)"라는 말처럼 "삶은 끝이 있으나 학문은 끝이 없으므로 시간을 아끼는 것이 곧 생명을 아끼는 것이다"라는 것입니다. 그러므로 "조기조, 야면지(朝起早, 夜眠遲)"해야 하고, 적극적인 인생 태도를 갖고 효과적으로 독서를 하고 지식을 탐구하는 시간을 연장해야만 하는 것입니다.

"신필관, 겸수구. 변닉회, 첩정수(晨必盥, 兼漱口, 便溺回, 輒淨手).
관필정, 유필결. 말여리, 구긴절(冠必正, 紐必結, 襪與履, 俱緊切.)"

이 글의 앞 구절의 뜻은 "새벽에 일어나면 깨끗이 씻고, 양치도 깨끗이 하라. 화장실에 다녀오면 손을 깨끗이 씻어라."는 말이다.

문명 시대의 사람으로서 매일 새벽에 일어나면 먼저 해야 할 일은 세수를 하고 양치질을 하는 것입니다. "신필관, 겸수구(晨必盥, 兼漱口)"의 이로운 점은 첫째 위생적이고 건강에 유리하며, 둘째는 활기차게 하루를 시작할 수 있는 것입니다. 새벽에 일어나서 꼭 할 일이 하나 더 있는데 그것은 곧 변을 보는 것입니다. 변을 보고 나서 더러움을 해소하고 더불어 정결하게 식사를 하기 위해서 옛사람들은 "변닉회, 첩정수(便溺回, 輒淨手)"라고 해서 손을 깨끗이 씻었던 것입니다.

"관필정, 유필결. 말여리, 구긴절(冠必正, 紐必結, 襪與履, 俱緊切)"은 옷을 입고 모자를 쓰는 법을 말합니다. 모자는 바로 써야 합니다. 일부

연예계의 인사들은 언론의 인터뷰를 받을 때 고의적으로 모자를 비스듬하거나 거꾸로 쓰는데 이는 아주 교양이 없어 보입니다. 옷의 단추는 원칙상 모두 잠가야 합니다. 우리가 군인들의 옷차림을 보면 반드시 제복 깃의 단추를 끼우는데 이는 군용(軍容)의 규정으로서 이 단추를 잘 끼우면 한결 정신이 들어 보입니다. 지금은 루즈핏(크기가 넉넉하여 헐렁해 보이는 옷-역자 주)이 유행되는데 이런 복장은 캐주얼룩으로서 비공식 장소에서는 어울리나 절대 예의(禮儀)를 차려야 하는 장소에는 입고 가지 말아야 합니다. 양말과 신도 모두 '긴절(緊切)'하게 신어야지 느슨하고 헐렁하게 착용하지 말아야 합니다. 일부 학생들은 장소를 가리지 않고 기숙사에서의 차림 그대로 교실에 들어오는가 하면, 여학생들은 슬리퍼를 신거나 또는 러닝셔츠 차림으로 들어오는데 이는 아주 엄숙하지 못한 태도입니다. 오늘 이 강의를 듣고 나서 우리는 다시는 이런 현상이 재발하지 않도록 했으면 하는 바람입니다.

"치관복, 유정위. 물난돈, 치오예(置冠服, 有定位, 勿亂頓, 致污穢).
의귀결, 불귀화. 상순분, 하칭가(衣貴潔, 不貴華, 上循分, 下稱家)."

이 말은 "사모관대를 벗어 둘 때는 모두 정해진 자리가 있으니, 아무렇게나 두어 더럽게 하지 마라. 옷은 깨끗한 것이 귀한 것이고, 비싸고 화려한 것이 귀한 것이 아니다. 위로는 신분에 맞고, 아래로는 집안의 처지에 어울려야 한다."라는 뜻이다.

아이들은 벗은 옷이나 모자를 고정된 자리에 놓아야 하는데 이것을 "유정위(有定位)"라고 합니다. 만약 제멋대로 놓아둔다면 찾기도 어렵겠지만, 때를 타기도 쉬우며 더욱 중요한 것은 엄숙한 생활방식을 습관화할 수 없게 됩니다. 아래 네 구절은 복장을 올바르게 대함을 말합니다. 옷의 기본적인 역할은 방한(防寒)과 치부를 감추기 위한 것입니다. 그러나 일부 경박한 이들은 오히려 그것을 신분을 자랑하는 도구로 삼고 어린아이들마저 브랜드 있는 옷을 착용하는데 이는 아무런 의미가 없습니다. 『제자규』에서 지적하는 "의귀결, 불귀화(衣貴潔, 不貴華)"의 원칙을 한 번 깊이 되새겨 볼만 합니다. 옷차림이 정결한 것은 소박하고 자중(自重)하는 이들의 소행이고, 화려하게 착용하는 것은 실속 없이 겉만 화려하게 꾸미는 이들의 표현입니다. 가령 자신이 어떤 공무의 신분에 어울리는 옷차림을 해야 하는데 집안 형편으로 인해 세트로 마련할 수 없는 경우에는 "상순분, 하칭가(上循分, 下稱家)"의 원칙에 따라 윗옷은 자신의 신분과 어울리는 차림을 하고, 아래는 자신의 집안 형편에 어울리는 차림을 해도 무방한 것입니다.

"대음식, 물간택. 식적가, 물과칙(對飮食, 勿揀擇, 食適可, 勿過則).
연방소, 물음주. 음주취, 최위추(年方少, 勿飮酒, 飮酒醉, 最為醜)."

이 말은 "식사를 할 때는 편식을 하지 말고, 적당량만 먹고 과식을 말아야 한다. 어린 사람은 술을 마시지 말고, 술 마시고 취한 모습이 가장 추한 것이다."라는 의미입니다.

음식은 사람들에 가장 필요한 것이므로 반드시 만족스럽게 되어야 합니다. 그러나 과분하게 식품의 정미(精美)함을 강조하고 적절하지 않게 사용하게 되면 사람들의 탐욕이나 심지어 질병까지 초래하게 됩니다. 그러므로 "음식을 올바르게 대하고, 가려서는 안 된다(對飮食, 勿揀擇)"는 말처럼 현실에 맞게 있으면 있는 대로 먹으면 됩니다. 가정형

편이 가난하여 조촐하게 먹어도 오히려 꿀맛처럼 달콤하게 먹을 수 있는 것은 경지의 일종입니다. 변변치 않은 음식도 즐겁게 먹고, 무와 배추를 먹어도 마음만 편하니 복인지 아닌지 어찌 알겠습니까? 반대로 날마다 산해진미나 고량진미(膏粱珍味)를 먹는다 해도 몸에 탈이 생길 수 있습니다. "식적가, 물과칙(食適可, 勿過則)"이란 "음식은 적당하게 먹고, 법도를 어기지 말아야지 폭음 폭식하게 되면 몸에 해가 될 수 있다."는 말입니다. "연방소, 물음주(年方少, 勿飮酒)"는 "어린 사람은 자제력이 부족하므로 취중에 성적(性的)으로 문란한 일이 일어나지 않도록 절대 음주를 해서는 안 된다."는 의미이고, "음주취, 최위추(飮酒醉, 最爲醜)"는 "술에 취하면 토하기도 하고 허튼소리도 하면서 온갖 추태를 다 부리므로 절대적으로 끊어야 한다."는 말입니다.

"보종용, 입단정. 읍심원, 배공경(步從容, 立端正, 揖深圓, 拜恭敬). 물천역, 물피의. 물체거, 물요비(勿踐閾, 勿跛倚, 勿箕踞, 勿搖髀)."

이 말은 "걸음은 천천히 걷고, 서 있을 때는 단정히 하라. 인사할 때는 깊이 고개 숙여 하고, 절할 때는 공손히 하라. 문지방을 밟지 말고, 기대어 서지 말며, 앉을 때는 다리를 뻗지 말고 다리를 흔들지 마라."라는 뜻입니다.

이 여덟 구절은 사람들과 교제할 때의 자세를 이릅니다. "보종용, 입단정(步從容, 立端正)"은 자신의 자세를 말합니다. "길을 걸을 때 허둥지둥하지 말고 태연자약해야 하며, 똑바로 설 때는 몸을 단정하게 해야 한다."는 말입니다. 유가에서는 사람은 중정지도(中正之道), 즉 올바른 길을 걸어야 한다고 주장하는데, 이는 마음이 올바르고 겉모양도 바름을 드러내야 함을 말하는 것입니다. 자세가 단정한 것은 군자(君子)의 기품이기 때문입니다 "읍심원, 배공경(揖深圓, 拜恭敬)"은 '예'를 취할 때의 자세를 말합니다. 읍(揖)과 배(拜)는 모두 고대의 예절입니다. 여기에서 겉(外)과 속(內)의 두 방면에 주의를 기울여야 합니다. 겉(外)이라는 것은 동작이 요구에 도달해야 함을 이르는 것으로, 절을 할 때 허리를 깊이 수그리고 손은 그렇게 쥐어야 합니다. 속(內)이라는 것은 마음속에서 우러나오는 공경하는 마음을 이르며, 그래야만 허례(虛禮)가 되지 않는다는 것입니다.

"물천역(勿踐閾)"의 역(閾)은, 지금은 문지방(门槛)이라고 하는데 사람들이 매일 지나다니는 곳이므로 다른 사람들이 다니는데 지장을 주지 않도록 그 위를 밟지 말아야 한다는 뜻입니다. "물피의(勿跛倚)"는 섰을 때 서 있는 자세가 올 바라야 한다는 것을 말하는 것으로, 한 발로 괴고 서거나 기대어 서서는 안 된다는 말입니다. "물체거(勿箕踞)"는 앉을 때 마치 키처럼 두 다리를 팔자 모양으로 쭉 뻗는 것을 말하는데, 이렇게 앉으면 보기가 아주 흉합니다. "물요비(勿搖髀)"의 비(髀)는 넓적다리를 말하는데, 남과 마주 앉을 때 다리를 떠는 것을 말합니다. 이런 현상을 우리는 흔히 보게 되는데, 일부 지도자들마저도 손님을 만날 때 이런 습관을 떨치지 못하는 것을 종종 보게 되는데 이는 손님에게 아주 실례라는 걸 잘 모는 것 같습니다. "소나무처럼 서고, 종(鐘)처럼 서는 자세"는 보기에도 듬직하다는 것을 여러분도 잘 아실 것입니다.

"완게렴, 물유성. 관전만, 물촉릉(緩揭簾, 勿有聲, 寬轉彎, 勿觸棱).
집허기, 여집영. 입허실, 여유인(執虛器, 如執盈, 入虛室, 如有人)."

은 "천천히 발을 걷어 올려 소리를 내지 말고, 길모퉁이를 돌 때는 크게 돌아 모서리에 붙지 않도록 하라. 빈 그릇을 집을 때도 안에 꽉 찬 것을 들듯이 하고, 집을 들어설 때는 안에 사람이 있다는 듯이 하라."라는 뜻입니다.

남방 사람들은 여름에 죽렴(竹簾, 대나무 발)을 즐겨 쓰고, 북방 사람들은 겨울에 면으로 된 커튼을 즐겨 씁니다. 우리는 어떤 사람들이 문에 들어설 때 와락 발을 걷었다가 뿌리치듯 놓아 소리를 크게 내어 실내에 있는 사람들을 놀라게 하는 것을 볼 수 있는데, 이는 아주 잘못된 행위입니다. 그러므로 "완게렴, 물유성(緩揭簾, 勿有聲)"이라는 말처럼 동작을 가볍고 느리게 하여 소리가 나지 않도록 해야 하는 것입니다. 이밖에 길을 걸을 때 모퉁이가 있는 곳에서는 "관전만, 물촉릉(寬轉彎, 勿觸棱)"이라는 말처럼 "크게 돌아 모서리에 붙지 않도록 해야 한다."는 것입니다. 왜 이렇게 해야 할까요? 여러 분들이 흔히 보다시피 골목의 모퉁이에서는 서로 보이지를 않아 두 사람 또는 두 차가 부딪치는 일을 자주 보게 되는데, 그 원인은 모두가 서로 맞은편에서 사람이 오리라는 것을 생각지 않고 크게 돌지 않기 때문입니다. 또한 어떤 아이들은 네모난 책상의 이쪽에서 저쪽으로 돌 때 크게 돌아야 할 원칙을 잊어버려 책상 모서리에 부딪쳐 아파합니다. "완게렴, 물유성(緩揭簾, 勿有聲)"은 보기에는 사소한 일인 듯하지만 일을 할 때 덜렁대지 말고 천천히 세심하게 해야 한다는 뜻입니다.

"집허기, 여집영(執虛器, 如執盈)"이란 빈 그릇을 들 때, 아무렇게나 들지 말고 마치 물건이 가득 찬 그릇을 들 때처럼 조심해서 들어야 한다는 것을 말합니다. "입허실, 여유인(入虛室, 如有人)"이란 "사람이 없는 집에 들어설 때라도 제멋대로 행동하지 말고, 마치 안에 사람이 있는 것처럼 규칙을 준수해야 한다." 말입니다.

"사물망, 망다착. 물외난, 물경략(事勿忙, 忙多錯, 勿畏難, 勿輕略).
투요장, 절물근. 사벽사, 절물문(鬥鬧場, 絕勿近, 邪僻事, 絕勿問)."

이 말은 "일을 함에 서두르지 마라. 서두르다 보면 실수가 생긴다. 일이 어렵다고 두려워하지 말고, 쉬워 보인다 하여 가벼이 대하지 마라. 싸움이나 시끄러운 장소는 절대 가까이 가지 말고, 바르지 않은 일에는 절대 참견하지 말라."는 뜻입니다.

장차 큰일을 이루려면 일을 처리하는데 있어서 계획성이 있어야 하고, 용맹정진 해야 하는 풍격을 양성해야 합니다. 일을 하는 데는 중요성과 시급성 여부에 따라 하나하나씩 해야 하며, 모든 일을 할 때는 계획성이 있어야 한다는 말입니다. "사물망, 망다착(事勿忙, 忙多錯)'"이란 "서둘다 보면 일을 그르칠 수가 있다."는 말입니다. 어떤 일은 자기가 해보지 않아 알 수가 없지만, 이럴 때라도 "물외난(勿畏難)", 즉 "두려워하지 말아야 한다."는 말입니다. 이것이 바로 자신이 경험을 쌓는 좋은 기회라고 생각하고 배워가면서 실행해보라는 것입니다. 어떤 일이라도 여러 번 하다 보면 차츰 익숙해지고 쉽게 할 수 있기 때문입니다. 그러나 이때에 "물경략(勿輕略)" 즉 가볍게 여겨서는 안 된다는 것을 잘 기억해야 합니다. 모름지기 "대의실형주(大意失荊州)", 즉 "소홀히 하여 형주를 잃은 삼국지의 고훈(古訓)"을 기억하고 여전히 진지하게 일을 대해야 한다는 말입니다.

아이들은 절대 싸우거나 떠들썩한 장소에 접근하지 말아야 합니다. 이런 곳에 가면 첫째는 잘못하여 다칠 수도 있지만, 쓸데없는 고생을 할 수도 있기 때문입니다. 둘째는 나쁜 영향을 받기 쉽기 때문입니다.

이밖에 사회의 적지 않은 바르지 못한 일, 이를테면 담배를 피우거나 마약을 한다거나 또는 음란한 비디오를 보는 등의 일에 접근하지 않게 해야 한다는 말입니다. 어떤 아이들은 이러한 일들이 신기하고 자극적으로 느껴져 저도 모르게 빠져 들게 되는데, 일단 이러한 일에 빠지게 되면 차후에는 스스로 빠져나오기 어려워 삐저리게 뉘우치게 되기 때문입니다. 그러므로 처음부터 자신을 잘 단속하여 "절물문(絶勿問)" 즉 "쉽사리 참견하지 못하게 해야 한다."는 것입니다.

"장입문, 문숙존. 장상당, 성필양(將入門, 問孰存, 將上堂, 聲必揚).
인문수? 대이명. 오여아, 불분명(人問誰, 對以名, 吾與我, 不分明)."

이 말은 "문에 들어설 땐 누가 있는지 물어 보고, 집안에 들어설 때는 반드시 인기척을 내야 한다. 안에 있는 사람이 누구냐고 물으면 이름을 대어 대답해야 한다. '나'라고 하던지 '저'라고 하면 불분명하기 때문입니다."

다시 말해서 "장입문, 문숙존. 장상당, 성필양(將入門, 問孰存, 將上堂, 聲必揚)"은 문을 들어설 때의 예절을 말하는 것입니다. 중국의 전통적인 건축물은 대문을 들어서면 정원이고, 정원 뒤에는 본채가 있으며, 본채에는 방이 있는데, 이곳이 가정생활의 주요 장소입니다. 따라서 상대방의 대문을 들어설 때는 곧장 뛰어 들어가서는 안 되며, 먼저 어느 분이 집에 계신지 물어봐야 하는 것입니다. 또 본채에 들어설 때에는 인기척을 내어 방안에 있는 사람에게 손님이 온 것을 알려야 한다는 의미입니다.

"인문수, 대이명. 오여아, 불분명(人問誰, 對以名, 吾與我, 不分明)"은 주

인이 묻는 말에 어떻게 대답해야 하는지를 말하는 것입니다. "'누구십니까?'하고 물으면, 반드시 자기의 이름을 대야 합니다." 그렇지 않고 "'납니다!' 또는 '저예요!'"라고 답하면 주인이 도대체 누구인지를 분간하지 못할 것이며, 우쭐거린다는 오해를 살 수도 있고, 또한 자신이 유명하여 이름을 대지 않아도 된다는 느낌을 줄 수도 있는 것입니다.

이상에서 언급한 것이 바로 '근(謹, 삼사하는 것-역자 주)'을 설명한 것입니다.

"용인물, 수명구. 당불문, 즉위투(用人物, 須明求, 倘不問, 即為偷).
차인물, 급시환. 후여급, 차불난(借人物, 及時還, 後有急, 借不難).
범출언, 신위선. 사여망, 해가언(凡出言, 信為先, 詐與妄, 奚可焉).
화설다, 불여소. 유기시, 물교녕(話說多, 不如少, 惟其是, 勿佞巧)."

이 말은 "남의 물건을 사용할 때는 반드시 써도 되는지를 물어봐야 한다. 묻지도 않고 사용한다면 그것은 훔친 것과 같다. 남의 물건을 빌리면 제 때에 돌려줘야 한다. 만일 그러하면 후에 급한 일이 생겼을 때 또 빌리기가 쉽기 때문이다. 무릇 말을 할 때는 신뢰가 먼저이니, 속이거나 헛된 말을 해서는 안 된다. 말이 많은 것은 적은 것만 못하고, 오직 바른 말만을 해야 하며, 입바른 말로써 아첨해서는 안 된다."는 뜻입니다.

이 단락은 '신(信, 믿음)'에 대해 말하는 것입니다. 유가에서는 '신(信)'을 아주 강조하는데, 바로 지금 사람들이 말하는 신의(信義)가 그것입니다. 인간으로서 가장 기본적인 품성이라고 할 수 있기 때문입니다. 공자가 이르기를, "인이무신, 부지기가야. 대거무예, 소거무월, 기하이행지재(人而無信, 不知其可也, 大車無輗, 小車無軏, 其何以行之哉)?"라 했습니다. 즉 "큰 수레가 움직일 수 있는 것은 끌채 끝에다 이어서 고정시키는 마구리가 있기 때문이고, 작은 수레가 움직일 수 있는 것은 끌채와 쐐기를 잇는 멍에가 있기 때문이다. 만약 큰 수레에 마구리가 없고 작은 수레에 멍에가 없다면 어떻게 움직일 수가 있겠는가? 사람이 만약 신의가 없다면 결국 이와 같지 않겠는가?"라고 했습니다. 증자(曾子)는 날마다 "삼성오신(三省吾身)"이라 하여 "하루에 세 번은 자신의 몸을 살펴야 한다." 한다고 했는데, 그 중의 하나가 바로 '신(信)'과 관련된 것입니다. "여붕우교이불신호(與朋友交而不信乎)?" 즉 "벗과 사귀는 데 신의로서 하지 않는 것이 있는가?"라는 말처럼 여러분도 날마다 자기의 "신의의 정도(信義度)"를 성찰해 보아야 하는 것입니다.

"범출언, 신위선. 사여망, 해가언(凡出言, 信為先, 詐與妄, 奚可焉)"은 "말하기에 앞서 먼저 자신이 이 말을 실행할 수 있겠는지를 짐작해 보아야 한다"는 것을 말합니다. 만약 할 수 없다면 말을 꺼내지 말아야 하는데, 이것이 곧 신의(信義)입니다. 공자가 이르기를, "고자언지불출, 치궁지불체야(古者言之不出, 恥躬之不逮也)"라 했습니다. 즉 "옛날에 사람들이 말을 함부로 하지 않은 것은, 몸이 자신의 말을 따르지 못하는 것을 부끄러워했기 때문이다."라는 뜻입니다. 옛날의 군자들은 말을 아주 적게 했는데, 그것은 말을 하는 것이 힘들어서가 아니라 말한 대로 하기가 쉽지 않다는 것을 깊이 알고 있었기 때문입니다. 말만 하고 하지 못하는 것을 그들은 수치스러운 일이라고 간주했습니다. 요즘사람들은 실행하지도 못하면서 말만 많이 하고, 거기에다 사기도 치고 망언(妄言)까지 하는데, 그렇기 때문에 사회가 혼란스러운 것입니다. "화설다, 불여소. 유기시, 물교녕(話說多, 不如少, 惟其是, 勿佞巧)"

이란 "무엇 때문에 말을 많이 하는 것이 적게 하는 것만 못하다는 것인가? 그것은 말이 많으면 경솔할 수 있고 실수를 할 수 있기 때문이다."라는 뜻입니다. 공자가 이르기를, "군자욕납어언이민어행(君子欲納於言而敏於行)"이라 했습니다. 납(納)은 목눌(木訥), 즉 "말재주가 없음"을 말하고, 민(敏)은 근민(勤敏)으로 "부지런하고 재빠름"을 의미합니다. 그러면 왜 말은 목눌하게 해야 하고, 행동은 근민해야 합니까? 큰소리치를 치는 것은 쉬운 일이므로 스스로를 단속하고 말을 적게 하라는 것입니다. 그리고 행하기가 쉽지 않으므로 힘써 노력하여 실천하고 많이 해야 합니다. 마오쩌동은 공자의 이 말을 아주 높게 평가하였으며, 그뿐만 아니라 그의 두 딸의 이름을 언니는 리민(李敏), 동생은 리너(李讷)라고 지었습니다. 속담에 "침묵은 금(金)이다."라는 말이 있습니다. 말수가 적은 사람은 심사숙고 끝에 말을 하지만, 말을 술술 하는 사람들은 별로 생각하지 않고 입을 엽니다. 루쉰(魯迅) 선생은 소위 "급불택언(急不擇言)"이라고 했습니다. 즉 "결코 생각할 시간이 없는 것이 아니라 시간이 있을 때 생각하지 않은 것"이라는 뜻입니다. 이를 설명해 주는 말이 "화설다, 불여소. 유기시, 물교녕(話說多, 不如少)"'인데, 이는 "말을 적게 하라는 것이 아니라 많이 생각하여 신중하게 말하라"는 뜻입니다. 말은 반드시 실사구시(實事求是)해야 하며, 절대 입에 발리는 말로 아첨하며 남의 환심을 사는 말을 해서는 안 되는 것입니다.

"간교어, 예오사. 시정기, 절계지(奸巧語, 穢污詞, 市井氣, 切戒之).
견미진, 물경언. 지미적, 물경전(見未真, 勿輕言, 知未的, 勿輕傳)."

이 말은 "간교한 말과 추잡하고 더러운(污穢) 말, 그리고 시정잡배들의 습성은 철저히 금해야 한다. 진실을 보지 못했다면 가벼이 얘기하지 말고, 아는 것이 확실하지 않으면, 헛되이 옮기지 말라."라는 뜻이다.

"간교어, 예오사. 시정기, 절계지(奸巧語, 穢污詞, 市井氣, 切戒之)"는 간교한 말과 추잡한 말, 그리고 시정잡배들의 습성, 이러한 나쁜 버릇은 군자의 우아한 기풍과는 배치되는 것이므로 절대 물들지 말아야 함을 말합니다. 지금 많은 젊은이들이 한다는 말이 온통 저속(低俗)하기 짝이 없는 유행하고 있는 욕설이나 베이징 지역 사투리의 욕설을 해대고, 입을 벌렸다 하면 시정(市井) 사투리를 내뱉으면서도 수치스러워하기는커녕 도리어 잘한 것처럼 느끼니 참으로 이해할 수가 없습니다.

"견미진, 물경언. 지미적, 물경전(見未真, 勿輕言, 知未的, 勿輕傳)"은 말할 때 신중해야 한다는 것을 강조하는 말입니다. 어떤 일이든 간에 자기가 직접 목격한 것이 아니라 얻어들은 소문이나 또는 분명하게 보지 못한 것이라면 함부로 말을 해서는 안 됩니다. 어떤 소문은 자기가 확실하게 모를 경우에는 남에게 이용되지 않도록 함부로 퍼뜨리지 말아야 합니다. 책임성이 없는 귓속말이나 소문은 모두 당사자에게 상해를 줄 수 있습니다. 그러므로 여러 분은 "요언지우지자(謠言止于智者)"라는 격언을 기억해야 합니다. 즉 "근거 없는 말은 지혜로운 자에게 들어가면 더는 퍼지지 않는다."라는 뜻인데, 우리는 이 말이 의미하는 것처럼 어리석은 짓을 하지 말고 마땅히 지혜로운 사람이 되어야 하는 것입니다.

"사비의, 물경낙. 구경낙, 진퇴착(事非宜, 勿輕諾, 苟輕諾, 進退錯.)"

이 말은 "일이 적절하지 않으면 가벼이 승낙하지 말라. 만약 가벼이 승낙했다간 진퇴양난에 처하게 된다."는 의미입니다.

이 네 마디 말은 남에게 어떤 일을 해주겠다고 쉽게 승낙하지 말아야 함을 말합니다. 특히 하지 말아야 하는 일은 함부로 승낙해서는 안 됩니다. 이를테면, 어떤 학생이 시험 볼 때, 커닝을 도와달라고 하거나 위증을 해달라고 하는 등의 일은 자신의 덕성을 해치는 일인데 어찌 함부로 승낙할 수가 있겠습니까? 만약 자신이 얼떨결에 충동적으로 승낙했다면 진퇴양난에 빠지게 될 것이며, 일단 일이 터지면 그에 대응하는 후과를 감당해야 하므로 그때는 이미 후회막급일 것입니다. 그밖에 일부 아이들이 무협소설을 보고 나서 강호(江湖)의 의리가 매우 호기스럽다고 여겨 어떤 일에 봉착했을 때 남의 부추김을 이겨내지 못하고 위험까지 무릅쓰며, 심지어는 목숨까지 걸고 승낙하기도 합니다. 이러한 유치한 행위는 자신을 평생토록 후회하게 만들 것입니다.

"범도자, 중차서. 물급질, 물모호(凡道字, 重且舒, 勿急疾, 勿模糊)."

라는 말은 "무릇 말을 한다는 것은 신중하고 서두르지 말아야 하며, 급하게 하거나 너무 빠르게 말하지 말 것이며, 모호하게 말하지 말아야 한다."는 뜻입니다.

이 네 마디 말은 말할 때 주의해야 할 점을 이말해주고 있습니다. 말을 할 때는 침착하고 차분하게 하고, 목소리와 발음은 반드시 '중차서(重且舒)', 즉 힘이 있어야 할 뿐만 아니라 완만하게 하며 발음이 똑똑하고 어조가 부드러워 남이 명확히 알아들을 수 있게 해야 합니다. 절대로 급하고, 모호(模糊)하고, 빠르고, 애매하게 말하지 말아야 합니다. 그렇지 않으면 남이 어떻게 당신과 소통할 수가 있겠습니까?

"피설장, 처설단. 불관기, 막한관(彼說長, 此說短, 不關己, 莫閑管)."

이 말은 "이 사람은 이게 좋다 말하고, 저 사람은 저게 좋다 말할 때, 당신과 무관하다면 함부로 관여하지 말라."는 뜻입니다.

인간관계는 아주 복잡합니다. 어떤 사람들은 제멋대로 지껄이거나 이것저것 낭설을 퍼뜨리기 좋아합니다. 그러므로 이러한 말을 들을 경우에는 반드시 분별력이 있어야지 그렇지 않으면 남에게 이용당하기 쉽습니다. 자기와 무관한 일에는 자신이 나이가 어려서 조사하고 해결할 능력이 없다고 생각되면, 거기에 끼어들지 말아야 합니다. 그렇지 않으면 무의미한 분쟁에 말려들어 정력만 소모하게 될 것입니다.

"견인선, 즉사제. 종거원, 이점제(見人善, 即思齊, 縱去遠, 以漸躋).
경인악, 즉내성. 유즉개, 무가경(見人惡, 即內省, 有則改, 無加警)."

이 말은 "다른 사람의 좋은 점을 보면 따라서 할 생각을 하고, 거리가 멀다면 서서히 따라 잡도록 해야 한다. 다른 사람의 나쁜 점을 보면 속으로 살펴보고, 자신에게도 있으면 바로 고치고, 없다면 경계해야 한다."는 뜻입니다.

이 여덟 마디 말은 『논어』의 "견현사제언, 견불현이내자성야(見賢思齊焉, 見不賢而內自省也)", 즉 "어진 이를 보면 그와 같아지기를 생각하며, 어질지 못한 것을 보면 안으로 자기를 되돌아본다"는 말에서 탈화(脫

化)한 것입니다. 남의 어질거나 어질지 못한 품행을 막론하고 보았으면 응당 이를 되새겨서 자신을 돌아보아야 하는데 이것은 일종의 매우 높은 경지라고 할 수 있습니다. 남의 어진 품행을 보았을 경우에는 단지 흠모할 뿐만이 아니라 어떻게 하면 그를 따라 배울 수 있고, 그와 어깨를 나란히 할 수 있겠는가를 생각해야 합니다. 설령 그와의 거리가 아주 멀리 떨어져 있다 하더라도 끊임없이 노력만 하면 마침내 그의 대열에 합류할 수 있게 됩니다. 타인의 악담이나 악행을 보거나 들었을 경우에는 단지 비난만 할 것이 아니라 자신도 그와 비슷한 흠이 있는지를 성찰해야 합니다. 만약에 있다면 마땅히 재빨리 고쳐야 하고, 없더라도 거울로 삼아 절대로 그의 전철을 밟지 않도록 해야 마땅한 것입니다.

"유덕학, 유재예, 불여인, 당자려(唯德學, 唯才藝, 不如人, 當自礪).
약의복, 약음식, 불여인, 물생척(若衣服, 若飮食, 不如人, 勿生戚)."

이 글은 "만약 덕과 학문, 그리고 재능과 재주가 다른 사람만 못하다면 마땅히 노력하여야 한다. 의복과 음식이 남만 못하다 하여도 너무 근심하지 말라."라는 뜻입니다.

사회생활에서 주위의 사람들과 무엇을 비교할 것입니까? 이는 우리 모두가 날마다 부딪치는 문제입니다. 군자는 다른 사람과 비교할 것은 오로지 덕성·학문·재능·기예라고 봅니다. 가령 이런 면에서 확실히 남보다 못하다면, 마땅히 스스로 노력하고 이를 본보기로 삼아 따라잡아야 합니다(當自礪). 그러나 옷이 남보다 화려하고 비싸지 않다거나 음식이 남보다 거칠다고 해서 창피해 하거나 우울해하지 말아야 합니다. 그런 것은 결국 외재적인 것으로 자신의 인격을 승화시키지는 못하기 때문입니다. 공자가 이르기를, "사지어도, 이치악의악식자, 미족여의야(士志於道, 而恥惡衣惡食者, 未足與議也)"라고 했습니다. 즉 "선비가 도에 뜻을 두고도, 남루한 옷과 나쁜 음식을 수치로 여기는 자라면 더불어 의논하기에 족하지 않다"라는 뜻입니다. 당신이 이미 도에 뜻을 두었다면 마땅히 도와 연관된 문제에 전념해야지, 어찌 마음이 물질적인 것에 끌려 의식의 좋고 나쁨만 따질 수 있단 말입니까? 당신의 지향하는 바가 이처럼 낮은데 당신과 또 무엇을 의논할 수 있단 말입니까?

"문과노, 문예락, 손우래, 익우각(聞過怒, 聞譽樂, 損友來, 益友卻).
문예공, 문과흠, 직량사, 점상친(聞譽恐, 聞過欣, 直諒士, 漸相親)."

이 말은 "잘못을 지적당하면 성을 내고, 칭찬을 들으면 기뻐한다면, 좋지 않은 친구만 남고, 이득이 되는 친구는 사라진다. 칭찬을 들을 때 더욱 조심하고, 잘못을 들을 때 오히려 기뻐한다면 솔직하고 믿을 만한 사람이 되어 점점 친구가 늘어나게 된다."는 뜻입니다.

이 여덟 마디 구절은 남의 비방과 칭찬을 어떻게 대할 것인가에 대한 말합니다. "문과노, 문예락(聞過怒, 聞譽樂)"은 "비평하는 의견을 들으면 화를 내고, 아첨하는 말을 들으면 기뻐서 어쩔 줄 모른다."는 것인데, 그 결과는 "손우래, 익우각(損友來, 益友卻)"이라고 한 것처럼 "당신이 진보발전 하는데 해가 되는 친구는 모두 오고, 당신의 진보에 도움이 되는 친구는 모두 물러가게 됩니다." 사람은 마땅히 자신을 정확히 알아야 합니다. 남이 당신을 칭찬할 때는 당신이 참으로 그렇게 좋아서 만이 아니라 왕왕 각종 사심에서 비롯된 것이며, 당신에게 바라는 것이 있기 때문이므로 절대 진담으로 받아들여서는 안 됩니다. 그러나 가령 남이 당신의 잘못을 지적했다면 그것은 긍정적으로 당신에게 바라는 것이 없이 당신이 잘되기를 바라는 것이므로 마땅히 즐거워해야 합니다. 만약 당신이 비방과 칭찬을 이렇게 대할 수 있다면 정직한 사람은 날이 갈수록 당신과 가까워질 것입니다.

"무심비, 명위착. 유심비, 명위악(無心非, 名為錯, 有心非, 名為惡).
과능개, 귀어무. 상엄식, 증일고(過能改, 歸於無, 倘揜飾, 增一辜)."

이 말은 "무심코 저지른 과실(過失)을 잘못이라 부르고, 고의로 저지른 과실은 악이라 부른다. 잘못은 고칠 수 있고 잘못을 되돌릴 수도 있지만, 일부러 잘못을 감추고 꾸민다면 죄만 하나 더 늘어날 뿐이다."라는 뜻입니다.

사람은 성현(聖賢)이 아니므로 언제나 잘못을 저지를 수 있습니다. 잘못은 두 가지가 있는데, 하나는 무심코 하는 것이고, 다른 하나는 고의로 하는 것으로, 양자의 성질은 같지 않습니다. "무심비, 명위착. 유심비, 명위악(無心非, 名為錯, 有心非, 名為惡)"은 무심코 범한 과실은 '착(錯)' 즉 잘못이고, 고의로 범한 잘못은 '악(惡)'입니다. 과실이 있는 것은 두렵지 않으나 잘못을 알았으면 고칠 수 있느냐가 문제라는 말입니다. "과능개, 귀어무. 상엄식, 증일고(過能改, 歸於無, 倘揜飾, 增一辜)"는 잘못이 있는데 제때에 고치면 잘못은 제거되어 없어집니다. 그러나 만약 병을 감추고 치료를 꺼리듯이 잘못을 덮어 감추려고 한다면 곧 새로운 '고(辜)', 즉 죄(罪)를 저지르게 된다는 말입니다.

⑷ 범애중이친인(凡愛衆而親仁)

"범시인, 개수애. 천동부, 지동대(凡是人, 皆須愛, 天同覆, 地同載)."

이 말은 "무릇 사람이라면 모두를 사랑해야 하는데, 이는 같은 하늘을 이고 같은 땅을 밟고 있기 때문이다."라는 뜻입니다.

어떤 이들은 서양문화는 '박애'를 주장하고, 중국 사람들은 가족애를 주장하며 양자의 관심은 엄청난 차이가 있다고 인정합니다. 이러한 견해를 갖고 있는 사람들은 유가의 문헌이나 또는 『제자규』와 같은 보급 도서마저도 읽어보지 못한 사람들입니다. 『제자규』의 위와 같은 문구는 무릇 한 지구에 살고 같은 파란 하늘을 이고 있는 사람이라면 모두 마땅히 서로 관심을 갖고 사랑해야 한다는 것입니다. 즉 이 말이 나타낸 뜻은 바로 "인류의 사랑"을 말하는 것입니다.

여기서 제가 강조하고 싶은 것은 이러한 인류의 보편적인 사랑의 사상이 청조 때 『제자규』를 쓴 시기부터 나타난 것이 아니라 그보다 훨씬 이른 선진시대에 이미 형성되었다는 것입니다. 공자가 『예운(禮運)』에서 "천하위공(天下爲公)"의 "대동세계(大同世界)"를 이상 사회로 제창하였고, 그로부터 자신의 어르신을 공경하듯 다른 모든 이들의 어르신도 공경하는 데에 이르러야 하고, 내 아이들을 사랑하듯이 다른 모든 이들의 아이들도 사랑하는 데에까지 이르러야만(老吾老以及人之老, 幼吾幼以及人之幼), "사해 안의 모두가 형제(四海之內皆兄弟)"라는 유가의 보편적 가치를 갖게 되는 것이며, 이것이 비팅이 되어 『효경』에 '박애'라는 말이 나타나게 된 것입니다. 지금 여러 분들은 "온 세상에 사랑이 넘치게 하자(让世界充满爱)"라는 노래를 즐겨 부르면서 이는 우리 이

시대에서만 있는 사상이라고 생각하고 있겠지만 사실은 그렇지가 않습니다. 고대 중국 사람들은 박애의 이념이 있었을 뿐만 아니라 공론(空論)에 그치지 않고 행동으로 보였습니다. 믿기지 않으면 아래의 구절을 보십시오.

“행자고, 명자고. 인소중, 비모고(行高者, 名自高, 人所重, 非貌高).
재대자, 망자대. 인소복, 비언대(才大者, 望自大, 人所服, 非言大).”

이 말은 “품행이 고아한 사람은 명성도 그에 따라 높은데, 사람들이 중히 여김은 외모가 아름다워서가 아니다. 재능이 많은 사람은 명망이 자연히 높아지는데, 그를 사람들이 따르는 것은 목소리가 커서 따르는 것이 아니다.”라는 뜻입니다. 사람들은 누구나 다 유명해지고 싶어 하는데, 이것은 결코 나쁜 일이 아닙니다. 문제는 어떤 이름을 날리려고 하는지? 어떻게 이름을 날리는가 하는 것입니다. 그러나 단지 이름을 날리고 싶어 이름을 날리며, 심지어는 부정한 수단을 써서 이름을 날리는 것은 사실 이름을 날리기는커녕 도리어 악명만 높아질 따름입니다. 『제자규』의 이 여덟 마디 말은 이름을 날리는 참뜻을 명시해주고 있습니다. 행위가 고상한 사람은 자신의 명성이 자연스레 높은데, 스스로 힘을 들여 이름을 내려고 하겠습니까? 사람들이 존중하는 것은 사람의 용모가 어떻게 단정하고 위엄이 있느냐가 아니라 그의 덕행에 있는 것입니다. 같은 이치로 재능이 출중한 사람은 그의 성망도 자연히 높을 수밖에 없습니다. 사람들이 탄복하는 것은 이 사람이 멋진 큰소리로 따드느냐에 있는 것이 아니라 그가 얼마나 진정한 재능과 견실한 학식을 갖추고 있느냐 하는 것입니다. 『제자규』에서 서술한 것은 명(名)과 실(實)의 문제입니다. 세계상의 사물은 모두 '명'과 '실'이라는 두 가지 요소가 있습니다. '명'은 사람들이 부르는 그 사물의 부호입니다. '명'과 '실'은 서로 의존합니다. 예를 들어 나무로 만든 그릇이 하나 있는데 그것은 물을 마시는 데 쓰이는 것입니다. 이것이 '실', 즉 실재하는 기물입니다. 이러한 물건 '이름'을 지어준 것이 '잔(杯)'인데 이 이름이 바로 '명'입니다. 이와 같이 먼저 '실'이 있고 그런 뒤에 비로소 '명'이 있는 것입니다. 당신이 가령 '사서'와 '오경'을 숙독하여 그 진리를 터득하고 그것으로 수신(修身)하고 집안을 다스리며 행위가 고상해지면 당신의 학문과 품행이 출중하므로 사람들은 당신에게 '홍유(鴻儒)'라는 '명'을 주게 되는데, 이것이 바로 '명실상부'하다고 말하는 것입니다. 그와는 반대로 당신의 학문과 품행이 그렇게 뛰어나지 않은데 어떤 사람이 아첨하며 당신을 '국학대사(國學大師)'라고 칭한다면 그것은 곧 '유명무실'하다는 것이겠지요. '문화대혁명'이 끝난 초기에 『서법(書法)』 잡지가 창간되었는데, 거기에는 늘 서예(書藝)와 사상을 고루 갖춘 대련(對聯)이 게재되곤 하였습니다. 그 중 한 대련에 "사해허명지한안, 백년인물존공론(四海虛名只汗顔, 百年人物存公論)"이라는 말이 있었지요. 즉 "온 세상에 헛된 이름이 드날리니 부끄럽기 그지없지만, 백년이 지나도 인물에 대한 공론은 남아 있네"라고 쓰여 있는데 참으로 심각하기 그지없는 말입니다. 유명무실하게 되면 당신의 허명이 세상에 다 퍼져 있다고 하더라도 한밤중에 당신의 얼굴에는 진땀이 날 것입니다. 그러나 반대로 시세(時勢)의 원인으로 인해 소인이 모해(謀害)하고 소문이 퍼지고 이어 많은 사람들의 오해를 받게 되면, 당신은 스스로를 "호랑이도 평지에서는 개들에게 물린다.(虎落平陽遭犬欺.)"고 간주하고 지나치게 불평은 하지 않을 것입니다. '백년인물존공론(百年

人物存公論)'이라는 것을 믿는다면 역사는 반드시 당신에게 공정한 평가를 내릴 것입니다. 그러므로 여러분은 실제를 추구하고 발전을 도모해야 할 것입니다. 여러 분은 "실질적인 성과를 이루면 그에 맞는 명성이 따른다.(實至則名歸)"는 이 도리를 믿어야 하며, 온갖 수단을 가리지 않고 명예를 추구해서는 절 대 안 되는 것입니다.

"기유능, 물자사. 인소능, 물경자(己有能, 勿自私, 人所能, 勿輕訾).
물첨부, 물교빈. 물염고, 물희신(勿諂富, 勿驕貧, 勿厭故, 勿喜新)."

이 말은 "이미 재능을 갖고 있다면 이기적으로 쓰지 말고, 다른 사람이 재능이 있는 점을 헐뜯지 말라. 부자에게 아첨하지 말고, 가난한 사람에게 으스대지 말고, 오랜 친구를 미워하지 말며, 새로운 것만 좋아하지 말라."는 뜻입니다.

"기유능, 물자사. 인소능, 물경자(己有能, 勿自私, 人所能, 勿輕訾)"는 전문적인 기술을 올바르게 쓸 것을 말합니다. 즉 "자신이 능력을 갖고 있다면 오로지 사적인 데만 쓰지 말고, 대중을 위해 서비스해야 한다. 남의 능력을 질투하지 말고, 쉽게 비평하지 말아야 한다."

"물첨부, 물교빈. 물염고, 물희신(勿諂富, 勿驕貧, 勿厭故, 勿喜新)"이란 빈부를 따지지 말고 새 친구와 옛 친구를 올바르게 대해야 한다는 말입니다. 사람은 교제하는 과정에서 왕왕 저도 모르게 가난한 자를 싫어하고 부유한 자를 좋아하면서 부자만 보면 말을 걸고 싶어 하고 가까이 하려고도 합니다. 그러나 가난한 사람이나 소외된 사람들을 만나기만 하면 그들을 똑바로 쳐다보지도 않고 거만하게 굴기도 합니다. 친구를 사귀면서 시간이 오래될수록 신선감이 사라지면서 차츰 멀어지게 되고, 새 친구는 이와는 정반대이므로 가히 새로운 것을 좋아하고 옛 것을 싫어하는 것이라 할 수 있습니다. 이러한 심리상태는 아주 보편적인 것이지만, 이는 곧 "지위나 재산을 따지는 것(勢利)"으로 아주 비열한 짓입니다. 공자가 제(齊)나라의 대부(大夫) 안영(晏嬰)을 칭찬하며 이르기를, "안평중선여인교, 구이경지(晏平仲善與人交, 久而敬之.)"고 했습니다. 즉 보통 사람들은 오래 사귀다 보면 경의(敬意)가 사라지지만, 안평중은 그렇지 않고 오래도록 그들을 존중했습니다. 그러므로 공자는 그를 "선여인교(善與人交)" 즉 다른 사람과의 교제에 뛰어나다고 칭찬했던 것입니다. 이와 같이 다른 사람들과 오래 잘 사귀는 것도 그리 쉬운 일은 아닙니다.

"인불한, 물사교. 인불안, 물화요(人不閒, 勿事攪, 人不安, 勿話擾).
인유단, 절막게. 인유사, 절막설(人有短, 切莫揭, 人有私, 切莫說)."

이 말은 "다른 사람이 바쁘면 일을 만들어 귀찮게 하지 말고, 다른 사람이 불편하면 말로 괴롭히지 마라. 다른 이의 단점을 들추지 말고, 다른 이의 사적인 일은 얘기하지 말라."는 뜻입니다.

즉 "항상 타인의 상황에 관심을 두고, 제멋대로 남의 생활에 폐를 끼치지 말아야 한다.(人不閒, 勿事攪, 人不安, 勿話擾)"는 것입니다. 이를테면 남이 하는 일 없이 한가한 것이 아니라 한창 바쁘게 돌아가고 있는 경우에는 자기의 일로 인해 그에게 폐를 끼쳐 남의 일을 방해하지 말아야 한다는 말입니다. 남이 몸이 편찮은 경우에는 쓸데없는 말로 그를 방해하지 말아야지, 그렇지 않으면 그의 마음은 더욱 엉망이 되기 때문입니다.

또 "인유단, 절막게. 인유사, 절막설(人有短, 切莫揭, 人有私, 切莫說)"은 타인의 잘못에 대해 어떻게 대해야 하는지를 말하고 있습니다. 즉 사람은 누구나 단점이 있습니다. 그러므로 잘못을 저지르게 되면 창피하게 느껴 남들이 모르기를 바랍니다. 남의 잘못에 대해 비평을 해서 안 되는 것이 아니라, 그 동기부터 봐야 합니다. 잘못을 저지른 사람에게 어떤 태도를 취하느냐 하는 것은 이 사람이 좋은 마음을 가진 사람인지, 아니면 나쁜 마음을 가진 사람인지를 구별하는 지표입니다. 좋은 마음을 가진 사람은 남에게 좋은 일을 하고, 상대에 대해 의견이 있으면 상대방의 자존심을 고려하여 슬며시 일러줘야 합니다. 그러나 나쁜 마음을 가진 사람들은 우물에 빠진 사람에게 돌을 던지고, 남의 집에 불이 난 틈을 타서 도둑질을 합니다. 또는 세상 사람들이 모두 어떤 사람이 잘못을 저지른 것을 모르기라도 할까봐 온갖 수단을 써가며 사람들 앞에서 결점을 들추어내어 사람을 난처하게 만듭니다. 마찬가지로 어떤 사람이 사심이 있어 어떤 하지 말아야 할 일을 했을 경우에 그 내막을 아는 사람이라면 남의 잘못을 자신의 즐거움으로 삼아 여기저기 퍼뜨릴 것이 아니라, 마땅히 조용히 만나 마음을 나누면서 문제를 지적하고 그가 빠른 시일 내에 개선하기를 바라야 합니다.

"도인선, 즉시선. 인지지, 유사면(道人善, 即是善, 人知之, 愈思勉).
양인악, 즉시악. 질지심, 화차작(揚人惡, 即是惡, 疾之甚, 禍且作)."

이 말은 "다른 사람을 좋다고 말하면 그것이 곧 선(善)이고, 이를 알게 되면 더욱 좋은 사람이 되려고 힘쓰게 된다. 다른 사람을 나쁘다 말하면 그것이 곧 악이고, 미움이 지나치면 오히려 화가 미치게 된다."

는 뜻입니다.

이 여덟 마디 말은 어떻게 타인의 선악(善惡)에 대할 것인지를 말하고 있습니다. "도인선, 즉시선. 인지지, 유사면(道人善, 即是善, 人知之, 愈思勉."은 남의 좋은 점을 말하는 자체가 바로 자신의 선행입니다. 어째서 그럴까요? 군자는 다른 사람과 사귈 때 항상 먼저 남의 장점을 볼 뿐만 아니라 동시에 "견현사제(見賢思齊)", 즉 다른 사람의 장점을 따라 배워 스스로를 더욱 완벽하게 하려고 합니다. 그러므로 타인의 좋은 것을 칭찬하는 사람은 마음에 거리낌이 없고 착합니다. 그리고 칭찬을 받는 사람은 일단 사람들이 자신을 칭찬한다는 말을 듣게 되면 반드시 고무되어 더욱더 좋은 일을 하려고 노력하게 됩니다. 이 얼마나 좋습니까! 그러나 반대로 어떤 사람들은 언제나 남의 잘못을 떠벌리기를 좋아합니다. 이러한 사람들의 심리상태는 문제가 있는 것으로, 그의 방법 자체가 잘못된 것입니다. 만약 온종일 남의 나쁜 말만 하다가 상대방이 알게 되면 당연히 화가 나게 되고, 감정을 주체하지 못하게 되면 날벼락이 떨어질 수 있을지도 모릅니다.

"선상권, 덕개건. 과불규, 도양휴(善相勸, 德皆建, 過不規, 道兩虧).
범취여, 귀분효. 여의다, 취의소(凡取與, 貴分曉, 與宜多, 取宜少)."

이 말은 "선을 서로 권하고 덕을 같이 세워 나가며, 상대방의 잘못을 일깨워주지 않음은 모두의 손해이다. 무릇 취함과 베풂의 귀함을 분명히 알아야 하며, 줄 때는 많이 주고, 받을 때는 적게 받아야 마땅하다."는 뜻입니다.

물론 남에게 좋은 일을 한다고 해서 결코 시비를 따지지 않는 것은 아닙니다. "선상권, 덕개건(善相勸, 德皆建.)"에서 권(勸)은 격려한다는 뜻입니다. 선을 지향하는 것을 서로 고무 격려하면 여러 분들의 덕성은 모두 수립될 것입니다. 가령 상대방이 잘못한 것을 뻔히 알면서도 못 본체하거나 못 들은 체하면서 아무런 권고도 하지 않는다면 쌍방의 도덕은 모두 손해를 보게 됩니다.

"범취여, 귀분효. 여의다, 취의소(凡取與, 貴分曉, 與宜多, 取宜少)"는 다른 사람에게서 가르침이나 도움을 받거나 또는 타인에게 가르침이나 금품을 주거나를 막론하고 모두 도리가 분명해야 합니다. 그 중 반드시 지켜야 할 원칙은 타인에게 되도록 많이 주고, 구할 때는 되도록 적게 받아야 한다는 것입니다.

"장가인, 선문기. 기불욕, 즉속이(將加人, 先問己, 己不欲, 即速已).
은욕보, 원욕망. 보원단, 보은장(恩欲報, 怨欲忘, 報怨短, 報恩長)."

이 말은 "남을 시키려면 먼저 자신에게 묻고, 자신이 원하지 않는다면 속히 멈추어라. 은혜를 입으면 갚아야 하며, 원한이 있다면 잊어라. 원한은 짧게 풀고, 보은은 길게 갚아라."는 뜻입니다.

"장가인, 선문기. 기불욕, 즉속이(將加人, 先問己, 己不欲, 即速已)"은 『논어』의 "기소불욕, 물시어인(己所不欲, 勿施於人)" 즉 "자기가 원하지 않는 일을 남에게 하지 말라"는 말을 다시 세 자로 만든 것입니다. 자신이 바라지 않는 물건을 남에게 억지로 떠맡겨서는 안 됩니다. 이를테면 당신이 굶는 것을 싫어한다면 남도 굶지 않도록 해야 합니다. 모든 일은 처지를 바꾸어 생각해야 합니다. 그러므로 억지로 남에게 일을 시키려할 경우에는 먼저 자신에게 이 일을 좋아하는지를 물어봐야 합니다. 만약 이것이 자신이 좋아하지 않는 일이라면 재빨리 멈추어야 합니다. 그러나 현실 생활 속에서는 늘 이와 배치되는 일이 일어나게 마련입니다. 예를 들면, 요즈음 적지 않은 탐관오리들이 공금(公金)을 가지고 마카오(澳门)에 가서 큰 도박을 벌입니다. 우리 주위의 일부 나라나 지역에서는 도박장을 벌이는 것이 돈벌이하는 좋은 방법이라는 것을 발견하고 자금을 투자하여 대형 도박장을 세웠습니다. 그러나 그들은 본국의 백성들이 모두 도박을 하게 되면 사회적 문제를 초래할 수 있다는 것을 분명히 알고 있습니다. 그리하여 그들은 현지인이나 본국의 국민은 입장을 금지시키고 오직 외국인만 입장시키게 합니다. 참으로 어처구니가 없습니다! 이것은 공공연히 "기소불욕, 물시어인(己所不欲, 勿施於人)"의 고훈(古訓)과 배치되는 일입니다.

"은욕보, 원욕망. 보원단, 보은장(恩欲報, 怨欲忘, 報怨短, 報恩長)"은 어떻게 은혜와 원한을 바르게 대할 것인지를 말합니다. 인생에는 은혜와 원한이 있기 마련입니다. 당신은 은인을 만날 수도 있고 나쁜 사람을 만날 수 있는데, 이 두 부류의 사람들은 당신의 생활에 모두 중요한 영향을 미쳤을 것입니다. 은혜를 입었으면 갚아야 합니다. 이것은 중국 사람들의 가장 보편적인 심리입니다. 잠시라도 남의 은혜를 입었다면 마땅히 평생토록 갚아야 합니다. 옛사람들이 "물 한 방울의 은혜라도 넘치는 샘물로 보답하라"고 말하는 것이 바로 "은욕보(恩欲報)" "보은장(報恩長)"입니다. 원한이 있으면 갚아야 한다는 것도 역시 많은 사람들의 심리입니다. 눈에는 눈, 이에는 이로 갚습니다. 네가 나를 한 주먹 치면 내가 너에게 한 발 차고, 네가 나를 한 입 물면 나는 기어이 네 몸에 이빨 자국 두 개를 남기고자 합니다. 이렇게 원한을 원한으로 갚는 방법은 인지상정이기는 하나 유가에서는 반대합니다. 유가에서는 '서도(恕道)', 즉 다른 사람의 잘못을 용서하고 자기 스스로 반성하고 개과천선하기를 주장합니다. 증자가 이르기를, "부자지도, 충서이이의(夫子之道, 忠恕而已矣.)" 즉 스승님의 도(道)는 충(忠)과 서(恕)일뿐이라는 것입니다. 가령 당신이 남을 용서할 수 없어 같은 수단으로 보복을 한다면 그 결과는 단지 서로 보복하는 것으로 되어 그 끝이 없을 것이고, 여러 분들은 이 의미 없는 소용돌이에 깊이 빠져들어 헤어 나오지 못하게 될 것입니다. 그러므로 가장 좋은 방법은 "원욕망(怨欲忘)" 즉 아무 것도 발생하지 않은 것처럼 원한을 잊어버린다면 당신은 곧 해탈될 수 있는 것입니다. 만약 당신이 원망하기 시작했다면 재빨리 마쳐야 하는데 이것을 "보원단(報怨短)"이라고 합니다. 속담에 "자신에게는 엄격하게 하고 남에게는 너그럽게 대해야 한다."는 말이 있습니다. 너그러움은 일종의 수양이자 미덕입니다. 말은 이렇게 하지만 이는 결코 누구나 다 할 수 있는 것이 아니므로 오랜 동안 수련을 통해 도달해야 할 경지입니다.

"대비복, 신귀단. 수귀단, 자이관(待婢僕, 身貴端, 雖貴端, 慈而寬).
세복인, 심불연. 이복인, 방무언(勢服人, 心不然, 理服人, 方無言)."

이 말은 "노비를 대함에 귀하게 여기고, 행실이 바라야 할뿐만 아니라 자비롭고 너그러워야 한다. 권세로 사람을 부리면 마음에서 우러나와 따르지 않지만, 도리로써 사람을 설득하면 모름지기 아무 말이 없다."는 뜻입니다.

이 몇 마디 말은 어떻게 집안의 노비나 하인들과 같이 지내야 하는지를 말합니다. 우리들에게는 별로 의미가 없는 일이겠지만 조금이라도 이해하는 것은 좋을 듯싶습니다. 집안의 노비나 하인은 돈을 들여 고용해 일을 시키는 사람들로서 마음대로 대해도 될 듯싶으나 이러한 생각은 옳지 않습니다. "노비와 하인들 앞에서 당신의 행위는 단정해야 하고, 귀인을 맞이하는 자세로써 대해주어야 하며, 그들 앞에서 거드름을 피워서도 안 됩니다. 그뿐만 아니라 인자하고 너그러워야 합니다. 그네들은 생계에 쪼들리어 당신의 집에 와서 하인으로 있는 것은 잠시 딱한 사정이 있기 때문입니다. 당신의 집은 형편이 좋아 먹고 입을 것이 걱정되지 않으므로 마땅히 다른 사람의 처지를 이해하고 도울 수 있는 데까지 도와주는 것이 집안을 다스리는 도리이며, 덕을 쌓고 선을 행하는 것입니다. 집주인으로서 노비와 하인들을 달갑게 복종시키려면 권세에 의지해서는 안 됩니다. 권세는 사람들을 입으로는 승복시킬 수 있으나 진심으로 승복시키지는 못합니다. 만약 당신이 이치로 설복한다면 그네들은 진정으로 승복하고 아무런 원망도 하지 않을 것입니다.

새 중국이 건립된 후 몇 십 년이 지나면서 고용인 제도는 불평등한 것이라는 것을 인정하였습니다. 그러므로 상당 기간 내륙에서는 고용인을 볼 수가 없었습니다. 그러다가 개혁 개방 이후 사유 경제가 소생됨에 따라 고용 인부나 보모 등 고용 현상이 보편화되기 시작하였습니다. 이런 상황에서 주인과 고용인 사이의 관계를 어떻게 올바르게 처리하느냐 하는 것은 사회의 안정에 관련되는 중대한 문제가 되었습니다. 『제자규』의 말은 많지 않지만 현시대의 사람들로 하여금 되새기고 거울로 삼을 수가 있는 것입니다.

"동시인, 유불제. 유속중, 인자희(同是人, 類不齊, 流俗衆, 仁者稀).

과인자, 인다외. 언불휘, 색불미(果仁者, 人多畏, 言不諱, 色不媚)."

이 말은 "같은 사람일지라도 서로 차별이 있다. 속된 것을 따르는 사람은 많지만, 어진 사람은 드물다. 인덕(仁德)이 있는 사람이라면 사람들은 더욱 경외한다. 이는 말을 꺼리지 않고 솔직히 하고 남의 비위를 맞추지 않기 때문이다."라는 뜻입니다.

친인(親仁)은 인자(仁者)와 가까워지는 것입니다. 같은 사람이고 다 같은 부모의 소생이지만 사람마다 천성(天性)이 다르고 품성 또한 제각각입니다. 대다수 사람들은 세속을 따르기에 인자는 결국 아주 적고 드뭅니다. 그러면 어찌해야 될까요? 첫째는 독서를 하여 도리를 깨우쳐야 합니다. 칭화(清华)대학교에 왕징안(王静安) 선생의 기념비가 있는데, 여러분들은 자주 가 봅니까? 저에게 타이완(台湾)의 친구가 하나 있는데, 그는 날마다 아침에 일어나면 이 비문(碑文)을 외웁니다. 그러나 우리는 이 비석을 가까이 하고 있으면서도 도리어 본체만체하는데 참으로 난감합니다! 천인커(陈寅恪) 선생의 비문 역시 매우 유명한데, 그 속의 적지 않은 말은 우리의 좌우명으로 삼을 만합니다. 이를테면 그가 독서의 목적에 대해 언급하면서 "학자가 독서를 하고 학문을 하는 것은 심지(心志)를 세속의 질고(疾苦)에서 벗어나 진리를 발양시키기 위함이다."라고 했습니다. 지금도 적지 않은 사람들이 세속에서 벗어나지 못한 채 저속(低俗)하기 짝이 없는 행동을 하고 있습니다. 여러분들은 기억하십시오. 당신이 독서를 하지 않았을 때는 속인(俗人)이었으나 만약 이 몇 년 동안 공부를 하고 나서도 그냥 속인이라면 당신은 헛공부를 한 것입니다. 범속(凡俗)을 벗어나려면 독서를 하여 도리를 깨닫는 것 외에, 또 다른 경로(徑路)는 덕행이 고상한 인자를 가까이하는 것입니다. "근주자적, 근묵자흑(近朱者赤, 近墨者黑)"이라 했습니다. "붉은 색을 가까이하는 사람은 붉게 물들고, 검은 색을 가까이하는 사람은 검게 물 든다"는 말입니다. 즉 인자와 자주 대화를 하게 되면 은연중에 감화되어 세속적인 행동을 벗어나게 된다는 말입니다. "과인자, 인다외. 언불휘, 색불미(果仁者, 人多畏, 言不諱, 色不媚.)"는 가령 어떤 사람이 진정한 인자(仁者)라면 그 주위의 사람들은 반드시 그를 경외하게 될 것인데, 그 인자는 조금도 꺼리지 않고 솔직히 말하고 아첨하는 기색을 나타내지 않으며 언제나 그의 진실한 본색을 드러내기 때문입니다.

"능친인, 무한호. 덕일진, 과일소(能親仁, 無限好, 德日進, 過日少).
불친인, 무한해. 소인진, 백사괴(不親仁, 無限害, 小人進, 百事壞)."

이 말은 "인자를 가까이 하면 그지없이 좋다. 덕이 날마다 늘어나고, 잘못은 날마다 줄어들게 된다. 하지만 인자를 멀리하면 해로움이 끝이 없다. 소인배들이 들끓게 되고, 모든 일이 어긋나게 된다."는 뜻이다. 이 여덟 마디 말은 인자(仁者)를 가까이 하느냐 하지 않느냐의 후과를 비교하는 말입니다. "능친인, 무한호. 덕일진, 과일소(能親仁, 無限好。德日進, 過日少)"는 인자를 가까이 하면 그 좋은 점은 말로 다 설명할 수 없다는 말입니다. 가장 중요한 점은 당신의 덕성이 날로 늘어나는 대신 잘못은 날로 적어진다는 것입니다. "덕일진(德日進)" 이 세 글자를 보면 저는 20세기 초에 중국에 온 외국 고고학자 한 사람을 떠올리게 되는데, 그의 중국 이름은 '더르진(德日进)'이었습니다. 지금의 젊은이들은 '더르진(德日進)'이라는 이 세 자를 들으면 대체적으로 중국문화와 연계시키기 어려울 것입니다. 그러나 사실 그 시대에 중국에 온 많은 선교사들의 중국 이름은 주로 유가의 전적(典籍)에서 따왔습니다. 이를테면, 난화이런(南懷人), 밍이스(明義士), 탕뤄왕(湯若望) 등을 예로 들 수 있습니다. 탕뤄왕(湯若望)을 예로 들면, 『맹자』에서 이르기를, 무왕(武王)이 상(商)을 물리칠 때 무왕이 어서 빨리 오기를 바라는 상나라 백성들의 마음이 "약대한지망운예(若大旱之望雲霓)"같았는데, 즉 "마치 큰 가뭄에 운예[구름과 무지개]를 바라는 것처럼 바랐다"는 말에서 '뤄왕(若望)'이 유래된 것입니다. 그와 반대로 "불친인, 무한해. 소인진, 백사괴(不親仁, 無限害, 小人進, 百事壞)"는 즉 "인자를 가까이하지 않으면 그 해악이 또한 끝이 없으므로, 파렴치한 소인배들이 당신과 짝이 되어 당신의 모든 일들이 이루어질 수 없다는 말입니다.

(5) 행하고 여력이 있으면 학문을 하라(行有餘力則而學文)

"불력행, 단학문, 장부화, 성하인(不力行, 但學文, 長浮華, 成何人).
단력행, 불학문, 임기견, 매리진(但力行, 不學文, 任己見, 昧理真)."

이 말은 "힘써 행하지 않고, 단지 학문만 하면 겉치레만 늘어나니 어찌 진정한 사람이 되겠는가? 하지만 힘써 행하지만 학문을 닦지 않는다면, 스스로의 견해만을 내세울 뿐 참된 도리는 깨우치지 못하게 된다."는 뜻입니다.

이 여덟 마디 말은 지(知. 학문)와 행(行. 行動)의 관계를 말하고 있습니다. 중국 사람들은 역행(力行. 힘써 행함)을 매우 중시하는데, 제아무리 좋은 이론일지라도 힘써 실행하지 않으면 그것은 빈말에 지나지 않기 때문입니다. 칭화(清华)대학의 큰 잔디밭 앞에는 한백옥(漢白玉)으로 만든 해시계가 하나 있는데, 그 위에 "행승어언(行勝於言)"이라는 네 자(字)가 새겨져 있습니다. 이것이 바로 이 도리를 나타내고 있는 것입니다. 고대 중국의 현자들은 오직 지(知)와 행(行)이 하나로 합쳐야만 명실상부한 진지(眞知), 즉 참된 학문이라고 간주했습니다. 가령 오로지 학문만 하고 책에서 가르치는 진리를 힘써 실천하지 않는다면 단지 실속 없이 겉만 화려한 기풍만 조장하게 되므로, 오랜 시간이 지나면 당신은 결국 어떤 사람이 되겠습니까? 그와 반대로 힘만 쓰고 학문을 하지 않는다면 당신의 모든 행위는 느낌대로 하는 식이 되어 결코 제대로 이해할 수 없게 되므로 이론적으로 높은 경지에 도달할 수 없는 것입니다.

"도서법, 유삼도, 심안구, 신개요(讀書法, 有三到, 心眼口, 信皆要).
방독차, 물모피. 차미종, 피물기(方讀此, 勿慕彼, 此未終, 彼勿起)."

이 말은 "독서를 하는 방법에는 세 가지 닿음이 있으니, 바로 마음과 눈과 입으로 읽는다는 것이며, 확실히 이 세 가지는 필요한 것이다. 무릇 책을 읽을 때는 다른 것을 부러워 말고, 이것을 끝내지 않았다면 저것은 들지도 말라."

성현의 책을 읽는 방법은 마음(心)과 눈(眼)과 입(口)이 닿아야 하는데, 이를 삼도(三到)라고 하며 하나라도 빠져서는 안 됩니다. 눈과 입이 닿는 것은 어렵지 않으나 어려운 것은 마음이 닿는 것입니다. 속담에 "어린 중이 무심코 경을 읽듯이 한다."라는 말은 책을 읽으면서 정신을 딴 데 파는 일부 사람들을 비꼬는 말입니다. 그러므로 책을 마음에 닿게 읽지 않으면 읽지 않은 것과 마찬가지입니다.

"방독차, 물모피. 차미종, 피물기(方讀此, 勿慕彼, 此未終, 彼勿起)"는 독서를 하려면 목표를 너무 높게 잡지 말고 점차적으로 심화시켜 가야 한다는 것을 말합니다. 한참 이 책을 보다가 남의 손에 있는 다른 책을 부러워하거나 이 문장을 채 읽기도 전에 다른 문장을 집어 들어 읽으려 하지 말아야 합니다. 이러한 현상들을 우리는 흔히 젊은이들 중에서 볼 수가 있습니다. 이는 마음이 들뜨고 성격이 급해서 제 분수를 모르고 높은 곳만 바라보는 나쁜 습관으로 절대 있어서는 안 됩니다. 그러므로 반드시 손에 든 책을 끝까지 다 읽고 난 뒤에 다른 책을 읽도록 해야 하는 것입니다.

"관위한, 긴용공. 공부도, 체색통(寬為限, 緊用功, 工夫到, 滯塞通).
심유의, 수찰기. 취인문, 구확의(心有疑, 隨札記, 就人問, 求確義)."

이 말은 "시간을 넉넉히 갖되 다그쳐 열심히 공부하라. 공을 들이면 막혔던 것이 통하게 된다. 마음속에 의문이 든다면 그때그때 뽑아 기록해 두고, 다른 사람에게 물어 확실한 뜻을 구하라."는 뜻입니다.

이 여덟 마디 말은 독서 방법을 말하는 것입니다. 인생은 괴롭고 짧은데 읽어야 할 책은 많기만 하므로 계획을 세우고 점차적으로 완성해야 합니다. 그러나 젊은이들의 일반적인 결함은 시간을 너무나도 빡빡하게 짜서 한 해나 반 년 사이에 『사고전서(四庫全書)』를 전부 읽지 못하는 것을 한스러워 할 지경입니다. 계획이 실제와 부합되지 않으므로 그 결과는 한 눈에 열 줄씩 읽으며 대충대충 끝내버리므로 아무런 효과도 거두지 못하고 맙니다. 올바른 방법은 "관위한, 긴용공(寬為限, 緊用功)"이라는 말처럼 일정을 좀 넉넉하게 잡되 독서하는 시간은 느슨함이 없이 다그쳐야 하는 것입니다. 이렇게 하면 효과가 더욱 좋을 수 있습니다. 이해하기 어려운 곳에 부딪치면 곤란을 두려워하거나 탄식만 하지 말고, 모름지기 "공부도, 체색통(工夫到, 滯塞通)" 즉 공을 들이면 막혔던 것이 통하게 된다는 것을 알아야 합니다. 세상에는 배우지 못할 것이 없는데, 문제는 네가 노력을 기울이냐에 있습니다. 『중용(中庸)』에 이르기를, "인일능지기백지, 인십능지기천지. 과능차도의, 수우필명, 수유필강(人一能之己百之, 人十能之己千之, 果能此道矣, 雖愚必明, 雖柔必强)."이라했습니다. 즉 "남이 한 번에 능하면 나는 백 번을 하고, 남이 열 번에 능하면 나는 천 번을 한다. 과연 이 도리를 능히 할 수 있다면, 지금은 비록 어리석을지라도 반드시 현명해질 것이고, 지금 비록 연약할지라도 반드시 강해질 것"이라는 말입니다. 남은 한 번 읽고 아는데 내가 모르면 백 번을 읽고, 남이 열 번을 읽어서 정통하게 되는데 나는 안 된다면 천 번을 읽겠다는 겁니다. 당신이 정말 이렇게만 한다면 아무리 어리석고 연약한 사람이라도 기어코 성공하게 될 것입니다.

"심유의, 수찰기, 취인문, 구확의(心有疑, 隨札記, 就人問, 求確義.)"는 "독서에서 귀중한 것은 의문을 갖는 것이고, 대담하게 질문을 해서 그 의문을 풀어내야 한다는 것입니다. 자고로부터 독서를 잘하는 사람들은 모두 이러했으므로 그들의 진보발전은 언제나 일반인보다 컸던 것입니다. 의문이 있으면 쉽게 넘기지 말고 부지런히 필기를 하여 스승이나 벗을 만나면 겸손히 가르침을 청하여 올바른 해석을 구해야 합니다. 이것은 배우기 위한 노력이므로 사소한 것으로부터라도 시작해야 해야 하는 것입니다.

"방실청, 장벽정. 궤안결, 필연정(房室淸, 牆壁淨, 几案潔, 筆硯正).
묵마편, 심불단. 자불경, 심선병(墨磨偏, 心不端, 字不敬, 心先病)."

이 말은 "방도 깨끗이 하고, 벽도 깨끗이 해야 하며, 궤안(几案)을 정갈히 하고, 붓과 벼루도 바르게 놓아야 한다. 묵이 한쪽으로 갈림은 마음이 가지런하지 못함이고, 글자가 바르지 못함은 먼저 마음에 병이 들었음이다."라는 말입니다.

거실은 독서하는 곳으로 마땅히 가지런하고 정갈해야 합니다. 그러나 이러한 일은 부모 또는 고용인에 맡길 것이 아니라 응당 자기 손으로 직접 해야 합니다. 이렇게 하면 자신의 좋은 생활 습성을 양성할 수 있기 때문입니다. "방실청, 장벽정. 궤안결, 필연정(房室淸, 牆壁淨, 几案潔, 筆硯正.)"이라는 구절 중에 청(淸)·정(淨)·결(潔)은 뜻은 같으나 표현이 다를 뿐 모두 깨끗하다는 뜻입니다. 이 밖에 붓과 벼루를 '정(正)', 즉 바르게 놓음은 삐뚤게 놓지 말아야 함을 말합니다. 그렇다면 기타 물건들은 마음대로 놓아도 된다는 것일까요? 당연히 아닙니다. 문장에서 붓과 벼루를 든 것은 그것으로 마땅히 바르게 놓아야 할 모든 물건을 개괄한 것입니다. 궤안(几案)을 든 것도 역시 마땅히 정갈해야 할 모든 기물을 대신 지칭한 것입니다. 이러한 서술 방법을 옛사람들은 "호문견의(互文見意, 문자를 바꾸어 가며 뜻을 나타내는 서술 법 –역자 주)"라고 부릅니다. 이처럼 표현하는 방법이 다르기 때문에 여러 분들은 독서를 할 때에 문자의 표면상의 뜻에만 얽매이지 말고 글의 뜻을 꿰뚫어 이해해야만 하는 것입니다.

"묵마편, 심불단. 자불경, 심선병(墨磨偏, 心不端, 字不敬, 心先病)"은 먹을 갈고 글씨를 쓸 때의 주의사항을 말합니다. 지금 여러 분들은 붓을 거의 쓰지 않습니다. 어쩌다 한 번 쓴다 해도 먹을 가는 사람은 거의 없습니다. 제가 초등학교에 다닐 때만 해도 모두 스스로 먹을 갈아야 했습니다. 이러한 경험이 있는 사람들은 다 알다시피 먹을 똑바로 간다는 게 결코 쉽지 않다는 것을 알겁니다. 자칫하면 한쪽으로 갈아지므로 마음을 가라앉히고 침착하게 갈아야만 합니다. 마찬가지로 글씨를 쓸 때도 붓을 꼿꼿이 세워서 균형 있게 손목으로 붓끝을 조절해야 합니다. 이렇게 해야만 비로소 글씨를 바르게 쓸 수 있습니다. 그렇지 않으면 글자체가 일그러져 꼴불견입니다. 먹을 기울게 갈고 글씨를 비뚤게 쓴 것을 "심불단(心不端), 심선병(心先病)"이라고 하는데 마치 교조적(教條的)인 관점에서 비판하는 느낌이 들기는 하지만, 사실은 "이소견대(以小見大)" 즉 사소한 데서 큰 것을 본다는 뜻을 내포하고 있습니다. 어떤 일이든 잘하려면 모두 마음에서부터 시작해야 함이 마땅합니다. 그러므로 일개 선비로서 날마다 먹을 갈고 글씨를 쓰는 이러한 사소한 일에서 스스로를 경계하고 엄하게 단속해야 하는 것입니다.

"열전적, 유정처. 독간필, 환원처(列典籍, 有定處, 讀看畢, 還原處).
수유급, 권속제. 유결괴, 취보지(雖有急, 卷束齊, 有缺壞, 就補之)."

이 말은 "서적을 놓는 것은 정해진 자리가 있으니, 읽고 나면 제 자리에 갖다 놓아라. 급한 일이 생기더라도 책은 가지런히 정리해야 하고, 모자라고 훼손이 되었다면 바로 보완해야 한다."

이 몇 마디의 말은 위에서 언급한 것과 같이 아이들에게 좋은 생활 습관을 양성하기를 요구함을 말합니다. 전적(典籍)은 항상 사용하는 것이므로 반드시 고정된 자리에 놓아야만 찾기가 쉽습니다. 그러므로 매번 책을 읽고 난 뒤에는 마땅히 원래의 자리에 놓아야 합니다. 설사 임시로 급한 사정이 생겨 자리를 옮기게 되더라도 마땅히 책을 원 상태로 놓아야 합니다. 그리고 책꽂이가 모자라거나 파손된 경우에는 마땅히 제때에 보완해야 합니다.

"비성서, 병물시. 폐총명, 괴심지(非聖書, 屏勿視, 蔽聰明, 壞心志).
물자폭, 물자기. 성여현, 나훈치(勿自暴, 勿自棄, 聖與賢, 可馴致)."

이 말은 "성현들의 책이 아닌 것은 버리고 보지를 마라. 총명함을 가리고 심지를 망가뜨리게 된다. 자포(自暴)하지 말고 자기(自棄)하지 마라. 성과 현은 점차 이를 수 있는 경지이다."라는 듯입니다.

독서를 할 때는 책을 선택해서 해야 하는데, 성현의 책은 사람들의 의식과 지식을 향상시키므로 항상 읽어야 합니다. 그러나 간음·절도 따위의 나쁜 짓을 하도록 교사하는 책은 총명한 사람을 어리석게 만들고 좋은 사람의 심지를 사악하게 만듦으로 단호히 버리고 눈길도 주지 말아야 합니다. 인생이 목표하는 바는 성현이 되는 것입니다. 이것은 원대한 목표로서 착실하게만 한다면 그 누구라도 도달할 수 있으므로 절대 자포자기해서는 안 됩니다.

중화의 예의는 만민이 지켜나가길 바란다

(中华礼仪，万众守望)

제7강
중화의 예의는 만민이 지켜나가길 바란다中华礼仪，万众守望

중화전통예의를 선대(善待)하자

앞에서 주로 중화예악문화의 학리와 일상생활의 보편적인 의식을 대체적으로 소개했습니다. 오늘 이야기 할 것은 큰 문화의 틀에서 중서방(中西方) 문화교류의 각도에서 근대 중국문화의 조우에 입각해 왜 우리는 우리의 문화전통을 수호해야 하는지를 이야기하고자 합니다. 이 과정을 통해 여러분들이 우리의 문화에 대해 자각을 하는 기회를 가졌으면 합니다.

1. 민족문화는 민족 존망의 뿌리이다.

지금까지 세계상의 모든 문화는 민족문화입니다. 문화는 그 민족이 다른 민족과 구분되는 민족의 핵심입니다. 문화는 복식, 기념일, 음식 조리 방식, 거주 형태, 언어 등 방면에서 표현됩니다. 문화는 다원적입니다. 이는 모든 문화의 생활환경과 역사 전통이 서로 다르기 때문입니다. 따라서 민족의 다양성은 문화의 다양성을 결정하게 됩니다. 지금까지 완전무결한 문화는 존재하지 않습니다. 일부 방면에서 상대적으로 괜찮거나 상대적으로 약한 문화가 존재할 뿐입니다. 하지만 문화의 다양성은 문화들을 서로 보완해주고 각 민족문화는 서로 학습을 거쳐 보완하고 발전을 통해 점차 완전해지는 것입니다. 현재의 정치

형세 하에서 문화의 다원성을 강조하는 것은 특수한 의미가 있습니다. 모두 알다시피 지금 미국은 그들의 가치관으로 모든 국가를 평가하며 그들과 다른 가치관은 모두 그릇된 것이라고 확정짓고 있습니다. 지금 세계 각국은 세계의 정치패턴이 단일적이지 않고 다원화된 정치이기를 바랍니다. 다원적 정치 패턴은 세계의 안정에 유리하기에 서유럽을 포함한 국가들은 많은 대화를 바라고 있습니다. 이와 관련된 세계 문화도 응당 다원적이어야 합니다. 프랑스를 포함한 세계의 많은 나라들은 문화의 다양성을 제창하며 나라의 크고 작음을 떠나 모두 문화적으로 평등하고 다른 문화는 응당 평등한 발언권을 가져야 한다고 주장합니다. 이런 나라들은 미국과 같은 문화형태를 견지하지 말아야 한다는 것을 누구보다도 인지하고 있습니다. 자존심이 조금이라도 있는 국가는 모두 이런 이념을 가지고 있으리라고 생각합니다.

민족이란 무엇일까요? 학술계에서는 민족이라는 개념에 분쟁이 존재하고 있습니다. 우리가 여기서 언급하는 민족은 장기간 국내외 대다수 학자들이 인정하는 개념입니다. 소위 말하는 민족이란 사람들이 역사적으로 형성된 공동의 언어, 공동의 지역, 공동의 경제생활 및 공동적인 문화로 표현되는 공동의 심리소질을 가지고 있는 안정된 공동체를 말합니다. 이 개념에서는 언어, 지역, 경제생활의 공동성을 강조했으며, 이런 공동적 부분은 문화로 표현됩니다. 특히 자주 언급되고 있는 공동의 문화 심리인 심리소질을 통해 표현되는 상대적으로 안정적인 공동체임을 강조했습니다.

문화는 인류가 창조한 모든 것을 의미합니다. 문화는 인류 특유의 현상으로 동물은 문화가 없습니다. 예를 들면 우리가 밥을 먹는 것은 문화라 하지 않습니다. 이는 동물들도 매일 먹기 때문입니다. 하지만 어떻게 먹는가 하는 것은 문화입니다. 볶아서 먹는지 아니면 튀겨서 먹는지, 쪄서 먹는지 아니면 삶아서 먹는지, 음식에 어떤 이름이 지어졌는지, 어떻게 하면 음식의 색감과 맛을 모두 살릴 것인가, 이런 구체적인 사유에서 문화가 나타납니다. 여기서 우리가 말하려는 문화는 명확하지 않은 개념입니다. 전 세계 학자들은 한마디로 문화라는 개념을 개괄하려 했지만 어디에서나 나타나는 것이 문화이기에 한마디로 정의를 내린다는 것은 어려운 일이었습니다. 만약 대체적으로 문화를 분류한다면 세 가지 문화가 있습니다. 첫 째는 물질문화로 인류가 의존해 생활하는 것입니다. 두 번째는 사상문화입니다. 사람은 동물과 다릅니다. 배부르게 먹고 생존에 필요한 물자 외에도 정신세계가 있습니다. 사람은 배부르게 먹지 않아도 문제를 사고하고 있습니다. 사람은 물질문화의 기초에 정신활동이 있으며 이상이 있고 추구하는 바가 있기에 사상문화가 나타났습니다. 세 번째는 물질문화와 사상문화 사이의 물질도 아니며 사상도 아니며 물질이기도 사상이기도한 제도문화입니다. 기업, 학교, 국가는 사상만으로 관리가 되지 않습니다. 또한 물질만 있다고 해서 관리가 실현되는 것도 아닙니다. 일련의 제도가 필요합니다. 저는 칭화대학에서 선택과목을 개설할 때 여러 가지 관련 소개 자료들을 훑어보았는데 대부분은 문화관련 선택과목이었습니다. 『노자』, 『장자』, 『시경』, 『초사』, 『주역』 등 사상문화 관련 과목이 90%이상 혹은 더 높은 비례를 차지했습니다. 인류의 문화는 사상문화만 있는 것이 아닙니다. 물질문화는 물질화 된 문화로 한 물건의 모양과 질량에서 표현됩니다. 물질문화에는 우리의 심미적 취향 및 우리 기술 수준의 높이 등이 포함되어 있기에 우리는 물건을 보면 대략적인 시대문화 상황을 알 수가 있습니다. 대학에서 물질문화

관련 과목은 매우 적었고, 제도문화는 사학과에서 경제제도나 군사제도를 연구할 뿐이었습니다. 그래서 저는 칭화대학에서 선택과목을 개설할 때 비교적 많이 개설된 과목을 피해 "문물정품(精品)과 문화 중국"이라는 과목을 개설했습니다. 문물은 고대에서 내려온 유물입니다. 저는 중국 고대의 천문, 음악, 의학, 건축 등 물질문명 분야의 성과를 소개하려는 목적으로 이 과목을 개설했습니다. 사실 이 과목의 내용은 문화역사로서 강의 방식이 다를 뿐입니다. 이 외에도 저는 '중국고대 예의문명' 과목을 개설해 제도문화를 소개하고 이념과 이상을 제도로 진화시켜 사회의 발전에 적극적인 작용을 하게 하려고 했습니다.

한 민족에 있어서 문화는 내부적으로 인정하는 핵심이며 "너는 누구인가?"라는 문제의 답입니다. 지금 중국은 강대한 국력을 자랑하고 세계의 중대한 결정에 참여하고 있습니다. 하지만 우리는 무엇보다도 먼저 우리는 "어떤 신분으로 세계의 중대 사무에 참여해야 하는가"라는 신분문제를 확실히 해야 합니다. 서유럽은 지중해문화를 가지고 있고, 미국은 미국의 문화를 가지고 있으며, 일본도 자신의 문화를 가지고 있습니다. 13억 인구를 가지고 있는 중국은 미국 문화의 신분으로 참여할 수는 없습니다. 문화는 우리 모두와 관계되는 일입니다.

2. 중화문명이 오늘 날까지 전해 내려온 원인

중화문명은 위대한 문명으로 고대 바빌론, 고대 이집트, 고대 인도와 더불어 세계 4대 문명으로 불리고 있으며, 오늘 날까지 유일하게 전해 내려오고 있는 고대 문명입니다. 그 외의 3대문명은 외래문명의 침략에 정권을 잃고 문화도 잃었으며 시간이 길어짐에 따라 다시 회복되지 못해 사라졌습니다. 예를 들면 지금의 이집트와 파라오 시대의 고대 이집트 문명은 아무런 관련이 없습니다. 비록 같은 땅이지만 지금의 이집트 문화는 페르시아 제국에 이 지역을 침략당한 뒤 외래 문명에 기초해 새로 건립된 것으로 고대 이집트 문명과 관련이 없습니다. 그 외에도 지금의 이라크와 고대 바빌론 문명도 같은 상황으로 아무런 관계가 없습니다. 아라비아인들이 인도로 이주한 후 고대 인도 문명도 중단되었습니다. 원생문명의 발생과 발전은 독립적으로 형성된 것으로 외래 문명의 영향을 적게 받거나 거의 받지 않은 것으로 매우 개성적인 존재라 할 수 있습니다. 4대 원생문명에서 중화문명의 역사는 약 70만 년 전의 베이징인, 더 멀리로는 170만 년 전의 윈난(雲南) 원모인(元谋人)으로 거슬러 올라 갈 수 있으며, 오직 중화문명 만이 중단된 적이 없는 문명이기에 기적적인 문명이라 할 수 있겠습니다. 지금 세계상의 대다수 문명은 차생 문명입니다. 차생문명이란 발생, 발전 과정은 주변문명의 강대한 영향을 받아 형성된 문명을 말합니다. 예를 들면 한반도문명, 일본문명은 독립적으로 형성된 것이 아니라 중화문명의 영향을 받아 생성된 문명입니다. 중화문명이 중단되지 않은 것은 외래 문명에 점령되고 전복되지 않았기 때문입니다. 때문에 이는 행운이라고 할 수 있습니다. 하지만 이는 잘못된 이해입니다. 사실 중화문명은 기나긴 발전과정에서 수많은 문화적 위기를 거쳐 왔습니다. 우리가 오래 분열되어 있다 보면 반드시 합치게 되고 오래 합쳐져 있으면 분열되기 마련이라는 중국역사를 돌이켜보면, 중화문명의 융합은 기나긴 과정이었고, 시작부터 외래 민족과 문화의 위협을 받았습니다. 하지만 어느 민족도 이를 실현하지 못했을 뿐만 아니라 중화문명에 융합되었습니다. 이는 역대 왕조와 시대의 지사인인(志士仁人)들이 그들의 굳건한 문화자각성으로 인해 중화민족이 위기와 존망의 순간에 누구보다 앞장서 중화 본래의 문화 수호를 위해 투쟁했기 때문입니다. 그들은 매번마다 놀라운 역량으로 중화문명의 전통을 지켜냈습니다. 문화가 소멸된다고 해서 무슨 상관인가 하고 생각하는 사람도 있고, 13억의 인구를 가지고 있으니 문화가 사라질 수 있겠는가 하고 생각하는 사람도 있을 것입니다. 민족문화는 민족 내부에서 서로 인정하는 핵심으로 그 핵심이 사라지면 그 민족은 흩어진 모래와 같이 소멸의 길에 들어서게 됩니다. 여기서 말하는 소멸은 빠른 시일에 순식간에 사라지는 소멸이 아니라 길고 긴 시간을 거쳐 사라짐을 말합니다. 예를 들면 거란민족의 멸망이 그 역사적인 교훈이라 할 수 있습니다. 수당 이후는 송·요·금·원의 시대였습니다. 당시에 거란민족은 매우 강대했으며 자신의 정권을 건립했고 거란문자도 가지고 있었습니다. 이처럼 거란문명은 높은 차원의 문명입니다. 중국에는 수많은 민족이 있지만 대다수 민족은 언어만 있고 문자는 없습니다. 거란민족은 당시에 매우 강대했습니다. 송·요·금·원시기의 한인(汉人)은 거란족과 싸움으로 이기지 못했기에 그들이 경제, 군사, 정치, 문화면에서 모두 강했음을 알 수 있습니다. 러시아어로 '중국'이라는 단어의 발음은 '거란'의 옛 어음과 비슷합니다. 일부 거란민족이 요(辽)나라 말기에 서쪽 중앙아시아 쪽으로 이주해 서료(西辽)를 건립했으며 그 후로 '거란'이라는 이름이 중앙아시아에서 러시아와 동유럽일대로 전해졌고, '거란'은 전체 중국을 가리키는 말로 되었습니다. 하지만 거란은 지금 어디에 있을까요? 사실 거란은 스스로 소멸되었습니다. 이는 그들이 자신의 문화전통을 존중하지 않고 자신의 문화가 낙후하다고 여겨 몽골이나 한인(汉人)과의 왕래에서 기타 민족의 문화를 배우기에 급급했습니다. 예를 들면 다른 민족의 옷이 예쁘다고 생각되면 자신의 옷을 버리고 그 민족의 복식을 입었습니다. 그렇게 천천히 언어 문자, 음식 습관들도 점차 사라졌습니다. 물론 하루아침에 사라진 것은 아닙니다. 이 민족은 기타 민족의 문화를 인정하면서 그 문화에 젖어 들어가면서 사라졌습니다. 사실 거란족의 후대는 여전히 중화의 대지 위에서 살아가고 있습니다. 그들은 13억 인구 속에 포함되어 있고 그 수량도 적지 않을 것입니다. 하지만 그 후손들이 살아 있기는 하지만 거란이라는 민족은 영원히 사라졌습니다. 거란족처럼 사람은 존재하나 문화가 사라져 민족이 없어진 경우가 매우 많습니다. 그렇기 때문에 중국 사람들은 이 교훈을 절대 잊지 말고 자신에게 얼마나 많은 중국문화가 남아 있는지를 항상 생각해야 합니다.

근대에 이르러 우리는 중국문화가 부족하고 선진적이지 않다고 하면서 문화적 자살을 하고 있었습니다. 이는 우리 민족이 정신적으로 문제가 있는 표현이라고 비판하는 사람도 있습니다. 저도 이런 상황이 계속되다 보면 우리가 거란의 뒤를 밟지 않을까 걱정스럽습니다. 사실 한족도 역사적으로 매우 강력한 민족입니다. 흉노가 침범했었고, 오호십육국, 금, 요, 원부터 청까지 여러 민족이 집권했었습니다. 청나라 군대가 남하하면서 부딪친 제일 큰 문제가 바로 문화 인정 문제였습니다. 작은 민족이 넓은 지역에서 살아가고 있는 많은 인구가 보유하고 있는 문화를 변화시키는 것은 여간 어려운 일이 아니었습니다. 한족들의 복종을 받기 위해 청나라 군대는 잔혹한 정책인 '체발령(剃发令)'을 실시했습니다. 청나라 군대는 점령하는 지역마다 그 곳의 한인들을 잡아다가 자신들을 인정하는지를 물었습니다. 만약 인정하지 않는다면 머리를 잘랐고, 인정한다고 하면 인정한다는 의미로서 머리를 밀어 머리카락을 뒤에 조금 남겨놓고 길게 땋게 했습니다. 예전에 한 선생님을 만났는데 저에게 이런 이야기를 했습니다. 그분이 항일전쟁시기를 연구할 때 쑤난(苏南)지역에 앞잡이가 제일 적었다는 것을 알게 되었다고 했습니다. 그래서 제가 청나라 군대가 남하할 때에 쑤난지역에서 제일 큰 저항을 받았는데 그것은 그 지역의 문화가 제일 발달했고, 문화적 자존심이 제일 강했기 때문이라고 했습니다. 청나라 군대가 난징(南京)까지 점령했다는 소식을 들은 장쑤 쿤산(昆山)의 명나라 말기 청나라 초기의 3대 사상가의 한 사람인 고염무(顾炎武)의 어머니는 청나라 군대가 곧 동쪽으로 이동할 것을 알고는 단식을 하기 시작했습니다. 그녀의 이런 행동이 바로 문화적 자존심입니다. 당시 쑤난지역의 많은 농촌에는 사람이 목매어 죽지 않은 나무가 없을 정도라고 합니다. 그들은 자신의 목숨을 버릴지언정 자신의 문화를 버리려하지 않았습니다. 청나라 군대가 그들의 고향을 점령하자 그의 모친은 운명했습니다. 임종 시에 그녀는 아들에게 절대 청나라의 신하가 되지 말라고 당부했습니다. 산시(山西)의 부산(傅山)도 비슷한 사례가 있었는데 이와 같은 유사한 사건이 많이 일어났습니다. 고염무는 모친의 후사를 처리한 후 쑤저우(苏州)를 거쳐 난징에 들렀으며, 후에 산동에서 반청복명(反清复明)[19] 투쟁을 시작했습니다. 산동에서 변절자의 배반에 의해 체포되었다가 석방된 후에도 허베이(河北), 산시(山西), 산시(陕西)에서 계속 활동을 했습니다. 그는 타지에서 생을 마감했습니다. 난징을 점령한 청나라 군대는 장쑤 사람들 사이에서 유명한 '양저우(扬州) 10일', '자딩(嘉定) 세 번 도살'이라는 악행을 저질렀습니다. 당시 장쑤 인민들은 한문화를 지키기 위해 많은 대가를 치렀습니다. 바로

19) 반청복명(反清复明): 청나라를 반대하고 명나라를 회복 - 역자 주

이런 투쟁을 통해 청 정부의 통치자들은 폭력으로 문화를 심기는 어렵기 때문에 정책이 필요하다는 것을 느꼈습니다. 그들은 먼저 한인의 고전 서적을 읽고 한문화를 이해하기 시작했으며, 한인을 존중하고 과거시험을 통해 한인들이 정치에 참여할 수 있도록 했습니다. 이렇게 일련의 조치를 통해 그들 간의 모순은 점차 완화되었습니다. 당시 고염무는 그의 대표작 『일지록(日知录)』에서 중국 2천년의 역사를 언급하면서 왕조가 바뀌는 일이 수없이 일어났지만 두 가지 상황이 나타났다고 했습니다. 하나는 황제가 바뀌면서 원래의 장 씨 황권이 이 씨에게로 넘어갔지만 문화가 변하지 않는 경우인데 송·제·양·진(宋齐梁陈)과 같이 나라가 망해 장(张) 씨의 나라가 망하고 이(李) 씨의 나라가 나타났고, 시간이 흐른 후 이 씨의 나라가 망해 유(刘) 씨의 나라가 되지만 문화가 변하지 않았다는 것입니다.

다른 하나는 국가의 멸망과 더불어 문화가 바뀌었다는 것인데, 국가와 문화가 철저히 없어지는 것을 국가가 멸종되는 것이라고 했습니다. 고염무는 두 번째 상황을 "천하를 잃다"라고 했습니다. 후세의 사람들은 고염무의 이 문장을 "천하의 흥망은 필부에게 책이 있다.(天下兴亡, 匹夫有责)"라는 8글자로 줄였습니다. 항일전쟁시기에 창작한 녜얼(聂耳)의 『필업가(毕业歌)』에는 "학우여러분, 함께 일어나 천하의 흥망을 책임집시다"라는 내용이 있습니다.

오늘도 우리는 여전히 문화가 전복될 수 있는 문제에 직면해 있습니다. 다만 그 투쟁 방식이 달라졌고 과학적으로 변했을 뿐입니다. 우리 민족이 계속 존재하려 하는가? 우리가 다른 큰 나라(미국을 지칭-역자 주)의 제51째 주가 될 것인가? 5천 년의 중화민족이 우리의 손에서 무너지는가? 이 모든 것은 중화민족의 생사존망과 관련된 큰 사건이기에 우리는 지금 우리의 사업이 중화문화의 종말을 막기 위 것이라고 하는 것입니다. 백여 년 동안 중화민족의 문화는 끊임없이 유실되고 있었습니다. 그 속도는 더욱 빨라지고 있습니다. '문화대혁명', '네 가지 낡은 것을 버리는 운동'을 거쳤고, 지금은 점점 서구화되어 가고 있어 우리의 문화가 얼마 남아 있지 않습니다. 우리가 난징의 제일 높은 곳에 올라가 도시를 바라볼 때 눈에 보이는 건축물은 모두 현대식으로 우리 고유의 중국문화의 특징적인 면을 찾아 볼 수가 없습니다. 모든 나라는 자신의 건축 형태를 가지고 있습니다. 이는 그들의 민족문화와 연결된 부분입니다. 우리 서북지역의 토굴집, 강남의 작은 다리 밑으로 물이 흐르는 가옥, 안훼이(安徽)의 청색 벽돌 기와와 마터유장(马头墙), 샹시(湘西)의 댜오쟈오루(吊脚楼), 이 모든 특징들이 거의 사라져 버렸습니다. 지금 오천년의 역사를 자랑하는 민족은 자기 스타일의 집을 지을 줄을 모릅니다. 개혁이 있을 수는 있습니다. 토지가 부족한 문제를 해결하고 건축 재료의 난제를 해결할 수도 있습니다. 하지만 이런 변화는 민족 특징이 있어야 합니다. 지금 우리가 입는 옷은 중국인의 옷이 얼마나 있습니까? 베이징 올림픽의 마스코트인 푸와(福娃)는 중국 요소의 옷을 입었습니다. 자고로 중화민족은 직령(直领) 혹은 교령(交领)의 옷을 입었을 뿐 밖으로 접은 깃의 번령(翻领) 옷을 입지 않았습니다. 때문에 푸와의 옷은 번령이 아닙니다. "달로(鞑虏)를 몰아내고, 중화를 회복하자(驱逐鞑虏, 恢复中华)"는 구호를 외친 손중산(孙中山)은 1911년에 청 정부를 뒤엎고 난징에 국민정부를 설립했습니다. 중산 선생은 "4억5천만 동포들은 공동의 문화적 표징이 있어야 한다"라고 했습니다. 그는 보기 만해도 중국 사람이라는 것을 알 수 있는 '중산복(中山装)'을 만들었습니다. 네 개의 호주머니는 중국인의 도덕표준인 "예의염치"를 의미합니다. 다섯 개의 단추는 5족 공화를 대표하고, 뚜껑 주머니의 뚜껑에 연필을 넣을 수 있는 구멍을 낸 것은 지식을 존중한다는 의미이고, 좌우 양쪽 소매에 각각 세 개의 단추가 달려 있는 것은 삼민주의를 대표합니다. 이 복장은 해내외 화인들의 열렬한 환영을 받았습니다. 지금 우리 대륙에서 중산복을 거의 찾아볼 수가 없을 뿐만 아니라 중국 타이완에서도 거의 찾아 볼 수가 없습니다. 심지어 샹성(相声) 배우들도 양복을 입습니다. 우리 민족의 복장은 소리 없이 줄어들었습니다. 지금 우리의 생활 습관도 모두 서양화되었습니다. 언어도 만찬가지입니다. 지금 대학생들의 영어는 중문보다 유창합니다. 원촨(汶川)지진이 일어났을 때, 여러 방면에서 우리는 좋은 모습을 보여 주었습니다. 하지만 한 가지 흠이 있다면, 그 과정에 우리는 자신도 모르게 서양의 표준에 따라 행동한 것입니다. 촛불로 죽은 사람을 기념하는 것은 서방의 방식입니다. 때문에 우리는 서방의 문화를 따르고 있었습니다. 이는 전국적인 문제입니다. 사실 서방은 천주교를 신앙하기에 촛불로 추모하는 것입니다. 중국은 자고로 자신의 방식인 상례(丧礼)가 있는데 왜 포기하는 것입니까?

3. 근대 중국의 문화 경쟁

다음으로 우리는 근대중국의 문화 경쟁을 회고해봅시다.

2005년 중국런민대학에서 국학원(国学院)을 설립했습니다. 이 소식은 폭탄과 같았습니다. 많은 사람들은 지금 무슨 세월인데 국학을 배우는가 하면서 이는 세월을 거슬러 거꾸로 퇴보하는 것이라 했습니다. 심지어 일부 고급 지식인들은 신문을 통해 입에 담지 못할 말들로 비판을 했습니다. 또한 중국은 국학이 있고 미국은 국학이 없지 않는가 하고 되묻기도 했습니다. 사실 아편전쟁 이전에는 '국학(国学)'이라는 말이 없었습니다. '중의(中医)'라는 말도 '국화(国画)'라는 말도 없었습니다. 그렇다면 왜 이런 말이 생겨난 것일까요? 아편전쟁 이후 서학(西学)이 점차 동양으로 전파되었습니다. 이때 서학의 동양 전파는 정상적인 문화교류가 아니라 아편과 포함(炮舰)을 통해 강렬하게 침략을 한 후 전국에 전파되었습니다. 사람들은 이 시기의 서양문화를 '서학'이라고 부르고, 중국 고유의 문화를 '국학'이라고 했습니다. 또한 서방의 의학이 중국에 전파되면서 중국의 의학을 '중의'라고 했으며, 서양화가 중국에 들어오면서 중국의 그림을 '국화'라고 했습니다. 또한 서양의 체조가 중국에 들어 온 후, 중국의 무술을 '국술(国术)'이라 부르기도 했습니다. 이 모든 것은 서양문화와 구분하기 위해서였습니다. '국학'은 바로 이런 상황에서 탄생된 것입니다. 왜 미국에 '국학'이 없을까요? 그 원인은 그들이 외래 적들의 침략을 받지 않았기에 이에 대한 개념이 없었기 때문입니다. 국학은 사실상 중국의 특수한 역사적 배경에서 탄생된 것으로 불행한 시대의 산물입니다.

서학이 들어온 후 "국학을 계속 배울 필요가 있겠는가?" 하는 문제가 나타났습니다. 국학을 버리고 전반적으로 서양화되는 것과 서학의 우수한 점을 배우고, 중국문화의 뿌리를 보존해 점차 발전하여 자강과 자립을 실현하는 두 가지의 선택이 있었습니다. 전반적으로 서양화를 주장하는 사람 중 가장 유명한 인사는 후스(胡适)였습니다. 그는 서방에서 유학을 했었습니다. 귀국한 후 서방문화를 맹목적으로 숭배했습니다. 심지어 그는 "달도 미국의 달이 둥글다"고 했습니다. 그는 노골적으로 그의 민족 자비감(自悲感)과 허무주의 입장을 표현하기도 했습니다. "우리의 고유문화는 너무나도 빈약하기에 '너무나 풍부하다'

라는 것은 얼토당토한 말이다." "우리가 가지고 있는 모든 것은 유럽에 모두 있다. 우리가 없는 것도 그들이 가지고 있다. 그들은 우리보다 강대하다." 그는 중국문화는 열등문화라고 단정했으며, 극히 천박한 말로 조소했습니다. 그는 그의 동향인인 방포(方苞), 요내(姚鼐)를 "동성유종(桐城谬种, 동성의 잘못된 학파)"이라 했으며, 『소명문선(昭明文选)』을 "선학요얼(选学妖孽)"[20]이라고 했습니다. 심지어 당시의 일부 사람들은 한자, 한어 모두가 나라를 망하게 된 화근이라고 했습니다. "한자가 없어지지 않으면 중국은 반드시 망한다.(汉字不灭, 中国必亡)"고 했지요. 사실 한자는 세계에서 제일 우수한 문자입니다. 한자의 우월성은 오늘날 점점 더 체현되고 있습니다. 한 한국인 친구는 중국인들이 참 지혜롭다고 말했습니다. 그는 특히 중국의 언어를 언급하면서 한자는 외래어를 자기 한문화로 소화시키고 있다고 했습니다. 예를 들면 화학원소 주기표의 많은 글자를 만들어 내고, 기(气)를 자두(字头)로 하면 기체이고, 금(金)에다 자방(字旁)을 붙이면 금속이고, 석(石)에다 자방을 붙이면 광석이고, 수(水)이다 자방을 붙이면 액체를 의미하는 한자(汉字)를 만들어, 모든 화학원소를 한자로 해결했기에 글자를 보면 화학원소의 상태를 알 수 있으며, 발음까지 유추할 수 있게 만들었다고 했습니다. 전기가 발명된 후, 중국은 모든 전자상품을 한자로 해결했습니다. 전등(电灯), 텔레비전(电视), 컴퓨터(电脑), 전화(电话), 전기밥솥(电饭煲), 전기다리미(电熨斗) 등이 그것입니다. 미국의 코카콜라(可口可乐), 독일의 BMW(宝马), 벤츠(奔驰) 등의 한자 이름은 이렇게 외래어의 발음을 고려하면서 의미를 부여해 적절하게 번역해 놓았다는 것

---

20) 선학요얼(选学妖孽): 선학의 요괴.

입니다. 그런데 어찌 한자가 나라를 멸망시키는 화근이라고 할 수 있습니까? 당시 류반농(刘半农), 첸쉬안통(钱玄同)은 교육부에다 모든 학교에서 한자를 쓰지 말고 한자로 된 책을 읽지 말아야 하며, 영어 혹은 프랑스어로 대체해야 한다는 탄원서를 보냈습니다. 이는 문화 파손이 아니라 문화 자살입니다. 후쓰는 자신의 민족 문화를 잃는 것을 두려워하지 말며, 모든 면에서 남보다 못한 것을 두려워하지 말고, 서방을 본받아 철저히 자신의 문화를 개조해야 한다고 했습니다. 그는 천수징(陈序经)의 '전반서화(全盘西化)'의 주장을 열렬히 지지했습니다. 이런 비유를 해봅니다. 당시 8명의 강도가 중국에 들어왔습니다. 중국은 서생과 같았습니다. 그들은 이 서생을 성한 곳이 없도록 두드려 패서 쓰러뜨렸습니다. 눈도 얻어맞아서 멀어버렸습니다. 서생은 일어섰지만 어디로 가야할지 모를 정도였습니다. 강도는 그에게 밧줄을 쥐어주면서 이 밧줄을 쥐고 우리를 따라 가면 광명을 맞이할 수 있다고 했습니다. 그 밧줄에는 '서방문화'라고 씌어져 있었습니다. 후쓰가 바로 이 밧줄을 잡고 그들을 따라 가려고 마음을 먹은 사람이었습니다.

다행히도 후쓰처럼 전면적인 서양화를 주장하는 사람들 외에도 정신을 차린 수많은 사람들이 있었습니다. 두 가지 예를 들어 봅시다. 두 가지 모두 저와 관련이 있다고 할 수 있습니다. 하나는 지금 제가 있는 칭화대학이고, 하나는 저의 고향의 우시국학전수학교(无锡国学专修学校, 无锡国专)입니다.

먼저 칭화대학을 봅시다. 칭화대학은 최초에 경자배관(庚子赔款)[21]으로 설립된 미국 유학을 위한 학교였습니다. 칭화대학은 당시에 유일하

---

21) 경자배관(庚子赔款): 1900년 의화단사건(義和團事件)의 배상금.

게 교육부소속이 아니고, 외교부소속의 학교였습니다. 학교는 설립 초기에 거의 완전히 서양화 하였습니다. 학교 장정에는 "미국 고등 초등의 각 과목에 따라 교학을 하며, 모든 방법은 미국 학당을 따른다."고 적혀 있었습니다. 때문에 학교의 행정관리, 학제, 교육과정, 교재, 군사훈련 심지어 학생들의 연극까지도 미국 스타일을 따랐습니다. 영문은 학교의 주요 언어였고, 교장의 훈시, 게시문, 강사들의 교학 등이 모두 영문을 사용했습니다. 학교의 주요 건축들도 서양식으로 설계되었습니다. 지금 칭화대학을 포함한 4개 대학의 옛 건축은 국가급 중점문물보호단위로 지정되어 있습니다. 유럽 사람들은 칭화대학에 들리면 칭화대학의 건축을 보면서 유럽학교인 듯 착각한다고 합니다. 칭화대학의 교정은 미국인이 유럽의 스타일에 따라 설계한 것이기에 학교 대문은 서양식의 아치형으로 기둥도 있습니다. 들어가면 넓은 잔디밭이 있고, 대강당이 있으며, 뒤편에는 운동장, 도서관이 있는데 모두 수입한 재료들도 건축했습니다. 1920년 저명한 철학가 버트런드 러셀(Russell, Bertrand)이 칭화대학을 방문했을 때 이렇게 말을 했습니다. "칭화대학은 미국의 학교를 그대로 중국에 옮겨온 대학교 같다." 미국 유학을 위한 예비학교로 세워졌던 칭화대학 이전의 칭화는 당시 12~13세의 어린이를 모집했으며, 어린 아이들을 외국에 보내 공부를 하게 했습니다. 그 연령대의 아이들은 세계관이 아직 형성되지 않은 상황에서 인생의 제일 중요한 단계를 외국에서 보냈습니다. 미국은 경자배관으로 학교를 설립하라고 지정했습니다. 그들의 국회 문서에는 이는 친미파를 배양하고 중국의 지식 엘리트들을 미국에 보내 미국에 오래 있으면서 미국에 대한 감정을 배양하게 되면 이후 모든 방면에서 친미적인 행동을 할 것이라고 적혀 있었습니다. 후쓰가 말한 것처럼 전면적인 서양화를 실시하면 엄중한 후과를 가져올까 학교에는 우려의 여론이 적지 않았습니다. 당시 학교 신문에는 칭화 학생은 "미국화가 가장 심하고" "외국에 나가지 않았지만 먼저 서양화 되었고" "중국 사람도 미국사람도 아닌 사람"을 배양하는 것이 아닌가 하는 내용도 실렸었습니다.

당시 칭화는 화원의 화원으로 불리는 원명원(圆明园)의 일부분이라는 칭호였습니다. 원명원이 불에 탔을 때 칭화 교정이며, 주쯔칭(朱自清)의 『하당월색(荷塘月色)』에 나오는 연못에 있는 작은 섬에 있는 많은 건축들은 전부 타버렸습니다. 그 후로 사람들은 이 섬을 황도(荒岛)로 불렀습니다. 칭화는 바로 원명원이 재난을 당한 후의 폐허에 지어졌습니다. 학교의 건축은 미국식이고 학교의 선생님들 모두 서양식으로 가르쳤습니다. 국가는 모욕을 당하는 상황에서 칭화의 학생들은 어떻게 하면 국가가 강하게 될 것인가를 생각하면서 민족은 민족정신이 있어야 함을 느꼈습니다. 중화민족정신을 아메리카에서 주입시킬 수 있겠는가? 그에 대한 답은 불가능이었습니다. 과학기술은 서방에서 도입할 수 있지만 민족정신을 수입할 수는 없는 것입니다. 전면적인 서양화의 결과는 서방 열강들의 부속품이 될 뿐 우리 민족의 자립과 자강을 실현할 수가 없었습니다. 칭화의 오래된 학교신문을 보면 관련 내용에 대한 토론이 적지 않습니다. 1925년 가을은 칭화 역사에서 지극히 중요한 시기였습니다. 학교에서는 구미의 낡은 교육시스템을 폐지하고 자주적인 대학과정의 교육시스템을 구축하기로 했습니다. 이해부터 칭화는 대학부가 있게 되었으며, 국학연구원을 설립했습니다. 당시 교장인 차오윈샹(曹云祥)은 선견지명이 있었습니다. 그는 개학식에서 이렇게 말했습니다. "소위 말하는 현재 중국의 신교육은 유럽과 미국의 교육을 그대로 가져온 것이다." 하지만 "자발적인 결과를 실현하려면 반드시 중국문화의 정신이 있어야 한다." 중국이 자강을 실현하려면 반드시 '신교육'의 '자동(自动)'을 실현해야 하며 '신교육'의 '자동'을 실현하려면 반드시 "중국문화의 정신이 있어야 한다." 당시 학교에서는 왕궈웨이(王国维), 량치차오(梁启超), 천인커(陈寅恪), 자오위안런(赵元任) 등 네 명을 지도교사로 초빙했습니다. 미국 유학을 위한 예비학교인 칭화가 국학원을 운영한다는 것은 겉치레가 아닙니다. 이는 당시에 중국 자신의 국혼을 찾기 위함이었고 중화민족의 정신을 되찾기 위함이었습니다. 그 첫 발걸음을 내딛어야 중화민족은 스스로 강대해질 수 있었던 것입니다. 만약 우리가 우리의 혼을 잃어버리면 나라가 망하고 우리민족은 사라질 날이 멀지 않게 됩니다. 이렇게 칭화는 미국 유학을 위한 학교에서 자신의 문화를 지키려고 되돌아 왔습니다. 그 외에도 당시의 칭화가 대학교 과정을 추가한 원인은 처음 외국으로 파견한 아이들이 겨우 12~13살이고, 학교는 고등과정, 대학과정을 개설할 능력을 가지고 있었기에 외화를 낭비하며 미국에 보내지 않아도 될 수 있다는 생각에서였습니다. 칭화의 우수한 점은 위에서부터 밑에까지 모두 개인과 학교의 발전, 민족의 흥성을 하나로 연계시켰다는 점에 있었습니다.

그 외에도 우시국전(无锡国专)이 있습니다. 당시 전국에서 국학을 중점적으로 교육하는 대표로 북방의 칭화국학연구원과 남방의 우시국전이 있었습니다. 우시국전은 1920년 연말에 설립되었으며, 교장은 탕원즈(唐文治)로 그는 청조 말기에 상해교통대학의 전신인 상해고등실업학당(上海高等实业学堂)의 감독(교장)이었습니다. 탕원즈는 낡은 학문과 새로운 학문을 모두 골고루 갖춘 인물이었습니다. 그의 아버지 당약흠(唐若钦)은 청조의 공생(贡生)[22]으로 학문이 깊은 집안이었습니다. 탕원즈는 14살에 '오경(五经)'을 전부 읽었으며, 16살에 주학(州学)에 들어갔고, 성리(性理)학과 고문사(古文辞)를 깊이 있게 연구했으며, 18살에는 향시에 급제했고, 21살에는 강음남청(江阴南菁书院)에 들어가 경학(经学) 대사 황이지(黄以周)와 왕선겸(王先谦)에게서 경학과 훈고(训诂)학을 배웠습니다. 그는 28살에 진사에 급제했습니다. 그 후로 그는 벼슬길에 발을 들여 놓게 되었고, 호부(户部) 강서(江西) 사주사(司主事)를 거쳐 상부(商部), 우승(右丞), 좌승(左丞), 좌시랑(左侍郎)을 역임했으며, 상부가 농공상부로 개편된 후 농공상부의 좌시랑 서리(署理) 상서(尚书)에 임명되었고, 외무부 교산(権算) 사주사(司主事)에 임명되었습니다. 탕원즈는 정직하고 청렴한 관리였습니다. 청일전쟁 이후, 그는 투항을 반대했으며 캉여우웨이(康有为)의 공차상서(公车上书)[23]를 지지했으며, 마카오와 부근의 섬을 약탈하려는 포르투갈의 요구를 거절할 것을 주장했습니다. 외교부는 그의 이 주장을 받아들였고, 포르투갈의 음모는 무산되었습니다. 그는 민영 철로 정책을 제정해 처음으로 화교 상인들의 재력을 이용해 철로를 구축했습니다. 신해혁명 시에 그는 상하이에서 군수물자 마련에 협조했으며, 청조 황실에 대해 황제 직위를 내려놓을 것을 요구했습니다. 5·4운동 시기에 그는 세 번이나 쉬스창(徐世昌) 총통과 국무원에 연락해 체포된 학생들을 석방할 것을 요구했습니다. 이로부터 그는 반동적이고 부패하고 몰락한 귀족이 아니라

22) 공생(贡生): 명청 시대 각 성에서 제1차 과거 시험에 합격한 사람

23) 공차상서(公车上书): 청조 광서(光绪) 21년(1895년) 캉여우웨이와 량치차오(梁启超)가 603명의 향시에 합격한 사람들과 연명으로 광서제(光绪帝) 애신각라·재첨(爱新觉罗·载湉)에게 갑오전쟁에서 일본에 패배한 후 일본과의 『마관조약(马关条约)』 체결을 반대한 사건-역자 주

는 것을 알 수가 있습니다. 탕원즈는 서방의 사회제도와 과학기술을 많이 알고 있었으며, 일본에 파견되었을 때 메이지유신 이후 일본의 정치를 고찰해 메이지유신 이후의 일본정부를 잘 이해하고 있었습니다. 또한 그는 런던에서 영국 국왕 대관식에 참가했으며, 프랑스, 벨기에, 미국 등을 시찰했을 뿐만 아니라 옥스퍼드대학 등 유럽식 대학에 대한 이해도 있었습니다. 후에 그는 상해고등실업학당의 감독을 맡게 되었습니다. 그가 감독을 맡던 시기에 철로, 전기기계, 항해 등의 전문과목을 개설했으며, 서학을 받아들이는데 노력했습니다. 하지만 그는 조상들의 우수한 점을 잊지 않았습니다. 그는 국학은 모든 중국 학생들의 필수과목이라고 여겼기에 '국문과'를 개설하고 국문연구회를 설립해 학생들에게 중국문화의 기초를 전수받도록 했습니다. 당시에 그가 가장 좋아하는 학생이 거리에서 "공씨(공자)네 집을 부숴라"라고 외치는 것을 본 그는 국가가 이 모양이 된 것이 공자와 무슨 관계가 있어서 이러는지 무척 놀랐다고 했습니다. 충격을 받고 크게 노한 그는 관련 학생을 퇴학시키려 했습니다. 이 일로 그는 그 당시 국가 상황에서 자신의 문화를 인정하는 의식이 없다는 것을 보고 매우 비참하다고 생각했습니다. 1920년 말, 그는 우시국전 건설에 열중했습니다. 칭화의 국학원은 1925년부터 1929년까지 4년간 존재했습니다. 여러 가지 원인으로 운영이 중단되었지만 4년 동안에 수많은 인재들을 배양했습니다. 1949년 이후 여러 대학의 우수한 교수들은 바로 이 시기의 칭화 학생들에서 나왔습니다. 우시국전은 좀 더 오래 존재했으며 1952년에 학부 조정을 하면서 취소되었습니다. 우시국전은 수천 명의 국학 인재를 배양했습니다. 비록 상하이와 난징 지역에서 몇 십 명의 학생들만 모집했지만 천명이 넘는 학생들이 신청을 했습니다. 우시국전에서 배양한 유명한 학자들로는 왕추창(王蘧常), 첸종롄(钱仲联), 탕란(唐兰), 우치창(吴其昌), 장텐수(蒋天枢), 저우전푸(周振甫), 펑치융(冯其庸) 등이 있습니다. 우시국전은 중국 전통문화의 중심이 되었습니다. 1931년 겨울, 국제연맹에서 교육을 책임진 Bacon(唐克尔·培根)이 중국을 시찰할 때 우시국전을 참관하고는 이렇게 말했습니다. "우리는 이번 중국을 다니면서 많은 학교에서 양장본 책을 읽고, 서양의 필을 쓰는 등 서양의 모습을 보았습니다. 그런데 오늘 여기서 순수한 선장본(線裝本)이며 붓을 사용하는 중국화한 학교를 보았습니다. 중국문화를 계승하는 이 학교가 더욱 발전하기를 바랍니다." 중국문화를 강압하는 서방 열강들이 있었지만 일부 지식인들은 용감히 나서서 자신의 의무를 다 했습니다. 지금 우리가 그런 책임을 어느 정도나 보여주고 있는지 대조해 볼 필요가 있습니다.

다음으로 국학의 '국성(国性)'의 문제를 담론해봅시다. '국성'은 "민족문화의 개성"이라는 말로 국가, 민족이 응집할 수 있는 핵심적인 단어입니다. 칭화대학의 교장 차오윈샹(曹云祥)은 『칭화 학교의 과거, 현재 그리고 미래(清华学校之过去, 现在及将来)』라는 책에서 이렇게 말했습니다. "한 나라의 국가정신은 그 나라의 종교, 철학, 문사(文词), 예술에서 나타난다." 문화정신은 이런 것에 스며들고 이런 것들을 통해서 나타납니다. "이러한 것들이 사라진다면 어찌 나라가 있겠는가?" 만약 국가의 문학, 철학, 예술이 모두 사라지고 서방의 문학, 철학, 예술이 이를 대체한다면, 국가의 정신과 국성이 없어지는 것은 불 보듯 뻔한 것으로 이 나라는 소멸될 것입니다.

1914년 량치차오는 칭화 학생들과 간담할 때에 이렇게 말했습니다. "칭화 학생들은 서양학문을 연구해야 할 뿐만 아니라 국학을 연구하고, 국학을 건국의 근본으로 삼아 공훈을 세우고 업적을 쌓아야 한다. 특히 국학이 아니면 이를 이룰 수 없다." 칭화의 제3강의실 건물 안에는 초기의 공산당원인 스황(施滉)의 조각상이 있고, 그 아래에는 그를 소개한 글이 적혀 있습니다. 스황은 일찍이 희생되었습니다. 1924, 스황은 『칭화 각 방면에 대한 건의(对于清华各方面之建议)』에서 이렇게 말했습니다. "칭화는 원래 미국 유학을 위한 학교이기에 미국 유학을 준비해 미국 대학에 입학시키고 미국 환경에 적응할 수 있는 인재를 배양하는 것을 방침으로 했다. 이는 수단을 목적으로 하는 것으로 잘못된 것이다." "칭화인들은 반드시 중국의 환경에 적응하도록 해야 한다." 그는 학교에서 "외국에 나가기 전에 필요한 국학수준을 제정하라"고 건의했습니다. 초기의 칭화는 어린 중학생을 외국에 보냈습니다. 교장 차오윈샹은 어린 학생을 외국에 보내는 제일 큰 문제는 '국정을 알지 못하고, 국성을 쉽게 잃는 것'이라고 했습니다. 어린 아이들은 출국을 한 후 얼마 지나지 않아 중국인의 국성을 잃어버렸던 것입니다.

장타이옌(章太炎)은 "나라의 역사가 길수록 멸망하기 어렵다"고 했습니다. 그는 공자가 『춘추』를 편찬한 역사적 공헌은 "사람들이 예전의 왕들을 잊지 않도록 해, 국성이 타락되지 않게 했으며" "민중들이 민족 독립을 쟁취하도록 일깨워주는 적극적인 역할을 했다"고 했습니다. 국난이 눈앞에 닥쳤을 때, 특히 국민들이 민족의 절개를 연마할 필요가 있던 시절 장타이옌은 수쩌우(苏州), 항쩌우(杭州) 등 지역에서 국학 강의를 했으며, 국학 학습반을 개설했습니다. 그는 "오늘 특출하려면 『유행』을 제창하는 것밖에 없다.(今欲卓然自立, 余以为非提倡『儒行』不可)"고 했습니다. 왜냐하면『유행』은 "전적으로 기개를 적은 책"이기 때문이라고 했습니다. "『유행』에서 말한 15가지 유(儒)는 모두 기개를 숭상한 것입니다. 오늘 강의한 국학은 앉아서 말로 해야 할 뿐만 아니라 행동에 옮겨야 합니다." 루쉰 선생은 "중국은 관객이 되기를 좋아하는 사회"라고 하면서 "관람석에서 싸움을 지켜보고 이길 것 같으면 모여들고, 질 것 같으면 모두 흩어진다"고 했습니다. 승리하면 자신도 한몫 하려하고, 패하면 자신과 관련이 없다고 생각한다는 것입니다. 제가 강의를 할 때에도 학생들이 『예기』 49편 중 「유행」을 숙독하라고 했습니다. 모두 17가지 조항이 있는데 모두 훌륭한 내용으로 나라와 민족에 책임을 지는 대장부가 되라고 격려해주는 심금을 울리는 글들입니다.

옌푸(严复)는 「경을 읽는 것을 응당 적극 제창해야 한다(读经当积极提倡)」는 글에서 이렇게 적었습니다. "경을 읽는 것은 남을 위하는 일이 아니다. 인격이 없다는 것은 국성이 없어지는 것이다 …… 인격이 없다는 것은 사람이 아니라는 뜻이고, 국성이 없으면 중국인이 아니다. 때문에 경을 읽지 않을 수가 없다.(夫读经固非为人之事 …… 将无人格, 转而他求, 则无国性, 无人格谓之非人, 无国性谓之非中国人, 故曰经书不可不读也)" 남을 위해 경전(经典)을 읽는 것이 아닙니다. 다른 경전을 읽었다고 해서 공자에게 손해를 끼치는 일이 아닙니다. 공자는 이미 오래전에 명성을 날렸는데 이를 손상시킬 수 있겠습니까? '문화대혁명'시기에 전국적으로 말과 글에 따라 한 사람의 죄상을 단정 지었으며, 심지어 공자의 조상 무덤을 파헤치고 난리를 쳤습니다. 하지만 그의 명성에 손해가 갔습니까? 지금 오늘 날에 와서도 여전히 유가문화를 배우고 있지 않습니까? 우리가 종교가 없고 이런 경서로 인격을 만든다면 이를 없앨 수 있겠습니까? 만약 우리가 서방의 문화를 추구한다면 "국성이 없어지는 것입니다." 옌푸의 이 말은 굉장한 힘을 가지고 있습니다. 당시에 이런 말이 나올 정도였으니 얼마나 슬프고 분했을까를 생각해 봐야 합니다.

량치차오 역시 국민들이 인격 수양을 위해 『논어』와 『맹자』를 숙독할 것을 제안했습니다. "『논어』는 2천년 동안 국민들의 사상의 원천이고, 『맹자』는 송대 이후에 『논어』와 비슷한 역량을 가졌다. 두 책은 국인이 생활의 모든 것을 지배하고 있다고 할 수 있으니 이를 숙독하고 암기하기를 바란다. 그렇지 못하더라도 여러 번 읽어 언어와 행동을 따라 수양을 쌓아야 한다." 지금과 같은 때야 말로 응당 경전을 많이 읽어 인생의 방향을 찾아야 하는 것입니다.

쉬푸관(徐复观)은 중화문화를 궤멸시키려는 자들을 "민족정신의 자학광(自虐狂)"이라고 했습니다. 그는 『지금 경을 읽은 문제에 대한 쟁론』에서 이렇게 말했습니다. "만약 민족정신의 자학광이 아니라면, 중국인으로서 응당 자신의 문화를 인정하고 자신의 문화를 소중하게 행각해야 한다. 우리들 중 수많은 천박한 사람들처럼 자신의 문화를 스스로 말살하는 민족은 세계에서 찾을 수가 없다." 우리는 이런 천박한 사람이 되지 말아야 합니다.

4. 우리의 모문화(母文化)를 존중하자.

마지막으로 여러분들이 우리의 모문화를 존중해야 하는 것에 대해 이야기 하려 합니다. 저명한 사학자 첸무(钱穆) 선생이 『국사대강』에 쓴 머리말을 공유하려 합니다. 제가 칭화에서 강의를 할 때 강의 할 때마다 몇 개의 명언을 이야기 했습니다. 항일전쟁시기에 첸무 선생은 개인의 힘으로 『국사대강』을 완성했습니다. 첸무 선생은 이 책을 창작하던 과정을 회억하면서 당시 서남연합대학에 있을 때 공습경보 사이렌 소리를 자주 들었다고 합니다. 사이렌 소리가 울릴 때마다 모두가 필사적으로 밖으로 뛰어 나가 야외로 달려가 방공호에 들어갔다고 합니다. 첸 선생의 『국사대강』은 바로 공습경보 사이렌이 자주 울리던 시기에 완성되었던 것입니다. 상무인서관(商务印书馆)에서는 여러 차례 이 책을 재판했습니다. 저는 특히 첸 선생을 높이 평가합니다. 이는 그가 책벌레여서가 아니고, 개인의 공명과 관록을 위해 분투한 학자가 아니기 때문이 아니라, 자신의 학술과 민족의 존망을 함께 연계시켰기 때문입니다. 당시 그가 베이징대학에 있을 때 후쓰와 같은 사람들은 모두 양복을 입고 외국 교유(教諭)의 흉내를 냈지만, 그는 여전히 중국 전통 복장을 착용했습니다. 천인커(陈寅恪), 왕징안(王静安) 선생도 중국 전통 복장을 입었습니다. 첸 선생이 중국 복장을 입은 것을 본 후쓰는 비방하는 말투로 "당신이 중국문화를 대표할 수 있단 말인가?"" 라고 했습니다. 첸 선생은 떳떳하게 "그렇네. 나는 중국문화를 대표한다네."고 대답했습니다. 그 시대에 이런 말을 하려면 큰 용기가 필요했습니다. 지금보다도 더 어려운 일입니다.

첸 선생의 『국사대강』 속표지에는 아래와 같은 글이 적혀 있는데 저의 좌우명이기도 합니다. 모두 4단락의 내용입니다.

이 책을 읽으려면 아래의 신념들을 먼저 갖춰라.

1. 한 나라의 국민으로서 특히 지식수준이 평균이상이라고 생각하는 사람들은 응당 자국의 지난 역사를 얼마간이라도 알고 있어야 한다. 그렇지 않으면 보통 지식이 있는 사람일뿐 지식이 있는 국민이라고 할 수 없다.

2. 자국의 역사를 조금이라도 아는 지식인은 응당 자국의 역사에 깊은 정과 경의(敬意)하는 마음이 있어야 한다. 그렇지 않으면 외국의 역사를 대하듯 자국의 역사를 대하게 된다.
3. 자국의 역사에 정이 있고, 경의심이 있어야 지식인이라고 한다면, 적어도 자국의 역사에 대해 과격한 허무주의적인 생각을 가지고 있어서는 안 된다. 적어도 지금 우리가 역사의 정점을 찍는다고 생각하지는 않을 것이다. 이는 천박하고 방자한 진화관이다. 우리가 자신들의 각종 죄악과 약점을 모두 옛 사람들에게 떠넘겨 책임을 회피하는 것은 겉모습과 실제가 다른 문화 스스로의 견책이라 할 수 있다.
4. 이상의 조건을 갖춘 사람이 많아져야만 국가는 발전할 수 있는 희망이 있게 된다. 그렇지 않으면 국가는 정복되거나 식민지의 방향으로 나가게 된다. 이런 변화는 국가 자체와 관련이 없는 것이다. 바꾸어 말하면 이런 개선은 다른 형태의 문화 정복으로 자신의 문화가 줄어들어 소멸되는 과정이지 문화 자체의 변화나 왕성이 아니라는 뜻이다.

이 네 마디 말에는 엄밀한 논리가 있습니다. 국민으로서 자국의 역사를 이해하지 못한다면 지식이 있다고 해도 지식이 있는 국민의 자격이 없는 것입니다. 이는 국민의 의무를 다하지 못했기 때문입니다. 중국의 모문화와 중국 역대 선조의 생활은 밀접한 관계가 있는 것으로 우리의 선조가 대대손손 내려오면서 부지런히 창조한 것입니다. 때문이 우리는 응당 중국의 모문화에 정을 가지고 있어야 하며, 존경하는 마음을 가져야 합니다. 만약 그릇된 부분이 있으면 우리는 이를 개선해 더 잘 해낼 수가 있습니다. 우리가 외국의 역사를 읽어도 그들과 우리는 너무 떨어져 있기에 그런 정과 경의를 가지기 쉽지 않습니다. 만약 자국의 역사에 경의가 없다면, 외국 역사를 대하는 것과 무엇이 다르겠습니까? '과격적 허무주의'란 무엇일까요? 즉 중국역사가 전체적으로 암담하고 어떠한 부분도 만족스럽지 않다고 여기며, 자신이 역사의 최고봉에 있다고 여겨 역사상 어느 누구도 자신과 비할 수 없다고 생각하는 것을 말합니다. 표면적으로는 진화론이라고 하지만 사실은 천박하고 방자한 진화론입니다. 그들은 자신이 역사의 최고봉에 도달했다고 여기며, 8개국 연합의 침략은 사실 자본주의의 침략 본성 때문이지 공자와는 아무런 관련이 없었지만 그들은 공자를 탓했습니다. 사실 다른 국가의 상황도 마찬가지입니다. 예를 들면 독일은 고전 철학이 매우 발달한 나라입니다. 독일의 칸트, 헤겔, 포이어바흐 모두가 철학 대가입니다. 하지만 독일은 파시즘의 길을 택했습니다. 그렇다고 해서 독일인 그 누구도 독일이 파시즘의 길을 택한 것이 칸트나 헤겔 때문이라고 하지는 않았습니다. 독일인들은 여전히 그들 역사상의 고전 철학에 대한 자부심이 대단합니다. 우리 중국인은 모든 문제의 원인을 공자에게 떠넘기고 있는데, 반성을 하고 자각성이 있는 것 같지만 사실은 자신의 책임을 회피하는 것입니다. 중국인은 지금의 일을 훌륭하게 완성하는 것이 우선이지 회피하지 말아야 합니다. 중화민족의 진흥은 우선적으로 문화의 진흥입니다. 문화가 진흥하려면 민족 자존심을 가지고 문화 자각이 있는 수많은 지식 청년들이 필요합니다.

왜 우리가 호소를 해야 합니까? 이는 우리의 문화가 최근 백년사이, 특히 '문화대혁명'이후 많이 유실되어 얼마 남아 있지 않기 때문입니다. 우리는 외래 물품을 배척하는 것이 아니라 한 국가는 우선적으로 본위문화를 강조해야 하며, 본위문화가 안정적이고 견고해진 다음에 외래문화의 우수한 점을 흡수해야 한다는 것입니다. 하지만 지금 우리의 상황은 그렇지 않습니다. 1840년 이후로 중국문화는 유실되었고, 이미 매우 위급한 상황에 놓여있습니다. 만약 우리가 자신의 본위문화를 형성하지 못하고 발전시키지 않고 서양문명이 부족하다고 여긴다면 비극이 시작이 되게 됩니다. 저는 이런 말을 들은 적이 있습니다. "안경을 쓰고 양복을 입고 서방 문화의 좋은 점을 향유하면서도 왜 서방문화를 반대하는지 알 수가 없다."고 하는 말입니다. 하지만 제가 더 이해할 수 없는 것은 검은 머리, 노란 피부를 가지고 중화민족의 물을 마시고, 중화민족의 식량을 먹고 있으면서 중화민족을 반대하는 사람들입니다. 이런 사람들은 국성이 없는 사람으로 중국인이라 할 수 없습니다.

지금 우리가 예의를 지켜야 하고, 문화가 있어야 하며 중국인의 기본도덕이 있어야 한다고 하는 것은 우리 민족문화의 제일 우수한 부분을 찾아내고 민족정신을 발굴하여 우리 민족의 발전을 도모하기 위함입니다. 오늘의 발전은 역사와 갈라놓을 수 없습니다. 제가 이렇게 말하는 것이 얼마나 큰 작용을 할 수 있을까요? 방금 첸 선생의 말과 마찬가지로 제가 칭화대에서 과목을 개설하고 첫 수업을 하던 날에 이렇게 한마디 한마디씩 정성스레 강의를 해도 알아듣고 실행할 사람들이 얼마 되지 않을 것을 생각하니 저도 모르게 마음이 아팠습니다. 하지만 이제는 이것이 제가 할 수 있는 최선이라고 생각하고 있습니다. 대학교 강사로서 제는 교단에서 서서 저의 입장을 이야기 할 뿐입니다. 자신의 일에 최선을 다하고 그 결과는 하늘에 맡겨야 한다고 생각합니다. 뜻밖에도 한 학기가 지난 후 칭화 언론방송학원(新闻传播学院)의 리챵(李强)이라는 학생이 고향 산시(山西)로 돌아가 발표한 『향촌팔기(乡村八记)』를 본 언론방송학원 원장과 『인민일보』 전 편집장인 판징이(范敬宜)는 글이 좋다고 여겨 원자바오(温家宝) 총리에게 보여주었고, 원 총리도 칭찬하는 의견을 표했습니다. 리챵은 이렇게 해서 언론계의 스타가 되었습니다. 어느 날 인터넷에서 리챵을 인터뷰한 글을 보았습니다. 어떻게 『향촌팔기』를 쓰게 됐는가 하는 물음에 그는 이렇게 대답했습니다. "첸무 선생의 한마디 말 때문입니다. 펑(彭) 선생님은 첫 번째 강의에서 첸무 선생의 말을 한 글자 한 글자씩 해석해주셨습니다. 저는 여간 놀라지 않았습니다. 첸무 선생의 말은 제가 쓴 『향촌팔기』의 좌우명이 되었습니다." 이 기사를 보고 저는 저의 강의가 헛된 강의가 아니었다는 생각에 여간 감격해마지 않았습니다. 저의 강의가 500명의 학생 중 한명의 인생에 영향을 주었다는 것만으로도 족합니다. 더 많은 사람들이 이런 책임감을 가질 수 있기를 희망하는 바입니다.

후기

이 책은 저와 동난대학의 참된 우정을 증명해주는 책입니다.

2003년 동난대 토목공정학원(土木工程学院)의 창립 80주년 개교기념일 행사의 하나로 학생회에서는 학교 밖의 학자들을 초청해 강좌를 개설하기로 했습니다. 마침 저의 과목을 선택해서 수강을 한 칭화대학 토목공정학과의 한 학생이 저를 동난대에 추천했습니다. 이렇게 해서 동난대와의 인연이 시작되었습니다. 그 후로 동난대학의 국가급 대학생 문화소질 교육기지 주임인 천이(陈怡) 교수의 요청으로 저는 여러 차례 동난대에서 강좌를 해왔으며 동난대와의 왕래도 날로 빈번해졌습니다.

천이 선생의 후임인 루팅(陆挺) 교수는 젊고 왕성한 정력을 가지고 있었습니다. 그는 대학교의 인문에 큰 관심을 가지고 '동난대인문강단' 창설에 힘을 기울였습니다. 이 강단의 맞은편 벽에는 강단에 선 정치, 경제, 외교, 군사, 문사(文史) 등 방면의 전문가들과 학자들, 그리고 노벨상을 받은 양전닝(杨振宁), 새뮤얼 차오 충 팅(丁肇中) 등 과학 대가의 사진이 걸려 있습니다. 이렇게 거의 모든 문야를 망라한 막강한 연설자들을 모시려면 얼마나 큰 노력이 필요했겠습니까. 학생들의 활발한 참여에 강당은 항상 자리가 부족했습니다. '동난대인문강단'은 동난대의 유명한 문화 브랜드로 자리매김을 하게 되었습니다.

민국시기의 동난대는 문과, 이과, 법학, 공과를 모두 중요시하는 학술 요충지였으며, 특히 인문학과는 명인들이 모여 있었기에 동난대가 흥성했던 시절이었습니다. 지금의 동난대는 비록 이공학과를 중심으로 하는 대학이 되었지만, '동대인문강단'의 성황에서 인문학 전통은 여전히 맥을 이어가고 있음을 알 수 있습니다.

2008년 겨울 즈음에 루 주임은 제가 칭화에서 '중국고대 예의문명' 과목을 개설한 것을 전해들은 후 동난대에서 강의해달라고 저에게 요청해 왔습니다. 강의의 전 과정을 녹화해 동난대의 인터넷 강의 선택 과목으로 활용하고자 했습니다. 비록 그해 칭화에서의 교육이 비교적 가중되긴 했지만 이 요청에 응하게 된 것은 동난대에서 저를 겸직 교수로 초빙한데다 가까운 사이라 사양할 수가 없었습니다. 또 다른 원인은 루 주임의 열정에 감동한 바도 있었습니다. 제가 난징(南京)에 갈 때마다 그는 직접 마중을 나왔으며, 열정적으로 일정을 안배해주었습니다. 저는 쓰파이러우(四牌楼)에 있는 옛 캠퍼스에 묵었고, 교외에 있는 주룽후(九龙湖) 캠퍼스에서 강의를 하게 되었는데 두 캠퍼스 사이의 거리는 가깝지 않았습니다. 그렇지만 루 주임이 직접 저를 픽업하러 와서 항상 저와 동행해 주었습니다. 이와 같은 진한 우정에 저는 차마 거절할 수가 없었던 것입니다. 여기서 덧붙여 설명해야 할 것은 이는 제가 칭화대 외의 다른 학교에서 유일하게 칭화의 과정을 강의한 경우입니다. 강의는 토요일, 일요일에 진행되었으며, 오전, 오후, 저녁까지 연속해서 이어졌습니다. 꽉 찬 스케줄에 몸은 힘들었지만 학생들은 열정으로 저에게 제일 큰 보상을 해주었습니다. 강의 시작 한 시간 전부터 적지 않은 학생들이 추위를 무릅쓰고 교실 앞에서 기다리고 있었습니다. 300여 석을 보유한 교실은 매번 500여 명의 학생들로 꽉 찼습니다. 좌석 사이의 통로, 창문턱, 심지어 강단 앞 1미터 떨어진 곳에도 학생들로 가득했습니다. 제가 보이지 않는 교실 밖에도 두세 시간씩 서서 강의를 듣는 사람들이 있었습니다. 이런 광경은 다른 학교에서 보기 어려운 광경입니다. 강의가 시작되기 전 모든 학생들을 일어나 교가를 부릅니다. 루 주임이 시작한 것으로 지금까지도 이 전통은 계속되고 있습니다. 이렇게 열렬한 분위기에 저는 감동되었습니다. 강의 분위기는 활기에 넘쳤고 조화로웠습니다. 질문을 받는 코너는 제일 불꽃이 튀기는 시간이었습니다. 동난대에서의 강의는 칭화대 외의 곳에서 리듬이 제일 좋았던 강의였고, 제일 즐거웠던 강의였습니다. 동난대는 저에게 정말 좋은 기억을 남겨주었습니다. 감사해야 할 분이 또 한 분이 계신데 평론을 책임진 동췬(董群) 교수입니다. 동 교수는 종교와 철학을 전공했으며 불교를 깊이 연구한 분입니다. 따라서 동 교수의 평론은 불교의 선어(禅语)가 많고 뜻에 깊이가 있으며 자유자재로 사례들과 옛 이야기를 이용해 화룡정점의 효과를 가져다주어 강의에 큰 광채를 부여해주었습니다. 지난 일들이 마치 어제 일인 것처럼 생생히 떠오릅니다. 이 모든 추억을 되새길 때마다 마음이 아직도 설레곤 합니다.

강의가 끝난 후 루 주임은 “이를 정리해 출판하는 것이 좋지 않겠습니까?”하고 제게 건의했습니다. 자오단(赵丹), 유멍(尤萌), 장다쥔(张大军), 천차이홍(陈彩虹), 리수눠(李书娜), 왕멍(王梦), 장눠눠(张娜娜), 양옌핑(杨艳萍) 등 저의 강의를 들은 학생들은 소문을 듣고 흔쾌히 녹음을 정리해주었으며, 철학학부의 쉬치빈(许启彬) 박사가 원고를 검토해 주셨습니다. 참으로 송구스러운 것은 원고가 나온 후에 응당 빠른 시일 안에 전체적으로 읽어보고 윤색을 해야 했지만, 일이 많아 하다가 말기를 반복하다보니 몇 년이 훌쩍 흘러서 오늘까지 오게 되었습니다. 루 주임과 이 책의 정리에 참여한 학생들의 노고에 진심으로 미안할 뿐입니다.

2015년 겨울 이 책의 상황을 알게 된 중국런민대학출판사의 편집인 왕완잉(王琬莹) 여사는 원고를 보고 수정의견을 제기해 주는 등 출간하는데 많은 도움을 주었습니다. 책은 금년 초에 정식으로 출판계획 리스트에 오르게 되었습니다. 책이 출판될 즈음에 부쳐 책의 출판을 위해 노고를 아끼지 않은 여러 분들에게 재삼 감사의 뜻을 표하는 바입니다.

펑린(彭林)
칭화원(清华园) 허칭원(荷清苑) 숙소에서(寓内)
2016년 춘분을 앞두고